机动风暴 1

骷髅精灵 ◎ 著

湖南少年儿童出版社
HUNAN JUVENILE & CHILDREN'S PUBLISHING HOUSE

图书在版编目（CIP）数据

机动风暴.1/骷髅精灵著.—长沙:湖南少年儿童出版社,2013.3
ISBN978-7-5358-9256-0

Ⅰ.①机…Ⅱ.①骷…Ⅲ.①科学幻想小说－中国－当代Ⅳ.①I247.5

中国版本图书馆CIP数据核字(2013)第067398号

机动风暴 1

策划编辑：李芳　　　　　　责任编辑：唐龙
特约编辑：梁洁　　　　　　统筹编辑：路培
质量总监：郑瑾　　　　　　装帧设计：周勤　曹志明

出版人：胡坚
出版发行：湖南少年儿童出版社
社址：湖南省长沙市晚报大道89号　邮编：410016
电话：0731-82196340（销售部）　82196313（总编室）
传真：0731-82199308（销售部）　82196330（综合管理部）
常年法律顾问：北京市长安律师事务所长沙分所　　张晓军律师

经销：新华书店　印刷：湖南天闻新华印务有限公司
印张：18
字数：360千字
开本：710mm×1000mm　　1/16
版次：2013年3月第1版
印次：2013年3月第1次印刷
定价：26.00元

版权所有　　　侵权必究
质量服务承诺：若发现缺页、错页、倒装等印装质量问题，可直接向本社调换。
服务电话：0731-82196362

目录

第1章 『太阳』之路 001

第2章 理想与现实 005

第3章 我老大，天老二 007

第4章 重力异样 010

第5章 托马斯回旋撩杀 013

第6章 牛刀小试 017

第7章 再度震撼 019

第8章 安全第一 021

第9章 GAD公主的怀疑 024

第10章 小金的震撼现身 026

第11章 无法停止的魔鬼训练 029

第12章 这还叫基础训练？ 032

第13章 火辣辣的魔鬼森林 034

第14章 有怪兽，大怪兽 037

第15章 超级战士 040

第16章 重回现实 043

第17章 力量和饥饿 045

第18章 公主又如何 048

第19章 你有福了 050

第20章 一战惊天下 053

第21章 最强的列兵 056

第22章 幻影战机 058

第23章 狙击手 061

第24章 狙击的最高境界 064

第25章 关注 066

第26章 温习与试探 068

第27章 初接触 071

第28章 师生恋？ 073

CONTENTS

第43章◎周芷的刺激 109

第44章◎我很危险 111

第45章◎第五保送生 113

第46章◎无招胜有招 115

第47章◎原来同路 117

第48章◎强强对话 119

第49章◎超级人气 121

第50章◎现实派高手 123

第51章◎爆裂——恐怖的刀锋战士 125

第52章◎舍我其谁 127

第53章◎不眠夜 130

第54章◎给点面子 132

第55章◎睁着眼也能睡觉 135

第56章◎初恋 137

第71章◎困兽犹斗 181

第72章◎男人的尊严 184

第73章◎沉默的羔羊 187

第74章◎醉翁之意 189

第75章◎干脆的男人 192

第76章◎训练范围 194

第77章◎探路 197

第78章◎袭击 200

第79章◎精神爆破 203

第80章◎潜移默化的影响 206

第81章◎特权 208

第82章◎天壤之别 210

第83章◎解放 212

第84章◎军训总结 214

目录

第29章 威胁 075
第30章 刀锋再现 078
第31章 魔蝶 080
第32章 小李飞刀 082
第33章 感叹 084
第34章 横空出世的黑马 086
第35章 保送也疯狂 089
第36章 春天来了！092
第37章 同学型关系 094
第38章 面试 097
第39章 蓄势待发 099
第40章 小配 101
第41章 就是将军 103
第42章 怪物 106

第57章 就是心动 143
第58章 震爆八卦 145
第59章 吃醋 148
第60章 蜜里调油 151
第61章 一举两得 154
第62章 协议 156
第63章 下马威 158
第64章 魔鬼式军训 161
第65章 磨炼 164
第66章 USE的骄傲 167
第67章 决斗 170
第68章 先下手为强 173
第69章 后生可畏 176
第70章 机甲初体验 179

第85章◎意外惊喜 216
第86章◎狂妄的挑战者 218
第87章◎类星际负重战场 220
第88章◎疯狂压迫 226
第89章◎心惊肉跳 228
第90章◎爆他！ 231
第91章◎共享 234
第92章◎情人之间 236
第93章◎流行 238
第94章◎全方位准备 240
第95章◎单枪匹马 242
第96章◎疯狂刀锋 244
第97章◎我，就是传奇！ 248

CONTENTS

第98章◎一个人的神话 251
第99章◎战后 253
第100章◎劲爆视频 255
第101章◎较劲 257
第102章◎抢手的保镖工作 261
第103章◎舍己为人 264
第104章◎一号金 267
第105章◎我的『远房侄女』 270
第106章◎做男人脸皮要厚 273
第107章◎拍卖开始 276
第108章◎一件珍品引发的血拼 278
第109章◎莱恩兄弟 281

第1章
"太阳"之路

　　银白色的金属大殿，夸张的线条，不停闪烁的五彩光芒，都显示着这里属于一个高科技文明的世界。偌大的空间足以容纳上万人，各式各样的机器人正在繁忙的工作中，机器人形态很多，有机械化的，有人类化的，也有各种生物化的。这说明一个问题，这个世界的科技程度已经发展到了一个不可思议的地步。

　　在如此发达的地方，却觉得缺少了一点什么，是生气！

　　整个房间中全是各式各样的机器人，却没有人类！

　　良久，一个长着小翅膀的金色圆形玩具飞了出来，后面跟出来一个身穿银色长袍的胖嘟嘟的小男孩。在小男孩出现的时候，大殿内所有的机器人眼睛都闪烁着恭敬的光芒，看到小男孩没有理会它们才继续工作。

　　"小金，不要乱跑，等等我。"小男孩显然很宠爱正在活蹦乱跳的玩具，而他的到来也让整个大殿多了一分生机，驱散了生硬和死板的气息。

　　不得不说，虽然这里很华丽很先进，但是也过于死板了，全是亮亮的看不出质地的金属。如果用绿色植物点缀一下，这里看起来肯定会更舒服些。

　　"主人，来抓我啊，抓住我，小金就给你唱首歌。"

　　小机器人扇动着翅膀笑道，大嘴一咧，脑袋像是要分成两半似的，着实可爱，让人看了有……拍一巴掌的冲动。

　　但是这次小金的主人没有像以往那样开心地去抓它，而是发了一会儿愣，这可让小金有点疑惑。别看小金个头不大，它可要比周围工作的那些机器人高级得多，它是玛雅帝国的最新产品，专门服侍伟大的王子殿下。这对机器人来说可是至高无上的荣誉，要知道在这个位面，玛雅科技已经到了顶点，可以说纵横星际无敌手。

　　在这个位面，玛雅帝国就像上帝一样崇高，无数的星系臣服在玛雅大军之下，时空跳跃技术让空间的距离变得毫无意义，其他的异种文明无法抵挡玛雅的大军。但是就在一千年前，玛雅帝国停止了前进的步伐，因为国王陛下在玛雅文明的发源地地球发现了一个终极的秘密，就是真正成为神的秘密。

　　而最近听说造神的计划已经快要实现。其实在玛雅帝国现在的科技程度之下，只要想到了，就没有做不到的，唯一需要的就是时间。

　　可爱的小王子沉默地望着小金，突然抓住了它，小金根本没来得及逃走，因为主人用的力量是所有机器人都无法抵挡的。

　　小王子看了看手中的小金，眼里闪过一丝不忍，但是仍旧狠狠地捏着自己这个最喜欢的玩具走到了大殿一旁的一个井一样的物体旁。

王子朝井里望去，里面像是一面镜子，映出的却只是普通的大殿里的情况。就在这时，大殿外面传来了清晰的脚步声，小王子一咬牙在小金叫嚷之前把它狠狠地扔向了镜子一样的平面中。

啵——

镜子没有碎，可是却像水波一样荡漾开，小金哧啦一声消失得无影无踪。

而这时一个头戴王冠，面容威严的中年人有点愤怒地站在小王子的面前。他的身旁是一个女子，无法形容这个女子是如何的美丽，只能说她超出了语言所能形容的范围，你别想从她身上挑出什么缺点。

"卡特，你知道你在做什么吗！"

中年人愤怒的声音响彻大殿，正在工作的机器人吓得全部匍匐在地，有几个人竟然冒着火花爆裂了。

"卡特，你这么做是不对的，平行镜连接的是其他横向宇宙，那是跟我们完全不同的世界，一旦小金侥幸逃脱法则的审判，将会给那个宇宙带去不平衡的发展因素！"

小王子并没有害怕，他微微一笑："父王，你都说了，即便是我们也无法抵挡宇宙平行法则，小金也仅仅有理论上的千亿夸克分之一的机会。"

帝王的愤怒好像没有减弱，但是身旁的王后却拉住了他："陛下，今天是个大日子，我们就不要怪王儿了。我的宝贝，今天我们玛雅文明将走向最后的辉煌，不久我们就将成为真正的神！"

说到成神，国王的脸色终于好转了。

"我们，将成为光，宇宙就是我们，我们就是宇宙，再也不分彼此！"

"走吧，我亲爱的孩子，让我们成为光吧！"

国王和王后一左一右拉起了王子，朝着大殿外走去。大殿巨大的门打开了，刺眼的光芒照耀着整个世界，映入眼帘的是悬浮在空中的巨大祭坛，祭坛中燃烧着的火焰发出乳白色的冲天光芒，在祭坛下面则是无边无际的机械大军！

那光芒不是来自太阳，而是来自于这无数的机甲，玛雅帝国随便一支机甲兵团都具有征服一个星球的可怕力量，而正是这些力量让玛雅帝国无往不利所向披靡！

整个地球上布满了密密麻麻的机器人……一个生物都没有，全部都是机器人。机器人的眼睛不约而同地望向那唯一的祭坛，还有它们唯一的王！

在地球的外面，整个太阳系，布满了密密麻麻的巨型星际战舰，所有战舰上的士兵都庄严地站着，望着屏幕上出现的祭坛和国王、王后，以及王子。这些士兵也全是机器人。

星际战舰一直从太阳系延伸出去，看不到尽头，这就是玛雅文明的无敌战舰群，没有文明能抵挡它们的攻击，它们可以直接摧毁一个星系。

而今天所有玛雅帝国的士兵和从属国都要见证一个光辉的时刻，它们伟大的国王要成为神，成为光，将永恒地照耀这个宇宙！

望着神圣的祭坛，国王举起了他的手，所有的士兵全部举起了手中的武器，整齐划一地喊出——"国王万岁！"

这个声音很快传遍了整个宇宙，在这个位面，玛雅文明已经无敌了！

但是玛雅文明也只剩下他们三个人了，现在他们要完成先辈们最终的目标，成为神，和宇宙融为一体。

这是一个庄严而伟大的时刻，无数身披纯白长袍的机器人开始念诵经文，那是玛雅文明伟大的历史，而这一刻，所有的子民将共同见证。

三人缓缓飞向祭坛，身体根本不受重力限制。很快他们就来到了祭坛的入口，眼前是熊熊燃烧的白色火焰，那里跳动的是未来。

这是玛雅文明的终极力量，只有跟宇宙合二为一才是最终的归宿。

国王、王后、王子默默看了一下对方，庄严地把手放在了头上，然后轻轻地把自己的脑袋拿了下来。

"在这个光辉的时刻，让我们用真实面对世界吧！"国王的头严肃地说道。说完，手缓缓地撕掉了头发，撕掉了脸皮，一个半圆形的透明器皿出现，里面跳动着一个红色的大脑。

在国王完成这一切之后，王后和王子也完成了这一回归真实的壮举。

他们的身体恭敬地举起了手中的大脑，缓缓推了出去，三个承载着玛雅文明最后印记的大脑飞向了火焰的中央。

平静，整个世界都不再有一丝声音，如同时间空间都停止了一般。下一刻，冲天的火焰猛烈地压缩起来，瞬间消失，紧跟着一道白光冲天而起，冲上太空，白光扩散了，所有的一切都被融合在光之中。

突破了时间和空间限制，一切都化成了光，紧跟着是轰轰烈烈的大爆炸，太阳系从此消失了，而玛雅文明的存在将永远成为历史，宇宙中仿佛飘荡着淡淡的忧伤。

玛雅文明的初期曾有位伟大的国王叫尼采，他说他是太阳……

宇宙不是三维，也不是七维，而是无限维度，源头在一个起点上，衍生出来的宇宙是平行宇宙。它们有着相通的源头却有着不同的结果，比如说同样一个地球，从诞生那一刻起便拥有了无数的发展可能，每一个可能都会形成一个宇宙空间。在某个地球上，恐龙灭绝了，一种叫做人类的哺乳动物统治了世界，但是在平行的其他宇宙中则可能恐龙没有灭绝，它们继续生存。

每一种可能都能衍生出一种存在，平行宇宙之间可能类似，也可以完全不同，可能某个宇宙空间的地球上一直就没有存在过生命，而有的地球则发展到了文明的终极阶段。比如说，人类同样统治了地球，但是统一中国的始皇帝不叫嬴政，爱因斯坦没有发明相对论，发明相对论的是他老爹。

而这一切都是平行宇宙，平行宇宙之间存在着不可穿越的宇宙法则，即使是玛雅文明发展到了那个地步仍无法违背这一法则，任何敢于挑战的物体都将在穿越中被毁灭，当得出这一结论的时候，玛雅文明失去了生存的目标。

但就像王子所说，当科技力量到了巅峰，这法则不是完全不能违背的，只不过概率低得几乎为零，而且就算侥幸逃过去，无论生命体非生命体都会失去百分之八十以上的机能。在玛雅文明主脑的计算中，这是完全没有意义的。

不清楚所谓的成为光是什么情况，但是玛雅文明就像以前那个想成为太阳的皇帝一样毁灭了，同时引起了星际大爆炸，连锁的能量反应让整个位面陷入了毁灭的边缘，而无法用数字计算的能量风暴同时影响到了平行空间的通道。

一个金色的可以忽略不计的小圆点在摧毁的边缘忽然消失了，当它再次出现的时候，它的眼前是一个蔚蓝的星球……

第2章
理想与现实

"李锋，毕业之后有什么打算？"马卡笑眯眯地问道，"你小子不要整天玩宇宙大战了，那东西不能当饭吃，难不成你毕业之后真想从军？"

李锋望着这个从小一起长大的死党点点头："有这个打算，暂时还没定下来。"

"天啊！"马卡夸张地捂着额头，"你真把游戏当现实了，地球联邦的那些破机器操作起来可不像游戏，那是超累的，而且没前途啊！何况我们普通人类根本没法跟伊文特人的体质相比。"

李锋没有反驳，这确实是残酷的现实。现在是公元2215年，旧人类的地球联邦USE和伊文特人自由同盟NUP共同主宰这个世界，这其中的桥段是很老的，无数科幻电影都预言过。克隆虽然被禁止了，但是基因工程并没有停止，这也源于人类对生老病死的恐惧，新人类诞生了，他们自称伊文特人，跟普通人在外表上没有太大的差异，只不过身体更加强壮，抗疾病能力等等都有很大提高。他们的大脑则没有显现出明显的优势，毕竟脑域开发比宇宙大跃进还要困难。但是这足够造成差异了，普通人类的百米冲刺最高也不过到九秒七，这已经是精英中的精英了，但是一般的伊文特人就可以轻松跑到这个数，最快的甚至可以跑进九秒。

伊文特人的优势还是非常明显的，人类的生活变得有些混乱。在伊文特人飞速发展的十五年中，战争爆发了，双方轰轰烈烈地火拼了半个世纪，终于决定结束这场毫无意义的消耗战。这场战争在双方的历史中都被称为闹剧，而这场战争也是人类发展史上的第四次世界大战。战后，人类成立了地球统一联盟USE，依旧管理地球，而伊文特人则成立NUP，集中管理月球。名义上NUP仍隶属于USE，人类在月球上同样有研发基地，而伊文特人也有相当一部分在地球，主要集中在大洋洲。经过五十年的融合，虽然双方的关系并没有完全融洽，不过双方已经适应了这种和平相处，毕竟同源的事实是改变不了的。

每次战后，人类的科技就会突飞猛进，战争越激烈，科技的飞跃就越迅猛，不知道是人类的劣根性，还是战争本性，这五年来，人类进入了前所未有的宇宙科技革命时代。人类的星际战舰可以随意在太阳系之间往来了，来自于其他行星的矿藏也源源不断地输入到地球和月球。

为了适应星际战争以及星际开拓，反物质能源的星际战舰已经成为主流，机动战士则是主流部队，毕竟没人比人类自身更能适应各种战况。

机动战士源自于伊文特人的创造，说白了就是由人控制的战斗机器，只不过这种机器是人形的，利用伊文特人强大的肉体和灵敏的反应，他们可以非常灵活地操纵机动战士。而人数远少于人类的伊文特人，也正是依靠着机动战士的强大攻击力才挡住了人类的进攻。现在，机动战士已经成为USE和NUP的主要战力，这种兵种可以适应各种星球的地貌，非常方便。听说现在连太空站的机动战士也即将研究成功，当然这些都是两大联盟以及各大军火商的顶级机密，普通人也只是猜测。

到现在为止机动战士已经更新换代过很多次了，即使是普通人类也可以驾驶，只不过各方面的品质要差一些。

"哥们，高中生是没前途的，你想参军我也不拦你，不过还是考军校吧，不然你只能当后勤兵。"

马卡无奈地望着自己的好友，虽然不怎么喜爱宇宙战争的游戏，但是看过几次，李锋玩得确实很好，只不过在他看来机动战士也就是机动炮灰，看起来很酷，实际上又辛苦又没好处，相当于古代战争中的步兵，实在没前途。

李锋无奈地耸耸肩，他也不是不想考军校啊，只不过考试实在不是他擅长的，在现在这个时代，军校的分数又是最高的。五大军事学院更是想都不用想，那里是精英中的精英们汇集的地方。

举个简单的例子，李锋高中毕业参军，通过体检和考核，他将从一个普通士兵做起，好好拼几年说不定能成为机动战士，但也不过是下士，如果运气好立点战功什么的，也要到四十岁以上才能升为上尉。从五大军事学院出来的毕业生一进军队就是少尉，不管职位如何，光是军衔就能让人羡慕死，而每届最优秀的学生可以直接进入星际战舰控制部门，那可是少校军衔，这恐怕是一个普通机动战士拼到死都升不到的位置。

但这就是现实。机动战士相当于以前的步兵，而驾驶星际战舰的人，哪怕是普通的工作人员也是高级军官。

对于这些李锋还是很看得开的，每个人都有自己的特长，相比驾驶星际战舰，他更喜欢成为一名很有男子气概的机动战士。

但是……军校则是他心中永远的痛，他自认智商不低，只不过考题太变态，而他对那些理论性的东西实在提不起兴趣。

"哈哈，不着急，还有半年呢，管它成不成，我总要碰碰运气的。你呢，有什么打算？"

"呵呵，我没你那样建功立业的雄心壮志，我想做名记者，最好是做八卦娱乐新闻方面的，专门偷拍美女，放心，等我成名的时候，但凡有明星写真肯定免费送你一套！"

两个人勾肩搭背地淫笑起来，青春年少，想做什么就做什么，李锋知道自己好友的性格，特喜欢刨根究底，而且文字功底又好，他不混这个圈子也是有些浪费。虽然爱好不同，但并不妨碍两人成为好兄弟。不过他的目标是军校，而马卡的目标是文科学院。

第3章
我老大，天老二

　　千万不要以为进入了宇宙时代，地球就会被破坏得不成样子，虽然战争时期免不了环境破坏，但是战争双方都不约而同地避开了森林，毕竟那是人类共同的财富。即使在战争最激烈的时候，双方都克制着没有使用核武器、反物质武器，战后，双方在城市绿化方面做得也很不错。

　　绿色的高科技城市看起来还是很舒服的，起码李锋觉得比电影里的旧世界好，绿化面积要大一些。遇上想不通的事儿，李锋喜欢搭乘市区电车驶向郊外，到外面去呼吸一下新鲜空气，那种感觉非常好。

　　躺在人造草坪上，嗅着泥土混合青草的味道，李锋今天却有点平静不下来。不想当将军的士兵不是好士兵，同样李锋也有梦想，短期内考上军校就是他最大的梦想，何况他还有另外的目标，但也要考上才行……只不过为什么一定要考试呢？就算考试也应该多元化啊，给不擅长理论考试的人留点机会啊！

　　不行，一定要努力尝试一下，不尝试一点机会都没有，尝试至少还有百万分之一的可能，人生难得一回疯狂，拼！

　　想到热血激昂的地方，李锋仿佛看到了自己成为机动战士的风光时刻。他霍地站了起来，摆了个单手指天的酷酷的姿势，大吼一声："我老大，天老二！"

　　大嚷发泄的方式真是不错——那是什么？

　　刚刚吼完，李锋就发现天空突然出现了古怪的波动，然后就多出了一道流星。

　　难道老天没睡觉？李锋不仅哑然失笑，还做了一个很不雅的手势继续吼道："人定胜天，有种向老子开炮！"吼着的同时，他还勾了勾手，毕竟流星这东西看着近其实是很远的。但是刚做完动作，诡异的一幕发生了，流星真的轰轰烈烈地朝他飞了过来，而且越来越近。

　　李锋一愣，撒腿就跑，这也太邪门了！

　　可是才跑出去几步他就发现巨大的压力迎头罩下，轰隆隆的声音中他失去了意识，模糊之中忿忿地嘟囔了一句："我讨厌会飞的石头！"

　　晚间新闻：一名空航AP高等中学学生放学后在郊外被流星击中，已经送往医院，据初步检查，此学生已无大碍。此应属于罕见的天文现象，概率在千亿分之一，请大家放心郊游。

　　正在吃饭的马卡忍不住喷饭了，竟然是自己学校的，这兄弟的人品真好，千亿分之一的概率都能碰上，应该立刻去买彩票。

　　这时手腕上的天讯响了，一个小的虚拟视频窗弹了出来，一个优美的女声说道：有电话，有电话。

"喂，李锋啊，哈哈，你听说了吗？刚才我们学校有个倒霉的家伙被流星打中了，真想认识认识这位仁兄，顺便送个花圈。"

电话另一头一阵沉默。

"喂，说话啊，我正吃饭呢！"

天讯另一头是个沙哑的声音："马卡同学，那个倒霉的家伙就是我！"

噗……

马卡连忙抬起头，这才发现天讯中的李锋正躺在雪白的病床上，顿时无语了。

"好了，李锋同学，你现在需要休息。"一旁的小护士板着脸说道。李锋只能无奈地关掉天讯，算了，闭目养神好了。耳边传来两个小护士的笑声。

"这人真有趣，竟然能被流星打中。"

"是啊，他除了有点轻微脑震荡外竟然什么伤都没有，命真大，嘻嘻。"

李锋一把用枕头蒙住脑袋，丢人丢到火星上了，这么极品的事儿竟然都能遇上，自己的运气真是"好"啊！

迷迷糊糊的一阵疲倦涌上心头，李锋很快进入了梦乡。毕竟只要是正常人，被流星砸一下都不能一点事儿没有。

哧哧哧……

李锋的身上泛起肉眼几乎无法辨别的金光，周围的仪器顿时一暗。

"自检，三，二，一。"

滴，滴，滴，滴……

检查报告：资料库损伤百分之六十九，可恢复百分之三十二，自身损伤百分之九十一，可恢复……

信息探测：已成功穿越平行宇宙，坐标位置，不可回归，无法接受任何信息，目标位置能源充足，可利用率百分之十五，中等文明。

忽然光芒闪烁得有点急促：……主人的气息，主人，主人……

警告：能源不足，能源不足，三秒之后进入自我修复睡眠，三，二，一……

金光慢慢缩回李锋的体内，而周围的机器也恢复正常运转，李锋同学睡得很甜，他梦到人类五大军事学院的校长一字排开跪在他面前求他上自己的学校，李锋忍不住咧开嘴无声地笑了起来。

梦中YY也是件很幸福的事儿。

感觉浑身舒畅，李锋醒了过来，睁开眼睛就看到了死党马卡。一看到李锋醒了过来，马卡就扑了上来。

"我靠，你小子终于醒了，我还以为你成植物人了呢！"

"乌鸦嘴，老子健壮得很，只不过睡了一觉而已！"

"你知道你已经睡了三天三夜了吗？！当自己是灰熊冬眠啊！"

晕，李锋下意识地摸摸脸，只不过睡了一觉而已，有这么夸张吗？他突然想起一个严重的问题："你没告诉我爸妈吧？"

"废话，你打电话的时候我就知道你的意思了，哪儿敢说！但是你要再不醒我就真的说了，我跟你妈说你在我家进行特训。"

"哈哈，够意思！"

这种事儿常有，马卡家里还是很有钱的，关键是他家里有重力控制器，李锋为了锻炼肉体反应能力经常去他那里住，家里人也习以为常。当然马卡对锻炼身体一点兴趣都没有，开始的时候只是觉得反重力失重很有趣，但是玩了一段时间就没感觉了，重力控制器反而成了李锋的专用品。当然李锋不是练习失重，而是超负重。

"这位同学请让开一下，我们要为病人检查。"

马卡立刻闪开，把李锋扔到一边，两眼金光闪闪地望着小护士："护士姐姐，我这兄弟有个小毛病，就喜欢打针，如果有机会千万不要吝啬，狠狠地扎。"

第4章
重力异样

　　李锋眼睛一闭，快被这家伙气晕了，见了女人脚就挪不动，无论年纪大的年纪小的他都有兴趣，难怪他立志当八卦记者，物尽其用啊。

　　可惜小护士却不领情："请你到外面等候，医生一会儿就到。李锋同学，你有什么不舒服的感觉吗？"

　　"谢谢，我感觉很好。"李锋笑笑说。

　　这倒是实话，睡了一大觉不但没有头晕的感觉，反而精力旺盛，就是肚子特别饿。

　　"护士姐姐，你可是白衣天使，一会儿一定要给他仔细地检查一下，千万别落下什么病根，他还是处男，有很长远的未来啊。"

　　李锋的脸上拉下三条黑线，这家伙为了找话题真的是什么招都用啊，不过很专业的小护士非常不客气地把啰唆的马卡推了出去，而接下来医生们为李锋做了细致的检查，结果很快就出来了。

　　非常好，比正常人还正常，只有肠胃反应有点激烈，那是因为饿的，所以李锋同学可以出院了。

　　对于李锋的出院，马卡还是有点惋惜，如果他继续住着该多好，那就多了跟小美眉接触的机会，气得李锋真想把他踩一顿，不过看在他请客的分上就算了。

　　但是很快马卡就为自己的决定后悔了，望着流水般上来的碟子，马卡同学终于发现一个睡了三天的人的食欲有多么恐怖，他一周的零花钱已经装到某人的肚子里，早知道就请他吃大排档了，难道这就是传说中的装X遭雷劈？

　　又吃了半个小时，李锋终于爽了，望着脸色乌黑的马卡，露出了阳光般灿烂的笑容："体力充沛，现在需要活动活动了，三天没动怎么觉得像是躺了三年的木乃伊似的？"

　　马卡郁闷地望着自己的信用卡："谁家的木乃伊这么能吃啊？算了，喏，钥匙给你，你自己去吧，我要去找个美眉抚慰一下我受伤的心灵。"

　　"啊，谁欺负你了？"李锋非常无辜地望着可怜的马卡，马卡同学晕倒了。

　　马卡的父母是做洲际贸易的，有自己的公司，虽然不是垄断型，但也称得上小有资财，不过他们经常不在家，偌大的房子也就成了两人的窝点。对于马卡的家，李锋已经熟得不能再熟了。

　　重力控制器绝对算是高档的配置，不是一般有钱人能买得起的，马卡当时是以为锻炼身体参军的目的引诱父母买的，其实他的真实目的是体验下失重的感觉，只不过效果非常不好。

　　机器启动花费了五分钟，李锋兴高采烈地冲了进去，除了宇宙战争游戏，这里就是他的最爱了。宇宙战争游戏是人类进入星际航空时代后发展的一款游戏，普通公民可以玩，军方也可以玩。玩家的身体状况会自动进入档案，而操作的机动战士也是仿真的，也就是说想要灵活操纵，身体素质必须达到一定的标准。身体素质在游戏当中是不能提升的，还是需要在现实中锻炼。熟练度和技巧是可以提高的，在游戏中能做到的，在现实中也能完成七八分，这也是这款游戏受军方重视的原因。当然游戏毕竟是游戏，身体的状态虽然不能变，但是机动战士是可以进化的，这也是未来机动战士的发展方向。

最低级的机动战士就是伊文特人NUP研发出来的老款BS001，移动慢，攻击手段单一，力量也差，操作还困难，一般人类的身体是不能承受的。无论伊文特人还是人类在玩宇宙游戏的时候都懒得理会这种机型，谁开着这个就是找扁，大家宁可花点钱直接升级成基础性机动战士。

在实际军备中，这种机动战士已经被淘汰，偶尔会在一些矿场或者训练基地见到。那东西操作起来实在太累，连伊文特人也不愿意用。

比BS001高一级的就是NUP和USE现在的常备机动战士型号。

NUP的两款是骑士TM和魔兽TN，其中骑士款是人型机动战士，在BS001的基础上进行升级，操作起来更容易，反应时间也提高了不少，配备了阿尔法合金刀以及主战镭射枪，适应各种环境，缺点是移动速度慢。

魔兽TN，兽型机种，模拟狼虎的造型，机动性获得了很大的提高，但是杀伤力减弱，攻击主要依靠额头上合金刀的撞击切割，以及口中的镭射枪，稳定性比骑士TM差一些。

USE的两款是坎诺三型和诺曼底A型，其中坎诺三型在人类军队中占了八成，直言不讳地说，这是仿骑士TM的，重量比骑士TM轻了半吨，更便于操作，适合人类，灵活性略显优越，不过杀伤力要弱一些。这种机型在战场是靠数量取胜的。

诺曼底A型是比较少的空战机种，也是四大基础机型中唯一具有飞行能力的机种，在空中表现还算可以，对上魔兽TN系列具有足够优势，但是碰上轰炸机就非常危险。它增加了一种能力，也相应地造成地面攻击相对较弱的情况。这是专门针对魔兽TN的机型，同时也是为日后发展出真正的全天候作战机动战士做准备。

这就是普通玩家使用的机型，在此之上还有很多夸张的机型，毕竟游戏中，不可能只有这么简单的四种机型。当然那些机型现实中有没有就只有那些当权者才清楚，NUP和USE肯定都隐藏了实力，但是这并不妨碍宇宙战争游戏的风靡。

李锋还是照旧赤着上身进入重力室，他的身体不见得有多壮，但是可以看得出那肌肉中蕴含的力量。他现在已经能适应两倍重力了，听说这已经是机动战士的标准。可惜要考试，神啊，难道就没有免试入学的方式吗？

好久没动弹，李锋觉得浑身发痒，冲进去就做了一套标准的军事训练动作。当然这些都是马卡的父亲搞的，只不过马卡丝毫没有兴趣，马卡对李锋整天做这种运动持保留意见，他认为有精力不如花在美眉身上，没必要浪费在一堆生铁上面。

做了十分钟的训练，李锋发觉没什么反应，平时这个时候他已经大汗淋漓的，今儿竟然连汗都没出，难道重力机坏了？

李锋看了看数值，一切运行正常。这是怎么回事？

让重力逐渐增加到二点五倍，可是身体仍然感觉不到重压。三倍，还是没反应，难道机器真的坏了？

李锋找出说明书按照上面的方式调试了一次——仍旧没问题！

见鬼了，难道被流星打了一下就出现幻觉了？

第5章
托马斯回旋撩杀

四倍!

轰!四面八方的沉重压力轰然出现,这次李锋感觉到了一点压力,但是这感觉就相当于原来的一点五倍吧。看来机器真的坏了,算了,凑合凑合用吧。

普通人类在一点五倍的重力下会感到身体难过,但是经过训练的人类也可以承受两倍以上的重力。重力训练开始的时候,伊文特人是有点优势,但是重力过了三倍,他们跟人类的感觉几乎就一样了,而听说能承受四倍以上重力的都是两军中的精英。

李锋可从没想到自己可以到那种程度,十有八九是机器坏了。

民用的重力控制机只能增加到四倍重力,身在其中的李锋仍旧很自在,大约半个小时之后他总算有些感觉,关掉重力控制机冲了个澡,被流星打中的郁闷全部扫除。

马卡来了天讯,他晚上不回来了。对于马卡的生活方式,李锋只能持保留意见。

冲进了游戏室,他开始了宇宙战争游戏。

对于游戏的态度每个人都不一样,李锋绝对是其中的异类,因为他一直使用的是BS001。这是进入游戏的新人装备,很容易就可以淘汰,有些人甚至直接花点货币升级。这套装备毫无意义,而且玩起来既不顺手还容易被虐,但是李锋却是个怪胎,他就喜欢使用这个。虽然装备比较陈旧,但是李锋玩游戏的目的并不是为了玩乐,而是为了将来参军!

虽然表面上满不在乎,但是李锋自己很清楚自己对机动战士的痴迷,另一条重要的原因是自己喜欢的女孩子也希望自己的男朋友是一名英勇的战士。

李锋的ID是刀锋战士,在这个区里也小有名气,很简单,他的分数一直是倒数十名中的。你想啊,一个使用最差机型的人不待在新手区还整天乱逛四处挑战,这不是找虐是干吗?分数负得已经不堪入目,不过李锋一点不在意,反正他又不在乎这个,如果连BS001都能掌握,其他的机型就更简单了。

在驾驶BS001的过程中,李锋体会到了不少关于机动战士的奥秘,这款机型老归老,却能把机动战士的一些问题暴露出来,而先进的机型身上也同样存在这些问题,只不过破绽比较小而已。

李锋一上线立刻一大堆信息砸了过来,只不过基本上都是"哥们让我爽爽"之类的信息,只要有人被虐了,他们基本上都会从李锋身上找回信心。李锋也不在意,他只要从对战中锻炼自己的能力,而对方之所以喜欢找李锋,是因为他总是拼尽全力落败,这样的快感怎么都不会腻味,所以喜欢李锋的人送他个绰号"百败小兵"。

不要以为什么人都能有绰号的,在这个游戏里面,只有知名人士才能有绰号。比如说宇战十大高手都有自己的绰号，那是大家送的，而且都得到了官方认可。李锋同学绝对是其中的异类，不过李锋自己则是一笑了之。

但是马卡却认为李锋很强，超级强，虽然马卡不玩这种游戏，但是绝对不能侮辱他的智商。马卡在看人上有一手，他表面上对李锋的训练不在乎，但是他知道以李锋这个年纪，训练强度就到了这种程度，如果传出去也算是大新闻了。而且他看过几次李锋在游戏中的交战，虽然难逃落败的结果，可是李锋操作BS001那么烂的机型都只是险败而已。平时开玩笑归开玩笑，马卡心中认为李锋总有一天会出人头地的，不然马卡怎么会为了那么无聊的理由要求父母购买这么昂贵的重力控制机？只不过他怕李锋心中有负担而已。

李锋迫不及待地进入了驾驶舱，那感觉真是好啊，刚完成契合，立刻就有人排队挑战。挑战者足足排到一百多位。

宇宙战争也是根据积分分军衔的，像李锋永远的列兵，这辈子恐怕没法升级了，实在是负债太多，到现在为止未尝一胜。别看李锋自己分数超低，一般的人他还懒得交手，立刻查询这一百多人的战绩，然后从中选择适合自己的对手，越强越好，但是太强的人也不会跟他这种小人物交手。

军衔跟现实中的体制一样，从列兵到五星上将，总共分为七等，几天没上线竟然有一个三等的军士长向他挑战，这立刻引起了他的兴趣。

通讯器一连接，对方那边就通了，貌似对方有点兴奋，大概是迫不及待地想虐他了，李锋并不想失败，每次都尽全力，他相信自己总有一天会获胜的！

ID血修罗，军士长，二十五胜两负，坎诺三型改装版，加一分数。

看到这个数据，李锋想不兴奋都不成，这说明对方十有八九是职业军人，并不是说虐待新人就能提高分数的，如果机型相差太大，就算获胜也不会奖励分数，而越级战胜则会分数翻倍，对方如此的战绩就跻身军士长肯定有两下子。

战争场景选择——沙漠。

这是相当困难的环境，操作差的人很容易产生大于百分之十的误差，不是高手是不敢选择这个地方的。

按下接受选项，双方就进入战场了。

BS001和坎诺三型改装，这一战立刻引起了小规模的关注，人们对李锋这个百战百败的刀锋战士也很关注，毕竟总有识货的，而且看他的比赛也很有趣，当时就有数百人接通了这场战斗的直播。

当然这是付费的，费用很低，游戏厂商也是靠这个赚钱，如果是将军级别的大战经常会吸引千万玩家的观看，当然到了那个级别，很少会轻易交手，就算交手也可以选择屏蔽观看的，那是将军们的特权。

李锋的手在控制器上高速移动，今天他也觉得感觉有点不同，仿佛以前的那种阻碍和停滞感消失了，操纵起来非常得心应手。难道是错觉吗？

轰！咔！

战斗状态开启，对方的坎诺三型重量轻，易于操作，在沙漠中受到的阻碍绝对比BS001少很多。一上来这个血修罗也不客气，可能是在别人身上受了怨气，想从李锋这个"名人"身上找回场子。一上来坎诺三型就踏着稳重的节奏挥舞着阿尔法合金刀杀了过来。

行家一出手，便知有没有，观看的玩家忍不住觉得这个血修罗太过分了，这家伙改装的正是移动系统，沙漠应该是这种机型的最佳战斗状态，而且从他的移动的连贯性来看，太职业了！

虽然刀锋战士经验丰富，但是在这种情况下恐怕一个回合就能结束战斗，人们不禁有些兴趣索然。

李锋的BS001站在那里一动不动，他很少在沙漠环境作战，因为这个机型太重，而且移动笨拙，玩家们就算挑战他也尽量给他一些优势，这样打起来才有意思。挑选模拟战场时他没注意，直到进入的时候才发觉，不过已经晚了，BS001已经有下陷现象，这是全仿真条件的，而对方的改装坎诺三型显然是经验丰富，他以前战胜的人肯定也吃了亏。

对方已经冲了过来，至少比一般的坎诺三型节省了三分之一的时间，阿尔法合金刀轰然刺向BS001的腰部，那里是这款机型的弱点之一，其实这样的低等机型实在缺点多多，但是这一击就显现出对方的狠辣，有些玩家已经忍不住要关视频了，这血修罗太无耻了，明知道BS001移动慢，竟然还向那里攻击，一点意思都没有。

像李锋败了这么多次，依旧不急不怒，同时每战尽力，也赢得了不少的好感，哪怕是对手也会保持一定的尊重的。

李锋自己也有点傻眼，虽然不怕输，但是也没这样的啊，当时就怒气上冲，手高速地移动起来，恐怕连李锋也没注意到自己的手快得已经产生了数道残影。

合金刀已经刺了过来，而就在这时，那笨重的BS001已经作出了难以置信的反应，钛刀闪电拔出，同时身形猛地拔起，钛刀迅速一划，笨重的机身做了一个高难度的三旋转，还带着三十多度的倾斜，完全拨开对方合金刀的同时，还卡住了对手的镭射枪，轰然一脚踹中了坎诺三型的腿部，以BS001的厚重和力道，坎诺三型的腿立刻断裂，就在坎诺三型立足不稳的时候，钛刀已经迅速划过了坎诺三型的脖子。

嗖！

一个金属脑袋飞上了天空，断口处哧哧拉拉地发出电火花，紧跟着是一声爆炸。

还剩不到一百人的观看者全傻了，他们之所以没有离开是不想浪费自己一个自由盾的货币，可是他们竟然看到了……

看到了这不可思议的一幕！

托马斯回旋撩杀!

玩家们都下意识地揉揉眼睛选择了回放。神啊,完美的托马斯回旋撩杀,就算在军方也基本没人能用基本机型做出,而这个百战百败的刀锋战士竟然用BS001这个古董货完成了!

就这样李锋迎来了他的首胜,没有过多的喜悦,立刻下线,因为他知道自己的实力,在那种情况下只是下意识的反应,如果用基本机型他有七成把握,而在实战中这个概率还会低,用BS001……他根本没敢想,因为这根本就是不可能的!

压制住心中的喜悦,李锋迅速冲向身体测试仪,难道被流星砸了之后,身体发生了异变?

(注:托马斯回旋撩杀,是由伊文特人NUP的一位王牌机动战士托马斯发明的招数,这种招数在四大基本机型上很难完成,但是在一些王牌特种机型上可以发挥出可怕的杀伤力,攻防一体。)

而在李锋测试身体的时候,宇宙战争网却像炸开了一锅粥,一个醒目的大标题——BS001的完美托马斯回旋撩杀,并附带了录像。

这个帖子一出立刻有了数十万的点击,十分钟后点击冲破一千万。

不管你是宇宙资深玩家还是军人,看到这个标题就会身不由己地点进去看看,而看到的人只有一个反应——活见鬼!

而拥有绰号"百败小兵"的刀锋战士一下子成了跟将军们同一级别的热门人物。

亲眼观看了那场比赛的玩家们实在是太兴奋了,一个自由盾观看托马斯回旋撩杀简直是跟做梦一样,而且还是在笨重的BS001上。

而一些高级玩家则是面色严肃地看着录像回放,甚至放慢到极致,一步步地看,越看脸色越是沉重,这简直是比军人还标准的回旋,可是纵观NUP和USE,谁敢拍胸脯用BS001做出这样的动作,虽然游戏和实战还是有区别,但是理论上在游戏中可行,在现实中也有一定的成功率,何况对方的动作做得是那样自然纯熟。

刀锋战士究竟是谁?

第8章
安全第一

在观看了录像之后，立刻有无数的玩家发表评论，对战斗过程进行了详细的分析，玩家们得出了一个关于刀锋战士身份的结论。

那就是他很可能是USE或者NUP的王牌驾驶员，甚至可能是秘密武器！

如果不是ID是系统锁定，人们真怀疑前后是不是两个人。

一时之间刀锋战士的身份之谜成了各大排行榜的首位，甚至有人开始公开悬赏！

要知道除了军方之外，各大商团势力也有自己的机动战士部队来确保自己的安全，当然这规模是被限制的，这个时候一个王牌驾驶员就相当重要了，如果这人不是军方的人，那绝对会成为众相争夺的焦点，驾驶BS001已经能达到这样的程度，那驾驶其他的机型呢？

顶级的机动战士贵重，但是能驾驶它们的驾驶员更宝贵，越是配置彪悍的机动战士对驾驶员的要求越高，同时对身体的复合能力要求也足够高。

有人观看了录像之后发现，即使做出了如此多的战斗动作，BS001的驾驶员并没有感觉到疲劳。

刀锋战士的表现，已经引起了几位将军的注意！

可是没人知道这刀锋战士的来历，他以前跟别人交手的时候也没有太多的联系，一打完就消失，就跟现在一样，所以成名之后，人们并不了解他。

而注册的个人资料肯定是不能开放的，这个连游戏公司也没权利看到，系统的管理都是交给主电脑做的，这也是USE和NUP的共同协定，除非涉及到国家重大安全，经过特殊机构的批准才有可能调查，但是这个过程是相当复杂的。

人们正热火朝天地谈论着这个神奇的刀锋战士的时候，我们的李锋同学却匆匆忙忙地赶往医院。

阿弥陀佛，阿拉，上帝，魔鬼，各位大仙一定要保佑，李锋感觉到了身体的异状，难道是被流星击中的回光返照？又或是燃烧了潜力，几天后就挂？

忐忑不安的李锋冲进了医院，对于这位被流星击中的幸运儿，医生们还是非常理解地优先检查。

忙忙碌碌的两个小时之后，李锋拿着厚厚一叠检查单子出来了，望望天空，觉得有点做梦的感觉。医生的检查结果跟在马卡家里的检查结果是一样的，经过细致的检查，李锋的身体没有任何异常，既没有恶化，也没有变成超人，可是李锋却知道自己确确实实变化了！

不管怎么样，这都是件好事吧，离梦想也越来越近了！

望着天空，李锋第一次觉得有点感激，吼道："老天爷，虽然你派流星打我，但我还是善良地原谅你了，保佑我吧，阿门！"

这一吼可把一旁的人吓了一跳，一个女孩子连忙抱住身边的男朋友："哪来的疯子，竟然不关起来！"

"小梅，人家已经够可怜的了，我们要有怜悯之心。"

"也是，可怜的孩子，长得还算端正，这么年轻就疯了。"

李锋今天很高兴，非常高兴，所以即使再难听的话在他听来也像是在赞美！

咱们老百姓啊，今儿个真高兴！

整个周末马卡都没回来，这小子肯定乐不思蜀了，李锋也没有再上宇战，这个游戏对他来说只是一种锻炼的方式，而并不是游戏本身的诱惑，不然谁也扛不住接二连三地输。

激动的心情很快就过去，剩下的时间李锋给父母报了个平安之后就按部就班地训练起来，只不过重力被直接增加到四倍，他知道自己离成为真正的机动战士越来越近了。

校园有点不太一样，一踏入校园，李锋就感觉到几乎所有人都在议论纷纷，宇战游戏并不是所有人都喜欢，但是它实在太流行，就算不玩也不可能不了解。

突然一只手拍上他的肩膀，下意识地李锋的手肘已经顶到了对方的胸部，"咚！"

马卡抚着胸口夸张地后退："神啊，你要谋杀吗？这么大力气！"

李锋连忙拉住可怜的马卡，幸好及时收力，不然这一下可够马卡受的。其实马卡的身体不但不瘦弱还相当标准。没办法，为了泡MM的需要。完美的体形，能给女人造成相当的视觉冲击，马卡同学对此沾沾自喜，就算家里破产，他也可以做牛郎生活。

"靠，你昨天玩宇战了没，听说突然冒出一个绝顶高手，托马斯回旋撩杀用得炉火纯青，而且还用的是BS001机型，你可以向人家学习一下。"

汗，连马卡都知道了，不过即便是马卡也没有联想到李锋身上，马卡看李锋玩过几次，但他根本不关注李锋的分数，李锋也没有过多地谈。马卡知道李锋很厉害，可是跟前天出现的那个高手完全不是一个水准啊。

"呵呵，我也能做出来的！"

李锋笑了笑说，看这样的关注度，还是不要乱说的好，毕竟他只是想参军，可不想成为娱乐人物，而且他也知道虽然号称仿真，但也只是仿，他可不想在参军或者进军校前留下不好的档案。

"你就吹吧，没事，别灰心，总有一天你也能做到的，那家伙说不定是NUP的新天才，又或者是北斗七星里面的某个人吧。天晓得，不关我们这些普通人的事儿。"

北斗七星，是伊文特人年轻一代中最闪耀的明星，都有着不凡的能力，有几个还拥有惊人的背景，毕竟伊文特人的遗传比较稳定，基本上优秀的人才都是从优秀的家族中诞生的，当然偶尔也会出现超天才变异，这种概率比人类高了千分之一。

李锋一直都很渴望真正的战场，平时的他不怎么好战，可是只要一进入机动战士里面，他就无法压抑内心汹涌澎湃的战意，用马卡同学的话说，这叫做荷尔蒙的作用出了偏差。

　　李锋也没反驳，两人勾肩搭背地朝教室走去，不过很快又有骚动了，一辆加长的奔驰磁浮车，最新款防辐射KLR5停在学校门口，这种派头自然不是一般的小家族能有的。

第9章
GAD公主的怀疑

马卡非常同情地拍了拍兄弟的肩膀："别看了，早跟你说了，这女人不适合你，美女有的是，太累了不好。"

李锋没有任何的沮丧："放心吧，没事，我又没要求什么也不会有压力，只是享受这种感觉。"

"晕，又装哲人了，别柏拉图了，现实的美眉到处存在，你这叫为了一棵树放弃了大片的原始森林！"

不过当目标人物从车上下来的时候，马卡同学也闭嘴了，他口中的那些美眉都被抛到了九霄云外，眼前这个女孩子才是真正的水灵啊！

唐灵，USE唐家可能人们不太耳熟，但是提起GAD公司就无人不知无人不晓了，因为GAD正是USE人类联盟的主要机动战士生产商和研发商之一，真正能影响到政治的大财团，在现在这个社会还有什么比制造机动战士更赚钱更有影响力的呢？

而十八岁的唐灵正是GAD总裁，拥有GAD百分之七十三点五股份的唐震的唯一女儿，她的重要地位是可想而知的。撇开家世不谈，唐灵的容貌实在是无可挑剔，一米七五的身高，黄金分割的比例，配上绸缎般顺滑的黑色长发，显得无比高贵，像是童话中的公主，雪白的肌肤显然也是继承于她的母亲，伊文特人和人类通婚也很正常，而第二代确实更容易出现天才，那种集中了美貌和智慧的天才。

唐灵没有那种咄咄逼人的气势，也不需要，因为她的美丽、智慧以及家世足以吓跑相当多的人，很多人都只能像李锋一样默默地爱慕着她。

当然李锋则是异类当中的异类，他对什么家世不感兴趣，当然不可否认一开始是受她的容貌的吸引，就像某哲人说的，这个世界上大多是俗人，他自认也是其中之一，只是让他佩服的是唐灵的个人实力，她参与研究的机动战士新系统已经投入应用，她在学校的各科成绩都是高居榜首，这跟李锋同学惨不忍睹的成绩恰恰相反。

其实这些还在其次，有一次李锋无意中看到了在楼顶上静静思考的唐灵，只是那一刻，他就被一种无与伦比的画面震撼了，从此心中就留下了烙印。但是李锋同学非常有自知之明，初恋不一定要有结果，只要很有意义就成。

所以他并没有像马卡想象的那样很累很有负担。

"咳咳，别看了，刚才某人说什么来着？"李锋不得不拉醒见了美女就发呆的马卡，这哥们嘴上说的和实际行动总是相反。

马卡忍不住叹了口气："这妞实在是极品，难怪连你这种情盲都会喜欢，不过她离我们实在太遥远，走吧，走吧。"

马卡家里也是做生意的，比起普通人也算是很有钱了，可是跟GAD一比，那就什么都不是了，一旦到了这种地位，感情就不是单纯的感情了，何况唐灵太优秀，实在很难找到一个与之相匹配的。

两人转身离开的时候却没有发现唐灵的目光也貌似不经意地落在那里，这种情况已经持续几个月了，唐灵的感觉很灵敏，对于那些精神力比较高的人很容易发现这种情况，那个叫做李锋的人，她调查过，家庭普通，为人低调，好像沉迷于宇战游戏，成绩惨不忍睹，为人倒不错，旁边的马卡是他的死党，好像家里还有点资产，但整体看来就是普通得不能再普通的组合。

可是自从在顶楼无意中碰见之后，每当李锋看她的时候，唐灵都会有很奇怪的感觉，要知道这种感觉是天生的，只有那些强大有威胁的人才能引起她的注意，这种强大是多方面的，比如她的父亲，虽然自身不是战斗人员，可是手中掌握着巨大的权力，同样会有强大的气场。而这个叫李锋的，怎么看都不像是有能力的人，可是怎么能引起她的注意呢？

而今天这种感觉就更加强烈，在那一瞬间她竟然有种窒息的感觉，这是有生以来第一次，连她的父亲，甚至联邦里的议员也从来没给过她这样大的压力。

女孩子都是相信感觉的，尤其是唐灵，出生于那样的家庭，决定了她不可能是个单纯无知的小女孩，对于有威胁的人是一定要好好调查的。

而离去的李锋竟然也有种被人观察的感觉，不过他没有太在意，和马卡嘻嘻哈哈地冲进了教室。小人物有小人物的生活。

临近毕业，老师们也整天念叨着未来，当然不忘记给大家树立榜样，而榜样中自然少不了唐灵大小姐，不过倒不是说的她的家世，而是说她的个人能力，由于在机动战士系统的杰出贡献以及优秀的成绩，学校已经决定保送她进入人类五大军事学院中的亚朗A级军事学院，而亚朗A级军事学院也表示欢迎，录取通知书已经提前下达。

人有不同命，这种事儿对唐灵来说就是毛毛雨，可是对一般的学生可是难如登天，李锋同学就是其中的一个，进入亚朗A级军事学院可是他的梦想，除了能离自己的理想更近，还能跟唐灵生活在同一个学院，不过貌似以他的成绩，就算学院再重视人才恐怕也会把他这样的直接排除。

老师激情洋溢地在上面讲着什么，李锋和马卡早就听不进去了，李锋习惯性地沉迷于操纵机动战士的想象中，这种课堂的训练法被李锋称为冥想，号称自创。听说用脑子认真想象可以达到实际训练三成的效果，真的假的只有李锋自己清楚，也可能是上课走神的一个借口，相比之下马卡同学就比较赤裸裸地幻想美女了。

可是马卡的成绩要比李锋好看得多。

下课铃一响，学生们都以镭射的速度冲了出去，看得老师直摇头，李锋和马卡则是领头的。

而此时的楼顶，唐灵慢慢放下望远镜。自从今天看到这个李锋之后她一直心神不宁，连学习都无法进行，可是观察了一天，李锋貌似跟普通学生没什么两样，但是她的感觉却恰好相反。

一旦有了疑问，就一定要解决，这是唐灵自小养成的习惯，她知道如果不弄个清清楚楚，肯定会整天琢磨的。

第10章
小金的震撼现身

"疯子,今天别疯了,跟我一起唱歌吧,我约了几个不错的美眉,给你介绍一下,再这样下去,就算高中毕业你也无法摆脱处男生涯!"

马卡摆出一副救世主的模样,搞得李锋摇头不已,每次都拿这事儿打击他,处男难道祸国殃民啊!

"不了,训练不能停的。"

一旦养成习惯,一天不训练李锋就会浑身难受。

而这次马卡正色对李锋说:"咱们是哥们,我也是最后一次劝你,那女的真不适合你,感情这东西是双刃剑,而且会越陷越深,你一定要小心啊。"

李锋大力地拍拍肩膀,他知道马卡是为他好,但是他真没如他想象的那样,不否认唐灵的吸引,但是他有着自己的生活目标。

望着李锋离去的身影,马卡无奈地摇摇头。哎哟,天啊!他用多大的劲儿啊,肩膀都肿了!马卡同学欲哭无泪,只能到美女的怀抱中寻求一点安慰了。

离开学校没多久,闪亮的奔驰KLR5停在了李锋的身旁,车窗缓缓降下,出现的是唐灵天使般的笑容:"李锋同学吗?"

饶是李锋锤炼出来的镇定,面对这样的情况仍不禁有些紧张,这种反应自然瞒不过唐灵的眼睛,她心中微微有点失望。

"是的,唐灵同学吧,有什么事儿吗?"这种紧张持续的时间并不长,与其说紧张不如说是兴奋吧。

"呵呵,进来说吧。"

司机连忙下车打开车门,李锋也没什么好担心的,毫不犹豫地钻进车里,一道隔音屏障升起,宽敞的后排只剩下两人,这还是李锋第一次和女孩子靠这么近,淡淡的香气充斥着他的嗅觉神经。

两人就这么一眨不眨地望着对方,其实在李锋进来的一瞬间,唐灵竟然感觉到了灵魂的震撼,对方给了她很大的压力,只不过她没表现出来。这人怎么看都是个普通人,为什么会有这种感觉呢?

唐灵不敢确定这是不是错觉。

最后竟然是唐灵自己忍不住,尽量露出一个优雅的笑容:"李锋同学,下周日是我的生日,想办个小派对,不知道你是否愿意参加?"

话一说完,唐灵竟然觉得有点太……低声下气了,自己好像没必要吧。

突如其来的邀请倒是让李锋有些惊喜,只不过没像自己想象的那样欣喜若狂:"能受到邀请实在是我的荣幸，一定准时参加。"

　　直到下车，李锋还是有点如梦如幻的感觉，看着手中金灿灿的请帖，才知道这是真的，上面那颗钻石也是真的。GAD的派头果然不同凡响。

　　当大脑恢复正常运转，李锋突然发觉问题一大堆：唐灵怎么会认识他？为什么邀请他？那种顶级派对，他去能做什么？应该穿什么去？

　　问题铺天盖地压了过来，天啊，有的时候好运竟然也是一种烦恼，李锋决定用运动让自己暂时忘记一下。

　　打开房门，马卡不在，这色魔不到半夜肯定不回来。直接把重力器调到四倍，把门一关，李锋赤着上身走了进去，四倍的压力才能让他有点感觉，但是今天的精神状态实在有些过于兴奋，不狠狠地运动一下根本不能平静！

　　而就当李锋准备拿起哑铃的时候，一道闪电划过脑海，他忽然晕倒了，朦朦的光芒浮出体表。

　　自检：恢复状态缓慢，启动感知系统……

　　主人检测：级别低，状况良好，可进行规划。

　　连接……主人的意愿，成为一名强大的机动战士，接收……配置……进入模拟实战状态……倒计时三秒，三……二……一，启动！

　　而这个时候李锋并没有处于无意识状态，反而出现在一个广阔的空间中，狠狠地掐了自己一下，竟然不痛！晕，撞鬼了？

　　反正连流星都撞过，撞个鬼也不算什么大事了。

　　观察那种真实和虚幻并存的味道，李锋觉得十有八九是在某种全天候虚拟空间里，甚至有点像在宇战的游戏中。

　　"有人吗，有的话吱一声？"

　　……

　　吱！

　　身边突然传来的声音吓了李锋一跳，回头一看，竟然是一个圆溜溜长着一对翅膀的金属球……或者说是一个机器玩具。

　　"汗，刚才是你吱的吗？"这机器人还真听话。

　　"伟大的主人，您好，我是玛雅KFBT玩具第八代，编号9638，您可以叫我小金。"机器人一本正经地说道。

　　李锋的大脑高速地思考着，自己是在做梦又或者一切都是幻觉？手慢慢地伸向小金却发现摸了个空。

　　"这是哪里？我怎么会在这里？玛雅是什么？KFBT又是什么？你是什么？"骇然中李锋一下子问出一大串问题，但是直觉告诉他，这应该跟流星以及这些天身体的异常有关。

"主人，玛雅是发源于地球的文明，它是宇宙位面中最强大的力量，我是玛雅文明的产物，KFBT是我的型号，意思是全智能战斗控制演练教育玩具，小金是您的玩具。"

虽然成绩很差，可李锋同学从来不怀疑自己的智商，地球是没错，但是地球上可没什么玛雅文明，貌似很久很久以前是有那么一个玛雅文明，但绝对不是能制造出这种东西的存在……还有谁家的玩具，会叫做全智能战斗控制演练教育……这都哪儿跟哪儿啊！

不过李锋多少还是听明白了点，这东东可是真的来自其他文明，地球可能是它语言系统的临时翻译吧，反正这不是重点，重点是它把自己弄到这里来干什么！

"咳咳，小金，我现在是在你的空间里吗？可不可以让我回去？"

神啊，他可不想被外星人绑架，牡丹花下死，怎么也是风流鬼啊。

"对不起，主人，系统感知到您的要求，已经启动训练系统，在完成训练之前，您必须呆在这个空间中，这里与现实之间的比差是十比一。"

小金仍然以生硬的语言回答道。

李锋快要晕了，哪有这种事儿，自己什么时候要求过来着，再说自己是主人难道没有更改的权利吗？

"小金啊，既然我是主人，是不是可以更改一下，等以后再训练呢？"

噼啪！

"对不起，主人，由于穿越平行空间时，系统严重受损，您的这一要求无法被执行，请选择等待或者进行锻炼。"

第11章
无法停止的魔鬼训练

一听有别的选择，李锋也有些欣喜若狂："等待，怎么等待？"

"这个宇宙的元素非常充沛，但是能量形式过于原始，加上受损严重，根据计算在十到一百个地球年之间，有百分之三十的误差。"

小金依然一丝不苟地回答着，但是一旁的李锋快要暴走了，老天啊，您在玩我吗？

重复了几次，发现小金的回答一模一样，李锋只能接受，他没得选择，只有尽快通过训练，只不过自己参军的训练没开始，却先让外星人训了。

但是很快李锋就一扫阴霾，热血沸腾地投入训练了，因为这是小金为李锋的身体状况设计出的符合地球人的最佳战斗方式，同时也融合了一些玛雅文明的技术在其中，超前是毋庸置疑的。

训练的方式是全息模拟，分两部分：一部分是肉体锤炼，一个好的机动战士没有强悍的身体是不行的；另一部分就是BS001机动训练，小金感受到了李锋对BS001训练效果的崇尚，所以仍旧采用这个型号并增加了难度。地狱训练开始了。

进入训练状态的只有李锋的精神，但是以小金的科技力量把精神训练效果跟肉体达成一致是非常简单的，这种技术在玛雅文明五百年就达到了。如果要求太高，损坏过多的小金也无法完成。但是这个要求实在不成问题，数据库又比较完整，实际操作也比较简单。

模拟空间里的小金只是个幻影，它的本体仍在自我恢复当中，这个过程极为缓慢，这次的勉强启动也是因为感受到李锋强烈的精神波动才会反应的，所以究其原因还要找李锋同学自己。

幻境发生了"实化"，简直跟真实的世界没什么两样，李锋的周围逐渐变成了一个训练场，一个堪称奢华的训练场，有些是李锋见过的，有些是知道的，而有些根本闻所未闻，想来也不是地球上的东东。

这也是李锋渴望的训练器材，马卡买的那些已经跟不上了，可是他的脸皮再厚也不好意思要求了。所以他一看到这么多好东西禁不住兴奋地冲了上去。

"主人，第一阶段训练开始，这个训练场的器材是根据您的身体状况设计的，可以锻炼每一个重要部位。这个训练阶段也分两个方面：一个是主动锻炼，一个是被动锻炼。"

"啊，什么是被动锻炼？"

"被动锻炼就是锻炼您在受到攻击时，肉体的忍耐程度。"

汗！难道是挨打？

这个……自己只是想当机动战士，并不是武林高手！

不过看看一丝不苟的机器人，发现人家根本没有理会自己这个主人的意思，只是机械式地回答，看来不是那个星球的文明太差，就是穿越平行空间时的损伤太严重。等等，平行空间？

李锋虽然不怎么上课，但毕竟也是二十三世纪的大好青年，平行空间还是处于科幻猜测阶段，穿越平行空间是比简单的时间空间穿梭更难以实现。它刚才说了穿越……真的假的？

"你真的是穿越平行空间来的？"

"是的，主人，原来的主人都成神了，跟宇宙融为一体，小金被王子殿下扔进了平行空间，不知什么原因，原本不可能的穿越竟然成功了。"

"……那你为什么叫我主人？"

天啊，这么酷，可别一会儿就把自己这个主人给废了，那可就惨了。

"损坏程度严重，感受到与主人同源的血统，根据机器人认主条理，完全失去主人的机器人必须选择与原主人同源的血统认主。我在降落的时候，正好遇上主人，同时启动了认主程序。"

李锋大体已经明白了，那个地球是另外一个地球，只不过文明到了一个难以想象的地步，自己跟那个主人应该都是地球人。

……可是这地球上，地球人海了去了，它不会见异思迁吧？

"主人可以改变吗，我的意思是发现比我更适合的？"

李锋试探地问了问，这可是关乎小命的大事。

"除非主人死亡，机器人是不能认主的，而且如果是因为机器人没有尽到保护义务，必须自毁。"

之所以来到地球认主，是因为系统分析，已经到达另外一个位面，不可能再回去，而且是原主人的意愿。

穿越是要付出代价的，只是没想到听起来非常严重的损坏下，自己捡到的这个机器人还这么牛。

"主人，根据效率原则，如果您没有疑问，请开始训练吧。"

"好！"

李锋也有点意气风发，兴冲冲地按照标示练了起来，上面都已经排好了顺序，但是刚刚拿起最古老的哑铃——好重，看起来不大，这有多少斤啊！

"主人，所有器械都是根据您的身体亚极限所设计，为了督促您的训练，一旦松懈将会随机产生电击、火烧、磁爆、超声波冲击、镭射等等触觉效果。"

……

李锋没有在意，兴致勃勃地按照虚拟教练的动作开始锻炼，第一次只要十下，李锋冲到了八下，已经觉得自己的脖子在抽筋了，拼了老命做完了第九个，刚想大大地松一口气,哧啦!轰!

闪电攻击……李锋同学黑了。

浑身的剧痛酸楚麻痹,如同真的被闪电劈到一样,这种感觉持续了五秒,而对李锋来说像是五年。

"主人,请继续,系统是根据您的身体极限以及精神爆发极限设计的,比如刚才,在您的身体极限情况下最多可以做十一个,如果精神受到特别刺激甚至可以高达十三个。"

小金生硬的声音响起了,这时李锋觉得它再也没有半点可爱,反而觉得它简直是地地道道的魔鬼!

老天,身体极限他明白,精神爆发他也明白,人类是能在危险的时候爆发出超常的力量,但是没听说还有训练这个的。

紧紧闭上眼睛,说不定睁开的时候一切都会恢复正常!

第12章
这还叫基础训练？

　　三秒钟，不是李锋自己睁开眼睛的，而是身体被镭射集中之后，那肉体和骨头融化的感觉让他明白了必须睁开眼睛。虽然用小金的话说，这种痛楚是在他的精神承受范围之内。

　　李锋同学学会了一个成语——生不如死！

　　他切身体会到了高级文明的可怕，这简直是对身体和精神崩溃边缘的一次试验，李锋开始了真正的地狱磨炼。

　　但是千万不要以为这是机器人死板地照搬，如果换成是其他文明倒是有可能，但是玛雅文明本来就是地球文明的一支，只不过是最高级的一支，而这套训练方式如果让那些军事专家看到可能会如获至宝，把小金当成祖宗顶礼膜拜，因为这是他们一辈子追求的最高极限的梦想，但是限于各方面条件的落后，还远远无法达到。

　　生在福中的李锋不是不知福，可他只是个高中生，并不是真正的军人，如果不是从初中就开始的自我锻炼，可能真的会撑不住崩溃，这也是小金计算中的一个误差，那就是计算出来的崩溃边缘是会随机变化的。

　　但李锋确实跟一般人不同，一个普通家庭的高中生绝对不会对枯燥的训练着迷，可是李锋做到了，当他从痛苦中体会到一点好处的时候，李锋咬牙玩命挺了，他很清楚，要么活着完成，要么死在这里成为一个植物人！

　　他还不想死，他有父母，有朋友……还是处男！

　　小金口中最简单的基础，其实就是对身体各部位的锤炼，比如说以前李锋的踢腿顶多靠近头部，这已经很夸张了，而现在要一下子踢到与地面垂直，同时时间要控制在零点三秒到零点四秒之间，这对李锋来说是个很严峻的考验。

　　最基础的训练花了整整一个月，而在这一月的第一周内，李锋三次想到自杀，还有两次接近崩溃的边缘，不过他挺过来了，连他自己都觉得惊讶，竟然真的能活过来，但是这是真的，他没有死在那小金的简单基础训练上，而李锋也给小金改名了，魔鬼金。

　　对于一个月的训练，小金给了李锋一个勉强合格的分数，用地球人的算法叫六十一分，其中的一分还是鼓励奖。

　　基础训练的结果是让李锋可以完整地运用自己身体的各个部位，同时可以在十倍的重力下作出准确的攻击反应，但这些还是基本的，用魔鬼金的话，这只是机械的运动，一个战士的基本要求。一个人类被一个机器人说成机械运动的感觉特别诡异，除此之外就是对各种攻击的抗击打能力，由于不停地受到镭射、电击、辐射等攻击，李锋的精神上已经对这些攻击所产生的效果非常了解，当N次亲身体验之后，他已经完全没了恐惧感，同时最大程度地了解了这些攻击的优缺点。

这个训练来自最简单的典故，一个人拿着木剑砍向你，和拿着锋利的长刀所产生的视觉和心理效果是完全不同的，因此而造成的反击也不同。由于过于紧张和害怕，后者会产生一定程度的发挥失常，而那些镭射的训练，除了要磨炼肉体之外，另一方面就是彻底消除这种恐惧，在任何情况下都能作出冷静的最佳判断。

在魔鬼金看来，李锋勉强做到了，不是小金太魔鬼，而是它的情感系统损毁严重，才变成现在这样死板，不知道这对李锋算是幸运还是不幸。

而精神上的反应，通过系统的调整直接连接到李锋的身体上，同时进行各方面的基因自我进化，这种进化不是像伊文特人那样被动，而是完全发自本体的，也就意味着地球现有的技术根本检查不出来。

从原理上说，环境决定进化的方向，而小金则是把这一过程利用玛雅文明的力量加速了，当然在机器人的理念中，这是毫无感觉的常理，但是对别人来说，这简直就是神一样的创造力。

可惜李锋完全没有感觉到这个，也没有心情想这个，他每天除了训练就只有睡眠，连吃喝拉撒都省了，之所以有睡眠是因为这是必须的，精神世界同样需要休息，而八小时则是最佳效果，多了没用，少了不足。

开始的时候李锋根本不适应，要么睡不着，要么做噩梦，等想睡的时候就会被镭射温柔地叫醒，反复几天之后，他已经学会如何控制进入深层睡眠，得到最充分的休息，可是好景不长，在享受了一周每天八个小时的完整睡眠之后，这一切改变了，睡眠依旧是八小时，但是在八小时之中会出现一到三次的攻击，也就是说必须保持一定的警觉性，看似矛盾，但是魔鬼金说这中间有一个平衡，需要李锋自己去找，而且必须做到。

李锋是欲哭无泪，这到底是训练机动战士还是训练杀手啊！可是魔鬼金是不会讲道理的，在危险时刻，人类的潜能也完全被激发了出来，习惯这样的睡眠也只花了三天。这不仅仅是训练睡觉的问题，最直接的反应是，在遇到危险的时候，李锋都会产生一种难以言喻的预感。

一个身经百战的老兵经常会有这种感觉，偶尔一些精神力比较旺盛的天才也能做到，他们谓之第六感，而李锋这可是实打实地训练出来的。

但是这一些都是基础训练，第一个月才刚刚结束，紧跟着后续的训练开始了！

当时李锋的感觉只有一个，上个月的生活多么美好啊！

第13章
火辣辣的魔鬼森林

　　本来李锋以为经过身体方面的锤炼，下一步肯定是他心爱的机动战士训练了，可是他失望了，因为现在仍在进行自身方面的训练，用魔鬼金的话说，如果不是他的基础太差，就不用浪费一个月了。这让李锋同学备受打击，在学校里面，他的身体绝对算优等，就算参军也不会太差，魔鬼金竟然给了个太差的评语。

　　身体锤炼的第二部分，主要是对环境的适应和身体实战，不是驾驶机动战士实战，而是肉体的血拼！

　　训练场的环境已经消失不见，取而代之的是原始森林，看那些树木古里古怪的长相，李锋的第一个反应就是这是在拍冒险电影，只不过代价是他的生命，一个不小心被灭的话，他的小命就真的没了。虽然魔鬼金说是根据他的强度安排的情况，可经过第一阶段的李锋已经不信了，如果不是自己够坚强，而且有太多的牵挂，可能他真的扛不住了。但是已经走到这里，说什么也不能倒下，而且李锋也隐约地感觉到，如果真能活着离开这里，他将有着难以想象的进步。

　　"主人，这里是魔鬼森林，是我们玛雅文明征服的行星之一，科技文明比较落后，但是有着很强大的战斗力，分植物系生命和动物系生命两种，您需要在这里生活一周。"

　　小金机械的声音响起。

　　"哦，也就是植物和动物怪物了，它们的优缺点是什么，我的装备呢？"

　　他和魔鬼金现在正处在森林的入口，突然改换成外界的景色，让李锋也有点新鲜感，不过经过一个月的训练，这种对未知事物的好奇心已经被排到第二位，首要任务是生存！

　　"对手的优缺点需要您自己去发觉，为了理论联系实际，您的武器只有一把阿尔法合金刀，符合您所处星球的科技水平，同时开放您的饮食系统，如果摄取的营养不足，您的战斗力将会下降……"

　　"打住，打住，下面不用说我也知道！"奶奶个熊，战斗力下降不就是OVER嘛！

　　"那恭祝主人顺利通过测试。"

　　魔鬼金貌似恭敬地扇动着翅膀，然后晃动了几下脑袋就消失了，地上留下一把阿尔法合金刀。

　　捡起唯一的武器，李锋深深地鄙视了一下自己这个"仆人"，做主人做到他这份儿上也算是绝无仅有了。

　　"测试开始，请在三秒内进入魔鬼森林，倒计时开始，三……"

　　声音一响起，李锋二话不说一个俯冲高速钻进森林，这个该死的机器还真的是不给面子，一分钟都不肯多给。

第13章 火辣辣的魔鬼森林

刚冲进森林，视线立刻一暗，与外界的联系立刻断开，李锋一动不动，谨慎地感知着周围的一切，这将是真正的生命考验！

虽然没有受过什么系统训练，但是这方面的书以及电影可是看得不少了，在这种未知的环境中，首先要寻觅一个安全的地方！

大约几秒之后李锋就习惯了这里的光线，确实很幽暗，而且深不见底，这些植物都是地球上没见过的，各式各样，毕竟是经过了一个月的恐怖训练，李锋慢慢让自己的精神维持在一个比较合适的境界水平。他慢慢地靠在一个巨大的不知名植物上，这植物没有枝叶，倒像是个墨绿色的大萝卜，当然是要多难看就多难看的那种。

一只手按在上面，另一只手则紧紧地握着合金刀，既然魔鬼金把刀留给他，就说明自己的空手杀伤力十有八九不够，所以这把刀千万不能丢失！

在这一个月中除了体验了一把魔鬼训练，李锋也练就了多思考的习惯，魔鬼金有点短路，很多事情解释不清楚，不得不靠他自己来理解。

而有的时候好的判断能捞到不少好处，李锋也明白了，很多时候先用脑比先用手脚来得安全。

周围一片死寂，可是隐隐从森林深处传来一股压抑的气息，还有奇怪的吼声，不知道是错觉还是真的存在，但是这一路肯定不会平静。

蓦然静止不动的李锋闪电般蹿了出去，身后的那棵怪树不知何时咧开了巨口，锋利的牙齿狠狠地咬在一起发出刺耳的咔嚓声，只是一刹那，李锋的全身都湿透了，要不是刚才感觉到杀气，现在的他已经是眼前这个怪物口中的美食了！

明知道这里有植物系的怪物，刚才实在大意了，理论上接受的东西在现实中运用的时候还是会下意识地忽略。

下一次可能就不会有这么好的运气了。这该死的怪物！

李锋没有逃窜，敏锐地发现周围并没有其他怪物围拢上来，对手也没有立刻扑上来，这可是难得测试自己同时感知一下对手的机会！

握紧合金刀，缓缓地移动了一下位置，"棒槌怪"依旧暴露着锋利的牙齿缓慢地扭着身体，它的脚埋在土里，不过并不是一点也不能移动，只是速度相当缓慢，不过看它刚才的攻击却并不慢，李锋已经把握了其中的关键。

缓缓地蹲下，猛地将捡起的石头扔在对方的眼睛上，身体同时启动，合金刀狠狠地从"棒槌怪"的身体上划过。不求有功，但求无过。

那是一种很奇怪的触感，合金刀是划破了对方橡胶一样的皮肤，绿色的液体渗了出来，但是肯定不是致命伤。

受伤的"棒槌怪"被激怒了，张牙舞爪地冲向李锋，但对李锋来说却是一个好机会，很显然就像魔鬼金说的，这些怪物的肉体很强悍，可惜智商有限，看似疯狂的攻击，其实破绽百出。而且在前进的时候，李锋发觉在对方大嘴的下方有一块很特别的地方，即便在这种疯狂的时候，"棒槌怪"仍注意保护，尽量用下巴遮挡。

以前的李锋如果遇到这种怪物除了等死恐怕没别的选择，自己的那些训练其实真的很小儿科，可是经过一个月的魔鬼训练，对于死亡和视觉的震撼，李锋基本上可以平静地对待。他不进反退，在"棒槌怪"的两个爪子轰下来之前，身体突然前倾，用脑袋顶住对方的大嘴，合金刀毫不犹豫地戳了进去。也许是第一次体验这种生死攸关的时刻，李锋一声低沉的怒吼，全身力量都灌注其中，玩命地刺了进去。

第14章
有怪兽，大怪兽

　　如果判断错误，也没什么，只不过他的小命要交待进去，这也是为什么刚才是用划，而不用刺的原因。

　　但是在这种时刻，犹豫是绝对不允许的，必须作出最快的判断，同时要付诸实施，如果判断错，那怨不得别人。

　　幸好李锋判断对了，而实际上他的实力远比自己显现的强大，那一刀笔直地刺穿了"棒槌怪"，同时脑袋也硬生生崩断了对方看似恐怖的牙齿，而李锋的脑壳只是有点刺骨的痛楚而已，对李锋来说实在不算什么。

　　轰！

　　"棒槌怪"轰然倒地，身体立刻枯萎下去，李锋的身上布满了绿色的液体。不是很难闻，只是黏糊糊的。

　　这时魔鬼金冒了出来："橡树妖，低级生命。主人，刚才您的那一击多用了四成力，如果判断错误，连防御的力量都没有。"

　　就如同它的出现一样，说完它就立刻消失了，搞得坐在地上的李锋哭笑不得。望着自己的双手，李锋发觉自己不再是普通人了，而是一个强大的战士，虽然还有很多问题，却真的不同了，一个科幻电影中的怪物竟然挡不住自己的一次攻击。

　　畅快的大笑从森林中传了出来，魔鬼金教得是不错，不过机器永远都是机器，他自然会以自己的方式生存下去，这个倒霉的橡树妖就是见证！

　　略微调整了一下，李锋朝森林深处进发了，在战斗的时候，何时该用全力，何时攻七守三，要根据实际情况来调整，而判断权在李锋自己，这点他不会听任何人的。

　　套用老爸常说的话：男人，决定了就要去做，错了都不错！

　　虽然老爸只是个普通工人，但是这一刻，李锋却感觉到了源源不断的力量。为了父亲和母亲，他也要活下去！

　　狠狠地吐了口唾沫，李锋如同野兽一样前进着。

　　当一个人完全进入了战斗状态，他将比任何生物都恐怖。用玛雅统治星系的其他生命的话说，地球人是这个宇宙最好战的战斗生物，也许他们长得很和平，但是他们才是最恐怖的怪物。

　　用古代地球人的一句话，龇牙的狗不咬人，外表可怕的，并不一定就最可怕。

　　而这时候的李锋就如同野兽。

　　"棒槌怪"是李锋对橡树妖的亲密称呼，也是这个魔鬼森林中最低级的怪物，智商低，战斗力也差，长得很可怕，可是实际上根本不具备威胁力，尤其在杀了几个橡树怪之后，李锋可以很轻易地干掉它们。只不过这并不能给李锋带来吃的。

这是进入这个鬼地方以来第一次感到有些饥饿了，他知道随着战斗的增多，饥饿感会越来越强，同时还会伴随体力的下降，这种情况绝对不可能持续一周。

寻觅食物已经成为和安全同等重要的大事。

森林里的东西在李锋看来都很怪，每一个像是能吃的样子，但贸然尝试反而会很危险。突然，李锋想起了"橡树妖"的液体，每次杀掉一个都会流出绿色的像是血液的东西，粘在身体上并没有特别的感觉，这说明这种液体并不具备腐蚀性，也没有毒素，不然身体肯定会有反应。而这里的东西虽然古怪应该也是有机物结构，相比尝试那些更奇怪的，倒不如试试这个，反正里外顶多是个挂。

干掉一个"橡树怪"，虽然没有特别的味道，但感觉上总是很恶心，可惜没有选择，小小地尝试了一口，说不出什么味道，但肯定不符合地球人的味觉，十分钟之后，李锋并没有什么特别的变化，知道这个可以符合了。

在危险的环境中，保持体力是相当重要的，难吃并不构成任何阻碍。

一个"橡树怪"让李锋刚刚产生的饥饿感消失了，他明白，至少在死前不会饿肚子了。

但是这只是进入森林的第一步，第一天之后，李锋就发现了一个问题，他想留在外围是不可能的，森林正在推着他往前走，随着深入森林，里面的怪物也开始五花八门起来。他第一次觉得非常丑陋的"橡树怪"实在是他的最爱。

里面那些巨大的怪兽倒不是最可怕的，生存并不一定要把所有的怪物都消灭，一百个李锋都不够人家塞牙缝的，打不过就跑。最危险的是一些个头不大，但是速度极快的怪物，那些长着七八十条腿的东西，看了就让人浑身起鸡皮疙瘩。可以说，在这个森林里，李锋好好地体验了一把森林生活。

一周的时间对别人可能很慢，但是对李锋来说转瞬即逝，因为他根本没有精力考虑时间，已经忘掉了魔鬼金，忘掉了来这里的意义，只有一个想法，那就是活下去！

这些天李锋几乎把所有的攻击方式都用过了，比野兽还野兽，浑身也是伤痕累累，眼睛都闪烁着魔鬼才有的绿光，而他现在正面对着一只巨大的怪兽，周围的树木已经被这个怪物荡平，不是李锋不想跑，而是他已经被这个怪物圈住了。但凡这个魔鬼森林里一些强大的怪物都具备这样的能力，李锋曾侥幸逃过一次，而这次他被圈住了。这次可以说是这些天来最危险的一刻，但是即使是这样，李锋也没有丝毫的胆怯，因为怪物绝对不会因为他的胆怯就放过他，那些没用的兴趣，在战斗的时候，李锋都可以摒弃了。

吼！

剧烈的震荡波炸开，同时一个大火球轰向李锋，但他并没有对抗震荡波，护住身体的要害，稳定地向后退，在火球眼看就要到来的时候猛地卧倒，然后如同昆虫一样跃起，快速地冲向怪兽。

只需要脚腕的发力就能让李锋贴地移动，没什么老师，这是从实战中总结的，自然也没什么美观，可是却能救命。

李锋的后背冒着黑烟，发出一股烤肉的味道，头发早就烧没了，而李锋只不过皱了皱眉头。这怪兽不但能喷火，全身更是坚硬无比，合金刀的全力攻击只能划出一道浅痕，而他连续试探了几次都没发现对手的弱点。

第15章
超级战士

按理说不应该这样啊，魔鬼金说过，这些怪物都必然有弱点的，眼前这个怪物的弱点在哪里？它浑身坚硬无比，可以想到的弱点都试过了，为此李锋也付出了沉重的代价，现在只剩下六成的实力，而对方的实力根本没有丝毫的减弱。

这样下去真的是死路一条了。

怪兽没想到李锋竟然有这样的反抗能力，巨大的身体看不出有任何行动不便，它凶猛地扑向李锋，而且隐隐地封死了两边的退路，巨口中闪烁着红光，显然如果李锋闪避的话，等待他的命运就是变成红烧人棍！

到了生死关头李锋也发狠了，既然体外没有弱点，那你皮下面的是否也一样坚硬呢？唯一能见到肉的只有嘴，可是嘴能喷火，反而是最难攻击的地方，不过事无绝对，这怪物每次喷火的时候都要摆个POSE，仰头，挺胸，甩屁股，然后才会喷，这个过程是飞快的，但是对李锋来说不是一点机会没有。

怪兽见李锋竟然没有闪避，更加凶猛，那钢铁一样的爪子一旦拍实，绝对会把李锋拍成人肉派。阿尔法合金刀第一次离开李锋，闪电般射向怪物的眼睛，肯定无法命中，这点李锋早就尝试过了，但是就像预料的一样，每次攻击指向眼睛的时候，它都会愤怒，而这次李锋竟然用暗器。怪兽顿时怒火中烧，不喷不行啊。

蓄势的时间稍微长了两秒，而李锋已经铆足全身的力气跳了过去，整个身体如同蜘蛛一样盘住了怪兽的嘴。

要么自己被挣断四肢，要么对方就玩完！

如同打了一半的哈欠突然被堵住，那滋味肯定不好受，而喷火兽绝对比那严重得多，体内的火焰已经形成，必须发泄出去，可是嘴却张不开了。

电光石火的一瞬间就是决定命运的时候，怪兽的闷吼，李锋疯狂的号叫混在一起，一人一兽都疯狂了，李锋的手竟然深深地掐入了怪兽坚硬的厚甲中，血在流，是李锋的，他的手指已经见骨了。

怪兽的身体在膨胀，突来的变故，让它无法使出全力，而体内的火焰在被堵住之后朝脑门冲了上去。

轰隆隆！

怪兽被炸得四分五裂，燃烧着火焰的肉块到处飞射，而李锋自己也被其中一块砸中，如同被高速行驶的磁浮车撞了一样，发出骨头离开的声音。

还是完蛋了，不过好歹也是同归于尽。

砰！

第15章 超级战士

李锋闭目等死……貌似能等，这说明还活着？

睁开眼睛的时候发现魔鬼森林已经消失不见，眼前依旧是个空旷的房子，还有那个魔鬼金。

"恭喜主人，您的魔鬼森林生存训练已经结束，而且是满分。"

场景变换之后，李锋身体的痛楚也瞬间消失，慢慢地站了起来："满分？你好像从来没有那么大方吧。"

"最后出现的格拉斯托喷火兽本来是不应该出现的，以您现在的能力和装备按照计算不存在获胜可能，但是您取得了胜利，所以特别在您六十一分的基础上加了三十九分。"

如果有面墙，李锋肯定要彪悍地撞几下，眼前的魔鬼金实在是太欠扁了。

"既然得了满分，有没有奖励？比如说让我先回家看看之类的？"

"对不起主人，在特训结束之前，你不能做任何事情，系统能量不足，在这次启动之后会有很长一段时间陷入沉睡，为了您的安全，计算出的最佳结论是，您必须完成特训。"

李锋皱皱眉头，靠，安全，不被你这家伙玩死就算命大了。

"那我现在做什么？"

"因为您战胜了格拉斯托喷火兽，所以您剩余三个小时的自由时间，建议您可以总结一下这段时间的经验，同时休息，三个小时后第二步将开始。"

李锋麻木地点点头，三个小时已经算开恩了，不过他确实需要三个小时休息一下，同时想一些东西，经历了魔鬼森林的生活他确实学到了别人一辈子都别想学到的东西。

李锋保持着舒展的姿势，以最佳的放松来恢复自己，眼看三个小时就要过去，这次没等小金催促，李锋自己站了起来。

"开始吧。"

小金也略微有点意外，但是机器人并没有过多的表示："生存训练仍要继续，作为一名战士，必须要适应各种环境，以地球现状，您还需要适应海洋、天空、太空失重三种环境，下面是海洋训练。"

李锋没有多问，但凡魔鬼金给的环境总会有生存的条件，只不过非常艰难，而这次也是一样，在海底，从最基础的憋气、潜水、各种动作开始，到适应水下的搏击，这跟魔鬼森林不同，可能只因为人类一般不会以这种状态在水下活动，所以窒息之前，李锋成功搏杀了一头鲨鱼，海洋生存特训就结束了，但时间又过去了一周，主要是开始的基础训练消耗了很多时间。

让一个旱鸭子成为精湛的水鬼战士，这其中的变化可是足够大。

紧跟着就是天空和太空生存，这两项总共花费了两周，也是因为人类本体是不太可能在太空生存，但是魔鬼金要求，李锋必须适应地球重力状况下的自由落体感觉，而在天空方面，李锋终于摸到了机器，但不是机甲，而是战斗机，地球应用的战斗机，驾驶起来比机动战士容易一些。太空生存则主要是身穿战斗宇航服的太空战斗、月球重力战斗、火星重力战斗，以及重力装置损坏的星际战舰中的战斗，李锋的对手有人类，也少不了各式各样的怪物们。

现在的李锋已经是见怪不怪了，就算那些怪物跟自己的审美观点反差再大，李锋也能把它们看成一朵花。

在战斗中，生存不是决定于长相，而是自身实力。

两个月完毕，李锋已经成了一名不是战士的战士，虽然没有那种严格的军规仪态方面的表现，但浑身上下都透着一股经历过无数次生死搏杀的铁血战士才有的杀气，偏偏他的脸上又挂着不屑一顾的浅笑。

第16章
重回现实

　　这跟魔鬼金的训练不符，但是李锋只当它放屁，在机器人看来，面无表情的僵尸脸生硬地执行命令才是真正的战士，但是李锋却不以为然，如果那样的话那就不是人了。他想成为一名战士，而不是战斗机器。两个月后的李锋眉宇之间多了一份成熟，一份放荡不羁，当然还有三个六十一分。

　　"嘿嘿，魔鬼金，怎么样？基础都结束了，该让老子上机甲了吧，要不我们不用BS001了，把你们那里的机甲弄一套给我试试如何？"

　　"主人，您已经通过战士计划的上半部分，下面就是机动战士训练，分两步，第一步是理论课，一名优秀的机动战士要有与之匹配的理论，只有这样才能真正操作好机动战士，当您通过了第一步的考试，就可以驾驶机动战士了，BS001仍是训练机型，在您完成机动战士训练之后，可以选择任意一款。"

　　当听到理论考试的时候，后面小金说的什么李锋完全都忽略了，那感觉跟晴天一个霹雳没什么两样，神啊，这是开玩笑吗？到了这种地方竟然还有理论测试，他的智商跟那些条条框框实在没缘分啊！

　　而在这里完不成任务，绝对不会是被老爸老妈和马卡鄙视这么简单，而是丢掉小命啊！

　　直接忽略李锋的意见，机动战士理论训练课开始了。情况比李锋自己瞎猜的好百倍。小金不是要教李锋如果制造机动战士，也不是讲机动战士电路能源原理什么的，而是讲解一些身为驾驶员必须具备的素质和技能，图文并茂。而且李锋的任何疑问都能得到解答。在这儿学到的知识并没有比地球上原有的理论超前，但是由于技术水平的问题，小金的解说非常先进，在指出一些问题的时候完全超越时代，让李锋受益匪浅。他是真的爱上了这门课程，在这种学习过程中，一切知识的呈现就像一个高级的主刀医生解剖人体一样，清清楚楚。

　　小金没有太多的废话，但是李锋仍然从一些细节上感受到了差距，人类现存的机型，包括某些未公开的都被小金当做材料举例分析，优缺点清清楚楚，它还是比较喜欢NUP的设计，比USE更有优势，但是它不明白为什么USE不使用同样的优势机型。

　　这点李锋可是清清楚楚，确实人类的一些优秀的战士也可以驾驶那些高端机型，但是在战场上，决定战斗胜负的除了质量之外还有数量啊。

　　第二次世界大战，德国攻打苏联战败的一个很重要的原因就是这个，德国的主战坦克各方面都很有优势，制作严谨，这也是德国人骨子里的特性，这种坦克可以服役很久。而苏联制造的坦克很简陋，装甲也薄，就算不被战争摧毁，服役时间也只有一两年，但是在战争中，德国每制造一百辆优质坦克，苏联就能制造上千辆，数量压倒一切。

而在机动战士的大战中也是这样，当初NUP的机动战士绝对比USE有优势，但是却没有捞到好处，原因就是一个NUP的战士要对抗五个以上的USE机动战士。

这对于想要什么就能制造出什么的玛雅文明显然是不会明白的。

这两个月的理论课是李锋的天堂，他完全沉浸在知识的海洋中，小金的解说自然跟课堂上老师的说法不同，而且关于机动战士以及一些天文地理的知识本就是李锋同学最喜欢的，学理论的时候，主动效果要比被动高很多，而李锋沉迷得都忘了时间，当然每天都有四个小时是身体训练，这个是丝毫不能停止的。

李锋最害怕的理论课轻松度过，他本人还有点意犹未尽，只不过更让他感兴趣的来了，驾驶机动战士！

虽然宇宙战争游戏中的模拟程度已经很高，但是跟现在所处的环境还是有天壤之别，在魔鬼金制造的这个世界里面，一切都跟真的没什么两样，一架高五米的BS001出现在他的面前，饶是有了心理准备，他看到之后仍是很激动。

这也是最后一项，机动战士训练，虽然基础已经打好，但是事情仍然很多，在小金看来，所谓的什么托马斯回旋撩杀这样低等的技巧并不算什么。在课程中，已经展示了不少恐怖的杀招，而现在李锋将亲自体验。

一个人做动作那是完全没意义的，所有的招数必须用在实战中，环境、对手是相当重要的，对付一个机动战士和对付一群机动战士所使用的战法就完全不同，而环境更为重要，可以说至少影响了百分之三十的战斗因素，海战、沙漠战、天空战、太空战，完全不同，而且根据魔鬼金的信息，NUP和USE都已经制造出了全天候作战的机动战士，只不过还是顶级机密，同时无法量产，以人类的科技发展速度，用不了多久这些问题就将解决，所以训练中必须加上。

魔鬼金对动作的要求是一丝不苟的，训练要死板，每个动作都必须做好，而在实战中要灵活，必须根据实际情况作出反应，比如托马斯回旋撩杀，一般情况转三圈能达到最高攻击力，可是没必要每次都转三圈，就像李锋的第二次获胜就只转了一半，反而达到了最佳效果，生搬硬套的是白痴。

李锋亲身体验了用身体操纵机器的困难，驱动力有相当一部分作用在驾驶者身上，如果没有强健的体魄还是回家玩游戏的好。

但是不管多苦多累，李锋对机动战士的热情已经压倒了一切，现在的他完全进入了状态。可就在这训练热火朝天的时候，周围的环境开始恍惚，发出呜呜的声音。

能量警告，能量警告，十秒内进入沉睡，请主人立刻离开，请主人立刻离开。

相处这么久对魔鬼金的情况也有了大体的了解，知道训练计划被中止是因为它的储备能量耗尽，问题是……怎么离开啊！

想着想着李锋的眼前一黑，整个人被弹了出去。

第17章
力量和饥饿

轰！轰！轰！

"我靠，你们这些白痴，还专家呢，弄个门三天都没弄开，老子花这么多钱买个重力器是自杀啊，快开！"

李锋被轰隆声震醒了，慢慢地睁开眼睛，发现自己仍在重力室内，而外面马卡的爆吼声在里面仍是听得清清楚楚。

略微活动了一下身体，感觉一切"正常"，跟在幻境一样的正常，浑身上下都充满了力量和……饥饿！

吱吱吱吱！

重力室的大门被打开了，看到李锋的马卡立刻扑了上去："他妈的，你小子竟然还活着，活的好，活的好，处男连死神都不要的！"

李锋心中的感动立刻被最后一句话抹杀，这家伙真是……

外面一群工作人员总算松了一口气，花费了三天力气都没打开的重力室竟然自己打开了，真是见鬼。

"马卡先生，这套重力器我们要回收，至于赔偿方面公司会联系您的律师的，还是让您的朋友快去医院检查一下吧。"

听得出说话的主管大大地松了一口气，四倍重力的重力器是比较安全的小型重力器，安全是绝对没问题的，这还是第一次出事，但凡买得起这种东西的人非富即贵，一旦处理不好，弄出个死伤可就大条了，对公司的声誉以及股票可是致命打击。

"快走，快走，我朋友要是有什么事儿，你们就等着瞧好了！"

马卡凶神恶煞地吼道，显然还无法释怀。

一群工作人员也不敢辩解，灰溜溜地忙活起来。

"走，走，先带你去医院，你小子要是挂在我家里，叔叔阿姨还不把我拆了！"

望着双目通红的马卡，李锋甚是感动，这家伙肯定好几天没睡了，不过是该去医院检查一下。

检查的结果很意外，李锋同学健康得很，倒是马卡同学昏倒了，医生说身体缺乏锻炼，某种运动做得过多，导致某个器官比较虚弱，再加上连续的熬夜焦虑，体力透支过度才会昏迷，没有什么大碍。

结果，应该是病人的坐在病床边开始不停地吃东西，应该坐在病床边的人却在床上昏迷。

马卡很累，他想睡上个十年八载的，可是耳边不断传来的喊喊喳喳的声音把他唤醒了，睁眼看到的就是李锋在不停地吃东西。

而马卡一醒，李锋就察觉到了，露出开心的笑容。马卡刚想大骂，可是一看到李锋的眼睛却感觉到一种无形的压力瞬间笼罩全身，马卡不是个没见过世面的小子，而且他的精神力非常活跃，这是他的小秘密。他跟着老爸也见过一些大人物和高手，而那些人就会给他这种压力，但那些人带来的压力跟此时的李锋比起来不过是小巫见大巫。他揉了揉眼睛，那种感觉又消失了。难道是迷糊中的幻觉？

"别骂，别骂，我认错，我坦白，你就从宽吧。"李锋连忙拿着一个香蕉扔给马卡。

出乎意料地，马卡并没有暴走，反而仔细地打量着李锋："啧啧，有点不对劲可是又说不出哪里不对劲，你小子关在重力室里整整两周竟然没死。奇怪，真奇怪！"

"呵呵，我也不知道怎么回事，就像是做了一个很长的梦，然后就醒了！"

马卡的眼睛闪出精光："做梦吗？在持续的重力下做梦，而且不吃不喝两周，这梦好奇怪啊，骗小孩吗？开始以为你失踪了到处找都找不到，后来才发现重力器一直开着，可是重力室的门却打不开，外力直接作用的话可能会导致爆炸，只能让技术人员来，可是技术人员却说重力器失控，重力范围最高值竟然高达十倍多。说说吧，这是怎么回事啊，千万别告诉我你什么都不知道！"

马卡可是未来的记者，看事情的眼光可是准得很。

李锋立刻举手："自从被流星打了之后，我的身体好像发生了一些变化，但是医院检查不出来，这两周我一直陷入睡眠状态，重力器的事情不关我的事儿了。"

关于魔鬼金的事儿，还是不要告诉任何人，不然肯定会引起很多麻烦，无论NUP还是USE都不会放过这样的一个实验品的，尤其是在自己没有自保能力的时候。

"你小子也算是背运到了极点，算了，只要没事就成，以后不要整天训来训去，趁着年轻的时候该潇洒的要潇洒，该泡妞的要泡妞！"马卡点点头，并没有追问下去。

"哈哈，说到泡妞，你小子从今天起要开始禁欲了，跟着我一起训练，医生说你的身体太虚了。"

说着说着李锋的脸色大变，吓得马卡连忙跳了起来："怎么了，医生说我什么了吗？"

"呵呵，没事，我忘了一个很重要的约会，已经来不及了。"

李锋微微一笑，如果是以前的他可能会为失去这样的一个机会而捶胸顿足，可是他已经不再是以前的他了。

马卡望着微笑的李锋，总觉得眼前的人既熟悉又陌生，难道被外星人附体？太科幻了吧！

此时上京城的另外一头，占地三千多平方米的豪华别墅外面已经停满了各式各样的磁浮车，无一例外都是奢华型，简直比磁浮车的车展还夸张，即使是在亚洲区三大城市之一的上京，这样的场面也是很少见的。今天是这里的主人的生日。

　　来的都是上流社会的精英，毕竟GAD唯一继承人唐大小姐的生日可不是小事情，商界、政界、军界的大人物都来了，这不仅仅是一场生日宴会，也是这些人拉关系的一个重要聚会，焦点自然是唐灵，而更重要的一点，其他势力对这位唐大小姐都很看好，除了家世，她的容貌、才华在圈子里都是相当出名的，这样好的女孩子，但凡有年轻子侄的长辈们都不想错过，纷纷带着自己年纪合适而又拿得出手的晚辈前来，先认识认识再说，万一能得到唐灵的青睐，那对个人对家族来说都是难以想象的帮助。

第18章
公主又如何

唐灵的闺中密友们也来了，除了给唐灵过生日，同时也可以认识一些年轻俊杰，能来这里的都不是一般人，客人们都很开心，大家都习惯这种生活。GAD的派头果然与众不同，但是身为主人的唐灵却不怎么开心。

因为她在等一个人，可是那个人一直没有到。唐灵的身边从来不缺追求者，想要什么样就有什么样有点夸张，但是自从意识到自己美丽的那一刻起，就没有异性能抵挡她的魅力，而且她也没有娇纵的习气。

可是破天荒的第一次，她被摆了一道！

自从那天把请帖给了那个李锋之后，这人竟然一点消息都没，整整两周都没有找她，这简直是不可想象的事儿，平时只要她稍微示意一下，那些男人就会像蜜蜂见了蜂蜜一样黏上来，可是这次，她第一次主动邀请一个人，对方竟然一点反应都没有，可是自尊和骄傲还是让她忍住没再去观察他，她准备在这次生日宴会上给他个下马威，可是他竟然敢放她鸽子！

还是在没有任何理由、任何道歉的情况下！

越想越生气，越生气越想！

这大概是唐大小姐从没有经历过的事儿，她觉得不应该过分在意这种小事，对方可能有重要的事儿，或者胆怯了，毕竟这样的大场面对于一个普通学生来说有点过分，或者他没有合适的衣服？

无数种猜测从脑海中闪过，可是唐灵还是无法释怀。

"喂，喂，我的大小姐，下面这么热闹，你这个主人却在一个人发呆，这可不是待客之道哦。"

一个高挑的身影出现，一身淡红色的华丽衣服把魔鬼般的身材衬托得恰到好处，丰满合适的胸部，勾魂摄魄的细柳腰，还有那笔直的玉腿，配上细细的高跟鞋，简直就是男人杀手，脸上一点点淡妆，容光焕发。这是一个成熟的女人，正处于女人最美的时期，想来也很少有男人能抵挡她的魅力。

"周姐姐越来越漂亮了，我只是在想点事情。"唐灵优雅一笑，像是什么事儿都没有似的。

"哦，是吗？你看看小手都发白了，多大劲儿啊。是谁让我的好妹妹这么生气啊？跟姐姐说，我帮你教训他！"

周芷是什么人，她可是USE特别部门的高级官员，属于顶级机密级别，连唐灵都不是很清楚，只不过他们家跟军方的生意每次都少不了她，所以对她也特别熟悉。

周芷可是超级大美女，看得出连自己的父亲都有点抵挡不住，这种艳光四射的女人最能勾起男人的征服欲，可惜她是军方的人，而且背景很深，大家也只能看看。

唐灵望着周芷也有些赞叹，实在是太美了，每一处都是女人的极致。

其实在男人眼中两人是一个级别的，顶多是类型不同，这两人在上面说话立刻吸引了无数男人的目光，年轻人有些肆无忌惮，其他的一些则是偷偷地瞄着，爱美之心人皆有之嘛。

唐灵也是聪明人，知道瞒不过周芷："周姐姐，没什么，只不过一个朋友爽约没有来，可能有什么事儿吧。"

"哦，是吗？竟然还有男人爽约，要我是男人就算爬也要爬来。"

"姐姐，我什么时候说是男人来着？"唐灵有点吃不消了，这样的话题即使十个她也不是周芷的对手。

"来，跟姐姐说说，我挺好奇的。"

唐灵没有避讳，本来也没什么，她只是觉得李锋有点与众不同而已，这个时候不说反倒真会让人误会。

说者无心听者有意。唐灵这么小就已经参与到生意中，可不仅仅是因为她聪明，这年头聪明的人海了去了，像GAD这样的大财团，就算唐灵是唯一的继承人也不会让她在这么小的年纪就参与到经营当中，原因只有一个，那就是唐灵的直觉，她对一些人和事物总会有一些简单但是非常有用的预感，到现在为止还没出错过，她自己可能不会运用，但是她的判断到了GAD和军方手中却能起到非常重要的作用，说是一种预知的超能力也不为过。

一个普通的学生，却能引起唐灵的注意，还主动送邀请函，这事儿不简单，这说明对方给唐灵的印象非常深刻，不是人才就是极度危险的人物。周芷表面上没说什么，只是调笑了几句，但这个人已经被她牢牢记住。

周一，一个晴朗的早晨，但是李锋却紧皱眉头。任谁被人唠叨了一早晨也会扛不住的。

"神啊，李锋，你早说啊，你不能去，身为好朋友的我，可以为你赴汤蹈火的，何况一次生日宴会！"

当得知唐灵邀请李锋参加生日宴会的时候，马卡的第一个反应是这哥们睡糊涂了，当看到请帖之后更是抓狂了，神啊，如果是他接到了这个邀请，就算外面是核爆冲击也要杀过去，而李锋竟然就这样轻易地放弃了一次跟唐灵接触的机会，如果说李锋对唐灵不感兴趣也就罢了，可他明明暗恋了她很久。唉，多可惜啊。

"马卡同学，我拜托您了，能不能不要重复这个话题，我很惋惜，非常惋惜，你满意了吧？错过了就错过了，世上又没有卖后悔药的。"

"唉，也是，我们的科技太落后了，都二十三世纪了，时光机还没发明，真落后。"

望着幻想中的马卡，李锋实在无语了，这都能YY，整天说唐灵算什么，现在才露出本来面目。不过实话实说，李锋心中只是有点淡淡的惋惜，自从从幻境出来，李锋已经不再是以前的李锋了。

第19章
你有福了

现在的李锋真想好好大干一场,目标只有一个,一定要考上亚朗A级军事学院,以前的可能性很低,但是现在他有五成的把握了!

"今天放学之后别溜,跟我一起训练。"

"不是吧,你玩真的啊!"

"没错,就算是当八卦记者也要体力,你现在的身体不成,别想跑,你不是我的对手。"

马卡蒙了,他已经接受了这个命运,因为昨天已经反抗过了,可惜被残酷地镇压了,他在李锋的面前完全没有反抗能力。

他哪里知道,现在李锋的身手就是顶级的职业杀手来也不一定有用。

李锋和有气无力的马卡走进教室,但是上课之后,李锋就跟马卡一样了,他发现自己仍然无法接受这种课堂知识,虽然比以前好一点,但也只是好一点。一会儿之后,李锋也睡着了。

课堂都是开放式的大课,没人管他们,老师只是照例念叨了一下大家要好好学习备考,然后就自顾自地讲课。

直到下课铃响起,某类学生才有了精神,李锋对这种知识的兴趣不大,他觉得现在是在浪费时间,与其这样不如制订新的锻炼计划,身体测试方面肯定没问题,但是要针对军校其他方面的测试准备一下。

嗯,没错,这样才是最佳选择,回去就去网上查查。

突然吵吵闹闹的教室安静了下来,马卡重重地捶了他几下,李锋抬头一看——是唐灵。

她来这里干吗?

这是李锋的第一个反应,虽然唐灵还是一样的美丽动人,可已经不像以前那样能影响到李锋的心理。

而实际上唐灵是犹豫了许久才来的,她怎么都无法咽下这口气。她倒要问问这个家伙为什么爽约,而且连个解释都没有!

但是踏进教室的瞬间,她一眼就看到了李锋,这种看不是单纯地用眼睛看,而是在她的灵觉当中,李锋就是那么突兀,独一无二,根本不用寻找。

而且唐灵头一次感受到了一种威胁,以前只是一种好奇,现在的李锋就像一头披着人皮的怪兽。

镇定了一下心神,唐灵慢慢地走向李锋,而全班人的眼睛都在跟着这位风云人物转,这是完全不同的级别,虽然同是学生,但是未来完全不同的,丝毫不用怀疑,用不了几

第19章 你有福了

年,唐灵将成为天天出现在新闻中的大人物。

"李锋同学,我想跟你单独谈谈,不知你有没有时间?"

其他同学全傻了,跟做梦没什么两样,GAD的公主竟然主动找一个男生说话,而这个家伙还是班里的小衰人。

马卡傻了,狠狠地握着李锋的胳膊:"当然没问题。唐灵同学,你好,我是马卡,是李锋的死党!"

"呵呵,我知道,很高兴认识你。"

礼貌地回答之后,唐灵仍旧看着李锋。

"快去吧,让女孩子等待可不是绅士的行为!"

马卡比李锋还着急,几乎是把李锋推出去的。

两人刚一走出教室,里面就乱成一团,一些熟悉的人立刻围住马卡,想破脑袋也想不出GAD的公主怎么会屈尊降贵来找李锋,可惜马卡也不知道,因为李锋说他也不清楚,只是一天接到唐灵同学式的邀请,两人话都没怎么多说。

两人走得很沉默,其实唐灵是想发发脾气的,可是不知怎么被李锋压制住了,李锋身上那股强大的气息让她根本兴不起反抗之心。

"对不起,那天我想去的,可是住院了,所以,不管怎么样,很不好意思。"

李锋打破了沉默,既然接受了邀请出于礼貌也应该参加,不过确实没法分身。

"啊,住院,你怎么了?受伤还是生病了?"

话一出口,唐灵就后悔了,这个时候的自己应该质问对方一下,或者勉强接受对方道歉,可是自己竟然这么关心对方。

"呵呵,没事了。"

李锋倒没有在意,望着从容的李锋,唐灵心中有种说不出的滋味,从没有一个男孩子在她面前如此镇定。

"那就好,可是生日礼物还是要给的!"

李锋一愣,GAD的公主好像什么都不缺吧,而自己还真没什么能送的。

"你想要什么?"

"嗯……让我想想,想到了再告诉你,先回去上课吧。"

望着唐灵离去的背影,李锋还是有点迷糊,他不明白自己哪点吸引了唐灵,以她的情况完全没必要跟自己浪费时间的,不过还是很开心,能跟自己喜欢的人这么接近总是不错的感觉。

可他现在的主要目标不再是唐灵,而是成为一名真正的战士,乃至将军!

李锋一回来,立刻被马卡拉住,其他人也是紧紧盯着这里。这可是极大的八卦新闻,人类的好奇心素来是相当严重的。

马卡可是以八卦记者为目标，别的可以不追问，但这个如果不让他知道肯定会憋死的，李锋正准备坦白，可是马卡却警惕地望了望周围。

"别说，等放学之后慢慢说，这叫独家新闻！"

马卡像是发现珍宝似的，兴奋得不得了。

"可以啊，不过你要完成今天的训练计划，否则别想。"

"行啦，行啦，知道，一个大男人真絮叨！"马卡虽然不愿意，但是也知道李锋是为自己好，也只有真兄弟才会管这闲事的。

望着一群求知若渴的八卦男女，马卡异常爽，这种感觉太棒了，一定要成为USE，不，整个人类最出名的八卦记者。

马卡同学的训练很简单，起码对李锋来说根本不能算是训练，重力器没了，只能用一般的训练方式，李锋也算是尽职尽责了，陪着马卡跑步，然后把白天和唐灵的事儿简单说了一下。本来也没什么，但是马卡却听得金光闪闪，以他的经验来看有问题啊！

"小子，你有福了，以我的聪明才智加上经验来判断，唐大小姐对你有兴趣。"

第20章
一战惊天下

"是吗？我看不出哪里能引起她的兴趣啊。"

"所以说你有福了，我也看不出你哪点好，但是女人一旦对一个男人产生好奇心，那就有机可乘，什么都不缺的唐灵竟然和你要礼物。这礼物不是重点，只是找个和你接触的理由，你小子肯定有什么地方让她关注了。如果好好利用的话，说不定能抱得美人归啊，到时候可别忘了拉兄弟一把。"

说到后面，马卡就变得很淫荡了，李锋同学不得不提点速度，让他的想象力不要那么丰富。

"也许吧，不过我现在有更重要的目标。"

"切，不就是想考军校当机动战士吗？GAD可是生产这个的，娶了唐灵，你可以睡在机甲堆里……哈哈，玩笑玩笑，别瞪眼，我知道你不想当小白脸，你的脸比我还黑，我都不行，你就更不成了。"

其实说心里话，马卡并不是很赞成李锋和唐灵谈恋爱，像GAD这样的大势力也绝对不会允许小公主和一个普通人的恋爱的，别说什么爱情可以冲破一切，那是放屁。这种恋爱会过得很危险很辛苦，如果真的发生，对方能派杀手一点都不用怀疑，个人是无法跟庞大的势力对抗的。

他发现李锋并没有因为梦中女神的突然亲近而忘乎所以也就放心了，也许李锋自己也是这么想的，所以也不再追问了，闹出问题那就不是他想要的。

后面的训练马卡就自觉了，既然答应了，就一定要做到，马卡对兄弟还是非常有原则的，而实际上他也发现自己年纪轻轻的，身体这么弱不成，再看看李锋，这样的训练简直是毛毛雨，连大气都不喘一口。

李锋则上网去了，本来想查一些军校的考试资料，但是看到宇战游戏的时候立刻冲了进去，已经半个月没上了，而且学了那么多东西，也很想尝试一下！

刀锋战士这个ID一出现，宇战的论坛立刻火爆起来，玩家们争相告知，顿时天讯疯狂闪烁，这段时间可把他们憋坏了，刀锋战士华丽地赢了两场之后又玩失踪，可让很多挑战者憋了一肚子气，有很多人认为刀锋战士怕输，赢了就跑是最没品的，而也有专门的刀锋战士的支持团队，他们认为刀锋战士是最典型的玩家，从无数的经验积累中升华到了现在的水准，他肯定进行训练去了，一个输过上千场的人怎么会怕输呢！

如果李锋持续战斗的话，可能关注度也就这么大了，可是他这一消失引起的口水大战无疑让他的知名度提高了，而现在他的出现立刻引起了无数的关注。

对于战斗外的事情，李锋不感兴趣，他只是来战斗的。立刻从来信挑战的人中进行战绩排列，从中挑选在线的。这次他选了一个上尉。那些少校以上级别的战士，可能出于面子或者不屑的原因，还是不愿意屈尊挑战。

之所以选择这个ID酷拉皮卡的家伙是因为他的战机是坎诺三型，而且胜率高达百分之七十，说明对方是实战派，机型为改造型机型，这是驾驶员对自己非常有信心才会这样。

刀锋战士一上来就接受挑战，立刻引起了关注，其实李锋出现得刚刚好，再拖下去玩家们可能真会放弃。

立刻有七十万人选择了在线观看，之所以数量比上次少，是因为还有很多人不知道，或者没来得及，毕竟李锋消失得久了点。

收到挑战的酷拉皮卡第一时间出现了，观看过录像的他对这样一个对手相当重视！

在玩家们的关注下列兵刀锋战士VS上尉酷拉皮卡的战斗开始了。

场景选择：星际乱石区。

酷拉皮卡在实战派中也小有名气，他的分数虽然低，但是确实是由基本机型一点点打拼出来的，像托马斯回旋撩杀这样的技术他也能用得出来，当然没李锋那么变态，李锋用的可是BS001，而且还熟练一些。

坎诺三型，USE的主战机型，移动快捷，操作便利，配备了相当的火力，除了体重比BS001弱之外，其他方面都占绝对优势。

酷拉皮卡并没有想用远程镭射取胜，毕竟BS001的镭射太差，而且他对自己的技术很有信心！

酷拉皮卡动了，坎诺三型的优势机动力可以让他率先发起攻击，而刀锋战士的BS001依旧采用以静制动的方式。

人们在猜测他是否还会用经典的托马斯回旋撩杀，而这个时候坎诺三型并没有选择绕圈偷袭，而是正面高高跃起，从空中狠狠地压了下来。这是经过计算的，钛刀的硬度是无法跟阿尔法合金刀相比的，如果利用空中优势在下落的时候让力量到达最大值，有六成概率砍断对方的钛刀。一旦没了武器，技术再好也没用了。

所以坎诺三型跳得非常高，显示了驾驶员优秀的身体素质和技术。起跳的时候，驾驶员的腿部肌肉要承受很大的负担，跳得越快越高负担越大。

而这时对BS001的最佳选择仍是躲闪，哪怕移动慢也要躲，可是刀锋战士已经不是第一次创造奇迹，这次也不例外，他总是选择跟一般人想法不同的战法。

BS001的眼中红光一闪，一声沉重的机械吼声，轰然弹起，如同炮弹一样冲向空中。

所有观看的玩家都傻眼了，这是真的假的，里面坐的还是人吗？以BS001的沉重机身，怎么可能跳得这么高，这么快！

酷拉皮卡也被吓了一跳，如果正面对撞，BS001的体重优势可是会把他压扁的，可惜在空中他已经来不及变换方向，只能咬牙硬砍下去，指望把对方的钛刀砍断。

第20章 一战惊天下

当!

坎诺三型在众目睽睽之下被切成了两半!

望着轻松落地的BS001,玩家疯狂了,因为他们确信,一个宇战王者即将诞生!

而这是在比赛结束的时候,观看的玩家已经破百万了,等视频上传的时候,玩家们都被吸引了过来,号称沉重枷锁的BS001竟然能做出像魔兽TN一样的弹跳,让人想不疯狂都不成啊!

而在观看了录像慢镜头回放之后,一些技术流的玩家已经感动得热泪盈眶,最关键的不在那弹跳,而是最后的攻击,显然刀锋战士也知道钛刀的弱点,如果以两人带有如此大冲量的直接撞击,钛刀很可能会承受不住,所以在交手的时候,钛刀不是硬砍的,而是擦着对方的刀锋划出一串的火花直接把对方的阿尔法合金刀弹开,而这时如果换一个玩家已经无法攻击了,因为在空中的原地发力是不可能把对手切开的,可是刀锋战士做到了,原地发力,这意味着BS001的驾驶员有着恐怖的爆发力和肌肉承受能力,看似一刀两断,实际是高速的三连斩!

梦幻一样的技术,魔兽一样的身体!

第21章
最强的列兵

如果只是观看了比赛大家只会觉得这是一个奇迹,但是看到录像的回放之后,技术流的玩家都不约而同地倒抽一口凉气,录像出现在论坛几分钟之内竟然出现了沉静的空白期,可是一会儿之后,论坛炸开了,无数的玩家发表了自己的评论。

这个BS001的驾驶员简直太强大了,玩家们怀疑他本身就是USE或者NUP的王牌驾驶员。

一些经验丰富的玩家对比了半个月前的录像,发现短短半个月刀锋战士的实力有了质的飞跃,出招更狠,而驾驶技术方面的提升简直是判若两人,驾驶BS001跟驾驶幻想机型一样随心所欲。

玩家们立刻发动挑战热潮,而刀锋战士的拥趸们则发表评论希望那些更高级的玩家主动挑战,不夸张地说,校级以下的玩家不可能是刀锋战士的对手,除非再出一个同样BT的。

李锋对外面的吵闹不感兴趣,从刚才的交手中他总结了不少经验,其实刚才完全没必要跳起,对手如果是两个以上的话,这样做就非常危险了。最佳选择应该是横移,在对方落下的时候发动更轻松的攻击。

不过也是因为对手太弱,一对一的情况下,其他的一些战士也可以运用一下,这次顺便检验了在空中发力以及保持平衡的感觉。

李锋没有下线,发出迎战请求,意味着任何人都可以挑战,不限级别。

吵闹得很凶的玩家们却没有真正敢上的,很显然刀锋战士已经不是偶然和奇迹,对方是真正的顶级高手,而且下手狠辣无比,没两下子谁也不愿意上去做炮灰。

而这个时候一个有点分量的对手出现了,而且很有名气,ID红色极点,女性玩家,级别上校!

这是使用幻想机型的玩家,不过能打到上校级别肯定是有两下子的。幻想机型对驾驶员的身体要求要降低不少,所以可以做出很多动作,同时其配备的火力也与普通机型不可同日而语,而红色极点拥有的是相当高级的幻影733!

幻影733,拥有隐身能力,可以模拟环境,骗过视线,同时吸收雷达波,金属外面有着隔热层,可以让红外线探测失效,而且这款机型配备了强大的远程火力,根本不参加近战。

红色极点的挑战可谓正是时候,这款机型可以稳稳地压住对手,如果再败的话,恐怕那些真正的高手就坐不住了,这也是一次入门级的决战!

比赛还没开始,预订的玩家就已经高达一百八十万!

系统立刻作出了调整,把预订时间延长十五分钟,让玩家们互相告知,同时发出系统公告,当然这种转播,李锋也会受益,系统会分百分之五的获利给李锋,这也让没什么耐心的李锋安然等待。

毕竟是人，活着就要吃饭，何况要上军校，学费也是很大一笔开支，他不想给家里增加负担，也不想总让马卡帮忙。

一看有十五分钟的时间，一些玩家立刻下线。

"喂，哥们，快回来，红色极点要挑战刀锋战士了！"

"那个大美女红色极点，啊，刀锋战士回来了？"

"废话，快点，我靠，刀锋战士的实力已经高到了匪夷所思的地步！"

"给我占个位置，我马上就到！"

"老贾，快来，刀锋战士出来了，刚刚又秒杀了一个上尉，马上就要挑战红色极点了！"

"靠，老子正上班呢！"

"请假啊，这家伙刚才用BS001做出了超越坎诺三型的跳跃，半空中实战三连斩把对手切成了两段！"天讯的一头已经不耐烦了，不来可是天大的损失！

"早说啊，请毛假，翘班了，给我留好位置，多少钱都得留！"

忽然之间，翘班、逃课的人多了不少，有一些竟然是接了个天讯在老师目瞪口呆之下冲出了教室。老师傻了。

过了一会儿老师也冲出了教室……

高达三百五十万的观看率也刷新了李锋的新记录，由于准备不足，不能容纳更多的人了，其他的玩家只能看文字直播，或者等录像出来。

BS001VS幻影733，换成以前玩家们看到这样的对阵，肯定会认为那个幻影733的人特无耻。这种对战结果根本没有悬念，可现在虽然玩家们心中仍是认为幻影733占有绝对优势，可是胜负，他们真的不敢说，毕竟对手是刀锋战士啊！

天晓得他会用出什么杀招。

红色极点也有些兴奋，其实她也关注刀锋战士很久了，不过以前刀锋战士虽然表现不错，可是机型太落后，对上自己的幻影733没有丝毫胜算，可是现在还真多了一份期待，而显然一般的级别已经不足以对刀锋战士形成挑战，所以她就做了第一个。

红色极点属于那种不隐藏自己容貌的玩家，也是宇战里面少有的美女，驾驶幻影733这种轻型的幻想机型对身体的要求不高，所以红色极点肯定不是肌肉女了，也因为这样她人气颇高。男人嘛，大家都明白的。

刀锋战士从来不主动选择环境，仿佛能适应任何环境作战似的。红色极点也不客气，直接选择了最有利于幻影733的森林环境。

对于轻型的幻影733可以做出拟态隐蔽，而森林的环境也会阻碍重型BS001的移动！

列兵刀锋战士VS上校红色极点！

双方的粉丝可都不少，女性玩家驾驶幻想机型是无可厚非的，玩家们也都能接受。毕竟你不能指望女人长男人的肌肉，那也不好，影响市容。

第22章
幻影战机

战斗开始了！

吸取了酷拉皮卡落败的经验，红色极点丝毫没有靠近刀锋战士的意思，何况她本身就是远程机型！

战斗一开始，幻影733就使用拟态，消失在丛林中。只有在保证安全的情况下才能发动攻击。

玩家们的心揪紧了，他们希望刀锋战士发现对手的存在，可惜奇迹没有发生，BS001的配置本就落后，一般程度的雷达和红外线根本无法发现幻影733的拟态。

BS001茫然地站在原地，转了一圈，仍然没有发现对手，看得出雷达和红外线都在闪烁，可惜没用，而幻影的拟态是非常高级的，用肉眼也很难发现。

红色极点也沉稳，这是女性的细腻，她并不急于求成，在确定对手无法发现她的位置的时候，才谨慎地发动攻击。

一道激光闪过，BS001的镭射枪被熔毁，虽然激光不能引起爆炸，却带有极高的穿透力和熔解性，而且是光速攻击，只有在激光启动前作出判断才可以闪过，而前提是发现幻影的本体所在。

红色极点摧毁了BS001的镭射的时候就大大松了一口气，对于刀锋战士的枪法她还是很忌惮，小心无大过，先确立自己的不败之地。

看到镭射枪被摧毁，支持刀锋战士的玩家们忿忿地吼了几声，太不公平了，这还怎么打啊！

而李锋仍然没有反应，茫然地拔出钛刀朝着刚才发射激光的地点走去，可这时红色极点早就转移了位置，激光枪已经瞄准了李锋的钛刀。钛刀的目标要小得多，所以必须等待机会，而且树木过多，总是挡住了她射击的方向，好不容易出现个机会，刚准备攻击，对方又到了树后，不过没事，刀锋战士是无法发现她的，正在朝原来的地方走过去，而且距离越近，她的命中率越高，把钛刀打掉，这场战斗就必胜无疑！

BS001忽然放慢了速度，在外人眼中这是接近对手的谨慎，而红色极点的激光枪已经瞄准，只待钛刀一出现在射程中就是一枪。

BS001是伸着钛刀行动的，果然，钛刀出现了，当机立断，一道激光射出，正中目标！

危险！

钛刀被直接击飞，而BS001以恐怖的高速撞开了两棵树朝幻影733的藏身处奔去，刚才的射击已经暴露了她的位置！

第22章 幻影战机

不过红色极点也是战斗经验丰富，因为射击被发现位置的情况也不是一两次，在攻击作出之后她已经立刻高速移动，在这个速度上，幻影的灵巧是毋庸置疑的，极轻的机身是最好的帮助，拟态中移动就像幻觉一样，转眼又消失不见了！

几乎所有的玩家都觉得这场比赛结束了，最后一个机会还是没有抓住，这倒不怪刀锋战士，而是机型实在相差悬殊，下一次攻击，就轮到BS001的本体了。

BS001仿佛并没有发现似的仍冲向原来的位置，而此时的红色极点已经离开，可是就在此时，BS001突然转弯，笔直地冲向幻影733的藏身之地！

红色极点被吓了一跳，对方竟然能发现自己？肯定是偶然，绝对是运气！

当时立刻就转移位置，可是BS001恐怖的"速度"已经完全提到了极致，如同怪兽一样扑向幻影733，红色极点已经连续换了三个方向，但是对手每次都能找到，而由于转弯，他们的距离越来越近，而这时红色极点发现了一个极其严重的问题，虽然不知道对方用了什么方法，但是对手是真的能发现自己的行踪！

不是偶然！

BS001随手折断一棵大树猛地扔到了幻影733正要移动的位置上，红色极点猛然急停，差点撞上去。最大的问题是：她慌了！

从来没出现这种事儿，而这个时候，BS001再次做出高速平行弹射，直接撞断拦路的树木，大手打在了幻影的身上。

瞬间一股杀气笼罩了红色极点，激光枪已经被BS001一拳打掉，紧跟着第二圈已经击穿了幻影的身体，轻型机动战士一旦被重型的抓住，那就是大人和小孩掰手腕了。

击穿之后，BS001立刻连贯地做了一个撕裂的动作，幻影733的身体被撕成两半，轰然爆炸！

玩家们都被刀锋战士的彪悍震住了！

李锋不会因为对手是女人就手下留情，一旦进入战斗他就是杀手，而刚才幻影733着实给了他一些危机，其实不用测试系统，李锋可以凭借对杀气的感知发现对手的位置，但是仍然很危险，所以才伪装成无法探查等待机会。

一般获胜的战士都会做点庆祝动作或者说些客套话，但是李锋没有，战斗一结束立刻退出战斗场面。等他退出之后，玩家们才反应过来。

见鬼了，竟然连这样都能赢！

玩家们的第一个反应就是去看录像，每次从录像中都能发现刀锋战士更恐怖的地方，他们根本不明白他是怎么发现红色极点的位置的！

当看到录像之后，经验老到的玩家立刻明白过来，其实从一开始刀锋战士就能发现红色极点的位置，只不过考虑到机型的差异才没有贸然攻击，而在第一次移动的时候，红色极点一直没有找到射击的机会不是因为偶然，而是每当有空隙的时候，BS001都会突然加速，而由于树木的遮挡，红色极点无法察觉，可是从录像中可以看得清清楚楚，在树木的遮挡下，BS001做着不停的变速，这是顶级的微操了！

论坛上的跟帖一个跟一个，可是从录像上人们也无法得知刀锋战士到底是如何发现幻影的拟态的，可是他确实发现了！

红色极点在看了录像之后也输得心服口服，此人的实力根本不是她能抗衡的，输在BS001的手中，已经不能找任何借口，但是她还是忍不住发信息问了一下李锋。

作为对手，李锋简单地回了一句：我能看到。

而这个回答也被作为"答案"放到了论坛上，"看到"太笼统了，怎么看，用什么看？

第23章
狙击手

但是这个回答引起了少数军方人士的关注，"看"，准确地说是感知吧，一个身经百战的战士能感知杀气，虽然拟态很难分辨，但并不是完全无法分辨，对一切特殊的人来说，他们仍是可以发现，但这种情况只有在身经百战从沙场上活下来的老战士身上才有可能出现……这个刀锋战士是谁？

具有这样身手的人一般都懒得动脑子，但是刀锋战士明明具有一上来就攻击的实力却偏偏选择更加稳妥的误导战术，此人的战斗头脑也相当成熟，这样的人才是最可怕的！

而且从他最后出手的狠辣上看，对方绝对是经过专业训练的高手！

对于李锋来说这是很正常的事儿，如果仅凭匹夫之勇，他就是有一百条命也不够挂的，以最小的损失换取最大的胜利才是王道。至于下手凶狠，就非常正常了，既然要获胜，自然不能给对手任何机会，如果不是因为对手是女的，他直接就把对手的脑袋拧下来了。

当众人以为刀锋战士又会像以前那样消失的时候，李锋却仍在，ID的状态仍是接受挑战。

这次论坛上的玩家们不约而同地联合起来，开始推荐心目中认可的选手，除了将军级别的巅峰高手，其他校官级别的也很难找出一个对刀锋战士有绝对优势的，毕竟连占据绝对优势的红色极点都完败！

需要一个高手站出来！

尤其是高分数的玩家，此时不约而同地要求强者站出来，给他们的分数证明，在负分的刀锋战士面前，他们的分数成了笑话，人家是列兵，却是一个无敌的列兵！

可是一旦到了校级，玩家们也都要顾全自己的面子，很显然这个刀锋战士的恐怖已经到了匪夷所思的地步，红色极点是女性，就算输了也没什么，但是如果是男性玩家出战，可就真的成了刀锋战士的陪衬了。

整整过了十分钟，竟然没有像样的人物敢迎战，当然那些级别比较低的玩家就自动略过，他们只是抱着出名的想法来的，李锋不想浪费时间。

李锋有些不耐烦了，他还要下载一些考试的资料，这么拖下去可没有意思，正打算离开的时候，终于一个像样的人物出现了。

ID：神枪百战，级别大校，使用的是NUP的标准机型骑士TM，胜率惊人，也是圈里的知名人物，看ID也能猜出个一二，现实级玩家，镭射枪的使用已经到了出神入化，实战更是厉害。

玩家们也发觉，基本上是不能跟刀锋战士玩近身战的，一旦近身，BS001就会从绵羊变成猛虎，而一个远程的杀手正是BS001的克星，而骑士在机型上也要比对手优越，无论重量还是综合战力都超越了BS001，何况驾驶者是伊文特人。

伊文特人可以把骑士TM的威力发挥到极致，而神枪百战的出现也引来了更高的关注，本来已经沉默的玩家们立刻热炒起来，而李锋看了一下对手的情况立刻选择了接受。

列兵BS001VS大校骑士TM

神枪百战并不是一时冲动挑战的，他观察了刀锋战士所有的比赛，要想在近身战中战胜他是相当困难的，只有远程，利用强大的火力和精准的枪法干掉对方。

一如既往，刀锋战士还是让对方选择环境，神枪百战也没有犹豫，眼前的列兵可是有史以来最恐怖的列兵。

地点：沙石平原。

没有任何的遮挡物，可以把自己的枪法发挥到极致，而又限制了对方。

李锋仍是毫不犹豫地选择了接受，一直没机会复习枪法，对阵骑士TM再好不过。

第三战，破五百万人在线观看，而利用这段时间，官方也作好了准备。如果连这种机会都把握不住，他们也可以关门大吉了。这个观看人数就算是将军级别的战斗也不过如此了，可是主因却是一个神奇的列兵！

其实在前面的战斗中，刀锋战士也展示过一次枪法，可惜后来就没了下文，而BS001的镭射破坏力只有骑士TM的三分之二，而且连射的空隙要多了三秒，可以说在枪战中非常不利。

双方在沙石平原拉开架势，一出场双方都把镭射枪扛起，而在骑士TM的镭射枪上还带有定向系统。

神枪百战是NUP的现役军人，而且还是机动战士中的特种兵——狙击手！

专门对付战场上对手的王牌机动战士，可以说是真正的战士，他的能力在这种环境中更容易发挥。

所以对阵间距就是最远的五十米，就算对手再快也不可能在镭射的阻击下来到跟前，何况这里是一马平川，沙石地对机动战士的高速冲刺也不利。

在战斗开始的瞬间，咔嚓一声，骑士TM的镭射枪已经扛在了肩膀上，几乎一秒之内就锁定了目标，这是一个优秀的狙击手最基本的素养，而神枪百战也没打算给对方任何喘气的机会，镭射立刻轰出。

而同时一贯以静制动的BS001这次可没有待在原地，瞬间横向跑动，原地留下一个深邃的洞，笨重的BS001竟然像草原上的羚羊一样灵活地变换着位置，虽然是空地，但即便是神枪百战也无法抓住对方的动作。

行家一出手就知有没有，一看BS001的动作，神枪百战就知道遇上对手了，这家伙明显受过躲避镭射的训练，而且是身经百战。

对于镭射，李锋已经没了任何恐惧之心，任谁被镭射轰过百八十次也都没感觉了，而且他对镭射的优缺点如数家珍。

沙石平原的温度略高，会让镭射扩散，速度减慢，而且会有一定的向上漂移，虽然很细微，但是对高手之战却非常重要。

BS001开始还击了，一枪就把神枪百战惊出一声冷汗，BS001的瞄准系统很差，可是刚才一枪要不是被骑士盾挡住，他的导向系统就会被打爆。

对方还是人吗？

冷静！一定要冷静！

第24章
狙击的最高境界

　　镭射还击，神枪百战下意识地加快了攻击的速率，降低对手出手的机会，可是这所谓的压力李锋可没什么感觉，他只用了三分钟的时间，就掌握了对手的枪法节奏。这人是不错，可惜过度依赖机器，每次都要锁定之后才会开枪，这对李锋根本就没威胁。

　　李锋开始全面反击了，镭射枪还击，虽然时间间隔大，可是每一枪都让骑士TM难过无比，他自己也算是很擅长闪避的了，配合骑士盾，可以说安全无忧，可是李锋的攻击如此刁钻，比如射向腿部的镭射，目标竟然直指关节，其他地方挨一下没事，但是那地方挨上一下可就危险了。

　　而李锋还是在闪避镭射的过程中作出的攻击，很多时候在跳跃的半空中就能发出攻击。

　　神枪百战忽然明白一个道理，对手不是普通人，竟然是罕见的盲狙手，根本不需要锁定瞄准，已经可怕得像机器人了！

　　越想心里压力越大，神枪百战开始注重防御，更加谨慎，BS001的镭射威力弱，骑士盾可以挡住，对方再准也没用。

　　神枪百战的防守密不透风，可把玩家们看得目瞪口呆，刀锋战士改名奇迹战士算了，本来以为将是一场BS001的逃亡战，结果开始没多久就颠倒了，骑士TM倒像是举着骑士盾的BS001，而BS001才是真正的狙击手。

　　人们这才醒悟，刀锋战士不仅具有可怕的近身技术，而且枪法一点不比近身战逊色，虽然看不出枪法的指向，但是看骑士TM紧张的样子，每一击肯定都有足够的伤害，命中目标不算什么，但是命中目标的弱点，这就太恐怖了。

　　李锋的出枪并不快，可是每一枪的节奏以及落点、时机都是巅峰之作，他已经完全进入了战斗的状态。

　　这是李锋被魔鬼金训练出来的奇怪境界，一旦进入状态，就已经注定骑士TM的落败，而李锋丝毫没有逼近的意思。

　　又是一击镭射，神枪百战慌忙举盾遮挡，这次又攻击的下盘，可是就在骑士盾下挡的时候，系统出现了严重危险警告，视线中一道白光直冲头部。

　　咻——

　　钛刀直接插在了骑士TM的头顶，准确地说是从眼睛穿了进去，听着耳边咻啦咻啦的火花声，神枪百战面如死灰，这一战不是简单的失败，他的自信和骄傲全被打没了。

　　就在钛刀出手之后，又是连续四枪，一枪脖子，一枪持盾的左手，一枪镭射枪，而第四枪则是在盾落下之后，正中动力装置。

轰！

神枪百战百分之百地爆机，而ID也直接下线，从此之后在宇战中再也没见过神枪百战这个ID，而在NUP的军中，一个狙击手申请退役。

完成这一战的李锋没有去享受欢呼，直接下线，不过在下线的时候接到了系统公告，他的账户中将被划入五十万联邦盾，这是直播的收益。

突如其来的巨款还是震了一下李锋，不过也没有太在意，现在这些物质上的东西已经不会给他带来太大的影响，不过能改善一下生活也是不错的。

下线之后的李锋冷静了一下，五十万联邦盾？

可以给老爸买辆磁浮车了，整天挤公车太辛苦，再拿出一些给母亲吧，其他的买些训练器材，或者直接去高级的战士健身所也成，毕竟如果全部拿出来他的身份也暴露了，而拿出两三万的话，就说是中了福彩，就不会有问题了。

对于刀锋战士的神龙见首不见尾，玩家们已经习惯，第一件事就是去看录像，现场虽然火爆刺激紧张，但是有些地方还是看不懂，一看回放很多细节就会暴露出来，当人们把慢镜头定格在BS001腾空后仰侧身时镭射却指向骑士TM的膝盖关节的时候都傻眼了。

这是什么瞄准器，这个机动战士该不会是披着BS001外壳的超级战士吧？

当然这是不可能的！

已经有财团出钱悬赏刀锋战士的真实身份了，如果有这样一个人来领导自己的私人武装，那百分之百的安全无忧，以一当百有点夸张，就以此人的身手和智慧，只要环境合适，单挑几十个对手一点都不成问题，这已经是所有人的共识了。

李锋的战斗录像被不停地点播，已经攀升至各大视频排行榜的第二位，第一位则是被NUP当红歌星安吉儿·卡莉的最新MV占据，而李锋的战斗视频是唯一能威胁到她地位的存在，可见刀锋战士现在有多红了。

玩家们都在研究这其中的动作以及战术战法，越分析越觉得可怕，经过什么样的训练才能训练出这样的战士，谁也不会相信这是普通人的水准，绝对不可能。

由于太热，USE和NUP的机动战士们也观看了视频，没玩过游戏的不太相信，而玩过游戏的才清楚这人的可怕，能在宇战时使用BS001做出的动作，就算再差，在现实中也能用标准机型做出。

而以对手的情况，在现实中，利用环境将更加难缠。

最终这个事情还是引起了军方的关注。

第25章
关注

　　USE亚洲军区司令部，左右各六个将军，中间则坐着一位七十多岁的四星上将，亚洲区总司令李振司令员。将军们有点疑惑地望着屏幕，竟然是宇战游戏的录像，虽然军方并不禁止军人玩这个，可是司令为什么要在这种地方放这个呢？

　　很快会议室里的将军们脸色都变了，直到录像放完，会议室鸦雀无声。

　　"这是无意中发现的，我觉得有必要让大家看看。都有什么感想？"李振望着其他人。

　　"此人不为我用，就一定要除掉！"

　　其他将军也点点头，这可不是爱才不爱才的时候，这种人一旦放到战场上简直就是死神，如果是伊文特人的话，那就更危险了。

　　"他是伊文特人的可能性很大，NUP肯定不会让我们从主脑中查信息，而我们也绝不会允许他们查，可以确定的是，他在亚洲区，所以，各大军校、私人武装，以及军队，都要仔细调查，尤其是伊文特人，一定要着重关注。另外，做一次亚洲区的人口普查，把伊文特人的档案更新一下。"

　　几位将军也纷纷点头，这样危险的存在必须尽快了结才成，在场的人可都是经历过战争的，对BS001的一些战术太敏感了，一个技术高超的机动战士并不可怕，毕竟战场人数才是最关键的，可是这人的技术已经到了匪夷所思的地步，而且显示了极高的头脑和狠辣。

　　命令一层层以加密的形式传递下去，不过当事人可一点也没察觉，李锋同学正在埋头苦干……这些东西真难背啊，为什么魔鬼金不给他增加一个死记硬背能力？痛苦。

　　军政界一起忙活，这可是大事，而且想掩藏也是不可能的，何况还是USE和NUP同时进行的大动作，说只是单纯的人口普查是人都不信，双方肯定是在找什么重要人物，一时之间风声鹤唳，难道又要开战？

　　可是忙活了很久也是瞎子点灯白费蜡，这次大规模的行动最后也只能是雷声大雨点小，双方都抓到不少的间谍，同时社会犯罪率也从百分之七降低到百分之三，这也算是小小的收获吧。

　　他们针对的重点都是圈内的知名人士，怎么可能想到刀锋战士会是一个默默无闻的高中生？当然也不是完全没名，因为被流星打过，某人还是上过一次电视新闻的。

　　而USE的将军们如果知道李锋是那么想参军，可是却头痛考不上军校的时候，不知道是什么表情。

　　名噪一时的刀锋战士又消失了，不过这次玩家们不再担心，因为他必然还会出现，何况已经留下了数场经典战役，光这些就够大家流传欣赏一段时间的，那些技术流的崇拜者每次看到录像都会激动得摇头晃脑，而宇战里面也多了一些刀锋一号、刀锋二号之类的新人，有很多本来对宇战不感兴趣的人，在看了视频之后，也纷纷加入，视频中加了高手解说，让人看了就热血沸腾，可惜传奇就是传奇。

最近流行BS001风潮，可惜真的驾驶之后才知道那是多不爽的一件事儿，本来可以灵活的战斗，而使用BS001就变成了僵尸步，慢得一塌糊涂，而体验之后再对照一下视频上的动作，除了震撼还是震撼。

而此时我们伟大的刀锋战士正在埋头苦读。马卡也好不到哪里去，为了未来，两人都决定奋发图强，一起训练，一起拼书！

根据网上的高手指点，两人都买了一大堆书，马卡也决心要考军校，他觉得做一名军队八卦记者更有前途，更有挑战性，既然连李锋都敢把目标定在亚朗A级军事学院，自认智商还要高一点的他当然不惧，两人血拼起来。

运动完之后，客厅里就传来朗朗的读书声，跟小学生差不多，光背还不成，据一位专业级的考试专家说，背完之后再把书吃进去就会记得更牢，所以两人就把重点塞到了肚子里，反正都是纤维。

李锋不是没有想起唐灵，只不过考不上亚朗A级军事学院一切都是白搭。

如果李锋真的纠缠唐灵的话，说不定两人就真的一点可能都没了，像唐灵这样的女孩子，李锋之所以能引起她的注意，不外乎两点：一点是因为那奇妙的感觉；另外一个就是李锋的态度，他并没有像一般男人那样低声下气不断纠缠，反而有点不太在乎的感觉，这让唐灵体会到一种异样。

但这种异样的感觉并不很好！

军方和GAD有一单大case，而作为特别人员周芷就住在唐灵家，这也不是第一次了。两人的关系非常好，而这些天周芷也注意着唐灵的反应，看来那个小子还真有点手段，她还是第一次见唐灵在一个男人身上花时间，当然这不是说唐灵对李锋有什么想法，扯那个还太远，但是能让唐灵有感觉，肯定是个与众不同的人。这段时间很忙，几乎把这事儿忘了，既然空闲下来，不妨试探一下。

到了洗手间，周芷打开天讯在上面按下一串数字，立体影像立刻弹了出来，一个战士打了一个敬礼，周芷小声交代了几句就关掉了天讯。

离开洗手间的周芷就像什么都没发生一样，找到唐灵陪她开心地聊起天来，而唐灵也把心中的不痛快暂时搁下，那个李锋也实在太……这么多天了一点动静都没有，真把自己不当回事了，自己总不能主动找人家要礼物吧，她的脸皮还没那么厚，而且这种情绪还不能表现出来，真要说开了，可能就不是什么事儿，憋在心里的时间越长沉淀的感觉就越深刻，毕竟总是想起一个人，想忘记也不成。

第26章
温习与试探

可唐灵毕竟不是一般的女孩子，她知道李锋正在疯狂备考军校，不如就让老天来决定，如果李锋真的考上了，那她也不妨主动接触一下这个奇怪的能抵挡她魅力的男生，如果他失败了，也许就是所谓的没有缘分吧。

给自己找了平衡点，唐灵的心情也轻松下来，她也有很多事情要做，计划虽然已经做成，但是最后的收尾样品检测还是要注意的，不能马虎大意。

晚上李锋一个人在图书馆温习，在马卡决心要考亚朗A级军事学院之后，马卡的父母可是开心得不得了，还把李锋好好地感谢了一通。这小子自小就胸无大志，总算认真了一把，做父母的想不支持都不行，家里不缺钱，可是在这个时代军队里没人实在不好办事，如果自己的儿子能进入亚朗，将来毕业再动用资金，混个一官半职，那日子肯定舒服，发展也非常好。身为父母对自己的孩子都是非常看好的，这不，马卡的父母邀请一些相关人员吃饭，虽然不一定有什么大作用，但是至少不会下绊子。

而李锋只好自己备课，恐怖的军事战争史，为什么要记那些莫名其妙的年代和数字，还有狗屁人物？虽然没意义，可是考试要考，李锋就要背啊。

一边走路一边背还可以集中精神，反正夜路对李锋毫无影响。

"2155年，罗本斯特博士发现了新能源实用理论，人类得到了长足进步……"

走着走着，李锋突然眼睛中闪烁出不同的光芒，但是脚步丝毫没有改变，依旧念叨着历史年份漫不经心地走着，而不远处正有一个人影在靠近。

少校第一次交代这么莫名其妙的任务，身为军方特种精英小队TIN的一员，竟然要出手对付一个学生，这着实让他无法理解，不过命令就是命令，必须一丝不苟地执行，这是身为一名军人最基本的素质。

经过观察，这人就是普通的学生，还是学习很差的那种，看那种背诵的愚蠢样子就觉得世界上又多了一个平庸之辈。

杰森已经准备动手了，可是就在这一失神的时候，目标却不见了！

刚才只是刹那的思索，对方怎么可能不见了！

"这位先生，你是在找我吗？"

李锋拎着书包笑眯眯地望着眼前的跟踪者，跟踪者身上隐含着杀气，说明是杀过人的。

杰森没有回答，他已经知道被对手的表象欺骗了，闪电出手，直接锁喉咙。

他很快，但是李锋更快，既然对方没有解释的意思，那就判定为敌人！

对付敌人只有一个字——杀！

杰森之所以能进入TIN就是靠着优越的肉搏技术，他当年可是打过地下自由搏击大赛的高手，可是他的杀招却落空了。

而再一出手，眼前这个普通学生的气势完全变了，惊人的杀气瞬间把他全身的毛孔都刺激起来——这恐怕是经历过杀场才会产生的杀气啊！

李锋没有给对手机会，这几乎已经是本能反应了，一个照面，杰森的手关节已经被错开，但是他硬是咬着牙没有发出任何声音。

李锋冷漠地望着杰森，那眼神是灰色的，仿佛是看穿死亡一样的感觉，而很快那种杀气就消失了，不过表情仍没有太大变化。

"你的出手狠辣有余，杀气不足，说明不想杀我。不管你是谁，或者代表谁，不要惹我，下次就不会这么好运了！"

李锋说完把书包往身后一甩就走了，杰森的耳边传来背诵历史年份的声音。如果有个地洞他肯定钻进去了，对手根本没把他当回事，虽然惊骇于对方的实力，可是他很不服，刚才实在太大意了，不过现在他也明白少校为什么让他来了。

慢慢移动身体调整角度把手往地上重重一撞，"咔啦"一声，骨头接上了，活动一下手腕，把其他关节按好，观察了一下周围，打开天讯，消息传了过去。

"周姐姐，你要忙工作了吗？"

周芷看了一眼天讯的消息，脸色微微一变，很快露出灿烂的笑容："是啊，姐姐多么想回到学生时代，可惜身不由己，我有点事情要处理一下。"

离开唐家，磁浮车高速飘离，很快开进了一幢大楼，外表只是个普通的印刷厂，但是过了几道门之后，一道墙壁裂开，周芷走了进去，墙壁合拢。印刷厂的工人们还是各忙各的，仿佛刚才过去的是隐形人。

杰森已经在等了，见到周芷之后立刻打了一个敬礼，周芷没有说话只是打开了屏幕，而上面播放的正是杰森跟踪李锋以及交手的经过，关键的部位都做了技术处理，放大，并给了详细特写。

看着看着，周芷的嘴角露出了一点微笑，看得杰森一呆，连忙收摄心神，队长的实力可是跟长相一样可怕，每当她露出这种摄人心魄的笑容的时候就是发现猎物的危险时刻，屏幕上的小子要倒霉了，可怜的家伙。

"说说你的感觉。"

杰森沉思了一会儿，他知道她不喜欢头脑简单四肢发达的人："老手，有很强烈的杀气，洞察力也相当惊人，但如果给我一次机会，我肯定……"

周芷摆了摆手，制止他再说下去："我知道你听了我的命令没有用全力，可惜对方也没用全力，真要打起来，你可能十招之内就会死在他手上！"

杰森还想辩驳几句，但是看了看队长的脸色，还是忍住了。

"出去吧，这事儿就当没发生过。"

"是，队长！"

望着屏幕上李锋的出手，周芷笑了，越发觉得有趣了，虽然这个杰森只是个低级别的组员，可是败得这么惨还是让她很意外，李锋出手时候冷酷的眼神和背书时的傻样产生了极大的反差，看来唐灵的感觉不但没有失误，可能发现了一个巨大的宝藏。

按了一下遥控器，屏幕再次变化，出现的是李锋从婴儿开始的简历，越看周芷越觉得惊奇，成绩一直很烂，也没什么突出之处，比较值得注意的是，他从初中时候开始锻炼，立志当一名机动战士，可惜资料的收集非常官方，而且主要集中在学校，而李锋住院的两天根本没人在意，由于没有检查出任何伤势，地方小医院也没有归入档案，而军方也错过了最后一次机会。

李锋有一个死党叫马卡，而这个马卡联邦里面也有档案，家里还算有点实力，这么一个普通人，是如何练就这样的身手的呢？

周芷越发好奇了，正好交易已经进入收尾阶段，她的工作已经不多，不如好好了解一下这个奇怪的年轻人。

看到李锋背完书再吃到肚子里的傻样，周芷实在忍俊不禁，这到底是个什么样的人？

"啊啊啊！该死的，刚才背的东西全忘记了……坏了，书都被吃到肚子里了，怎么办！"

可怜的李锋开始望着月亮发呆，备考的日子真难过啊！

第27章
初接触

　　一旦进入学习状态，时间也是过得很快的，李锋和马卡也算是学校里小有名气的混子派，一个上课走神，一个只知道泡妞，而现在连走路都在看书，对于这种巨大的转变，老师们可是非常欣喜的，认为这是素质教育的伟大成功，浪子回头金不换。

　　被作为典型的李锋和马卡可没老师那么乐观，越是拼命越发现问题多多，不过已经到了这个时候两人也只能死记硬背了，好在网上有很多专业的重点以及范围，毕竟人类是最擅长总结的，而考试的方式进化了几百年还是那个样子。

　　"马卡，你还撑得住吗？"

　　一脸蜡黄的马卡咬牙点点头，纤维没那么容易消化，而马卡同学的肠胃显然没李锋那么彪悍，已经连续拉了三天肚子了，现在他见到书就双目呆滞，但是这哥们真的豁出去了，仍在坚持。

　　马卡也是那种一旦决定要做什么就玩命去做的典型，胆子够大，而如果给这种人一个自由发挥的空间，肯定会相当了得的，只不过在学校尤其是高中很难表现出来。

　　"今天下课之后还继续吗？"

　　一说到这个，马卡的小脸立刻淫荡起来，容光焕发，大有一种见了天仙的感觉："哈哈，今天不了，有大事，哦耶！"

　　看到这个反应，李锋就是用屁股想也能知道肯定和女人有关系，皱皱眉头："你小子不会又想去泡妞了吧，一旦开了头，憋足的劲儿就全泄了！"

　　"去，去，去，你说的是谁啊？肯定不是纯洁善良的我，今天下课有亚朗A级军事学院的客座教授来讲课，我们的目标是亚朗，当然不能放过了！"

　　马卡说得很认真，表情一样严肃，风吹过，他头发轻轻一甩，颇有点阳光少年的感觉，只不过那金光闪闪的眼珠子还是出卖了他。

　　"那教授肯定是女人，而且还是美女！"

　　"哈，哈哈，被你看穿了，不过人家这次是来给我们做讲座的，一定要捧场，而且也可以为面试什么的作准备。"

　　马卡得意得大牙都亮了出来，仿佛自己已经通过笔试和体检似的，李锋除了摇头还能怎么样？这小子只要一听到美女立刻精神百倍，如果那美女教授能鼓励他一下，说不定他能一口气考上亚朗。

　　亚朗A级军事学院周芷教授的讲座定在下午三点，讲座主要是针对想要考亚朗A级军事学院的学生们，作为学姐以及老师，周芷的建议肯定能给学生们很大帮助。

　　以李锋的观点，敢报考亚朗的人并不会很多，而这些天各大名校的讲座不断，应该不会有太多人，要不是马卡急不可耐，他宁可不提前一个小时去，这一个小时可以背很多东西的。

但是李锋同学还是决定抓紧时间，随身带了课本，可是到了会场才发现——他们来得好晚啊！

可容纳五百人的小会议室已经人满为患。神啊，这些人是来听讲座还是来看美女的？

一旁的马卡连声叹气，座位是别想了，只能站在走廊上了，不过两人还是挤到了前面，不知道是美女的力量大，还是亚朗的名头太响。

学校也没想到这样的讲座会这样火爆，所以演讲提前了半个小时开始，周芷的善解人意立刻在学生中引起了极大的好感，当周芷上台的时候，会场立刻被引爆了。

怎么看都不太像是升学演讲而更像是明星出场，此时的周芷一身白色的职业打扮，裙子离膝盖有一厘米，既不显得保守也不显得过于暴露，恰到好处地展现了她那惊人的美腿，根本不需要丝袜，天然的嫩白具有最大的震撼力，戴着一副淡紫色边框眼镜，让她少了几分宴会上的奢华高贵，而多了两分知性和睿智；头发随意地别起，显出了成熟女人的美丽！

也难怪一出场就引起这样的轰动，都在传言这位教授是亚朗A级军事学院第一美女教授，现在看来果然名不虚传，马卡同学已经在不住地咂巴舌头了，口中也念念有词：极品啊，极品！

李锋倒没有很在意，他也想听一些关于亚朗军事学院的招生要求，毕竟学校方面的人肯定更准确，既然要做就要尽全力，但是看到这位老师的时候，他也震惊于她的容貌。现在不是以前，以前的军校就是丑女集中营，但是现在可不同。而且千万不要小看女人，星际战舰的舰长以及工作人员半数以上都是女性。女性的谨慎和细腻对于太空航行非常有帮助，所以一个女军人不但可以是美女，而且军衔很可能比男人高得多。

可是美丽的影响只是一闪而过，周芷在后台的时候已经锁定了李锋的位置，就像情报上说的一样，这个学生是有点傻，这个时候竟然还能拿着书本苦读……而这样的人和那冷酷的高手怎么都对不上号。

周芷随着掌声向学生们致意，目光扫过，她的目光和李锋对上了，目光一触而过，周芷没有从对方身上发现什么特别，一方面她可没有唐灵那样的超能力，而且距离太远，很难感觉得到。但刚刚一接触，李锋却瞬间察觉这个老师不简单，她的身体绝对不像展现的那样柔弱，在魔鬼森林生活的时间里，只要是有力量的生物靠近或者观察他都会有感觉，而他从这个周芷身上就感受到了这种威胁！

第28章
师生恋？

　　李锋也不想惹人注意，立刻低下头，就像不希望刀锋战士曝光一样，他并不想被人当做试验品，以前他只是个比普通人稍微强一点的学生，而现在短短两个月就有了这样突飞猛进的变化，虽然一般的医院检查不出，可不代表那些军方实验室也不成，如果有心要细致检查的话，肯定会出问题，而李锋是想当一名成功的军人，可不是试验品！

　　一个厉害的学生当然不是问题，但是一个被流星打过却突然变厉害的学生就有问题了，他已经决定在高中的最后阶段低调过去，一切等进入军校再说，如果考不上，去参军也成，以他的实力即使从底层做起，也会很快晋升的。

　　周芷看到李锋低下头继续盯着书本看，心中也有些惊讶，她终于明白唐灵的感觉了，像她们这样享受惯了别人注目的女人突然被无视，尤其是被自己感兴趣的人无视，是有点异样。

　　周芷的脸上露出灿烂的笑容，学生们立刻有种如沐春风的感觉，而周芷的声音跟她的容貌一样的级别，轻灵而显出一分沉稳，让人猜不透她的内在。

　　"完了，完了，李锋，这妞是我见过的极品中的极品，我一定要考上亚朗去泡她！"

　　马卡立刻发出了豪言壮志，他对考上亚朗的决心从没像这一刻这么坚定！

　　"汗，这话我好像很熟啊，哦，对，你见了唐灵也是这样说的。"

　　马卡立刻以一副孺子不可教的眼神望着李锋："你小子太嫩了，两人都是极品，唐灵是极品公主型的，如果没有一定的身价、才能和长相，最好远观；而这位周芷姐姐可不同，那是变幻莫测的尤物型，可以高贵，可以温柔，可以性感，也可以放荡，百变魔女就是指这种，配我正合适！"

　　李锋不知道该不该劝他一下，这个周芷绝对比唐灵还要危险，接近唐灵顶多被她的冷漠刺一下，但是惹上这个周芷，后果就不知道了，这女人是典型的玩死人不偿命的主儿，虽然马卡自认老手，但是对周芷绝对是肉包子打狗，而李锋的判断则来自于感觉，他从这女人身上感受到了威胁！

　　……不过一个老师怎么都不会对一个学生下手吧？

　　台上的周芷可不仅仅有相貌和声音，而是认真地介绍了一些关于亚朗的真实情况，以及招生要求，尤其是面试方面，并没有摆什么老师的架子，而是以开玩笑的口气说了一下面试的真正要领，比如说老师们一般都喜欢严肃一点的考生，喜欢面试的学生穿正装，还有如果很紧张的话，可以用冷酷的眼神跟老师对峙等等，一些她自己总结的小技巧，并爆料说，当初她就是这么通过面试的。全场大笑，学生们已经被她的魅力征服，一旁的马卡可是扯着嗓子叫喊。

　　李锋冷眼旁观，越发觉得这女人的厉害，很容易就把握了学生的心里，用一点简单的言语就能蛊惑他们的心思，很厉害，是心理上的高手！

即使在数百人当中，周芷的眼光微微一扫就能确定李锋那边的状况，那个马卡比谁都活跃，而那个李锋，却不为所动，此时的他正冷漠地望向这边，而当周芷看过去的时候，他又立刻低下头。

有点意思啊！

"下面是自由提问时间，大家有什么问题可以问周老师，由于时间关系，请选中的同学只问一个问题，机会难得哦！"

主持人一脸的迷醉，其实他自己都很想问问题。

一听有这样的机会，男生疯狂地举手了，不过看这架势，好像问的问题都不是关于学习的。

何况第一个被选中的竟然是马卡，而且还是美女教授亲点的。马卡欣喜若狂了，一旁的李锋不由得摇头，泡妞的时候，表面要疯狂，但内心要冷静，不过无论怎么看，马卡的内心比表现得还要疯狂。

面对这种情况马卡同学可从来不怯场，他摆了一个自认为很酷的POSE："周芷老师，请问你有没有男朋友？"

全场一阵起哄，尤其是男生。马卡可是问出了他们的心声，一般老师面对这样的场面可能会难以应付，但是对周芷实在是小菜一碟。

她脸上露出恰到好处的微笑，微笑中还带着一点点自然的羞涩，顿时把一群小男生迷得不知东南西北："这是隐私，不过我可以告诉大家，没有。"

狼嚎不断……望着一群发情的同胞，李锋怜悯地摇摇头，如果说用一种动物来形容周芷的话，狐狸比较合适，或者狐狸精更贴切些，李锋可以本能地感知表情的真假。

"那你介不介意师生恋？"马卡立刻追问道，不过这个问题已经被主持人否定了，因为这是第二个问题。

但是敢死队是一往无前的，第二个获得发问权的男生依旧是同样的问题，而周芷模棱两可的回答立刻引爆了全场。今年报考亚朗A级军事学院的男生人数创学校新高，一群不怕死的人开始冲独木桥了！

讲座圆满结束，男生们还是一脸的意犹未尽，马卡像是用了反物质能源的磁浮车，大有一口气冲到月球的动力，让李锋先到图书馆等他，今晚决定通宵温书！

望着兴奋的马卡，李锋只能希望上帝保佑。这时一个男生走近，正是刚才那个主持人。

"请问是李锋同学吗？"

"是的。"

"是这样的，周教授在T2教师楼等你。"看他的表情，这位学生会会长比李锋自己还疑惑，像周芷老师这样的人怎么会见这么一个默默无闻的学生？

虽然不知道对方是什么心思，李锋还是在学生会会长嫉妒的眼神中走向教师楼。

第29章
威胁

还没等敲门，那个迷人的声音就响起了："是李锋同学吗？进来吧。"

李锋也不客气，他可以肯定这次的见面绝对不是学生和老师之间的！

果然一进门，一把椅子就闪电般砸了过来，李锋右手一把扣住，同时甩了出去，对面的周芷也以同样的手法扣住椅子，可是李锋已经来到了她的身前，这个时候周芷是有很多方式反击的，不过她今天穿的是裙子，而且是紧束的那种，根本没法踢腿，可是她一点也没有反击的意思，任由李锋卡住她的脖子，脸上依旧是迷人的微笑，丝毫不让地望着李锋。

两人对视了一会儿，李锋慢慢放开手："那天的人是你们的人。"

"李锋同学不懂得怜香惜玉吗？"虽然面带微笑，周芷还是有点吃惊，刚才那一下的力气可不小，如果是普通老师恐怕就完了。

"哼，有什么事儿就直说吧。"

"亚朗军事A级学院从来都是对人才敞开大门的，我看李锋同学很有潜力，如果有我的推荐，可以跟唐灵同学一起保送。"周芷直接绕开话题，扔出一个撒手锏。

保送亚朗，这绝对是震撼性的消息，以唐灵的身份，也是作出了相当杰出的成绩才获得的资格。

"谢谢，但是不用了！"

李锋拒绝得更干脆，倒是让周芷卡壳了。

"如果没事，我先走了。"

"呵呵，李锋同学，马卡是你的好朋友吗？"

李锋的身体突然僵住了，紧跟着恐怖的杀气瞬间笼罩了周芷，以周芷的实力也是浑身一僵，甚至都有了拔枪的冲动。

李锋慢慢地转过身，眼睛中透出一种恐怖的红光："你，记住，伤害到我身边的人，都会付出惨重的代价！"

说完一拳打在墙上，转身离开。

当房门关上之后，笼罩周芷的那股杀气消失，仿佛经历了一场大战的感觉，周芷重重地松了一口气，骇然望着墙上的拳印。

这人一定要拉进亚朗A级军事学院，他比想象的还要强，这么优秀的人才已经很久没见到了！

高兴过后，突然想起刚才的遭遇……他这么无视她的存在，竟然还用暴力威胁她这样的美女，好久没遇上这样的"小强"了！

等进了亚朗之后再慢慢算账，想逃出她的手心可没那么容易！

对于专注的人，时间总是过得飞快，高中三年的生活从来没让李锋和马卡这么留恋过，可是考试已经来临了。

李锋和马卡互道一声珍重，杀入考场，他们是抱着必胜的决心冲进去的，能让现在的李锋心有余悸的事情已经不多了，不过考试就算其中的一件，看着讲台上监考的老师，李锋怎么看他都比魔鬼森林的怪物们更具杀伤力。

虽然有视频监视，但是并不能取代老师在这其中的地位，毕竟回答一些问题，应对一些紧急情况还是要人力完成，何况现在的高科技作弊手段太多了，不得不认真注意。

时间在一分一秒地过去，李锋也以战斗的精神完成了考试，会的要做，不会的也要蒙，书到用时方恨少啊，如果论起实战理论，他绝对算优等生了，问题是考试的时候根本不考这个啊。

李锋这段时间是很努力了，奈何对自己喜欢的东西他可以高速吸收，但是对于那些无聊的东西，他怎么都记不住。

不过不管怎么样，考试是考完了，考成什么样，就要问上帝了。

两个难兄难弟碰头了，不过看样子都像是经历过摧残似的。

"怎么样，你还成不？"

李锋摇摇头，感觉不怎么样，不过看马卡的样子，貌似还不错，在记忆方面，李锋一直认为马卡是个天才，当然这家伙从来不肯把智商用在这方面，他宁可去记女人的三围或者泡妞一千零一招。

马卡忽然咧开大嘴："哈哈，我真是个天才，这些题也不怎么难嘛，看来亚朗是进定了。嘿嘿，放心吧，别愁眉苦脸的，以你的实力，就算不进军校，也可以直接参军！"

李锋翻翻白眼："你这算是安慰吗？"

"哈哈，人活着就要靠兄弟，考完了就算完，这些天可累死了，我们去放松一下吧。"

"免了，你的放松方式跟我可不同，明天见吧，上帝保佑我！"

"哈哈，上帝保佑我们，一定可以过关的！"

其实李锋并没有对分数抱太多期望，他已经努力过了，实在不行也没办法，更重要的是，他现在拥有实力，总会有实现目标的一天。

虽然紧张备考，不过基础训练还是没有放弃的，现在考完了，李锋需要一次特大运动量的训练松松筋骨。

现在他自己算是有钱一族了，当然对那些真正的富人来说不值一提，但对李锋自己已经足够用了。他在A级健身中心办了一张会员卡，五万联邦盾，真是心疼啊，可是没办法，一般的健身房根本没有军事化的设施，而但凡能达到A级的健身中心都会配备可高达十倍重力的大型重力房。

当然十倍只是上限，根本没人会去用的，而且这种重力房都有自动警戒测试仪，只要房间内的重力超过正在使用者的警戒水平就会自动关闭，所以也不会有什么危险。

李锋算是一个异类，这样的健身中心的最大价值当然不在于重力房，那只是个噱头，之所以昂贵是因为里面各方面的服务设施，都是最高档的，而李锋对那些不感兴趣，他看中的则是没人用的重力房。

而现在他终于可以放心享受一下了。

能来这种地方的人非富即贵，而像李锋这样的肯定被当做有钱的小开了，这种地方也经常能泡到美女。

李锋根本没看柜台小姐暧昧的眼神，拿着卡迫不及待地冲进了重力房，就如同他想的一样，里面空无一人，健身中心购置这样的重力装置，只是为了说明，我们这里什么都有，属于高档地方，但是真正花那么多钱来这里的人，都不会真的去玩什么重力装置，他们不过是为了健身减肥或者保持身材，缓解压力而已。

第30章
刀锋再现

　　由于是高级会员，李锋拥有自己的房间，虽然少，但是像他这样的人不是没有，李锋并不想太引人注意，毕竟他要用的重力倍数跟别人可有些不同。

　　热身运动从四倍重力开始，十分钟之后，李锋就有种如鱼得水的感觉了，但是要释放这一个月的地狱备考历程，这点运动量是远远不够的。重力逐渐增加，每增加一倍重力，对身体的要求也同样增加，当重力到了八倍的时候，李锋感觉到压力了，正是爽的状态，他的移动变得极为缓慢，沉重无比，肌肉全部绷紧，但是这却更加刺激了李锋的兴奋度。他开始在重力场中跑步，先适应一下，毕竟好久没练了，同样十分钟，可是在八倍重力下，李锋已经大汗淋漓，浑身发软了，这感觉实在很爽，看来身体一段时间不锻炼就会生锈啊，好在考试已经结束，考上最好，考不上，以自己的身体状况参军也不会成问题，不管怎么样，以后都可以按照自己的想法生活，为目标而奋斗！

　　一个小时之后，李锋从健身中心走了出来，一般人从如此持久的高重力状态转移到普通重力的情况下，身体都会有些失调，但是李锋却没有这样的感觉，看来魔鬼金说的是真的，他在环境中的训练都成功地被转移到了身体上，甚至还被优化得更强悍了。用魔鬼金的话说，只有当问题暴露出来才容易纠正。

　　运动过后自然饿了，随便找了一个面馆，然后在周围人的目瞪口呆当中一口气吃了十碗，某人在吃完之后还顺便说了一句，嗯，不错，八成饱。周围人晕倒一片。

　　虽然很想去宇战上爽一会儿，不过好久没大运动量训练，吃完东西后就有些疲倦，回家之后就倒头大睡，老爸老妈也知道宝贝儿子最近很用功，总算考完了，不管怎么样都要好好休息一下。

　　李锋并没有如想象中的睡上一天一夜，实际上八个小时之后他就醒了，身体已经习惯性地进入深层睡眠，恢复的效果非常好，一大早起来，李锋就去晨跑了。

　　回来之后就迫不及待地上了战网，而说心里话，李锋再怎么有经验，那些战斗经验和一些离奇的场面毕竟是在幻境中，当面对现实生活的时候，李锋还是李锋，说不担心是假的，他还是希望能考入军事学院，毕竟从一个运输兵当起的话，天晓得他什么时候才能成为机动战士。

　　而进入军事学院就不同了，有些优秀的人才听说在学校里就能接触到机动战士，甚至参加试验，那简直是太美妙了。

　　而除了训练，在等待成绩的时候，李锋不想做其他的事情，在宇战中体验一下，能让他忘记这些烦恼的事儿。

　　在神奇刀锋消失的这段时间，宇战的玩家们可真是度日如年，过了这么长时间，他的录像仍是播放排行榜的首位。这其间也不是没有精彩的战例，相反，有很多战斗比李锋的战斗过程精彩很多，但是都没有李锋这样的震撼性，毕竟他用的是BS001啊，而且更重要的是，这些战斗都是能经得起反复推敲的，每看一次就能从中分析出许多战斗经验，甚至在某些军队中已经有战士在照着练习了，当然不可能使用BS001。

刀锋战士出现了！

大清早在线的玩家们，要么是通宵打拼，要么是上班前随便看看，专门起来玩的人只占少数，很多还是学生，毕竟大家都是刚刚考试完，谁都忍不住啊。

不过他们值了！

刀锋战士现身的消息瞬间在玩家中流传开来，本来已经想睡觉的众人立刻睡意全消，开玩笑，睡觉？就像一个正常男人见到裸体美女，怎么睡得着？

当然李锋同学的身体肯定没有那种魅力了，但是他制造的效果绝对比美女大。

数十个宇战论坛的首页立刻置顶头条新闻——刀锋再现！

很多玩家下线前都有上论坛的习惯，而且就算玩，一晚上也玩不了几场，更多的时候都是在观看讨论交流，而谈论的主题一直都是刀锋战士，而现在刀锋战士终于出现了，他们简直就像是等待牛郎的织女一样，两眼泪汪汪的。

挑战的没来，采访的倒是不少，李锋眯着眼睛等待着，不少宇战的爱好者想要采访他，里面不乏美女，通过虚拟影像，她们可以展示自己优美的曲线和身材，这是不带做假的，大概是希望用美人计来引诱一下李锋。但是可惜啊，李锋不是不喜欢女人，只是他从不把女人和战斗混为一谈，而一旦进入战斗的状态，美女的魅力就降低太多了。

对于"骚扰"，李锋全部无视，屏幕上的挑战表正在刷新着，不过可能是因为太早的缘故，没发现什么高手，不过李锋现在已经手痒了，只能挑出战绩最好的一个。

ID："飞翔航标"，上尉，使用的是幻想机型，拥有空中优势的魔蝶。

魔蝶是一款未来幻想机型，想在宇战上获得这款机型也是很困难的，除了要花很多钱来购买部件，还要完成不少的任务，一句话，这款机型让游戏公司赚足了票子，但是这款机型在性能上非常超前，算是诺曼底A型的进化版，拥有完美的空对地优势，而且摒弃了诺曼底A型的一些缺点，在空对空对付歼击机的时候也相当有优势，而在宇战中，这款机型又叫做流氓机型，驾驶这一款机型不需要什么技巧，只要在空中不停地轰炸就成了，空对地本就拥有优势，如果对手用的不是幻想机型，或者是基础性的改装版，想赢几乎是做梦，这个飞翔航标之所以还停留在上尉的级别上，也是因为这个原因，玩家一看这种机型基本上都不会跟他玩，而愿意和他交手的，基本上都是具有一定对空能力的机型。

第31章
魔蝶

当然这些对刀锋战士都不算什么。

优势？切，那是对别人说的，人们已经有了定势，如果刀锋战士不处于劣势那才有问题，这年头找不出比BS001更烂的机型了。

不过人们倒要瞧瞧刀锋战士如何应对魔蝶的空中优势，以BS001的攻击力，只有镭射，而且必须命中要害才成，当然人们喜欢看的就是奇迹。

李锋可不管有没有人看，他只是想活动一下筋骨，压着对手狂轰滥炸并不能起到锤炼的效果，每一战李锋都当成实战，而且要从中学到一些东西，比如这场，之所以选择这个人，也正是因为他的机型。

飞翔航标毫不客气地选择了平原，他也知道刀锋战士的规矩，人家虽然是列兵，可是是大腕啊，而且他自己心里也实在没底，只要看了那些录像的，恐怕都是心有余悸，肯定要选择有利于自己的地势。

而平原自然是最有利于空中轰炸的。

刀锋战士的出现可把游戏公司的工作人员忙坏了，这人真是……太那个什么了？难道不知道可以赚钱吗？好歹让他们准备一下啊。为了李锋的出现，工作人员都被叫起来，好准备一下宣传，但是李锋可不愿意等他们准备，只要选好挑战者就成。

而没了官方的介入，这就成了一场开放式的比赛，只要双方愿意，这场比赛就可以公开，当然容纳量是有限的，这就看谁的手快了。

挤进去的玩家不要太开心，一个宇战游戏室只要有一个人进去了，其他人都不玩了，直接连接到屏幕中，大家都翘首以待。靠，这跟科幻大片差不多了，甚至比那个有意思得多，玩家们有点口干舌燥了。

刀锋战士BS001VS飞翔航标魔蝶，平原。当玩家们看到平原的时候，除了暗骂飞翔航标无耻之外，没有其他的反应了，这平原实在平得有点离谱，竟然半点遮掩物都没有，一马平川，这家伙肯定选择了极限程度的平原，丝毫没什么美感，纯粹有利于他的攻击，而且这个家伙还流氓到在空中增加了厚厚的云层，一旦发现不妙可以在云层中穿梭，增加干扰和误差。

比赛开始。

飞翔航标还真的非常谨慎，一上来并不急于攻击，魔蝶瞬间起飞升高，维持在最佳安全位置，别的BS001也就罢了，但是面对刀锋战士，是人就得小心！

无耻？靠，老子就是无耻！

只要能打败刀锋战士绝对一夜成名，现在一些幻想级别的玩家都铆足了劲儿要干掉刀锋战士，这哥们的存在绝对是对他们最大的讽刺。

第31章 魔蝶

李锋也进入全神贯注的战斗状态，随意活动了几下，熟悉一下感觉，不过他这么一动，可把空中的飞翔航标吓了一跳，以为对手要开始攻击了，刀锋战士的枪法是已经被检验过的彪悍了，他立刻把高度提高升入高空，弄得李锋也有些莫名其妙……那样的高度，他是没法还击的，但是对手也没法攻击啊。

观看实战的玩家们则是哄堂大笑，就这点胆子也敢跟刀锋战士叫板，真是做人不能太兔子啊！

升入高空中的飞翔航标可没注意到这一点，说不紧张那是放屁，这么多人看着，而且刀锋战士每次又那么变态，他肯定担心了，如果一上来就被干掉，那脸可就丢大了。

飞翔航标继续着他的谨慎，不过看到刀锋战士只是随便动了几下也就放下心来，只要注意他的镭射，这场战斗也就立于不败之地了，何况他还有真正的绝招呢，这场战斗是限时性的，如果十五分钟内战斗没有结束，那就是不分胜负，也就是所谓的平手！

就算胜不了，能弄个平手的结局对他也是有利的。

而飞翔航标开始了他的轰炸，这种幻想机型的飞行灵敏度可不像现实型号的诺曼底那么笨拙，而且空中的距离毕竟远强于近战，魔蝶属于轰炸机型，专门用来对付地面的机动战士，飞翔航标先是试探性地攻击了几次，BS001只能闪避，这让他的胆子稍微大了点。

追求连胜？错，那只是其他玩家的看法，李锋玩宇战可没有那种束缚，就如同这场，他并没有立刻干掉对手的打算，也许一些玩家希望看到刀锋战士突然一记镭射直接把魔蝶轰下，继续他的神话之旅，可是事实上，刀锋战士在开场十几次交锋中，竟然一次攻击都没做出，仿佛是在为魔蝶热身似的，只是闪避着魔蝶的攻击。

千万不要小看了飞翔航标，一旦他把紧张的心理摒弃，完全发挥出魔蝶的攻击力，那可真够地面机甲难过的，何况是BS001，玩家们有点看不明白刀锋战士的打算，虽然BS001的镭射比较慢，威力也差点，但并不是没有抵抗力啊，而且以刀锋战士的枪法，绝对能让魔蝶很难完全发挥，可是现在摆明了是给人家当靶子啊。

飞翔航标不是白痴，自然发现了这一点，不管是故意的还是陷阱，又或是什么，这么大好的机会他是绝对不能放弃的，除非他的智力倒退回幼稚园。

魔蝶在空中做着非常漂亮的回旋，当然这不仅仅是为了好看，主要也是为了让对手难以捕捉。攻击开始了，一排排的镭射从天而降，魔蝶是拥有连射能力的机型，李锋也是全神贯注，这绝对不是闹着玩的，如果和BS001的配合有一点失误，那等待他的可就是爆炸了。

面对攻击，BS001做着微动的闪避，正是电光石火步伐，以最小的移动，闪避镭射的攻击以及震动范围，这只有对镭射威力最了解的人才做得了，对方对镭射的威力范围判断到了骨头里。

李锋的脸上带着兴奋，这感觉太妙了，他怎么也学不会魔鬼金教的战时冷酷状态，虽然心情很激动，不过身体反应可没有丝毫迟钝，反而更加迅捷，最后魔鬼金也不得不承认，这可能是人类的某种特例，档案中有所记载，属于极少数个体。

第32章
小李飞刀

　　李锋同学对镭射有着特殊的感情,任谁被轰个百八十次的,恐怕都会有点想法,刚开始的时候根本没有闪避的机会,被轰得久了,一旦能闪避过去,心情就非常爽快。说实话,就魔蝶这种程度比起魔鬼金的实在差了些,这种程度的连射在李锋眼中根本不算连射,间距太大,而且由于是空中射击,等落到地面的误差就更大,BS001虽然装备落后,但是基本的分析仪器还是有的,只要分析好了,李锋就可以以最快的速度作出回应,有些攻击简单一点,仅凭眼睛和经验就可以判断出来。

　　轰轰烈烈的十分钟热身,目瞪口呆的十分钟,看到BS001被动挨打,玩家们都很失望,这可不是他的作风啊,怎么会这样?而且一枪不发,这算什么?可是看了一会儿,玩家们就明白了,刀锋战士根本就没打算要击落对方,明显是在做某种步伐或者是纯粹的闪避训练——简单点说魔蝶就是陪练。

　　看似密集轰轰烈烈的攻击,都被刀锋战士惊险地躲了过去,每一次危险的闪避都引来玩家们的惊呼,到最后都喊不出声来了。

　　飞翔航标也疯了,刚开始他还以为是自己强大的优势火力把对方完全压制了,刀锋战士只能像猎物一样乱窜,狼狈不堪,可是一会儿之后,他也发现了,对方是蔑视他,显然没把他当回事啊!

　　内心说了一万遍要冷静,一定要冷静,可是飞翔航标怎么都冷静不下来,自己好歹也占据了绝对优势,可是却被当猴耍了,这算什么?一定要给这家伙一个深刻的教训。

　　魔蝶的高度再次降低,这样虽然危险点,不过攻击更加凶猛,他倒要看看刀锋战士能躲到什么时候,哪怕是真正的军人连续十五分钟做高难度的闪避,身体也会吃不消的,动作肯定会越来越慢,而他的攻击只会越来越猛。你玩火吧,这次玩死你!

　　李锋对别人的看法并不在意,对方的攻击越来越猛了,尤其是高度降低了之后,低空高密度轰炸,仅靠电光石火步伐已经不行了,BS001不得不做出高难度大范围移动,而且移动过后经常要连接电光石火步伐。

　　虽然魔蝶的攻击很凶猛,但是BS001的动作依旧连贯,玩家们都是行家,各种高难度的动作并没有给人很仓促很疲于应付的感觉,相反,大家都觉得刀锋战士在享受,享受对方的凶猛攻击,每次的移动都留一点余地,也就是说,这种程度的攻击还不算什么。

　　飞翔航标的眼睛都红了,本来以为降低了高度,对手多少会攻击几下,结果数十次攻击过去了,对方依旧没有这个打算,这让他愤怒到了极点,火力倾泻,高度再降,奶奶个熊,跟这家伙拼了!

　　一片片的镭射扫下,枪林弹雨下得BS001也不得不增加移动的频率,这对身体的负担是相当大的，大家都不知道这机动战士的主人究竟是什么造的，要经过什么样的训练才能完成这样的动作？

时间在一分一秒地过去，双方的战斗已经进入了白热化，看似早就忘记了时间，至少飞翔航标早就忘了一开始的预谋，只知道拼命地轰炸。实在太惹火了，但是其他现场的玩家可是看到了，有些聪明的玩家已经发现了飞翔航标的阴招，实在是太黑了，此时的两人正处于白热化的交手中，恐怕都没精力注意时间，而时间正在一点点过去，其他玩家就算想通知也不行啊，没法干涉比赛，而且不用猜，飞行航标肯定选择了取消战斗时间提醒的功能，这家伙老早就算好了。

倒计时开始了，玩家们紧张地看着秒表，刀锋战士依旧谨慎地闪避着镭射，在如此的攻击下，李锋也不敢有丝毫的大意。

十、九、八……五、四、三！

咔！

当玩家们默数到三，有些已经叹息了，虽然刀锋战士奉献了经典的闪避，可是平均总是不爽的，有些不想看的已经提前下线了，奶奶的太郁闷了，那个飞翔航标也太阴险了！

但是还有些玩家坚持着，他们觉得会有奇迹，尽管他们自己也不太相信。

当倒计时到三秒的时候，魔蝶的一轮攻击刚刚结束，一个回旋就要飞起来再次攻击，BS001此时刚刚一个侧闪，身体躬着，他直起身的时候，以镭射的启动时间肯定是不够了。

不过这次BS001却做了另外一个动作，谁也不知道什么时候他的钛刀已经取了出来，看也没看，BS001反手就射了出去。

二……伴随着最后一秒，钛刀正中魔蝶的头部，轰！

系统提示：刀锋战士与飞翔航标一战，刀锋战士获胜！

……

飞翔航标直到爆机都没明白过来，难道是老天在玩他吗？

坚持到最后的玩家们疯狂地喊叫起来，游戏室里的玩家们一个个都蹦了起来。

一个看似新手的家伙呆呆地望着屏幕，喃喃道："我靠，这也太夸张了吧，BS001是最强机型吗？"

众人一寒，旁边的人拍拍这个菜鸟的肩膀："哥们，土星来的是吧，小学生都知道BS001是古董机型。"

对方一爆，李锋就下线了，这是老习惯，别人的恭维不能让他的能力提高，他自己需要冷静地想一想，整个十五分钟看似完美，实际上至少有三处致命的错误，只是对手把握不住罢了，最近练习得少了点，动作是有点僵硬了，不过也不是完全没有可取之处，有一两个动作还是第一次尝试，没想到都完成了，需要好好体会一下。虽然魔鬼金不在，但是李锋已经养成了总结的习惯，出了问题不要紧，但是犯同样的错误是绝对不允许的。

第33章
感叹

李锋闭上眼睛，脑海里像是过电影一样回味着刚才的动作，这个魔蝶着实对他有很大的帮助，检验的效果也很明显，对于最后的攻击，李锋倒觉得不值一提，身为一名战士，任何细节都不能遗漏，看似不重要的失误，在战场上都是致命的，何况还是时间，李锋怎么可能不记。在魔鬼金的训练中，要是一个小细节漏了，他的下场都不会太好，最后的一记飞刀，实在太简单，交手了十五分钟，对方的移动轨迹早就刻在脑中，随时都能击落对方，如果不是时间不够了，他还想多体会一会儿。

对李锋来说，这是很正常的思维方式，可是对其他人就不是了。

平静了许久的论坛再次火爆起来，老资格的评论家全部爬起来，开玩笑，没赶上现场已经悔得肠子都青了，如果不能第一时间评述那就亏大发了。

各大论坛、战斗联盟都开始回放，一些大联盟已经密谋挑战刀锋战士了，但是他们牵扯太广，在没找到刀锋战士的破绽之前，他们是不会轻易出手的。

整整十五分钟，刀锋战士只做了一次攻击，然后正常结束比赛，随便一个噱头就能引起无数人的关注，但是看完比赛的人只有一个反应，几乎每一场比赛看完的反应都差不多，倒抽一口凉气啊。

在那样的轰炸下，能顶住一分钟的，就算不错了，能顶住五分钟就算高手了，而且机型肯定要移动迅速的，十分钟……不知道那些职业军人中的王牌高手能不能做到，但是十五分钟，只有上帝和刀锋战士自己知道了。

问题是无论谁在抵挡了十五分钟的鏖战，做出如此耗力的动作后，恐怕也没精力注意时间了，就算你偶然看到了时间，恐怕也没法做出攻击，问题是……换个人，刀锋战士已经被大家排除在正常人的范畴内，用BS001让你射上一天也不一定能击中魔蝶这种机型。

可是最后三秒，一秒出手，大约一秒多一点命中目标，轨迹完全被掌握，倒霉的魔蝶是正好一头撞上去的，直接爆机，恐怕驾驶员都不知道自己为什么会被击中。

刀锋战士就像烈火一样灼烧着玩家的心，不管喜欢的还是不喜欢的，只要是在刀锋战士出现的时候，其他人都被忽略了。

有些比较有势力的玩家也想打听刀锋战士的真面目，可惜都一无所获，不仅是他们，连军方都无功而返，何况他们了，唯一可以查到刀锋战士的方法就是通过网络追踪，可是USE和NUP为了不让对方控制主脑，设定了几大安全原则，这也算是其中之一，就算汇款，也是公司把资金打入主脑账号，主脑自动划拨的，根本无法追踪，而刀锋战士自己好像也不愿意张扬，猜测纷纭，可是谁也找不到刀锋战士是谁。

军方已经放弃了，虽然这个刀锋战士很有点不可思议，不过，谁也不能为了一个玩游戏的人，召开全球联合会议去解除主脑的安全模式，那简直是开玩笑，浪费人力物力财力，所以在上次的行动没有收到成果后，官方已经偃旗息鼓了，权当刀锋战士是个娱乐人物，此次调查档案也被归档保存起来。

人就是这样，越是神秘的东西，被渲染得就越厉害，何况刀锋战士的事迹还是如此的传奇，有人已经怀疑他是外星人了，当然这只是其中一种猜测。

BS001的狂热派已经开始反复温习这次的新录像，BS001的每一个闪避动作都让他们疯狂，太完美了，简直就像艺术一样，魔蝶虽然一直在狂轰，可是在众人眼中就是一个嚣张的小丑，而当时间到了最后，小丑被一刀终结，完美的结束，时间刚刚好，刀锋战士就像机战之神一样掌握了全局。

一些老玩家和评论专家则不认为这是一场表演，他们觉得这是刀锋战士在练习，从一开始这场战斗的性质已经被确定，这是刀锋战士特别把自己处于一个危险的环境，可是这并不是什么人都敢做的，而最后的结论是，对手还不够强，如果对手的轰炸足够压力，刀锋战士绝对不会有那么从容自若地一记飞刀。

这一记飞刀，那种感觉真像是武侠中的小李飞刀，潇洒，一击致命。

不知是哪个玩家在论坛上的感叹，却迅速被玩家们所接受，李锋那最后一刀就被定名为小李飞刀，当然是机动战士般的小李飞刀！

当然当李锋自己看了这个命名后实在有些哭笑不得，不过是一种攻击方式而已，有那么夸张吗？如果BS001的镭射好用一点，他绝对不会用飞刀。

这段十五分钟的录像被刀锋爱好者分割成十段，每一段都有一个完整的闪避套路，虽然他们是不可能用BS001做出的，可是还有其他简易操作的机型啊，如果能用那些机型做出，这也是相当恐怖的。

每每看到巨大笨重的BS001灵活地跳跃，都有种震撼性的视觉冲击，力与美的结合，这其中的关键是从容和流畅，一种可以掌握的感觉，才能让这成为一个经典。

也许是李锋备考的时间太久，他的视频一出现人气便以一种难以想象的速度攀升着，不管你玩不玩，但多多少少都了解一些关于机动战士的事情，大家觉得这么火热都会下意识地看看，这样一来，这段视频的人气像火箭升空一样地飙升。

看得出门道的会为刀锋战士的精彩闪避痴迷，看不懂的也会为那飘逸精准的一刀所征服，而飞翔航标仍旧没有逃脱先驱们的命运，再次成功地演绎了什么叫做配角。

第34章
横空出世的黑马

当然也不是没有不同的声音,有些人看了之后还是不太在意的。

屏幕前坐着几个年轻人,从他们英俊冷酷的脸上,加上一身笔挺的军服,看得出他们是精英,而且是NUP的精英。

"哼,一个爱显摆的家伙,我还是怀疑这可能是某种故障,或者这视频本身就是假的,只要一个稍微大点的组织就可以制作得出来。"

"呵呵,不太像是假的,不过这人确实不错,可惜战场是集体行动,一个人再强也是有限的,而且魔蝶的驾驶员显然到了后面就有点精神失控了,那最后一刀如果作好准备,以魔蝶的机动力可以轻易躲过去的。"

"这家伙真有意思,我有点想会会他了。"

"呵呵,我也是,我们去申请个号吧,听说他总是会接受一些强者的挑战,有趣的人,很想认识一下。"

而这个时候刀锋战士的视频还引起了意外的不满。

"哼,什么乱七八糟的东西,竟然能排视频第一,太离谱了!"一个暴躁的女人正在做着暴躁的事情。

"小阿姨,这没什么啊,虽然我不喜欢战争,但是大家喜欢应该有它的独到之处吧。"

说话的是一个天使一样的小姑娘,雪白的肌肤,让人如沐春光的笑容,金灿灿的头发,正是NUP的当红偶像,号称男人梦中女神的安吉儿,她的容貌和她的声音一样让人着迷,她温柔的时候,你可以感受到蓝天白云下翠绿的阿尔卑斯山脉;当她的高音飘起,当真有飞流直下三千尺的震撼感;而更重要的是,她有天使般的容貌和歌声,还有天使般的心灵,虽然只有十六岁,安吉儿却是红十字会和反战共和会的形象大使,并不遗余力地做着维和活动,人们也认为她是和平女神,也许战争是掌握在一些垄断财团和政客手中,但是她在和平人群中的影响力是毋庸置疑的。新歌当然是毫无疑问的视频第一位,这个位置从安吉儿出道以来就没有人能撼动,可是这次出意外了,上次就有些威胁到她的位置,而这次出了一个新的视频竟然爬到了安吉儿的上面,这怎么能不让她的经纪人,也就是她的小阿姨愤怒呢?她的小阿姨可是有名的火爆脾气,而且有一身好功夫,配上火辣的身材……已经有很多男人倒在她的美腿之下,当然是踹倒的,至于踹哪儿,那可就要看个人的运气和人品了。

"哼,该死的战争贩子,两个无聊的人,开着两个破铜烂铁打来打去,有什么意思,这些人脑子出问题了吗!"

米尔琪愤愤地拍着沙发,如果那个刀锋战士在她面前肯定会被她打爆的。

"小阿姨，别生气了，我一定会写出更好的歌曲的。"

"嘻嘻，这就对了，我们的和平大使怎么能让一段战争视频打败呢！"

米尔琪狡黠地笑了，看来一首更棒的歌曲马上就要问世了，虽然这次有点演戏的成分，可那个叫做菜刀战士的家伙还真能惹事，她就是不信，还有人能比安吉儿的魅力更大，这梁子算是结下了，千万不要让她知道那家伙是谁，不然肯定让安吉儿的歌迷淹没他。

飞翔航标还是完成了他的愿望，他出名了，虽然这名声不怎么地道，不过高高站在视频榜并压倒女神安吉儿的新歌也算是一个安慰，这哥们不停地在论坛上叫喊，可惜没人理他，配角也分很多种，一种是能让人记住的，另外一种是被人忽略的，无疑他是后者。

其实最关键的事儿，很多人还是忽略了，那就是刀锋战士驾驶着BS001持续了十五分钟的高难度动作，一般人早垮了，当然现在人们更愿意认为，刀锋战士驾驶的不过是披着BS001外壳的最新幻想机型，当然这是没有可靠性的。

名气越大，攻击者自然也会越多，很多人怀疑刀锋战士作弊，有一些人是抱着激将法的意思，把刀锋战士激怒，这样人们就有希望看到刀锋战士的真面目。

可是无论你外界吵得如何天翻地覆，李锋同学毫不关心，他从没打算借着刀锋战士出名，而且也不敢，之所以选择军事学院，他也是有打算的，如果直接参军，他也不能太高调，如果一上来就展现超出常人的能力肯定会被抓起来研究，或者引起不必要的麻烦，甚至被误认为是伊文特人，而进入军校的话，逐渐展露一些实力，人们就会习以为常，毕竟这是自己培养出来的人才，而不是天上掉下来的，这些都是李锋必须考虑的。他想成为一名真正的军人，而不是一个杀手，或者一个杀人机器。

这是有本质差别的。

紧张的一刻还是来临了，李锋和马卡紧张兮兮地来到学校的查询处，大屏幕前已经人山人海了，这一刻无疑是大家人生中最重要的一刻，毕竟进入高等学府关系着后半生的走向，虽然不是绝对，但是至少有九成以上的影响力。

两人盯着电脑触摸屏，只要输入考号自己的成绩就会显现出来，马卡已经开始祈祷了，这哥们儿是标准的无神论者，不过现在不得不转为多神论者。

"上帝，耶稣，阿拉，佛祖，佛祖的妈妈，撒旦，撒旦的大哥，保佑我吧，只要能让我考上，我一定多制造信徒来回报大家！"

马卡在祈祷完满天诸神以及他们的亲戚之后，开始输入准考证号。

屏幕的数据不停地流动，直至停止。

"马卡，准考证号USE235K82355，九百分，您所报考的亚朗A级军事学院的最低复试分数线为九百分，恭喜！"

电脑MM那清脆的声音才是真正的天使，马卡同学暴走了，也不管在什么地方，立刻狂跳起来，周围很多都是认识的同学，其中一个家伙立刻把分数打了出去，立刻无数羡慕的眼光笼罩过来，亚朗A级军事学院，天啊，这哥们太幸运了，而且正好达到最低标准线，有认识的更是大叹天道不公，这家伙是有名的二流子二人组的一员……竟然都能考进最高军事学院，实在是没天理啊。

　　李锋也很高兴，马卡考进去跟他考进去一样，一世人难得有兄弟，他是真心为马卡高兴，这小子很聪明，就是不肯努力，而现在努力了，目标也实现了。

　　马卡没有兴奋多久，因为还有李锋没查。"快，快，查你的！"

　　李锋有点晕，不禁笑道："你抖个什么劲儿，紧张的应该是我！"

　　"去，去，这个时候还有心思开玩笑，快点，老子还要见证你奇迹的一刻呢！"

　　汗！

　　李锋输入了准考证号，心中也有些期待，毕竟这也关系到他的理想和希望，而且他也想和唐灵一个学校，也许那个时候他的胆子会更大一些，至少会很开心吧，这是他的初恋，虽然经历了一些事情之后，不像以前那样狂热，可那种温馨的回味还是在的。

　　数据不停地流转着，李锋和马卡有点呆。

　　"李锋，准考证号USE235K82369，恭喜您，您可以直接参加亚朗A级军事学院的复试！"

　　李锋和马卡面面相觑，揉了揉眼睛，是不是出错了，或者见鬼了，怎么可能！

　　两人并没有狂喜，也许是出错了吧，虽然概率比较低，但是输错档案的事儿还是偶尔会发生的，怎么可能连分数都没有。

　　李锋又重新输入了一遍，还是一样的回答。

　　李锋和马卡还是有些不敢相信，还是马卡最先反应过来："哈哈，哥们，恭喜，咱们又可以继续幸福的二人生活了！"

　　"爬，爬……有点奇怪，为什么会没有分数呢？"

　　"对啊，怎么会不显示分数？"

　　"因为你是保送生！"一个清脆动听而又略带惊讶的声音响起，解答了两人的疑问。

　　保送生，亚朗的保送生，这意味着什么？马卡傻眼了。

第35章
保送也疯狂

正是唐灵，虽然已经确定保送，她也是要来确认一下的。

没办法不注意，其实一来她就看到了李锋，然后也不知怎么的就想了解一下这个几乎把自己彻底无视的男生，当看到他的查询结果时，唐灵自己也有点震惊，当然没来由地还有一点点的喜悦。

"啊，真的，哈哈，哥们我就知道你牛逼，没想到还是太空牛，狠啊，今儿你得请客！"

听到唐灵话的可不是一个两个，在空航AP中学竟然出现了两个亚朗的保送生，这简直是难以置信。唐灵是什么人，GAD的大小姐，而且本人又有优异的成绩，再加上在机动战士设计方面的天分，她才被保送，其实要考她也是可以轻松考上的，但是保送生代表着一种特殊荣誉，进入学院之后可以获得特权，比如无限制查阅图书馆资料，以及使用一些设施，这才是最重要的，还有全额奖学金，当然这个对唐大小姐没什么意义。

呼啦——

周围的学生都一拥而上，任谁都想看看有资格作为亚朗A级军事学院的保送生是何许人物，就算像空航这样的中学也从来没出现两个保送生，而亚朗A级军事学院每年的名额都非常稀少，实在想不出还有跟唐灵一样优秀的学生存在。

别说是学生，连整个学校都被震动了，要知道唐灵的保送名额还是申请的，经过学校推荐，加上亚朗的考察才确定出来，而现在竟然神不知鬼不觉地出现了另外一个保送生，而他们还一无所知，这可是天大的失误，难道学院里还隐藏了他们不知道的大人物的子女？

李锋一看那汹涌澎湃的人群就知道情况不妙，立刻在人群合拢之前，把唐灵和马卡拉了出来。

唐灵的司机和保镖已经上来，保护着三人上车。

马卡非常自觉地坐在前排，虽然他也有一肚子的问题，被亚朗保送，Oh, My God, 只有问候一下上帝才能表达他现在的震撼，别人不清楚，他可是非常了解李锋那两下子，他的成绩能及格就不错了，当然他不是说李锋笨，相反他一直认为李锋是天才，是有选择的天才，对于他自己认为有用的东西，李锋不但能记忆还能创造，但是一面对他认为没用的东西——李锋那智商实在是惨不忍睹。

"李锋同学，你总能给人意外的惊喜。"唐灵秀美的大眼睛眨了眨，露出甜甜的笑容。

李锋正视着让他度过无聊高中生活的女孩，现在的他虽然仍旧喜欢她，不过面对她时不再像以前那样紧张了。虽然两人没有什么，但是李锋还是要感谢她，在心中默默地感谢，人的感情要有寄托生活才有希望，而在这三年，李锋除了锻炼，就是远远地望着她，或者想一下，这大概就是典型的暗恋吧，不过感觉还是很充实的。

唐灵不由得低下头，对方的目光太有侵略性了，但是却没有什么恶意，甚至有着淡淡的怀念和温馨，这让她有些忐忑不安。

李锋也发觉自己有些失礼："唐灵同学，谢谢你的帮忙。"

"呵呵，以后大家还是同学，就不用这么生分了，直接叫我唐灵就可以了。"

相比李锋，唐灵更加落落大方，当然李锋同学表现还算镇定，至少在马卡看来还算是及格，但是作为泡妞高手，这个时候应该主动一些，当然马卡更清楚，像唐灵这种级别，他的那些泡妞经验是没用的，所以还是老实待着比较好。

"呵呵，还不一定啊，我们还没通过面试呢。"

唐灵笑了，不知为什么，今天她特别喜欢笑，是因为他考进了吗？不，肯定不是！

"呵呵，面试和体测应该不会太难，何况你还是保送的，真是不鸣则已，一鸣惊人啊，李锋同学！"

唐灵在李锋的名字上着实加了一下重音，显然是希望李锋同学给大家一个交代，毕竟好奇心对谁也不例外。

李锋无奈地耸耸肩："说实话，我真的不知道，自己也是一头雾水。"

唐灵和马卡都有些诧异，不过看李锋的表情不像是骗他们，李锋确实很晕，会不会是把别人的保送名额误划到他的头上了？那可就糟大了。

看李锋的表情，唐灵也猜得出："放心吧，这么重要的事儿是不会失误的，回去之后我帮你查一下，一有消息就通知你。"

两人交换了一下联系方式，唐灵把李锋和马卡送到了目的地自己才回去，等唐灵的磁浮车一消失，马卡立刻扯住李锋。

"兄弟，我们需要来一次深刻的感情交流，老实交代吧，你是不是跟亚朗的校长有一腿！"

"汗，亚朗校长是个老头子！"

"难道真的是上帝的恩赐，你小子有几斤几两我是很清楚的，不过不管怎么样这都是好事！"

"哈哈，谁说不是！"

在车上的时候唐灵直接拨电话到亚朗A级军事学院的招生办咨询过了，李锋确实在录取名单当中，不过唐灵想要打听的是原因，这就不是一般的老师能回答的了。

亚朗A级军事学院又出现了一个保送生，在学校引起了不小的震撼，不过学生们对这个人都很陌生，老师们在查到名字之后也是面面相觑，对于普通够分数的学生，在面试和体测当中还是会有两成被刷下，但是保送生就不在其中了，虽然也要经过检测，但是没听说过这类学生还有上不了的。

　　不管怎么说，今天对李锋家和马卡家都是个大日子，两家的父母自然少不得大肆庆祝一番，尤其是马卡的父母对李锋感激得不知说什么好了，在他们看来，这肯定是李锋的功劳，不然马卡这小子还不知道在哪儿瞎混。

第36章
春天来了！

回到家里，唐灵第一件事儿就是给周芷电话，天讯第一时间拨通。

"周姐姐，我想打听个事儿，我一个同学，就是我上次说的那个李锋，他被保送进入亚朗是真的吗？"

另一边的周芷回答得倒是很平静："是啊，我也听说了，这是学校高层的决定，可能是他们认为这个学生很有潜力吧，具体的我就不清楚了。"

周芷给的显然是官方回答，关掉天讯，她对着校长做了一个无奈的表情。

"周芷啊，你们军方真的是能给添麻烦，突然增加了这么一个保送名额可是引起了不小的震动，这个学生真的这么有潜力吗？"

巴巴拉，亚朗A级军事学院的校长，也是USE赫赫有名的军事理论家，主要是他培养出了无数的军界和政界精英，这种影响力可不是局限于一个学校的校长，他同时也是USE的上议员。

"老师，他有的不但是潜力，还有强大的实力，这小子是我见过的有限的几个高手之一！"

"哦，有这么厉害！"巴巴拉扶了扶眼镜，老头子当然知道周芷轻易是不会破坏规矩的，敢冒这么大的风险，必然有更大的回报，身为TIN的队长，周芷当然不是个感情用事的人，而且作为周芷曾经的导师，巴巴拉太了解她了，能得到她的称赞相当不容易。

"可是这小子的分数实在是有点……"

"惨不忍睹！"周芷也有些不好意思，六百九十分，太普通了，为了堵住别人的嘴，这个分数不得不封闭起来，如果让其他学生知道岂不是要造反！

但是周芷绝对相信，这个特招的李锋才是最大的发现，绝对会给所有人一个惊喜的！

"既然是你要求的，这个特例就由你全权负责了。"

"是，老师！"

周芷露出灿烂的笑容，李锋同学，想逃出我的手心可不是那么容易，这个年纪就有如此身手，啧啧，有意思，而且她更明白这个李锋绝不是头脑简单四肢发达之辈，试卷她认真看过，在一些没用的记忆和计算上确实不怎么样，但是涉及到机战、机械原理、物理、宇宙科学，以及一些战术理论，和一些对战局的把握上，他的回答是超前的，难以想象的优秀，甚至有些东西还是绝对的机密，周芷可以保证这些机密还没被公开过，可是一个学生怎么会知道，难道仅仅是偶然？而且看得出，他还是有所保留的。

确认了复试资格之后，唐灵主动约李锋和马卡半个月后一起复试，这实在是让马卡同学不知说什么好，只是非常感触地拍了拍李锋的肩膀："兄弟，你的春天来了！"

第36章 春天来了！

而马卡也真是前所未有的认真，他知道复试也是很危险的，毕竟他的分数是刚刚达到标准线，如果复试表现得不够优秀肯定会被直接淘汰，所以他认真地执行了李锋的训练计划。

马卡同学也立志成为周芷老师的学生，同时慰藉广大亚朗A级军事学院才貌双全的美女们的寂寞生活，他很拼。

对于马卡是以什么为动力，李锋就不考虑了，只要他认真锻炼就成，而李锋则成了马卡最好的教练，没办法，马卡的父母是紧握李锋的双手，就差没泪汪汪地恳求他了，为兄弟两肋插刀啊。

重力房换了一个新的，虽然四倍重力没有太大的感觉，但加上负重，多做一些高难度动作还是可以的。李锋偶尔还是会去健身中心体验一下超高重力的。

宇战是少不了的，摸不到真正的机甲，能在虚拟世界过过瘾也是好的，所以李锋这几天在线蛮勤的，但是李锋并没有连续不停地战斗，只是有选择地一天一战，更多的时间是观看一些其他人的精彩视频，尤其对幻想系的战斗感兴趣，别人做不出来的动作，并不代表李锋也不能，而现在李锋对机械、物理、宇宙基础理论特别感兴趣，以前那些不太想看的东西，现在心中有种强烈的冲动想去了解，一有时间就开始吸取，毕竟魔鬼金的时间有限，说的都是要点和一些基础概论，李锋想了解更多。

可是李锋同学碰上致命的难题了，也是他的死穴，那就是数学！

而数学正是这类科学的基础，李锋真正认清了自己的弱点，同时也涌起了对数学的强烈需求，要知道在亚朗这样的顶级军事学院，高数肯定是必修课，他可不想挂红灯，错，他对分数不感兴趣，他需要的是知识，在看其他的理论时候，一涉及到一些具体的计算，他就卡壳，这种感觉是非常不爽的，甚至让他连对宇战的兴趣都没了。

跟马卡讨论……这家伙的功力有限，想来想去都只有一个适合的人选，那就是唐灵，她可是机动战士方面的专家，并参与设计，数学从来都是满分，教他肯定是绰绰有余了！

拨通天讯只是下意识的，但没想到唐灵竟然一口答应。

为此李锋还被马卡逼着好好打扮了一番："我是去学习的，不是去约会！"

马卡翻翻白眼："我知道，你不用强调，难道是想刺激我吗？唉，真是三十年河东，三十年河西，想我堂堂情圣……唉，你小子走运了，去吧，对女孩子要大气一点，主动一点，温柔一点，体贴一点……"

李锋立刻夺门而逃，这家伙又开始啰唆了，自从唐灵主动邀请之后，马卡就时不时地感叹人生，甚至怀疑地球是不是原来的地球。

两人约在了星巴克，李锋刚到唐灵就到了，简单的白色T恤，超短裤，但穿出来却是震撼性的，毕竟以唐灵的容貌，笔直的美腿，配上甜甜的笑容，那杀伤力实在彪悍了点，不用想肯定是旁人注目的焦点。

两人只能选择一个稍微角落的地方才能避免更多的目光，好在唐灵早就习以为常。

第37章
同学型关系

　　李锋也不客气，最近他对数学已经有走火入魔的迹象，满脑子都在思考，而且回想起以前魔鬼金的一些理论课程，尤其是跟机动战士构架理论的串联，虽然他战斗是凭感觉，但实际上如果加上细致的分析，都是可以计算出来的，而且这样更准确，只要能发现提高战斗力的方式，李锋是不会放弃的。

　　唐灵……有点无语，当接到这个邀请的时候，唐灵还以为他只是找个约会的借口，还特地选择了一番，虽然有很多更美更华丽的衣服，但是她还是选择了简单的，应该会符合对方的风格吧，本来期待中的赞美和痴迷只是一闪而逝……竟然真的是来学习的！

　　……算你厉害！

　　唐灵只能看着李锋拿出来的一堆堆书，本来没怎么在意，可是看到那些书名的时候，她眼中闪烁出不同的光芒，这些书她也非常喜欢，里面的一些对机动战士的评论非常有道理，可以算是基础书籍中最好的，然后李锋迫不及待地翻开，一个问题一个问题地问。

　　两个问题之后两人都进入角色了，唐灵也是个非常认真的女孩，尤其涉及到机动战士。她对战争不感兴趣，但是对机动战士却情有独钟，在唐灵看来，机动战士的出现是人类走向宇宙征程的重要一步，关系到未来人类的安全。

　　这些问题自然难不倒唐灵，很轻松地就给出了解决方案，而李锋都能听懂，心中也佩服这个自己喜欢的女孩子，绝对比老师强，而且会用李锋最喜欢的机动理论来解说，更加清楚明了。

　　开始的时候，唐灵只是充当老师的角色，可是每次解决一个问题的时候，李锋总能说一些很奇怪的话，那些奇怪的话到了唐灵的耳朵中却像是惊雷，那些理论闻所未闻。

　　"等等，李锋，你刚才说什么？"焦急之下，唐灵完全没注意自己已经握住了李锋的手。

　　李锋自己也没有注意，他正沉浸在欣喜当中，困扰几天的问题一个个被解决实在太爽快了。

　　"我是说，为了适应不同的作战环境，机动战士可以加入微变型系统，其实通过分散动力系统就可以做到了。"

　　确实是这样，因为这是魔鬼金说的，人类现在的机动战士都比较固定，至少出现的都是这样，研究人员一直为如何解决变形问题而苦恼，其实就是把动力系统分散，当然李锋说的只是大方向，就如同月亮绕着地球转一样，具体解决的方法他并不清楚，但是唐灵这个专业人员听到就完全不同了，天才少女的眼睛中出现了一串串的数据，虽然不知道是不是一定能成功，但这绝对是可以尝试的。

　　望着唐灵惊喜的表情，李锋知道说漏嘴了，有些尴尬。

高兴过后，唐灵完全放开心情，目不转睛地打量着李锋："你是怎么想到的？"

"咳咳，这个，其实只是瞎蒙的，我喜欢玩宇战，玩着玩着就产生了这么个念头。怎么，对你有用吗？"

无差别必杀——装傻充愣。

"虽然不知道是否可行，但可以尝试，具体施行起来还是很复杂的。李锋，我发现你很有天分，只是一些基础不够扎实，我建议你把基础理论重新巩固，然后扩展，以你的天分，绝对可以超越我的！"

汗……幸好这里只有他们两人，如果在学校里唐灵对着李锋说出这样的话，绝对会让无数同学撞墙的，数学白痴……超过天才少女，这实在是本年度最大的笑话。

李锋也无比认真地点点头，他已经对这些数字着迷了，何况这些数字能帮他解答很多的问题。

"看来这样的碰面还需要再多几次了。"

"真不好意思，要麻烦你了，你比老师们说得好多了。放心，以后有什么事儿尽管找我，只要我能做到的，赴汤蹈火！"李锋拍胸脯说道。

这个绝对是马卡的风范，近墨者黑啊。

唐灵也毫不犹豫地点点头："这是你说的，以后我要你帮忙的时候，可不准拒绝哦。"

说着俏皮地眨眨眼睛，看得李锋一呆，只知道茫然地点点头，毫无疑问这是非常开心的一次学习，两人聊得都忘了时间。

等李锋同学晚上回去的时候，马卡正蹲在地上望着门口，一看李锋两只眼睛立刻冒金光了。

"怎么样，上几垒了？"

汗！

"什么几垒，我是向她请教一些问题。"

"你骗鬼啊，整整七个小时零八分二十秒，中间还有晚餐时间，别告诉我你们不在一起。"马卡大义凛然地说道。

"呵呵，学得忘了时间，晚饭是我请的。"

"啊，真的？吃的什么？"

"KFC啊。"

马卡立刻晕倒了："天啊，兄弟，你有没搞错，你，请GAD的大小姐去吃KFC，哦，上帝保佑，这种事儿也就你能做出来了，I彻底地服了You！"

"唐灵不像是挑剔的女孩。"李锋倒没觉得有什么不好的。

马卡愣愣地看着李锋，下意识地摸摸脸："算你狠，奇怪了，长得也不是特别帅，也不会甜言蜜语，唐大小姐怎么就看上你了？唉，说出去都没人信，不过兄弟，我顶你，一定要把她泡上手，以后我出去都倍儿有面子！"

"我们现在只是比较好的同学关系。"

"我清楚，你不用解释，一定要发展成同学……性关系，啊，啊，君子动口不动手……啊……"

第38章
面试

　　李锋打听了几次都没什么结果，反正不知怎么的，他就是被保送了，学校方面也只有一个理由，那就是他是个人才，很有潜力。无奈，李锋也只能认了，不管怎么说这都是好事。

　　马卡也不想功亏一篑，每天都认真地锻炼着，同时看一下面试的技巧以及问题，补充一些军事理论，当然其他考生也做着同样的事情，只有李锋算是比较例外了，训练，看书，向唐灵学习。

　　两人并没有像马卡说的发生什么同学性关系，不过关系确实亲近了不少，已经很随意地称呼彼此的名字，而李锋吸取知识的速度着实让唐灵惊叹，这个人身上仿佛有挖掘不完的秘密，平常人要花一年才能完全容纳的东西，他竟然几天就差不多了，……实在不敢相信，他以前的数学竟然不及格，实在说不通啊，……他认真的眼神好……有感觉。

　　就连李锋也发觉自己开窍了，当他强烈地渴求一样东西的时候脑子就特别好用，而现在他已经可以自己套用一些专业理论了，当然想达到唐灵的高度还需要一段时间，毕竟唐灵也是天才，而且比李锋用心的时间长很多。

　　半个月的时间飞快过去了，不论对李锋、唐灵还是马卡，这半个月都是异常充实的，而且收获颇丰，理论对实战没用吗？答案肯定是否定的，至少李锋对机动战士观测数据的测算方式了解之后，对战斗有了更加深刻的理解，而唐灵从李锋那里获得了不少珍贵的灵感，很多是暂时无法实现的，不过不代表以后也不行，虽然不确定李锋是真的知道，又或纯粹是妙手偶得，唐灵都决定好好研究一下这个不停给她惊喜的男生，当然马卡同学也有所得，每天训练，狂吃蛋白质粉、糖酸、牛奶，让他的体形更加的健美，用马卡同学的话说，应付完考试，就可以用来泡美眉了，伟大的情圣马卡将更加无往不利。

　　六月二十日对很多人来说没什么意义，如果不是军校，恐怕已经开始幸福的暑假生活，但对报考亚朗A级军事学院的考生来说，确实是非常紧张的一刻，无疑，他们都是各自中学的佼佼者，但是在这里，还将有百分之二十的人被淘汰。

　　男生和女生自然是分开考试，包括身体检测，这也是评分标准之一，毕竟拥有强健的身体是成为一名军人，尤其是一名战士非常重要的素质。

　　李锋、唐灵、马卡是一起到的，不过这里精英聚集，大家也都没时间理会其他人，能来这里的谁都不比谁差，可能在原来学校自己都是佼佼者，可是到了这里都不过是普通一员。

　　当然精英当中还有精英，比如亚朗今年的保送生，总共有五个人，这五个人自然是所谓的王子公主级别的人了，其中四个早就赫赫有名了，包括GAD的公主唐灵小姐。四个名额已经是创造了历年的最高人数，可是还有一个神秘人，听说是最后加入的，能在最后时刻被保送，显然也有着过人之处，但此人以前好像并不怎么出名，校方也没有公布保送名单，其他四人是在考试前就已经公开，但最后一人是谁却谁也不知道，当然也没人会真的关注这个，大家首先要确认自己的命运。

李锋也在众多面试生当中，他倒不觉得有什么担心的，除了恐怖的高中试题就没什么能难倒他的了。老师的问题很简单，并没有刁难学生的意思，三个老师分别问了关于个人、实证和专业方面的问题，就是大体了解一下学生，李锋轻轻松松回答完毕，就去参加体检了，只不过跟他一组的学生们却有些紧张，嘴里还不停地念念有词，搞得李锋哭笑不得。

体检分两部分，先是身体测试，往仪器上一站，身体的各方面数据就出来了，李锋算是中上，并不怎么突出，看他的标准体形，也不像大力士，有几个身高近两米的学生毫不介意地在老师面前秀了一把肌肉和爆炸性的力量，显然是跟李锋一样想成为机动战士的，强韧的肉体是成为机动战士的必要条件，不然再擅长操作也是白搭，老师们对这样的学生也很满意。

测完身体，就是一些单项的测验，李锋仔细看着前面学生的数据，尽量保持着分数，不需要太夸张，但也不能被淘汰，很轻松地过去，最后的总分跟马卡差不多，这小子训练一下效果就很明显，加上备考阶段的锤炼，也有三个月了。这三个月，马卡的综合素质有了很大的提高。

唐灵那边就更没什么问题了，三人都顺利地通过了测试，不过唐灵同学的分数可是相当高的，跟李锋和马卡这两个中下游是完全不同的，但通过就是通过，三人都非常高兴，一场庆祝是少不了的。

"老师，您觉得怎么样？"周芷和巴巴拉校长正通过屏幕观看了五个保送生的测验全过程，毫无疑问，李锋同学是最差的。

"其他四个人都在尽力表现自己，而我们的这个秘密武器好像不太喜欢自我展现啊，低调的年轻人现在可不好招。"

"低调？"周芷噗嗤一笑，"老师，你可真看错了，我敢说这人比谁都爱表现，只不过认为在这些人面前展现是毫无意义的罢了。"

第39章
蓄势待发

"呵呵，周芷啊，你发现了一个了不得的人，你仔细看，每当镜头对准他的时候，他的身体总是和镜头呈三十度角，这是最佳反应角度，我们只能看到一个侧面，但又不是完全看不到，你说，他是不是故意的啊？"

巴巴拉见过无数的天才，但是像这么有趣的学生却是第一次见到。

"老师，肯定是故意的，不过他还是嫩了点，平常人是绝对做不出这样的反应的，这种反应像是身经百战的战士，但我可以肯定他只是个学生，难道这世界上真有生来就会的天才？"

"不是没可能，你发现宝了，我决定亲自出马。"

"老师！"周芷重重地跺跺脚。

"咳咳，你看我老糊涂了，怎么跟自己的学生抢起学生来了？不过这娃儿太好玩了，我都有点期待想看看他的表现。"

一老一少都笑了，虽然看起来是一个和蔼可亲，一个如沐春风，但怎么总有种阴谋诡计的味道。

路上的李锋忍不住打了个喷嚏，这也不能怪他，毕竟魔鬼金的训练不可能十全十美，在一些方面他还是无法跟某些老奸巨猾的人相比的，但是想要招惹他，都得好好掂量一下，一个全新的舞台正在等着他，而李锋已经作好准备！

两个月的时间很快就过去了，其他人，包括马卡同学都陷入了狂欢当中，四处游玩，李锋则是沉浸在自己的世界，他和唐灵见面的次数少了很多，主要是唐灵也在忙GAD的一个项目。李锋的生活简单而充实，每天的基本训练，学习，两天一次去健身中心使用八倍重力，一周一次的宇战，主要是有目的地检验自己的新想法。

他已经放弃了去看论坛的习惯，也不太关心这个，屋子里全是数学、物理和机械方面的书籍，时间根本就不够用，但是对于宇战的玩家来说，每周一次刀锋战士的现身就是他们的节日，而这也是第一次刀锋战士如此有规律，五场经典的比赛，每一次都能持续一周的热度，直到新的一场再出现。可是无论玩家们怎么叫嚣，那些最顶级的玩家仿佛都消失了似的，没人出来迎战，或者他们也在观察，等待时机，到现在为止，他们还没有想出对付刀锋战士的办法，而这些人参战，由于地位，肯定不能用幻想机型，而使用BS001恐怕宇战中没人能战胜李锋，所以这些人的选择应该都是四大基本机型，要用这个战胜刀锋战士，他们也不得不谨慎再谨慎，刀锋战士所展现出来的实力实在太震撼了些。

有人给了经典的评价。

鹰的判断，羚羊的灵活，蛇的忍耐，豹子的爆发，狐狸的狡猾，豺狼的韧性，还有狮子的霸气。

　　这些截然不同的风格却非常融洽地集中在一个人身上，也就难怪刀锋战士会从百战百败到所向无敌了。

　　无数的联盟都在邀请刀锋战士的加盟，到现在为止刀锋战士一直是单打独斗，只参加个人的单挑，从没有团队作战，在宇战中，除了比较流行的个人单挑，还有二对二，三对三，以及自由选择，和大型的联盟战，胜者当然会获得系统奖励，以及从失败者那里挑选战利品，这些东西都有相当的价值。

　　如果能有刀锋战士这样的高手加盟，绝对能大幅度地提高自己联盟的实力和知名度，可惜刀锋战士对这些邀请都丝毫不感兴趣，而对那些所谓的优惠条件根本连看都不看。

　　现在的视频榜，是安吉儿·卡莉和刀锋战士的强强对决，也是"和平与战争"的对决，人们都在猜测，这两人是否知道，两人的视频总是交替占据排行榜的第一第二，媒体有意无意的热炒也让两人的支持者拼命地顶自己的偶像……反正是把宇战游戏商和米尔琪乐坏了。

　　但是双方当事人都不在意这个，两人都专注于自己的事儿，李锋同学压根就不知道有这么一回事，他正在为一串串的公式着迷。

　　九月一日，阳光明媚，亚朗A级军事学院的开学典礼，只能用人山人海来形容，政界和军界的一些大人物也免不了要给面子出席一下，发表些讲话鼓励一下新生，而能走进这里的学生们都无比骄傲，从今天起，他们就是光辉的亚朗的学生了，走到哪里都会引来羡慕的目光。

　　亚朗=精英=未来。

　　唐灵可能是为了照顾李锋和马卡的感受，她现在跟他们一起出现的时候，基本上不带保镖和司机了，但是有些女孩子就是像太阳一样耀眼，不管放在哪里都是那样引人注意，无论是新生还是老生都对唐灵产生了很大的兴趣，当然这还是在他们不知道唐灵身份的情况下。

　　和李锋相处的时间中，唐灵的性格真的是不知不觉地改变了很多，很多地方连她自己都没注意，以前的唐灵都是以自我为中心，谁都要迎合她，但是遇上李锋之后，唐灵不得不作出一些改变，李锋自然不是十全十美，毕竟生活环境悬殊，在很多习惯上，公主般的唐灵自然是……有些吃不消，如果是以往她就算不鄙视，恐怕也会敬而远之，而现在唐灵却归结为自己的小姐脾气应该改变一下，这种境界上的差别是巨大的。

第41章
就是将军

"李锋，我和黄朝阳只见过两次，一次是因为生意，一次是在辩论会上，也不是很熟悉。"

等马卡走了，唐灵突然莫名其妙地冒出这么一句，仿佛是在跟李锋解释什么似的，话说出口才觉得自己好像没必要解释，脸瞬间红了，自己这是怎么了？完全失态了。

李锋也笑了，这一笑唐灵就更害羞了："不许笑，不许笑！"说着自己也笑了，李锋更是开心地大笑，两人像是捅破了一层窗户纸，关系拉近了不少，其实双方都有点意思，只不过都没有说破。

这正是恋爱的一种最奇妙的境界。

"好了，不笑了，去找校长报到一下，顺便领学生卡。"特招生的卡是不一样的，学校很多地方都是分级别进入的，主要是为了防止混乱，毕竟这样的高等军事学院还从事研究工作，肯定要有一定的秩序和保密性。

唐灵灵巧地点点头，她很开心，心中充满了雀跃感，在别人面前她永远是完美的公主，可是在李锋面前却经常出糗，这已经不是第一次了，可是她却没什么负担，每次只是撒娇似的耍耍小脾气。在得知李锋被保送之后，唐灵给自己设的屏障一下子打开了，像她这样的女孩子除了机动战士从来没这样想一个异性，很容易满脑子就想一个人，初恋都是这样的。

"老实交代，你体测的时候是不是糊弄老师了？"

"什么糊弄，我可是很认真地测试啊。"

"别骗我了，那黄朝阳可是机动战士驾驶员，你的握力竟然比他还大，怎么可能测试分数只排中游。"

"呵呵，那天太紧张，我闹肚子，浑身发软，刚才是为了在美女面前表现。"

唐灵皱皱小鼻子，一脸的不信："哼，就会胡说，油嘴滑舌，说吧，骗过多少女孩子？"

"汗，我可是粉嫩的新人，哪有女孩子看上我？"

这可真是冤枉，李锋还真没什么应付女孩子的经验。

"是吗？那就好！"

说到后面唐灵就想捂住自己的嘴了，这是怎么搞的？今天连连失误。

到了校长室的时候，老头子一脸正气地笑眯眯打量着两人："很好，唐灵，机动战士设计方面的天才，大家对你很期待哦。"

"是，校长，我会努力的，父亲让我代他向您问好！"

"呵呵，那小子如果真想念我，就给学校多捐点钱吧，反正他也花不完。"

唐灵和李锋不禁莞尔，巴巴拉校长果然跟传闻中一样有趣，不是刻板的人。

巴巴拉的目光转移到李锋身上："李锋？"

"是，校长！"

"你的目标是什么？"

"一名将军，校长！"

"呵呵，年轻人就是有冲劲，我喜欢，你不想知道为什么会被特招吗？"巴巴拉摸了摸胡子问道。

李锋露出自信的笑容："校长，您会为曾经作出这个决定而骄傲的！"

唐灵和巴巴拉都没想到李锋会给出这样"嚣张"的答案，这可不太符合李锋一贯的风格，当然很久之后，巴巴拉回忆一生，这辈子最正确的决定就是破格录取了李锋。

"很好，我期待你的表现，这是你们的学生卡。"

握着学生卡，李锋真切地感觉到自己离目标真正迈进了一大步。李锋并不是个保守的人，见什么人说什么话，既然亚朗会特招他，肯定发觉了点什么，甚至可能跟周芷有关系，在真人面前没必要说假话。

"唐灵，一起吃午饭吧？"

"嗯，好啊。"唐灵下意识地点点头，她还在回味李锋刚才面对巴巴拉校长的霸气，这人真怪，面对一些普通人的时候更普通，但是面对一些大人物的时候却异常嚣张，就算她在巴巴拉校长面前也要谦逊，而他却能那样理直气壮，更令人意外的是，校长却还直言不讳地认同。

李锋身上究竟还有什么秘密？

唐灵一点也不着急，她有很多的时间来慢慢了解他。

餐厅永远是最热闹的地方，作为USE的顶级学院之一，学校自然不能亏待这些未来精英的肚子，新生们都像好奇宝宝似的互相交流着，学长们自然也少不了展现一下自己的资历。

李锋和唐灵一踏入食堂，就引起了不少的窃窃私语，谁让唐灵是那样惹火呢？

在众人的注目下，李锋照旧大吃大喝，丝毫也不因为对面坐着的是唐灵而害羞什么的，唐灵也早就习惯李锋的吃饭方式，而且他的饭量也相当大。

"两位同学，这里有人吗？"

虽然人很多，但是对于预算充盈的高级军校，自然不会人满为患，但是一个漂亮女生的主动加入却是难以拒绝的。

看李锋和唐灵没有反应，来人又说话了："唐灵同学是吧？我叫慕雪，你的同班同学，以后多多指教了。"

"慕雪同学随便坐,指挥系的第一名,认识你很高兴。"

"谢谢。"

慕雪优雅地放下盘子,饶有兴趣地看了一眼李锋,能跟唐大小姐坐在一起吃饭的,恐怕不是一般人,不过……这人貌似有点普通,并没有贵族气质,而且穿着实在很普通,同样是简单的T恤,唐灵身上的可是顶级名牌,绝对不会比晚礼服便宜到哪里去,而这个男生身上穿的可就是很普通的便宜货,真奇怪。

"这位同学是?"

李锋看了一眼慕雪,只是微微点点头,然后抓紧时间吃饭。

"李锋,机战系的新生。"

第42章
怪物

慕雪的表情微微有点失望，指挥系无疑是热门中的热门，这里出来的学生很可能直接进入星际战舰，甚至可能成为一名舰长，但……机战系，这个，说不好听一点，就是炮灰系，大家都是想做军官的，考机战系的多是头脑相对简单四肢发达之辈，或者是被调剂了专业的。一句话，机战系没什么前途。

慕雪虽然是本届的榜首，可是那是在有五个保送生没有计分数的情况下，而她和唐灵已经被八卦评论为本届新生中的绝代双娇，对于未来的竞争对手，慕雪从来都喜欢主动出击。

对于慕雪，唐灵也是有所了解的，毕竟也是榜首，怎么都不至于忽略，只不过她并不太喜欢这个女生咄咄逼人的气势，尤其是好不容易和李锋单独用餐，突然杀出个灯泡，那感觉实在不是很好。

出于礼貌，两人不得不聊一些话题，而李锋只顾埋头吃饭，也不插言，这让慕雪更是直接把这个男生忽略了，八成是唐灵的跟班吧，不过略微有点失望，这样的跟班也实在有点降低水准。

可能是吃得太快，李锋有点噎，身旁的唐灵连忙把饮料送到李锋手中，李锋也不客气地接过来就猛灌起来，完了说了声"谢谢"就继续吃起来。

慕雪愣在那里，本来要往口中送的菜都忘了，这是那个传说中蔑视天下的GAD的公主吗？

周围的学生都是自诩精英的，为了面子也不好意思直勾勾地盯着这边，但是都在小声讨论，心里都不知道骂了多少声白痴，面对两位秀色可餐的美女，竟然还有人能这样大吃大喝，这哥们是男人吗？

唐灵不用说了，在中学的时候就是USE的风云人物，就算不是一个中学的也都听说过，毕竟是人都知道GAD。乌黑顺滑的长发，温柔中透着坚强和睿智，这样的女孩子是适合大多数男人的审美观点的。而慕雪则是精神的短发，但是这丝毫不损她的女性美，跃跃欲试的目光能挑逗起男人征服的欲望……不过这女孩子相当彪悍，绝对比表面上看到的更危险，她在以前中学的绰号就是魔女，只不过就算以她的优秀也不能被保送，这当然让慕雪非常不满，五个名额里面竟然没她一个，她倒要看看这五个人是不是比她更强，这个唐灵算是够资格了，其他四个呢？

她已经调查好了，五个人，也就是现在校园中流传的神秘保送五天王，一女四男，女的自然就是眼前的唐灵，四个男的，两个在指挥系，两个在机战系，很奇怪，竟然有保送生会选择没前途的机战系，实在不知道这两人在想什么，驾驶星际战舰纵横太空怎么看都

第42章 怪物

比当炮灰更激情。

"慢点吃，又没人跟你抢，这样对消化不好。"唐灵笑着说。已经劝过李锋很多次了，可是他还是改不了，这种吃东西的样子有点像职业军人，吃饭都像是在战斗，不过很有男人味儿。

"呵呵，习惯了，肚子一饿就什么都忘了。"

这都是魔鬼金那该死的训练造成的，想尝试放慢一下节奏，可是浑身都不舒服，所以也就认命了。

慕雪吃惊地捂着嘴，……这两人是什么关系，怎么说话这么随意？而且这男人也实在太粗鲁了，可是唐灵竟然还能笑眯眯的。

"请问是李锋同学吗？"

一个学生会的学长走了过来，虽然问的是李锋，但是这位学长还是无法忽略两大新生美女的魅力。

"是。"

"周芷老师让你用餐完毕去一下她的办公室。"

"好，谢谢。"

说完又继续低头吃饭。

汗！这回答可真是够简单，一般人肯定会问老师为什么找他，找他干什么，但李锋不是一般人，而且他也想会会周芷……老师了！

那个学长多么希望李锋能多问些问题，可惜三人都没有再多说话的意思，可怜的学长只能恋恋不舍地离开。

而李锋一抬头，就发现唐灵和慕雪正盯着他看，看得他有点发毛。

"怎么了，你们在减肥吗？两位的身材很好，不用减的。"

"李锋同学跟周芷老师很熟吗？"

"对啊，你怎么认识周姐姐的？"

女人是这个世界上最好奇的动物，一个老师要见一个学生实在太普通了，可是发生在周芷身上就有些不同，周芷虽然是客座教授却也是亚朗的风云人物，当年她在学校的时候绝对是独一无二的女王，风头无二，进入军界之后也是引起了轰动，据说身负要职，后来是在巴巴拉校长的邀请下才答应在学校挂个职，一周上一堂课，而且这还要看她有没有时间，但即使是这样，每当她出现仍能引起追星似的热潮，对女孩子来说，周芷就是她们的偶像，证明现在是女权复苏的时代，对男人来说……就不用说了。

可是周老师竟然要见一个刚到学校一天，土巴巴的新生？

慕雪觉得今天处处透着诡异，难道这男的有妖术？

唐灵也是一样，不过她更觉得是周芷要为她出头，可是又不太像，她了解周芷的为

107

人，虽然很爱护她，可是对这类事情是不感兴趣的，更不会浪费这个时间，女性的敏感告诉她，这里面有问题。

"不熟，见过一次而已。"

"那她找你做什么？"

"我怎么知道？"李锋无奈地耸耸肩，显然当事人并没有太多的感觉，跟周芷见面的诱惑力不及桌上的食物。

第43章
周芷的刺激

唐灵和慕雪面面相觑，而李锋也吃饱了，"唐灵，你慢慢吃吧，我们不同系，下午就分开行动，晚上老地方吧。"

"好。"

直到李锋消失，慕雪的目光才收回来："唐灵同学，这位是？"

"李锋。"

"我知道。我……是说，他是你男朋友？"慕雪大胆地问道。

唐灵脸一红连忙否认："我们只是好朋友，没有那种关系的。"

"哦，这样啊，不过他很与众不同啊。"慕雪意味深长地说道。

唐灵点点头，没有多说，慕雪的本意是想套点情报，可惜唐灵守口如瓶。开玩笑，唐灵还没傻到这个地步，自己发现的当然要藏起来，凭什么要跟眼前这个充满了挑战意味的女生分享？对自己喜欢的人或事物，女孩子都是一样的。

周芷的办公室很宽敞，虽然不能用华丽来形容，但通过明亮的落地大窗可以看到校园的美丽风景，位置是相当不错的。

进入办公室，李锋就随手把门扣上了，他可从来没把这个危险的女人当老师来看，约无好约啊。

"呵呵，李锋同学，你每次进女老师的办公室都要锁门吗？"周芷暧昧地笑了笑，非常随意地站了起来，她今天穿的是标准的职业装，白色的短袖衬衫，黑色的束腿短裙，领口空了两个扣子，一抹酥胸，隐隐约约，难怪能老师和学生通杀，配上她那自信而且性感的迷人笑容，男人不色与魂授也相当难。

可偏偏李锋不买账，并不是因为李锋不喜欢美女，相反，自从经过魔鬼金训练之后他对女人的欲望更强烈了，好像也更喜欢周芷这种带刺的玫瑰，或者是危险性的女人，但一旦确定对方目的不明甚至带有威胁的时候，这些情绪就立刻收敛起来。在魔鬼森林中，这种亏他没少吃。

"呵呵，我只是完成周芷老师想做的事儿而已。"

李锋的声音很平静，目光灼灼地盯着周芷。这女人到底想玩什么？现在几乎可以确定自己进入保送名单，肯定跟这个女人有关系，只不过她凭什么有这么大的权力？一个客座教授而已。

"随便坐，看来你真没把我当老师，不过没事，你难道没有问题要问吗？"

周芷随意地坐到沙发上，和李锋面对面，腿轻轻一搭，略带挑逗地望着李锋，看似姿势很随意，却能把她最美的部分充分展露出来，男人……呵呵，很难不上钩的，当然周芷的目的只是想先给对方一个下马威。

可惜她这对男人的杀手锏对李锋可有点不起作用，"有，说吧，你有什么目的！"

109

"啧啧，李锋同学，我是一名老师啊，当然要挖掘有才能的学生了，你说我有什么目的？"

"哦，是吗？既然这样，你的目的达到了，如果周老师没什么事儿我先告辞了。"

说完也不理会周芷转身就走，他不想跟这个危险的女人有太多的瓜葛，他的直觉告诉他，最好离这个女人远一点，她，很危险！

"想走，没那么容易！"

周芷的表情瞬间冷酷下来，说变就变，稍微一用力，手中的杯子就被她捏碎了，碎片射向李锋的脖子、后脑、腿弯、腰部、手！

光是听破风的声音就知道一旦被击中绝对不会好过，李锋也早就知道了，这个女人，总是跟他过不去，如果是普通的学生，早就死绝了！

距离非常近，想完全躲过是不可能的，只能迅速一蹲挡住要害，同时整个身体如同压紧的弹簧弹射出去，直接扫向周芷的腿部。

……这女人竟然不闪不避，李锋的脑海中闪过无数的念头，但还是只能收力，不管怎么样，周芷都是老师，如果一个新生上来就击杀一个老师，那肯定是头条新闻，他的下半辈子也就玩了，这女人完全看破了他的软肋。

没错，周芷就是要玩他，这小子很有趣。可惜啊，怎么也逃不出她的五指山，何况她今天穿的是紧身裙，上身也是紧紧的衬衣，大幅度运动会撕裂。

可惜她还是小瞧李锋了，虽然收力，但李锋整个人撞了过去，并没有收力，相反一拳轰在周芷的腹部，周芷的身体如同触电一样倒在沙发上，而李锋已经压在她身上，两人已经是面对面地近距离接触。

周芷满脸的痛苦，汗都滴了下来，一个娇媚的女子竟然被重重地轰了一拳，何况李锋的力气又那么大，没死就不错了。

可惜李锋脸上没有丝毫的怜悯："周芷老师，别装了，这招对我没用处的。"

周芷的眼睛眨了眨，痛苦的表情变成灿烂的笑容："是吗，那这招如何？"

忽然周芷手灵巧地从李锋的束缚中滑了出来，瞬间按住李锋的腰猛地往身上一压，这时两人之间就真的没有缝隙了！

饶是经过训练也没用，毕竟李锋同学未经人事，而且表面的冷酷并不代表他的内心也是一样的，而这又如何瞒得过周芷？身上这个小男生的身体正在发热。

两人的脸都快贴到一起了，目光对目光，周芷认定对方不敢做什么的，看他的反应就知道了，所以更加肆无忌惮地挑逗着。她就不信不能降服一个学生，她可是堂堂TIN的队长，还没人是她战胜不了的！

可是她这次又判断错了，如果是以前的李锋肯定不敢做什么，甚至会狼狈逃窜，但现在的李锋体内有魔鬼，那个学生的李锋和一个铁血战士的李锋重叠在一起，能达到平衡已经算不错了，可是也不能像周芷这样肆无忌惮地刺激。

第44章
我很危险

　　两人的目光在对视着，只要有谁先败退，那以后肯定会在气势上留下破绽，而这个时候李锋却做了一周芷想都没想过的事儿，他竟然吻了她！

　　李锋肆无忌惮地压在周芷身上，毫不犹豫地占据了那无数人梦想的红唇，芳香的味道充满了身体，一种力量从李锋的身体内涌出。周芷也愣了，她想发力，这个时候她可以一记膝撞给李锋一个永远难忘的教训，可是裙子正好困住了她，而双手根本使不上力气，李锋加大了力量，她已经完全被卡住了。

　　当然这个并不能难倒周芷，三秒之后李锋就一个翻身从沙发上跳了下来，刚好躲过了周芷的撞击，周芷当然不会介意咬对方一口，然后再撞他个天昏地暗，但李锋表现得比她想象的狡猾。

　　李锋非常随意地整理了一下压皱了的衣服，笑眯眯地望着衣衫不整的周芷："老师，我说过了，不要惹我，下次记得，男人，哪怕是男生，有时候也是很危险的。"

　　直到李锋关上房门，周芷还有些发愣，不过魔女的脸上很快露出笑容，擦了擦嘴唇，竟然被一个小男生耍了，很好，这样才叫有挑战性。

　　如同百变魔女一样，当坐回座位整理好衣服的时候，周芷又成了那个人人崇拜的女老师，只不过老师握笔的手好像过度用力了啊。

　　离开办公室的李锋，瞬间心跳翻了一倍，咚咚咚咚……轰得他有些头晕，刚才那纯粹是本能的反应，真的是对方的诱惑力太大了。

　　不过感觉真的很不错。

　　李锋没什么负罪感，是周芷主动挑衅的，他没有女朋友，对方也不是什么善男信女，没必要对任何人负责。如果周芷还敢找麻烦，他是可以考虑一下马卡同学的惯用手法的，当然也只是想想，这次只是出其不意，从周芷挣脱出双手的手法来看，她的真实实力恐怕不比他差，虽然弄不清她的真正目的，但兵来将挡水来土掩，反正现在都是他在占便宜。

　　望着教师楼，李锋知道这四年的校园生活不会很轻松了。

　　下午三点，新生集体出现在学校礼堂，当然是接受校方的自吹自擂，不过学生们都很喜欢听亚朗的光辉校史，以后他们出去也会这么吹的。

　　巴巴拉自然是很受人尊敬的，可惜他却不是人气最高的，学校里人气最高的老师是周芷。李锋站在学生中并不起眼，相对于其他学生的兴奋，李锋只是在听对自己有用的部分，比如说图书馆，以及学校训练场等等。

　　周芷上台，这个女人还真厉害，竟然从人群中一眼看到了他，李锋自然毫不示弱地还了回去，故意看了看她的嘴唇，迫使周芷也不得不转移目光，看来自己还真输了一阵，不

111

过……马上就有他好看的了!

想低调是吧,偏偏不如你所愿!

"首先祝贺大家成为亚朗A级军事学院的光荣一员,至于其他的情况校长和其他老师已经介绍了,我就说点大家最关心的事儿吧,能考入亚朗说明大家都是精英尖子,但是我们学校本届有五个特招面试入学的,想必大家都很关心吧?"

这话题一出,本来安静的学生们立刻窃窃私语起来,显然大家心中都是有些不服的,何况特招生还那么有特权,毕竟谁都不会认为自己很差,很差的人也不可能站在这里。

"是的,老师,凭什么他们就能保送!"

"对,这不公平!"

顿时声援声一片,老师们面面相觑,不明白周芷为什么会在这种场合挑起事端,这不是让学校难堪吗?

不过巴巴拉倒是依旧笑容满面,他知道自己的学生绝对不会无的放矢的,看来某人要倒霉了。

当周芷笑得越加甜美的时候,越能说明她在策划着什么。

"大家请安静一下,首先,这五位同学确实是精英中的精英,他们是够这个资格的,亚朗绝对是公平第一,所以我要在这里介绍一下这五位同学,也让大家评判一下。"

周芷的笑容和言语极富感染力,学生们立刻大声同意,毕竟还是有很多人不了解这五个保送生,他们费尽千辛万苦才考进来,而这五个人却那么轻松,实在有点不公平。

"很好,第一位,唐灵同学,五位特招生中唯一的女性,空航AP高等中学的特优生,连年保持综合成绩第一,同时在机动战士设计上有突出贡献,获得USE优秀中学生奖章,指挥系。唐灵同学请上来一下。"

说着周芷朝着唐灵的方向作出邀请。

当唐灵的介绍一说出,声音就小了很多,取而代之的就是窃窃私语了,在场新生中没听说过唐灵大名的已经不多了,GAD天才少女,她确实有这个资格。

这种场合唐灵经历多了,非常自然地向大家问好,得到的是一片支持的声音。

"很好,看来这第一位已经过关了。第二位黄朝阳,天蓝海淀中学,连年保持综合成绩第一,在机动战士操作系统加入了人性化设计,并因此获得USE优秀中学生奖章,指挥系。"

黄朝阳也走向讲台,对着大家挥挥手,立刻引来一群女生的尖叫。男生们虽然嫉妒,但是也说不出什么,人家都是参加USE中学生峰会的风云人物,他们虽然也不错,可是级别不同啊。

第45章
第五保送生

"第三位是萨尔塔同学，米兰中学，成绩优秀，体训达到军事A标，去年NUP机动指战模拟大赛的冠军，机战系。"

一石激起千层浪，NUP机动指战大赛一直是人类心中的痛，这是全真模拟机动战士的操作比赛，每两年一次，前八次，USE完败，毕竟伊文特人拥有这方面的优势。可是就在去年，一个天才少年横空出世，竟然过关斩将，夺取了冠军，在USE和NUP都引起了极大的轰动，没想到也被亚朗拉了过来。这样的学生就算亚朗不特招，其他顶级军事学院也会拉人的。

这没什么好说的，完全不是一个级别。萨尔塔比较沉默，对大家的掌声只是点点头，一看就是战士的体形，身体充满了爆炸的力量，手指很长，很粗糙，这是不断训练出来的，好像他的父亲就是个王牌机动战士，很有名，不过看起来他儿子将更加有名。

"很好，第四位，李兰加洛斯，摩纳高级中学，连年综合成绩第一，发表了《论新太空登陆战中传统武器的地位》，获得USE最佳新星中学生的称号，战术系。"

李兰加洛斯长得很秀气，比黄朝阳还要英俊，尤其是举手投足都透着一种潇洒从容，那感觉实在很低调，而他的那篇论文可是引起了军界极大的震动，包括NUP，文中主要阐述了在未来战争中，一些传统的重武器并不应该立刻淘汰，甚至有些可以发展一下，在某些战场上会比机动战士发挥更高效的杀伤力，比如星战坦克。他的观点可以说在科技界引起了极大的震撼。

前四个人用星光灿灿形容丝毫不为过，下面的学生虽然也很优秀，可是比起台上的四个人都差了一个级别，这四个人被特招，他们也是心服口服。

那第五个人？

"咳咳，这第五位同学要比前面四位更加让学校期待！"

轰！

下面炸锅了，还有人比前面四个人更彪悍？不可能啊，虽然还有些人才，但是怎么也不可能比他们四个更强了，不但学生期待，台上的表情也有点不太自然，毕竟老师的意思显然是暗示他们不如第五个人。

唐灵倒没什么，只是她不明白周芷的用意，虽然李锋不错，可是还没到这个程度啊，这不是让他难堪吗？

果然所有的人都在等待第五个特招生，想看看其究竟是什么大人物。

其实在周芷一开头，李锋就知道情况不妙，而现在是躲也躲不过去了，周芷的眼睛狡黠地望着他，仿佛是在说：小男生，这才刚刚开始……

周芷故意顿了顿，表现出自己也很欣赏第五个特招生似的，成功地引起了不少男同胞的敌意，现在人们都在期待这最后一个"更优秀"的学生了。

"李锋同学，空航AP高等中学，第五位学生！"说到这里周芷竟然露出了罕有的赤裸裸的喜欢和崇拜的表情。

这可把其他人的好奇心点燃了，尤其是那些学长，他们有的时候为了抢夺一个周芷课上靠前的座位拼死拼活，现在可好，有人还没进学校就开始抢劫，其他人还怎么过啊？很显然，周芷已经达成了目的。

"李锋的特点，很难表述，准确地说，很难找出缺陷，无论在理论基础还是实战方面，都是最优秀的，所以我们亚朗才会有这样的决定！"

周芷的话音一落，会场倒是安静下来了，所有的目光都集中到正在走向讲台的李锋，这人真的有那么厉害吗？

很多人怀疑，很多人不服，但是一时之间都没人敢说什么，毕竟话从周芷老师的口中说出肯定不是无的放矢的。这人看起来一般，但人不可貌相啊，谁也不愿意当炮灰。

下面的马卡汗都哗啦啦地流了，美女老师这是什么意思？李锋的斤两他可是很清楚，也许体训方面很强，可是……这哥们的成绩，尤其是数学成绩惨不忍睹啊！

空航AP吗？奇怪啊，有些熟悉的人，从来没听说过这个中学除了唐灵之外，还有其他的天才，按道理说，这种天才的大名应该如雷贯耳才对，可是在座的好像没人听说过啊。

马卡想找个洞爬进去，可是越是这样，旁边的人越是拉住了他："啊，马卡同学，你不是空航的吗？应该认识台上这个李锋吧，他很厉害吗？"

汗……

这个时候是兄弟的就要站出来，死也要一起死，"强，非常的强，唐大小姐的很多创意还是靠他指点的呢，只不过他平时很低调，别人都不知道罢了！"

马卡用异常诚恳真实到连幼稚园小妹妹都会感动的眼神说道。

"哦，原来如此，真人不露相啊！"

新闻系的同学纷纷点头。

可是大多数人都不知道，当李锋上台之后，大家还是表示了怀疑，这样的天才怎么可能一直默默无闻呢？而且周芷说得又那么玄乎，如果说理论方面强的话，也没听说过发表什么相关论文，而体训强的话，……这身板有点不像。看看一旁的萨尔塔，表面上也不是个肌肉男，但是会给人一种蕴含着爆炸性力量的野兽的感觉，一眼就能发现。

李锋很平静地站在那儿，男声，女声，私语声，声声入耳，你事儿，他事儿，周芷事儿，关我屁事儿！

可是萨尔塔从李锋一上来，目光就没有移开过，他和李锋对过一次目光，但是瞬间就像掉进冰窟窿里一样。这种人他不是第一次见到，这种气势，他的父亲身上就有，那是从沙场上无数次杀戮中活下来的人身上才会存在的！

第46章
无招胜有招

"老师，李锋同学这么强，我们怎么没听说过啊！"

"是啊，全才可不是随便说说的，您有什么证据吗？像其他同学至少得到了各方面的认可，可是我们从来没听说过李锋同学啊。"

"对啊，说出来也让大家见识见识啊。"

周芷有些为难："这个……"

美女老师这么一顿，学生们的劲头就更足了，闹哄哄的一片。周芷脸上为难，心中笑得不要太开心，李锋啊，享受了美女的唇，是要付出代价的！

她也是有点恼火才会这样，以前在学校的时候就是闯祸王，当了老师也不见得收敛到哪里。

李锋没有说话，甚至没有动，他好像没什么值得炫耀的东西，成绩……除了惨不忍睹之外，好像就没什么可说的了。

这个时候唐灵却突然走到了话筒的前面："我最近发表了一篇关于机动战士变形可能的分析，里面最关键的分散动力系统的提议就是李锋同学给的，类似的建议还有很多，但是属于机密这里就不公开了，请大家谅解。"

瞬间，会议厅鸦雀无声，要知道唐灵最近的那篇机动战士变形的分析报告震动了整个USE和NUP，变形可不仅仅是为了酷，一旦成为可能，全天候作战的机甲就会出现，那将是机动战士的跨越性革命，尤其是核心的动力系统的分散提议更是让无数的科学家陷入疯狂，虽然仅仅是个提议，但是人们都看到了未来可行的方向。

而现在唐灵却说这个提议是李锋给的，众人怎么能不吃惊？最大的问题，这个李锋好像跟GAD的大小姐走得很近啊，两人是什么关系？竟然可以在一起研究课题，又或者此人的默默无闻是GAD故意的？

瞬间李锋的形象就变得高深莫测起来，能给天才建议，那只有超天才才能做到了，众人还有些不敢相信。

周芷也愣了，她不明白唐灵为什么要替李锋解围，好像两人已经没什么了啊，最近她一直忙于军务也不了解情况，而且她知道李锋的考试成绩，简直是差上差。她更看过这傻小子备考的样子，怎么都不信这么高深的理论会来自李锋。

可惜，这个时候一直很沉默的萨尔塔把目光从李锋身上收了回来，一步向前："我要和你决斗！"

萨尔塔知道，这个时候挑战，当着这么多人的面，对方是很难拒绝的，至于其他人怎么想……关他鸟事儿。

一个老师连忙上来阻止:"萨尔塔同学,学校是禁止私斗的,何况,那很危险。"

萨尔塔虽然名气很大,可是档案却不怎么好看,有数十起伤人事件,都是训练中造成的。出身军人世家,继承了军人世家一贯的铁血风格。对于他被特招,在老师中也引起了不少争议,不过巴巴拉认为他是个人才,一个战士伤点人也是正常的,而且都是在正规的训练中,并没有私斗。

萨尔塔根本没理会老师,眼睛一直盯着李锋:"我在你身上嗅到了危险,跟我战斗吧,任何方式!"

就如同野兽盯上了另外一头野兽,李锋的体内竟然也有了反应:"好!"从幻境出来之后李锋也手痒啊。

一见李锋答应,萨尔塔也不废话,干净利索地站回原位。强大的人可不是傻子,萨尔塔可没有帮李锋解围的意思,在这个时候提出,李锋就绝对不会拒绝!

上来劝阻的老师被晾在一边,不过仍是苦口婆心地想再说点什么,萨尔塔非常冷漠地看了老师一眼:"此战不打,我就退学!"

老师也被震在当场,没想到这个萨尔塔这么疯狂,台下的学生,总算明白了李锋的高深莫测,萨尔塔是什么人,可是在伊文特人中拿了冠军回来的天才。万中挑一都是贬低,熟悉他的人都知道,他很少挑战,但是遇到强大的对手,他就忍不住了。

巴巴拉校长笑着出来圆场:"诸位同学请安静,大家都是学校的精英,军校是绝对禁止私斗的,但是公开的切磋,经过老师的许可,是可以的。萨尔塔同学和李锋同学的比赛我批准了,你们两个是想比体术呢,还是机战?"

"一起来!"

"可以。"

其实无论哪种李锋都无所谓,而这人也是现实中少有让他感兴趣的几个,切磋一下应该也不错,虽然周芷也很强,但毕竟是女人,还是老师,无论如何李锋都无法下狠劲儿的,现实跟幻境毕竟不同,这点李锋还是保持冷静的。已经很久没真刀真枪地干一架了,这个萨尔塔是个不错的选择。

马卡的同学连忙凑到马卡耳边:"哥们,你跟这李锋熟悉不?靠,看起来很彪悍的样子。萨尔塔和我是一个学校的,他挑战过三次,不过对象都是职业军人,对方都挂了,这李锋挺得住吗?"

"熟,没人比我更熟了,等着看好戏吧,我这哥们天下无敌,还从来没输过!"

马卡立刻忘乎所以地开始胡天胡地地吹了,看着身边几个同学一脸的仰慕,那滋味别提多爽了,以前哪会想到有这样的一天。

第47章
原来同路

亚朗A级军事学院每年的开学典礼都很风光，但这次格外特别，特别的事儿，特别的人，无疑今年由于五个强势特招生的出现，让氛围有点不同，而且学校还给了一个爆炸性的信息，那就是在年末的综合测试中，只要分数能超过这五个人的，就可以获得等同于特招生的特权，当然如果某个特招生的成绩太差的话，那他也会被取消资格，学校同样鼓励竞争，鼓励人才展现自己。

当然在亚朗，考试成绩只是一部分，发表的论文，做出的贡献，以及平时的个人表现，对学校荣誉的贡献也是要算作参考的。

李锋和马卡勾肩搭背地走了出来："吓死我了，你小子可以啊，竟然学会了我的七成功力，可怜的唐大小姐是逃不出你的手掌心了。"

"汗，别乱说，我和唐灵还只是朋友。"

"是吗？算了，不过周芷老师好像跟你有仇似的，你是不是什么地方得罪她了？今天的事儿怎么看都好像是针对你的。"

"放心了，没事，我能解决，先回去整理东西吧，以后有的是时间聊。"

李锋感觉到身后有人一直跟着，就先支开了马卡，走了一会儿，停了下来，后面的人在马卡离开之后，也没有隐藏踪迹，正是萨尔塔。

"萨尔塔同学，难道这么迫不及待地想交手吗？"

萨尔塔仔细地观察着李锋，这人给他的感觉很奇怪，时而像是身经百战的战士，时而又像是一个普通学生，这反差不停地干扰着他的判断，这种情况还是第一次出现。

"不，我要准备一下。"

"那萨尔塔同学还有什么事儿吗？"

"没有。"萨尔塔回答得很干脆。

"那你？"

"回宿舍，另外，我们在同一幢楼。"

汗，搞了半天是自己自作多情了，人家根本不是什么跟踪，特招生住的都是单人宿舍，一些精英也是，他们有自由选择权，可以住普通宿舍，也可以住这种高标的，李锋自己有很多隐私，尤其是在训练方面，还有刀锋战士，人多肯定不方便。而萨尔塔显然也是个性格孤僻的人，更不喜欢和别人住一起。

两人就这么古怪地一前一后走向宿舍，也不说话，连迈步的节奏都一样，那是一种奇怪的感觉，双方都在主动调整着节奏，像是要掌握某种主动，当然这只有到了这个级别的人才能感觉到，在普通人眼里——这两个家伙好怪。

宿舍……好像有点过于好了。这也难怪，进入星际航海时代，科技军事综合军校的地位不断提升，学校的一些老师本身也是这方面的专家，享有着很高的地位，当然这个资金就不会少了，再加上成功学生，以及财团的捐助，能建设到这种程度也不算什么，这是其他学院羡慕不来的。学校在挖掘人才的基础上，提高了对优秀尖子的待遇，刺激竞争。

把学生卡往门上一放："李锋同学，欢迎入住。"

门自动打开，等李锋进入之后又关闭。如果带人进来要进行登记，每个人都必须刷卡，如果忘记也可以输入掌纹。

打开房门之后，李锋有点蒙……这是宿舍吗？靠，实在太爽了些，两百三十坪，竟然配备了重力房，顶级的虚拟游戏室，各方面的设施都是一应俱全。天啊，不愧是顶级军校，在硬件设施上无与伦比啊。

李锋直接扑到了床上，轰！这是谋杀吗？幸好李锋的反应够快，不然这一下非撞成骨折。床表面看起来很柔软，其实下面是钢板，看来学校毕竟是学校，并不是度假圣地，设施无疑是齐全的，但是很难找到奢侈享受的东西。进入这里就要遵守这里的规则，不论你将来是指挥官还是战士，最基础的就是强健的身体和坚强的意志。

房间在十八楼，可以看到非常不错的校园景色，教学楼是男女混居，在这个时代，学校根本不反对校园恋爱。开玩笑，由于出生率直线下降，再加上宇宙移民以及很多方面的工作都需要大量的人口，更需要精英的基因所以学校并不反对学生恋爱。可实际上，就算学校鼓励也没用，现在的人，无论男女都追求着自己的梦想，在这方面不会付出太多的，一个女人愿意给一个男人生孩子，那几乎是爱对方到了极点的证明。

李锋的行李只有一个包，几件换洗的衣服和一些必要的用具。他很随意地从包中拿出一个小仪器，然后绕着房间走了起来，过了一会儿才满意地点点头，这说明房间中没有监视设备，虽然学校不太可能做这种事儿，但魔鬼金特训的经验已经告诉他，万事没有定论，有些事情一旦存在疑问，就必须解决，稍微一放松就可能成为致命的破绽。

确认无误之后，李锋也松了口气，房间虽大，但重力室占了很大一部分，要提高重力，重力室的范围自然要大，而现在这么大的重力室就归他一个人了，重力上限是六倍，虽然不如A级健身中心的大，但已经够用，而且时不时地可以倒换一下，也不会太引起别人的注意，而且这边私密性好，房间大。

第48章
强强对话

　　打开重力室的储藏柜,让李锋又是一阵惊喜,常规器械、军用器械,还有模拟镭射枪,不愧是军校,就是不同凡响。李锋忽然有些感激周芷了,如果不是她,他还真进不来。一想到这女人,李锋竟然有点兴奋的感觉。见到唐灵,是那种温温暖暖的感觉,那是属于以前李锋的感觉,而经过特训之后的李锋,身体和精神都跨越了一个阶段,反而对周芷这样危险且魅力无穷的女人感兴趣,这是小金无法涉及到的领域,它也不理解。其实这么危险的试验,在小金的损伤状态下进行实在有些危险,一个不好就会出现精神分裂,幸好,它的训练目标和李锋自己的目标是一样的。而李锋也是个怪人,天生的意志坚韧,在那种情况下居然没有疯掉。

　　冲了一个凉水澡,李锋立刻变得精神奕奕,现在他需要到宇战上挑战一盘,希望能遇上让他兴奋的对手,在正式接触机甲之前,他只能用这个来锻炼一下自己,至少会有个三四成的效果,听说军校和军队里都有真正的用于军事的百分之百模拟,几乎跟真的机动战士的操作一样的,这是内部网,不对外公开,当在学校到了一定程度,也有机会直接接触真实的机动战士。

　　这就是李锋的目标,先拥有一台属于自己的机动战士。

　　战网连接中……

　　"玩家刀锋战士,欢迎您的归来,在您下线期间共有十三万一千六百二十封挑战以及其他邀请,根据您的授权,我们排除无价值请求,还剩六百五十三封,其中值得特别关注的有五十六封,祝您游戏愉快。"

　　李锋眼睛一眯,迅速在这五十六封挑战信上挑选着,高手才是必要的。很快李锋的眼睛就亮了,终于有强者忍不住了!

　　刀锋战士上线了。

　　不需要过多的言语,在线的玩家立刻知道自己该做什么了,人们都在等待着刀锋战士的选择。刀锋战士的战斗中从来不缺乏挑战者,但是刀锋战士需要的是一个强势的挑战者,也就是说要足够强大,不能仅靠机动战士的力量,驾驶员要足够强大,而这样的玩家实在太少了。

　　但是并不是没有,在宇战界,刀锋战士并不是唯一的亮点,只能说,他是最近最风光的,而且每次的战斗也是最夸张的。

　　挑战者是赫赫有名的死亡骑士,大校,被称为宇战上最强的大校,使用机型为USE军方标准的坎诺三型,此人战绩为三百二十一胜,零负,有五次平手,绝对也是震撼性的战绩,不过这个玩家上线也很不规律,只对强者感兴趣,选择机型也是偏重于实战型,对于过度改造的幻想机型的作战很少，这点是跟刀锋战士不同的。而死亡骑士的作战风格也是以狠辣迅捷著称，具有强大的操作能力，有点像王牌机动战士的味道，分数并不能代表所有的，有很多方法可以让分数提高，但里面也分是否货真价实，而很显然死亡骑士是货真价实的，何况他看过了刀锋战士的战斗录像之后还敢作战，说明他也有相当的把握，这无疑是实战派期待已久的巅峰对决。

刀锋战士VS死亡骑士！

官方第一时间联系到了两人，毕竟这两人可都是风云人物，刀锋战士不用说了，现在的号召力比将军级别的还要高，人气十足，而死亡骑士也是有名的强者，没晋升将军是因为作战次数少，这点倒是跟刀锋战士有点类似，并不是真的在乎分数，只对战斗感兴趣，而这两个人的碰撞，可是备受玩家们的推崇。

除了视频直播的费用，官方还许诺十万联邦盾的优胜者奖励，要知道这相当于一届正规机战大赛的冠军奖金了，看得出刀锋战士的号召力。没办法，人气就是资源，这是别人比不来的。

死亡骑士也刚刚上线，两人开始了战前的准备，看得出死亡骑士也是极其自信的人，而且他也知道刀锋战士习惯于各种地势，想在这方面寻找优势是不太现实的，所以死亡骑士选择的是最常规的仿真城市战。

其实无论什么环境，BS001都是不具备什么优势的。

参赛的两人都很平静，对每个对手李锋都有自己的目的，而死亡骑士也只是像对待平常对手一样，只是有一点别人都错了，死亡骑士虽然听说过刀锋战士的大名，很强，但从来不上论坛，对那些讨论他根本不感兴趣，实战出真知，他对一些没上过战场的玩家的扯淡根本不感兴趣。

只有强，更强，不断地强大，才能战无不胜！

与两个参赛者的平静不同，玩家们像是过节一样，拼了命地申请观看直播，网上的充值卡已经被抢购一空，没办法，这场比赛的直播观看竟然翻了十倍的价格，但是玩家们也没什么怨言。

值啊！

这点钱算什么呢！

这场比赛并没有提前预告，可是很多痴心的玩家其实一整天都在等了，按照刀锋战士的规律，差不多就在这一两天上线，他们等的就是这一刻，而这次不仅等来了刀锋战士，还有另外一个现实派的代表——死亡骑士，这可是大餐，太超值了！

第49章
超级人气

官方的统计员们也难以置信地望着屏幕上的数字："上帝啊，已经突破五百万了，没有宣传竟然会有这样的人气！"

"再等等吧，我想应该还有很多人不知道，以刀锋战士的号召力，突破一千万肯定不成问题。"

"如果再延迟十分钟，可能会创造一个记录啊，跟那两个玩家协商一下如何？"

"笨，动动你的脑子，整天都在干什么，都这么久了还不了解刀锋战士的个性，他并不是真的在乎钱，也不在乎什么人气，纯粹是个人爱好，我看这人十有八九是某富豪子弟，又或者是军方的秘密武器，根本不在乎钱，所以他要怎么样就怎么样，这种脾气的人最厌恶打扰，知道吗！"

经理如同子弹一样喷出一串话，把这个职员骂了个狗血喷头，然后就去指挥其他人。这刀锋战士每次留给他们的时间都不多，也不好沟通，但是能怎么样？人家是大牌啊！自从这个千战千败的家伙一战成名之后，玩家的在线率竟然整整提升了三个百分点，经过网络调查，竟然有百分之八十的玩家都是冲着刀锋战士来的，还有百分之三十的玩家承认他们的兴趣提高很大程度上因为刀锋战士！

宇战游戏本身就是超大型覆盖性游戏，流行不能来形容它的强，一个词，深入人心，不过作为运营人员，他们也要琢磨继续提高，最简单也最有效的方式就是造星，刀锋战士简直就是天上掉下来的宝贝，上个季度的结算，宇战的营业额竟然破天荒地提高了二十三个百分点，这简直是前所未有的大业绩，无疑，他也受到了董事局的奖励，如果能坚持一年，他的晋升是铁定的。

上头只有一个命令，那就是全面配合刀锋战士，满足他的各种要求，哪怕有些出格，也无所谓，一句话，谁要是让刀锋战士消失，那就可以卷铺盖滚蛋了！

很多工作都已经是提前做好的，刀锋战士的挑战一成立，所有广告都第一时间铺开，同时还增添了一个新的功能，那就是在线提醒功能，以前这个功能也运行过，可是效果非常差，而现在不同了，由于刀锋战士这人神出鬼没，上线时间不定，很多玩家还是要工作或者上学的，不可能不停地等着，所以最好有预告，但谁也不能要求刀锋战士，而官方的一个职员就想到了这个，这哥们的奖励就是升一级，外加三倍的年终奖，当然这哥们自己也是个虔诚的刀锋派，不然也想不出来。

刀锋战士上线的提醒，会直接用信息方式传到天讯上，高级提示，就是当刀锋战士的战斗开始前十分钟的提醒，以及对战双方的详细资料，以及战斗情况。

第三个就是天讯直播了，这个价格是非常贵的，一般学生肯定是办理不起的，一般的

121

工薪阶层也不成，是计时收费，每分钟十联邦盾，可以说跟抢钱差不多了。当然这部分的运营也要分给刀锋战士百分之三，这些都是法律上明确规定的，不过也只有刀锋战士才有这个待遇，将军中也只有有限的几个人有这个待遇。

　　五分钟内发生了很多事情，有人在陪女朋友吃晚餐，突然男方的天讯响了，男的非常随意地看了一眼，顿时脸色大变，说了声"抱歉"，人就不见了。

　　女生刚要暴走，忽然发现自己天讯上也有消息，然后也不顾淑女形象撒腿就跑，当然这是典型的宇战爱好者了。

　　学生想逃课可就不那么容易了，老师们也不是白痴，一次是新鲜，两三次那可是大问题了，最近学校流行锁门上课，想溜？恐怕没那么容易啊！

　　当然没钱也有没钱的办法，天讯上有在线文字直播，虽然没看对战那么爽，但总能解馋啊。

　　"进入最后三分钟，现场观看最后三十秒关闭！"

　　"天讯在线直播人数已经突破二十万，其中有百分二十来自NUP！"

　　工作人员不断吼着不停刷新的数据，他们也有些压抑不住心中的激动，要知道虽然宇战游戏是混合的，但实际上NUP的人很少在USE玩，而USE也很少到NUP去，可是现在竟然有百分之二十的NUP公民花钱用天讯看，这简直是前所未有的！

　　幸好现在正好是处于下班的时间，有很多人已经有时间了，可惜如果再推迟一个小时的话，人数至少还能翻一倍，工作人员有些惋惜地望着屏幕，这世界上还真是什么人都有，竟然不在乎钱和名誉。不过想想也是，像刀锋战士这样的人在现实中恐怕也是大人物，人家根本就不在乎吧。

　　工作人员也在瞎猜着，不管怎么说，刀锋战士现在可是他们的衣食父母，自从他出现，他们已经很少挨骂了，整天看到的也都是上司淫荡的笑脸。

　　玩家们严阵以待，目不转睛地盯着大屏幕，实战派们已经感动得快发抖了，在适合挑战刀锋战士的人选排行榜中，死亡骑士高居第九，而现在他们终于得偿所愿了。

　　"女士们，先生们，让大家期待已久的经典大战即将开始，挑战者是以狠辣坚韧著称的死亡骑士，三百二十一胜，零负，五平的超级战士。而另外一位，"直播评论员的声音开始拔高了，"则是万众瞩目的奇迹创造者，永远的BS001，永远的刀锋战士！"

第50章
现实派高手

无疑评论员也是很专业的，很懂得挑起人们的激情，而实际上他自己也很激动。

咔咔咔……

战场形成了，实战中的城市，高楼大厦鳞次栉比，也有宽敞的高速公路，当然主要是以狭窄的街道为主，这也是战争中最常遇到的巷战，对机动战士操作要求非常高。

而刀锋战士和死亡骑士都是这方面的高手。

银白色的BS001和深蓝色的坎诺三型出现了，它们的身边是驾驶员以及战绩的各方面介绍。有些女性观看者是被自己男友拉来的，她们还有点不明白，为什么比赛的双方一个战绩那么高，而另外一个却负得离谱，只胜过十场多，而负了过千，可是男友的眼珠都开始冒绿光了。

固定的屏幕一亮，这就是比赛开始的标志。

BS001和坎诺三型对峙着，机动战士并不是笔直地站着，都有微微地角度调整，随时可以做出各式各样的攻击和防守动作，虽然战斗还没开始，人们已经感觉到了压力。

心中都在想着一个念头：谁会先出手？

嗖！

还是坎诺三型先出手了，身为USE的主力机型，坎诺三型自然有它存在的道理，便利的操作性，以及均衡的活力，让它在激烈的竞争中存活下来。

BS001一个侧身，镭射就从身边闪过，坎诺三型已经大踏步地冲向BS001，非常稳定的步伐，而李锋也毫不犹豫地一记镭射还了过去。从对手的沉着和敢于率先发动攻击来看，显然这个对手不像以前的那么业余。

非常好！

刀锋战士攻击了，BS001的镭射一直被认为是鸡肋，但这是刀锋战士的BS0001，任何人都不能轻视，而死亡骑士毕竟名不虚传，灵巧地躲了过去，不过这一枪却给死亡骑士提了个醒，它的驾驶员眼睛也开始冒光了，这一枪是打在他的行进前方的，对方在镭射运行时间，以及对自己轨迹上有着超强的预判，稍微一大意，这场战斗就不要打了！

死亡骑士也兴奋起来，血液都快燃烧起来似的，坎诺三型的速度立刻提高了一点，更重要的是，李锋发觉无法掌握对方的节奏了，他在变频，好有趣的对手，竟然懂得这个，看来这次战斗有得打了！

而与此同时李锋的BS001也在做着变频，虽然有着强力的操控，但面对这样的实力派，如果自己不变频也会落入被动，这要比那些幻想型漫无目的地覆盖轰炸危险得多，真正的高手可不是仅仅靠数量取胜。

两个机动战士都变换着一定的节奏，大踏步冲向双方，其间还交换了三次攻击，每一次镭射都看得众人心惊肉跳，而死亡骑士竟然可以闪过刀锋战士的镭射，也让不少人兴奋起来，果然是强大的对手！

能成为这场比赛的评论员显然不仅只有激情："各位玩家，现在刀锋战士和死亡骑士两位玩家的驾驶技术正是军方的二级技术变频，在军队的掌握率也顶多只有百分之三十，主要是避免被对方抓住移动规律作出预判，显然死亡骑士已经掌握得非常纯熟，能用坎诺三型作出这样的动作相当不简单，但是我们的刀锋战士更强，他用BS001做这样的动作竟然与死亡骑士不相上下。我们有理由期待，这是一场惊心动魄的战斗！"

双方的机动战士已经相距不过十米了，钛刀和阿尔法合金刀同时拔出，一个正手一个反手，"当！"

李锋自然知道自己的优势在于BS001的力量，而对方的优势则在于速度，此人的技术相当了得，而且身体非常强悍，他驾驶坎诺三型看不出有任何负担，李锋不敢大意，有这样技术的人，绝对能在关键时候使用强控，瞬间提高个三成手速不成问题。

瞬间两个巨型战士就交手了七八招，钛刀和阿尔法合金刀不停地交错，可是双方都没占到便宜。

那交手的速度就像是看科幻片似的，玩家们鸦雀无声，能和刀锋战士交手这么多次已经相当了得，换个人，说不定两三下就被斩杀了。

可惜大家无法看到驾驶员的表情，李锋很兴奋，这样的对手太少见了，他等的就是这样的。而死亡骑士就没那么轻松了，脸色已经有点微红，如果仅仅是驾驶这样的机型，根本不会费力，可是刚才跟BS001的交锋中，体力正在剧烈的消耗中，对方给了他沉重的压力，有的时候机动战士比的就是驾驶员的身体。

死亡骑士并不是第一次面对这样的局面，因为在身体上NUP的伊文特人先天占有优势，不过就算是伊文特人也不可能驾驶着BS001做出这样的动作，还有这样的力气。

迅速作出战场分析和判断，死亡骑士决定跟BS001继续纠缠，不管怎么说他总是占有着优势，他倒要看看，在这样剧烈的消耗中，一个BS001的驾驶员能挺多久，除非他是机器人！

阿尔法合金刀划出一道诡异的弧线攻向BS001的肋部，这一刀的角度相当刁钻，而这个方位机动战士确实不太好防御的，钛刀迅速一挑，沉重的力量冲击着死亡骑士，不过这种程度他还是能忍的，连续的招数跟进。

"天啊，这是军方机动战士的二级攻击术，看死亡骑士的使用纯熟度，这绝对不是一般的模仿，这是A+的攻击！"

第51章
爆裂——恐怖的刀锋战士

　　面对死亡骑士的连环攻击，刀锋战士也不得不用后退来化解，两者在机型上毕竟还是有差距，很明显对手是真正了解机动战士的，对BS001的反应弱点相当了解，而这种攻击也是军方经过千锤百炼演化出来的，当然也不算是绝对机密。只是想练成，在战斗中灵活运用出来就相当不容易，如果这个死亡骑士能在现实中也可以使出，那他绝对是军方机动战士中的精英了。

　　死亡骑士咬着牙，眼神冷静而沉着，这种时候不能有丝毫的松懈，对方虽然在后退，可是没有丝毫的紊乱，与其说是自己在逼近，不如说是他在引导，竟然还有这样的人存在！

　　李锋确实很感兴趣，他的招式多是自己总结领悟的，本来魔鬼金是要教给他一些适合机动战士的肉搏攻击战法的，可惜这倒霉的哥们没"电"了，李锋也只能通过战斗和观察仔细学习。这套军方的攻击方式，一点不花哨，可是使用起来却非常有效，每一次攻击都让人很别扭，它的优点在于，卡住对手的攻击位，迫使对方打乱自己的节奏，在驾驶机动战士的时候，如果节奏被连续打乱，那后面基本上就会崩溃，毕竟操作这种机器跟人体自身的灵活运动还是有差别的。

　　李锋边挡边观察，心中赞叹不绝，幸好考入军校，将来肯定有机会学习更强的招数的，天下之大，高手数不胜数，自己还是不能坐井观天，他的目标不是成为一个优秀的机动战士，而是成为最强的机动战士！

　　刀锋战士的节节败退，让无数的刀锋迷有点焦急，他们当然希望有强大的挑战者，但是可并不希望刀锋战士落败，这就是人的矛盾心理。有人已经大吼着给刀锋战士加油了，而反对刀锋战士的人，也少不了给死亡骑士加油，在网上看文字直播的，肯定边看边吵。

　　不知不觉死亡骑士的攻击套路已经用了两遍，其实他自己都没有发觉，可是李锋觉得差不多了，有一个循环就能确定对方的整体套路，确实很不错，不过还是存在相当多的缺点，如果不是要看完，李锋早就出手了。

　　死亡骑士的攻击再次来临，但这次李锋已经知道他的意思，而且他也想让对手尝试一下自己的卡位先攻，死亡骑士是用速度，那BS001就是靠重量。

　　一模一样的攻击，钛刀和合金刀交错重击，占据了速度优势的坎诺三型的动作变形了，李锋非常冷静地一刀砍了出去，这一刀就吓了死亡骑士一跳——这位置再熟悉不过了，竟然是他的攻击！

　　只是偶然吗？

　　第二击，第三击……依然一样！

　　玩家们也发觉了，天啊，刀锋战士正在模仿对手的攻击，虽然同样是军方的二级攻击术，可是刀锋战士根据机型的不同作了一些改进，效果更好。每一次重击，坎诺三型的移动都有些走样。死亡骑士感觉到了压力，见鬼，竟然还有这样的人存在，比他老爹还疯狂！

局面相当不妙，可是死亡骑士并没有慌乱，看得出对方很习惯于面对被动挨打的局面，局势不好，可是应付得非常得当。

李锋也有些好奇，一般的对手这个时候早就放弃了，而这人竟然还可以，真的很不错！

钛刀划过，差点把坎诺三型的左臂砍下，虽然它躲过去了，但是也削掉了一个角，坎诺三型侧翻了，而快要摔倒的时候，坎诺三型右臂撑地，竟然做出了一个侧踢！

什么是侧踢？从侧面踢？开玩笑！

从上斜向下，腿要往里扣，这是人类肉体搏击术中的一种，很容易把人类的小腿骨踢断，机动战士的设计理念就是仿人，这样的设计最平衡，当然弱点也一样平衡，这一腿下去绝对会让BS001的一条腿丧失移动力，要知道虽然坎诺三型的重量相对较轻，可是它的材料要好啊，硬度比BS001高得多。在这种重力交错中，BS001会吃大亏的。

这次李锋真的遇到危机了，第一时间他就感觉到了危险，自己实在有些大意，他对卡位攻击的了解程度怎么能比得上对方？自己发现了弱点，对手肯定也了解，这次可是搬起石头砸自己的脚了。

两架机动战士是如此的接近，而死亡骑士在如此被动的情况下却能做出如此精彩的侧踢，一些识货的玩家已经看出，这次刀锋战士要完蛋了，他们实在想不出还能有什么破解之道，如此带有下旋的侧踢，时机上的把握都妙到巅峰！

死亡骑士也不信对方能破解，刀锋战士不是第一个，肯定也不是最后一个倒在他这招上的对手，这就是实战反应！

眼看攻击就要来临，精神进入高速紧张状态，李锋的瞳孔猛然收缩，变得类似猫科动物一样细长，而BS001没有攻击，而是动力后喷，向前倾轧过去，但BS001并没有如想象中的被踢断左腿，身体的倾斜虽然没完全跟坎诺三型平行，但侧踢已经无法发挥最大效果，而身为驾驶员的死亡骑士更清楚，这一脚踢空了，这是根本不可能！

虽然踢到了，但是BS001基本上没受什么力，当死亡骑士从震惊中警觉的时候，他看到的是BS001巨大的手肘直接轰在坎诺三型的头部，这重重的一击直接轰扁了坎诺三型的头部，两台机甲一同倒下，人的眼睛还无法捕捉这一瞬间的变化，而BS001中的李锋双目射出森寒的光芒，手在操纵杆上高速地闪动着，快得眼花缭乱，本来应该和坎诺三型一起倒下的BS001竟然还能做出推动的动作，脑袋被砸扁的坎诺三型轰然倒下，而BS001却灵活地腾空，半空一个横斜的膝撞直接卡碎了坎诺三型的脑袋，动作如同行云流水一气呵成，而这还没完，在膝撞的同时，BS001的右手已经抓住了坎诺三型的右腿，猛然轮了起来。

轰，轰，轰！

第52章
舍我其谁

在第三次如同轮棒槌似的摔打中,坎诺三型爆机了,其实在第一次肘击的时候,死亡骑士就已经完了,但是进入杀戮状态的李锋根本停不下来。在魔鬼训练中,每当面对危险的时候,李锋就会进入一种排除所有杂念,一心解决掉对手的状态,而刚才是他回到现实生活当中第一次面临危险下意识的反应。而整个过程,李锋是清清楚楚的,只是身体的技能瞬间被提高到了新的高度,刚才的操作速度是平时的三倍,对肌肉和骨骼的要求骤然增加,如果不是李锋坚持不懈地锻炼力量,在这种高速操作中,他的骨头早就断了,这种状态还不算是最强的,李锋也不想回忆那最强的时刻,魔鬼金却非常赞美,它认为,那种时刻的李锋才是它训练的目标,精神力突然攀升到了极限,身体每一个细胞的力量都被调动起来,力量的发挥和使用都达到了电脑计算的最佳状态。

看过回放的李锋却不这么认为,那种消耗太大了,在幻境中还好,如果现实中使用,李锋的小身板可要小心了,这也是李锋坚持不懈锻炼的原因,在一些艰苦的战斗中,最终靠的还是自己,不要奢望奇迹,就算有,也是建立在平时努力的基础上。

从BS001作出反击的那一刻,玩家们的反应只有一个,张大了嘴望着屏幕,而专业的评论员也没了动静,在网上看文字的哥们更惨,因为在死亡骑士做出必杀侧踢之后,整整两分钟,屏幕上一个字都没有,焦急的人们有的狂发问号,有的破口大骂。

良久,屏幕上才打出一串字——刀锋战士爆了,奇迹!

论坛又是一阵火爆:

——猪啊,到底是爆了对方,还是被爆!

——搞什么,说清楚些!

——就是啊,哥们你能不能干了?

……

打字员的反应很快,瞬间出现大红字体——刀锋战士延续奇迹,死亡骑士在最后关头被狂爆,粉身碎骨!!!

三个血红的大叹号总算让等待的玩家们松了一口气,这会儿到底发生了什么?

玩家们虽然焦急,可是却能理解,因为这不是第一次发生了,有些动作是业余的评论员写不出来的,他们自己都不明白发生了什么,更说不出其中的关键,只知道死亡骑士眼看就要到手的胜利飞了,反而有些残酷地被爆机了!

死亡骑士的坎诺三型的碎片消失了,这次李锋却没有立刻离开,他渐渐恢复了平静,这次的战斗总体来说只能给六十分,犯了三个错误:一、轻敌;二、轻敌;三、还是轻敌!

从战斗中看，双方都很相信自己的能力，几乎没有利用楼房的掩护，在宽敞的公路上展开了直接性的对攻，虽然赢了，不过李锋觉得，没什么可骄傲的，凭借着自己超出常人的控制能力，对方自然不是自己的对手。

不要说什么对自己太苛刻，在幻境残酷的训练中，李锋只学到了一个道理：永远不要给自己找理由，因为敌人不会给你这个机会！

总体来说，李锋是非常开心的，这个对手值得称赞一下，能让他看到自己最近的弱点，这可是难得的好事！

临下机前，李锋打出一行字幕，这是刀锋战士第一次在结束战斗后回话——期待再一次的战斗。

噌！

BS001的影像模糊了，玩家们兴奋地发着评述，这次收获大了，最后时刻到底是怎么回事，必杀的侧踢为什么会失效？期待再一次的挑战是什么意思？

不用说论坛再一次火爆了，官方正在制作录像，并加入评述。通过慢镜头，专家们就可以作出比较专业的评述，一旦做不好，可是会被人狂批的，他们也不得不谨慎。

论坛上的热炒已经开始了，恐怖的刀锋战士，刀锋战士的真面目，暴力的野兽，外星人的真面目……

半个小时后，官方的录像才发布，被焦急等待的玩家骂得狗血喷头，人们全神贯注地看着整个过程，不得不说死亡骑士是真正的高手，能跟刀锋战士在肉搏中打得势均力敌的人，到现在为止他还是第一个，人们已经不再说BS001的机型落后了，因为驾驶他的人是刀锋战士，所有人都习以为常，而就算这样厉害的死亡骑士仍逃不出败亡的结局，尤其是最后的恐怖杀招，简直不像人类，那种作战方式有点像幻想级的兽型机动战士，从动作的连贯性来看，对方像是无数次练习过拧掉别人的脖子似的，BS001如此笨重的机型，却如此精准命中对方的要害，以及最后的摔爆，看过的人只有一个感觉——汗！

当然刀锋迷们还多了一个感觉——爽！

系统虽然不能给出驾驶员的表情，可是却能提供当时的操控指数，这是综合人体和驾驶员在极限操作时的一个对照数据，不具有什么实际意义，但玩家们很喜欢参照，当然这不能绝对地评价一个高手，但是至少有相当的关系。

一般玩家的手速区间在一百到一百五十，厉害的玩家会在两百以上，而这场战斗死亡骑士的操控指数高达三百六十九，刀锋战士开始的时候在四百二十的样子，但由于操纵的是BS001，所以这种优势并没有表现得很明显，可是到了最后时刻，他的操控指数瞬间暴增到七百三十，如果不是亲眼所见，说出去都没人信。

人们都被这个指数惊呆了，不过也只有这样的超高操纵才能让笨重的BS001做出那样的动作，恐怕这也只限于游戏了，如果是现实中的BS001恐怕承受不住这样强烈的控制。

第52章 舍我其谁

刀锋战士到底是什么人？

数字是直观的，但是看到的人除了震惊之外就是相信了，死亡骑士不是不强，只不过对手太强了！

刀锋战士迷在论坛上拉出横幅——刀锋所向，谁与争锋！

刀锋迷们很快就开始了另外一场战斗，那就是把这个视频顶上去，一定要超过安吉儿的音乐MV，双方的粉丝已经不是第一次交手了，就看着两个视频的人气指数在飙升，双方的支持者互不退让，打得不亦乐乎。

第53章
不眠夜

　　李锋离开游戏室,身上出汗了,骤然增加力量频率比常态的消耗不是一倍两倍的增加,不过还行,虽然有点酸,但对身体并没有太大的影响,说明每天坚持不懈的训练还是有效果的,很痛快地冲了凉水澡,李锋就开始看书了,还有本书没看完,以后就不用出去借了,亚朗的图书馆没有的书已经不多了。

　　跟心情舒爽的李锋不同,亚朗A级军事学院高级学生楼的某楼层发出了一声狼嚎和某物的破碎声!

　　萨尔塔双目发绿地坐着,眼前的机器已经被他一拳砸毁了,手上还流着血。他竟然败了,而且还是败给了一个使用BS001的玩家,这简直是无法想象的,最后那一击明明是自己赢了,对方怎么可能闪得过,他可是驾驶过真正的机动战士,无法想象,要用BS001做出那样动作的人是什么怪物,全身钢铁肌肉的怪物吗?那样灵活性就会降低!

　　伊文特人?

　　也不像,伊文特人是强,但也只是比一般人类强,各方面均衡而已,他们不是超人!

　　萨尔塔愤怒地看着自己的左手,前一段时间训练的时候不小心挫伤了,不然刚才至少能作出一点反应,可是在关键的时候,左手竟然发软了,这人好强大,除了他的父亲和哥哥,从没人能打败他,决不能就这么算了,他一定要赢回来!

　　……

　　萨尔塔接通了天讯。

　　"萨尔塔同学,恶意破坏学校设施,扣除一个学分,并交付一万两千联邦盾的维修费。"

　　萨尔塔面无表情地关掉天讯,哼,什么狗屁学分和赔偿,他都不在意,本来他还怕USE没什么高手,现在看来,以后的日子不再会寂寞,学校里有个李锋,宇战上有个刀锋战士!

　　一次失败并不能打倒萨尔塔,相反跟李锋有些类似,萨尔塔的家族专门出优秀的机动战士,他的父亲更是USE的王牌,是真正的王牌。世界整体虽然是和平的,但是并不代表没有战争,相反局部战争一直不断,还有恐怖活动,而他的父亲是真正的机甲王牌,从小萨尔塔就以打倒父亲为目标,不过到现在为止还没赢过。

　　李锋自己已经把刚才的战斗抛诸脑后,沉浸在数学的海洋中。从厌恶到现在的痴迷,简直是两个极端,当然这也得感谢魔鬼金,倒不是魔鬼金故意怎么样,而是它寄存在李锋体内,无意中扩大了李锋的脑域,这具体有什么影响,谁也不知道。关于大脑方面改造的高级秘密,小金的资料库并没有记录,只知道这是玛雅文明最大的机密。伟大的玛雅王之所以能称霸,并不是因为他们无边无际的机甲军团,而是因为他们自己,只是那个宇宙连能反抗机甲军团的星球都没有。诚然宇宙中是有些生命不怕能量攻击,可是面对这种情况，星际舰队会直接把整个星系都摧毁。

某人不在意，并不代表其他人也不在意，其实在亚朗当中就有相当一部分人是宇战迷，甚至是刀锋迷。

至少这场比赛唐灵看了，黄朝阳看了，周芷看了，巴巴拉老头也看了。

唐灵觉得，如果给此人设计一个地球最强的机动战士，那绝对是一支奇兵，机动战士的科技并不落后，问题在于，一些强力的机动战士建造出来，没人能驾驶得了，这就毫无意义了，军方其实在秘密改造人体，其实这也不算什么秘密，USE在做，NUP也在做，这跟伊文特人本身没关系，他们的进化是安全的，比较复杂，存在一定成功率，简单点说，普通人中经常会出所谓的万里挑一的天才，而伊文特人本身就是百中挑一，他们的子女更容易出百万挑一甚至更强的那种，当然也会有平庸的概率，基因遗传和突变不是人力可控制的，可控制的叫做改造，当然要付出相当的代价，双方都是明文禁止的。

如果不是知道军方绝对不会让这种人出风头，她都怀疑这人是不是改造人了，或者是不是注射了什么药剂，黑市中有很多可以短时间提高身体能力的药剂，但后果就不用说了，但是看了这场比赛，唐灵就直接排除了，在那危险的时刻突然爆发，根本来不及使用药剂，虽然战斗过程火爆，可是战斗结束之后，驾驶员没有发狂，很平静，甚至还能说出继续挑战的话，这说明对方本身的实力就这样。唐灵突然有种想见见这个人的冲动，她的奇妙预感告诉她，这个人会很特别，至少对她是这样的。

唐灵不明白，但是对自己近乎超能力的感觉是相信的。

黄朝阳看完了比赛也是同样的惊叹，他觉得如果有可能，这辈子都不要和刀锋战士交手的好，这家伙简直不是人啊！

但他却知道死亡骑士是谁，也许大多数人不知道，但是只要有人知道，就有办法打听到，显然萨尔塔并没有刻意地去保密，而这个信息已经被黄朝阳掌握，在NUP的地盘拿到指战冠军的萨尔塔却被一个游戏玩家横扫了，不知道他此时的心情怎么样，七百三对三百六十九，都有点悲哀了。

周芷和巴巴拉的反应却只有一个：这样的人不能为军队所用实在是浪费啊！

军队二级攻击术并不算是绝对机密，很多私人武装也这么训练，但好歹也属于军队中比较高级的技能，被两个游戏玩家这样搞，实在有点那个，不过也看得出，这些训练的破绽，当然军界并不是不知道，只是没有修改的必要，如果对每个战士都尽善尽美地要求，那战斗就成了三两人之间的事儿了。而实际上，个人的力量在群体作战面前，作用微乎其微，何况游戏和实战又不同。

在李锋同学陷入深层睡眠的时候，玩家们还在感动地看着比赛视频，对他们来说，又是一个不眠夜。

第54章
给点面子

　　天一亮，李锋就醒了，他可没有类似认床的贵族病，相比魔鬼金训练的时候，钢板床也是天堂。身体已经得到了充足的休息，早晨需要一点运动来唤醒身体。

　　一圈一千五百米的操场上并不是空无一人，在亚朗A级军事学院自然不会缺少努力者，普通大学只要好好学习就可以了，但是军校没有强健的身体，那就只能坐办公室了。

　　而进入亚朗的，除了驾驶机动战士，哪个不想成为星际战舰的一员，甚至成为一名光荣的舰长。

　　李锋穿着运动服，不紧不慢地跑着，让身体清醒并不要多剧烈的运动。为什么大家都在看他？

　　难道是衣服没穿好？李锋打量着自己，虽然头发有点凌乱，但不吓人啊。

　　"看，那就是新生五天王中最神秘的李锋！"

　　"是啊，听说很多新生，甚至学生们都跃跃欲试呢，这人也太锋芒毕露了！"

　　"对啊，最不该的是让周芷老师如此称赞，这不是跟全校男生为敌吗！"

　　"盛名之下无虚士，此人肯定不简单，问题是能不能扛得住轮番轰炸，有得瞧了！"

　　"是啊，看，其他四天王也下来运动了，今年的亚朗新生好强势啊！"

　　"那是我们学校这几年在五大军事学院的比拼中一直落下风，这次校长也是发狠要翻身了！"

　　"就凭这几个新人，我看有点玄啊，我们等着看热闹吧。"

　　除了李锋和唐灵比较熟悉，其他人好像也都只是认识而已，唐灵和李锋碰头之后就一起慢跑了，这让李锋对唐灵的印象大为改观，虽然不认为矜持是什么缺点，但一般这样的女生都比较矜持，或者说是做作一点，生怕别人误认为她对某个男人有意思而丢了面子，但唐灵好像并没有这样。

　　这让李锋的心情非常舒畅，露出了会心的笑容，唐灵果然不是那些俗女。

　　"想什么这么开心？"唐灵扎了一个马尾鞭，清爽秀气，青春运动美就是指她了。

　　"想你啊。"李锋脱口而出。汗，最近怎么越来越像马卡了？

　　唐灵脸微微一红，笑道："李锋，你最近可有点近墨者黑啊，看来要把你和马卡同学隔绝才行！"

　　"咳咳，对，对，坚决支持你，本来我是多纯洁的一个学生，都被他带坏了。"

　　一世人两兄弟，关键的时候，你不背黑锅，谁背啊？

　　唐灵忍不住笑出声来，清爽的早晨，亚朗的校园，一群兴致勃勃斗志昂扬的新生，看到如此灿烂的笑容，真有种天上人间的感觉，只可惜这种笑容不是为他们绽放的。

"李锋,我真要对你另眼相看了,以前我还以为……算了,不说了。"

"哎,哎,唐灵,不能这样,话说一半可不好,我以前怎么了?"李锋也有些好奇,说一半不是吊胃口吗?

"秘密!"

唐灵笑着跑开了,在高中的时候,李锋一直像个闷葫芦,本以为他是个沉默寡言的男生,现在看来,天下乌鸦一般黑。

晨跑当中自然不缺少情侣,但是还没谁能比得上唐灵和李锋更显眼了,虽然是新生,但是一来就出尽了风头。

李锋和唐灵的晨练也只持续了半个小时,回到宿舍,李锋还要进行自己的负重锻炼,早晨在四倍重力下进行就可以了,半个小时,可以让身体清醒,他可是非常满意现在的住处,各方面都很符合他的要求,今天要把那书房塞满。

第一堂课开始了,李锋、马卡、唐灵并不在一个课堂,虽然有公共课,但是第一学期很少,多是各专业的基础,李锋是机战系,马卡是新闻系,而唐灵是指挥系,萨尔塔和李锋一个系,虽然不是一个班但经常会有机会一起上课。

老实说,虽然是顶级军事学院,课程还是有些让人失望的,老师还是照例先把学校的光辉历史吹嘘了一遍,然后开始上课,内容上并没有李锋想要的,在对机动战士方面,魔鬼金的培训加上和唐灵的交流,他已经远超过一般学生对机动战士构造的理解,而实战理论,也不是老师现在会教的。

所以……李锋同学的老毛病再犯,睡着了!

老师讲得兴高采烈口沫横飞,他在下面睡得口水直流,就差没打呼噜,看得周围的同学不禁侧目,如果不是知道,这位正在呼呼大睡的就是特招生中最神秘的李锋,众人早就开始鄙视了,老师讲的东西很新颖啊!

但凡一个老师,在自己新学期的第一堂课,光辉的第一堂,就发现学生在睡觉,而那个学生还是特招生……这不是贬低他的教学水平吗?

如果换成普通同学也就罢了,他可以理解为对方听不懂,但是换成特招生,尤其是在开学典礼上出尽风头的学生,那可就变成赤裸裸的蔑视了,有的时候学生希望得到老师的认同,而老师也希望得到学生的认同。

"李锋同学!"老师停下讲课,尽量压抑着自己的怒火叫道。

周围的学生已经开始等着看笑话了,任凭你是特招生怎么样,得罪老师也是没好果子吃的。

"是!"

李锋刷地站了起来,身体笔直!

汗!他到底睡没睡?

"请李锋同学谈一下对刚才问题的看法。"

"老师说的是……我认为，根据柴拉斯基的第九循环理论应该可以这样，不过我个人认为可以参照克拉斯定律，进行逆转……"

课堂上只有李锋自己在说话，学生们根本听不懂，老师听得懂，但也……

最后，老师尽量让自己憋出一个笑容，他……讨厌天才，说人家没听课吧，他却知道讲的是什么，说听了却明明在睡觉，讲课质量不好？他说的那些理论显然是第一学年讲不到的。

第55章
睁着眼也能睡觉

"很好，请坐，李锋同学说得非常好，不过，请稍微注意一下听课的姿势。"

老师已经是变相请求李锋给点面子了，李锋也有些不好意思，这是高中的习惯，其实他的自学和唐灵深层次的讨论早就超过了初级的基础，这些简单的课程显然对于他来说是没意义的，对唐灵更没意义，她在中学的时候就已经参与程序的设定，那已经是研究员的水准，而且理论谁都会，创造可是要看灵性的。

"是。"

李锋的回答简单而干脆，然后他坐着，很认真地坐着，不过……他身边的同学发现，此人虽然坐得很直，眼睛瞪得也很大，不过一动也不动，有经验的已经发现，这就是传说中睁着眼睛也能睡觉的至高境界啊。

牛！

其实不光是李锋，其他几个特招生的反应也差不多，唐灵还是比较善良的，顾及到老师的面子，仍旧认真地听课。萨尔塔上学第一天就逃课了，他才不管那个三七是否二十一。李兰加洛斯和黄朝阳则在忙活自己的事情。

其实李锋并不是在睡觉，而是进入了冥想训练阶段，这个理论早在三百年前就有了，倒也不是魔鬼金那边独有，最初是有个实验小组的议题，让三组从来没玩过篮球，体质相当的人投篮，一组人什么都不做，第二组天天去球场练习半个小时，而第三组每天用脑子想象着练习半小时投篮，一个月后，第一组自然还是一样的差，可是第二组和第三组在投篮命中率上只相差了几个百分点，这证明，冥想练习还是有用的，只是人的大脑很难形成那么直观稳定的场面，这跟精神波的波动有关，李锋早就不是一般人了，他很习惯这种控制。

此时的萨尔塔正在训练场一个人训练着，汗流满面，他是战士，对那些深奥的理论不感兴趣，如何提高战斗力才是他想要的！

五个人的反应自然都被详细地报告了巴巴拉校长，显然除了唐灵，老师们对其他四个人的状态都不是很满意，不过巴巴拉却很高兴，天才嘛，总是有些怪癖的，老师们应该理解，只要不闹得太过，巴巴拉允许他们自由发挥，毕竟这些课程是简单了些，也不能为了他们改变课程，所以也就睁一只眼闭一只眼了。看看那些成才的多是在学校非常活跃或者很能捣蛋的，周芷就是以前的佼佼者，不过周芷并不是经常在学校，在学校任职只不过是她身份的一个很好的掩饰。

亚朗的军训并不是一开学就开始，而是一周后，让学生对学校有稍微的熟悉和了解，然后再开始，集训是在军营中，作为军校，肯定是要严格对待军训的。

一放学李锋就钻入了图书馆，马卡可不陪他了，这小子的班里自然不会缺乏美女，新闻系本就是美女的世界,一头钻到美女堆中的他,正在实践自己的泡妞手法,毕竟相比其他认真学习的学生,马卡同学也就在这方面可以技压全班。

图书馆的人可不少,多数是学长,很多人都席地而坐,手中拿着小本子不停地写,图书馆里的书有相当一部分是不能带出的,李锋在网上查过,有几本数学理论和机动战士的论述,学校图书馆都有,这种书网上也有,但效果很差,而且时不时会出现错误。

主脑并不会管理全球的档案网络,它也负荷不过来,直接受它控制的只有政府、公众信息以及一些较大的私人系统,主要是涉及到了一定的安全级别或者影响级别的,而一些普通的,只是由它的分支机构,或者承载于政府的服务器来管理。

李锋知道他所要的书在五楼以上,也不停留,直接上楼,开始还没人注意,等他直接上了五楼,其他学生就在窃窃私语了,新生中能上五楼的只有六个人,五个特招生,还有综合第一的慕雪。

五楼很大,书也很多,人就零零星星了,一些三年级、四年级的学长正在查书,李锋转了一圈并没有发现自己要的,继续向上,那些学长看着李锋走上去,神色既怪异又羡慕,到了第六层,人就更少了,能在这里的,都是特招生,或者各年级最优秀的人才,以及研究人员。

"这位同学,请问你有什么需要帮忙的吗?"

一上来就有个颇为清秀的学姐主动问道。她是负责人员,专门帮助来这里的学生查书或者资料。

"谢谢学姐,我想找这几本书。"

"不客气,请跟我来。"

在这里,没人理李锋,每个人都各忙各的,天才?他们都是,没什么稀奇。

李锋很欣赏这种感觉,在学姐的帮助下,他很快就拿到了自己想要的书。

"学姐,这些书我可以带回去吗?"

"当然可以,登记一下就成,只不过要遵守图书馆的规章,不然可要被罚的。"学姐饶有兴趣地打量着眼前这个学弟。

李锋,男,十九岁,毕业于空航AP高等中学,女友不详,跟唐灵关系密切,成绩不详,同时成为本届最受期待,也最可能落魄的特招生。

在刚才的交谈过程,他没有一般特招生的骄傲、自负,表现得跟普通学生一样。

书一到手李锋就在原地看了起来,不过并不是很顺畅,有几个问题阻碍了他,无师自通确实很难,不过幸好他还是有个好老师的。

立刻拨通唐灵的天讯,不过这几个问题显然不是通过天讯就能解释清楚的,两人约在唐灵的宿舍见面,李锋也毫不犹豫地抱着书就朝唐灵的宿舍走去。唐灵的宿舍距离李锋的宿舍只有一百米,也是学校有名的双子星,能住在这里的,日后都会飞黄腾达,也是每个学生奋斗的目标。

第56章
初恋

在双子星都是采用男女混居，男生住下面，女生住上面，只不过五个新生并没有分在同一幢楼中。

两个楼的学生都能互相刷卡进入，学校给了很宽的权限，毕竟在法律上也都是成年人了，军校虽然在其他方面严格，但在个人自由度上还是很放开的，这也是巴巴拉的教学理念，他从不认为乖乖听话的学生就是人才的标准，交流才是最重要的，至于程度，仁者见仁，智者见智。

唐灵在十六层，也是风景很好的位置，两人都没有太在意，可是却把其他的学生羡慕死了，就算同在一层楼也是不同的，这十五楼以上是学生们的最爱，风景好，而且有种居高临下的豪情，不过这些都是学校安排的。

门开了，唐灵已经在等他，不过李锋却没有立刻进去。

"进来啊，在门口傻站着做什么？"

李锋恨不得找面墙撞一下，竟然被唐灵无意间的美态所迷惑，难怪都说英雄难过美人关，他自认为自己的意志经过魔鬼金的磨炼强悍了不少，可是最近接连被周芷和唐灵摧毁，刚才如果对方是敌人，他会立刻处于非常危险的境地。转而苦笑，现在已经不是危机四伏的环境，而是真实的世界，怎么会有人时刻偷袭他，自己又不是USE的议长。

看着慌忙走进来的李锋，唐灵表面上没什么反应，其实心里偷着乐。

因为她是故意的！

李锋总是无视她的魅力，这让唐灵产生了一种莫名其妙的危机感，尤其是他好像还和周芷姐姐有某些关系，这让唐灵很担心，恐怕是女人的直觉吧，跟李锋接触的时间越长，唐灵越是想要了解这个男生，开学典礼上的解围只是下意识的，而实际上整篇论文多数还是她自己的想法，当时根本没想那么多，可紧跟着萨尔塔的挑战却让唐灵非常骄傲。

唐灵真的不是一般的女孩子，对待爱情也是如此，身份的差距她不是没想过，但是她不在乎，她有"公主病"，但跟那些只喜欢做作的女孩子又不同，如果她确认某个人值得，她会主动去努力。

首先要确认一下自己的魅力，所以故意穿得很性感，果然李锋挡不住自己的魅力。

进入房间，李锋的心还是火热的，心中有着强烈的冲动，费了好大力气才压了下去。保持冷静，这可太反常了。

李锋的身体具体处在一种什么状态恐怕已经没人清楚了，但是像这样强大的力量，身体在某方面的要求自然也会随之提升，就像运动员比赛之后，战士上完战场之后，都特别想要激情是一样的，除了精神上，身体也会产生同样的感觉，而以前的李锋只是普通人，就算有也会凭着理智和道德压制下去，可现在的李锋有点不同了，最近不间断的训练，加上和死亡骑士的那场战斗，都消耗了力量。不过这样也没什么，相应身体机能的提高，他的精神控制力自然也有了很大的提高，可是架不住周芷的连番挑逗。周芷也不知道自己在玩火，如果不是李锋的控制力极强，那天就非常危险了。可他刚刚平静下来，唐灵又来诱惑他！

唐灵在房间里穿着非常可爱的吊带衫，而且还是斜肩的那种，露出大片雪白的肌肤。当然唐灵不会像周芷那样大胆，可从上面仍能看到一点乳沟，嫩嫩柔柔的，绝对能把男人点燃。超短裤到腿根部，那笔直圆润的美腿，配上清纯高雅的微笑，实在是……犯罪啊！

李锋在拼命地集中精神，可今儿也是活见鬼了，越是努力，心中越是火热，仿佛有魔鬼要冲出来似的。

不过李锋毕竟是李锋，做了三次深呼吸之后，他竭力平静下来，把视线转移，同时把思维集中到自己的几个问题上。

看李锋那么费劲，唐灵心中可是乐得不行，哼，整天假正经忽视本大小姐的魅力，只要自己小小的一点手段还不乖乖臣服！

唐灵再怎么聪明，也是女孩子，第一次谈恋爱，看到自己喜欢的男生，竟然这么慑于自己的魅力，她大有翻身的感觉。

"李锋，你的进步太惊人了，说出去肯定没人信，用不了多久我就教不了你了。"看到李锋的问题，唐灵也收摄心神专注于试题。

"这要多谢你，真的，没你的话，我真不知道该怎么办了。"

李锋由衷地点点头，不过仍是不太敢看唐灵。现在的唐灵就是火，而他是干柴，如果太近，一下子就会点燃的，唐灵和周芷不同，他并不想冒犯这个聪慧可爱的女孩子。

"是吗，那你要如何感谢我？"

唐灵也不知道今儿自己是怎么了，竟然时不时地说出这样挑逗的话。

李锋一愣，一看到唐灵那带着激情和笑意的目光，心中就有些冲动，连忙装作看试题。

"只要能做到的，你说，我就去做。"

唐灵也觉得太暧昧了，连忙笑着打破尴尬："呵呵，这你说的，以后可不许反悔，来，我给你说一下这个公式，你的思考方向还是走入了常见的误区，在正推不行的时候，我们可以采用反推。"

"反推我也试过了啊。"

"李锋小学生，请听老师把话说完！"

汗！

"这个公式，正推是没可能的，它的前提就限制住了，很明显，只有反推，不过反推中要加入四个复杂的假设，还要用到科洛定律，我敢说，你肯定不知道科洛定律。"

李锋佩服地点点头，唐灵继续笑道："呵呵，这也不怪你，我也是专门请了很多老师

第56章 初恋

指点的，我先把科洛定律演算给你看一下。"

唐灵拿出演算板，秀美的手指灵活地滑动着，李锋本来是在看题的，可是不知不觉目光就移动到那如嫩葱般的手指上。那手指是如此的灵动，目光顺着转移，固定在唐灵的俏脸上。小美女在专注的时候更加美丽，讲到关键的地方，长睫毛会眨一眨，让李锋的心都在狂跳。

李锋走神的时候，唐灵也好不到哪里，她的感觉特别敏锐，在如此近的距离，虽然眼睛没看，可是却能感觉到李锋的所有变化，而且在跟李锋接触的时候，她总是发觉精神力特别活跃，从李锋进门的时候，她也在压制，不然真的不知道会说出什么羞人的话来。

唐灵手里是在写，可是她自己都不知道在写什么，不知道什么时候，她已经不说了，两人都感觉到温度在升高，可以感觉到彼此剧烈的心跳和沉重的呼吸声。

唐灵感觉到李锋正在控制，可是身体却在逐渐向她靠近，怎么办，怎么办？

是不是太快了，两人还没明确关系呢！

正当唐灵想要逃走打破这种窒息的暧昧时，李锋出手了，闪电般地出手，速度快得唐灵根本连反应都做不到。

李锋已经无法控制体内如大海般澎湃的欲望，他清楚自己在做什么，可是却停不下来，他也不想停。

唐灵的身体像没有重量似的落在李锋的怀中，那红润的双唇已经被重重地占据，唐灵甚至连抗议都没来得及说出。

说不出是什么滋味，唐灵的脑子一空，一种火热的感觉充斥了全身，而此时精神力也全部释放开来，李锋没有注意，唐灵也没有注意，如果有人看到的话，绝对会以为看到了外星人，唐灵的身上覆盖着一层薄薄的白光，而李锋的身上则是淡淡的红光，可是两人都完全沉醉这深情的一吻。

无疑唐灵心里还是愿意的，其实她已经打算把初吻给李锋了，只是没想到这么早，没想到这坏蛋有这么霸道。

唐灵温柔包容地回应，彻底把李锋封闭的身体和精神力量打开了，男孩和男人还是有很大区别的，而力量不断增长的李锋已经在渴望某种变化，周芷是引子，而跟唐灵的热吻则是释放，而某种力量一旦释放，就无法压抑了。

用马卡的话说，李锋就是沉默的羔羊，早晚都有爆发的危险，不知道哪个美眉要遭殃，只是谁也想不到这个女孩子竟然会是GAD的公主。

唐灵逐渐感觉到危险了，想要挣脱，虽然有点喜欢，可是离那一步好像还有些距离啊。

可是她那点力气如何能跟李锋相比，微弱的反抗只会刺激他，李锋真的无法忍耐了，眼前的女孩是他一直暗恋的，而刚才一吻又是那么的有情意。马卡常说他太软弱，对女人一定要很男人很男人，女孩子怕羞，有点反抗是正常的，对方愿意让你吻，就代表她是喜欢你的！

　　这个时候一定直冲本垒，顶多事后被骂禽兽，但是这个女孩子会爱上你，但如果停止，那就是禽兽不如，十有八九会散伙。

　　李锋这个时候的智商已经接近零了，马卡的话可能就是唯一的依据。

　　抱着唐灵，轻轻一弹，就跨越了四米的长度落在唐大小姐的床上，当然也是钢板，不过唐灵肯定要垫厚厚一层天鹅绒。唐灵想要说话，可是嘴被堵住了，她想反抗，手被拉住了，自己那点微弱的力量根本一点作用都没有，最可恨的是，她的身体竟然越来越热，尤其随着李锋的手，身体越来越软。

　　李锋自然是没经验的，但是现在小学生都上性教育课了，这方面的东西更是到处都是，何况还有个马卡整天炫耀，他想不知道都难，何况这事儿不用教。

　　忽然唐灵感觉到一双大手伸进了自己的衣服里，九月份天气正热，何况今天穿得又那么少，根本没有任何阻碍，唐灵想推，可是瞬间力气就消失了。有种女人在这个时候会死命地反抗，而有种则会浑身无力，当然主要还是因为唐灵对李锋有好感，而那覆盖唐灵的精神力似乎与李锋的融合在一起，李锋体内的渴求越来越强烈，而唐灵的体内也开始涌出同样的需要。

　　李锋已经不满足了，正要不顾一切地进行下一步的时候，忽然看到了唐灵的泪水。瞬间，他全身一片冰冷！

　　这是怎么回事，自己怎么突然会这样！

　　可是一看到唐灵泛着光芒的身体，冲动再次涌起，李锋发狠了，显然马卡的经验并不好用，一拳轰在自己的腹部，这一拳完全是不经大脑，根本没控制力度，以李锋的力量，自己的身体也扛不住，身体一弯立刻倒在床上。

　　本来唐灵已经哭着闭上了眼睛，感觉到热热的液体滴到脸上，也感觉李锋摔倒在她身边，缓缓睁开眼睛，吓得说不出话来。

　　"你，你怎么了？"

　　床单上都是血，而李锋正痛苦地倒在一边。

　　"对不起，我没事，咳，你可以先离开一会儿吗？我大概是疯了。"李锋苦笑道。

　　明明给了自己一次重击，竟然还不好，身体越痛，就越兴奋，这算是哪门子事儿，刚刚还在感谢老天爷，现在老天爷又开始玩他了。他没法控制自己的身体，像是吃了大剂量春药似的。

　　望着李锋咳出的血，唐灵的脑子嗡的一声，她的精神力正处于异常活跃当中，刚才李锋的自伤立刻出现在脑海，竟然像回放一样，这超能力从没像这一刻这样清楚过。以前周芷曾说过，如果她的精神力扩大五倍以上的话，就可以干扰普通人的意志，当强大到某种地步，甚至能控制人，不知为什么，唐灵觉得今天之所以会变成这样有一半是她的原因。

第56章 初恋

两人的精神力正在牵引着，使李锋情绪更加失控。

轰轰两拳，天鹅绒如同雪花一样飞了起来，上面是红色的，结实的钢板竟然被李锋轰出了两个拳印，手上全是血。

唐灵不知道自己怎么了，看到李锋再次把拳头对上他自己的时候，她身不由己地扑了过去，握住了李锋的手，放在自己的胸口，身体软软地靠在李锋的身上。

"请，温柔一点。"

细嫩的小手轻轻地抚在李锋的背上，这时唐灵已经豁出去了，她当然不是什么都不知道的小公主，而实际上那种女孩子是不存在的，又不是生活在外星，多少还是懂点的，只是非常生涩，并不知道自己究竟该怎么做，但对李锋来说，这种温柔却是极大的舒缓。

李锋暴乱的脑袋也开始缓缓恢复平静，越压抑越容易暴走，相反，如果疏导就会平静。

李锋的吻让唐灵越来越紧张，脸红扑扑的，竟然不可思议地发出一声呻吟，弄得李锋都愣住了。

李锋没有使用暴力，他的眼睛已经直了，原来女孩子的身体是这样美，难怪马卡会乐此不疲。唐灵展现出来的是最最美丽的艺术，是李锋所能想到的极致，无数次梦中的回想，发现现实远比梦境美。

"李锋，我，我怕……"唐灵的声音像蚊子一样。

"别怕，别怕！"李锋现在像是在哄小宝宝，而实际上他也很紧张。

"啊，等等。"

李锋停下了动作："其实，我好像能忍住了。"说着狠狠地咽了口唾沫，说这话的时候，他真是觉得柳下惠也不过如此了，但实际上心里后悔得要死。

哪里瞒得过唐灵，她现在的精神力处于一种极度的巅峰当中，可以清楚地把握李锋的想法，不过却更加幸福。在这种情况他还考虑到自己的感受，也许，没有也许，不管将来怎么样，现在都值了，不会后悔的！

这是唐灵在心中告诉自己的，所以她缓缓地闭上眼睛。这是暗示。

李锋再笨也明白了，缓缓地压了下去。

惨叫……

不是唐灵，是李锋，怎么可能不痛，唐灵下意识地咬住了李锋的胳膊，而李锋哪敢用力，他的肌肉一旦绷紧，会撞掉唐灵的牙的，这一口可是咬了个结结实实，但是李锋的痛楚很快被无边无际的快感淹没了！

"不，不许动，敢动，就咬死你！"

此时的唐灵像个发怒的小猫，可是哪怕是张牙舞爪的样子对李锋也是刺激，怪就怪唐大小姐太美了，从小的保养，让她的肌肤是那样完美，让人看了都忍不住想咬一口。

一刺激，李锋就更兴奋，而直接反应到唐灵那里，眉头又是一皱。

这绝对是永远难忘的一刻，无论对李锋，还是唐灵。

亚朗A级军事学院的双子星楼的十六层，一对男女正进行着人类诞生以来最原始最重要的一件事儿。

不知过了多久，两人才平静下来，唐灵连手指头都动弹不了了，像小猫一样窝在李锋的怀中。

此时的李锋却无法平静，天啊，这是梦吗？手轻轻抚摸在唐灵那绝美的身体上，小公主此时是那样让人怜爱，同时一种难以言喻的自豪感涌上心头，如果说唐灵会看上他，恐怕没人会信，包括马卡，平时开玩笑和鼓励是一回事，其实就连马卡也认为两人的可能性接近于零，可现在……

"还痛吗？"李锋不知道该说什么，下意识地问道。

休息中的唐灵睁开星星般的眸子，可是连瞪李锋的力气都没了："流了那么多血，你说呢！"

床上到处是血，当然身下这一块是属于唐灵的，唐灵自己也有点淡淡的留恋，也许每个女孩变成女人都是这样吧。

"好像大多数血都是我流的吧。"

李锋忽然冒出一句，唐灵一呆，忍不住笑了起来，身体一抖就有些痛……这个时候竟然还能说笑话。

唐灵整洁的卧室已经被李锋破坏得凌乱不堪，床上有个黑黑的大脚印，也预示着，这个房间从此多了一个男主人，唐灵的心中也多了一个印记。

"……我想洗澡……"

李锋当然不会犹豫，立刻抱起唐灵。

"坏蛋，我自己会走，放开我。"

"那可不成，公主有事儿，我当然要亲自服侍！"

"……不许乱摸……啊……"

两人嬉闹着走进了浴室，显然今天两人什么事儿都不用做了，不久的将来，这对一起走向成年的男女将影响整个人类的未来……

第57章
就是心动

　　破天荒第一次，李锋早起了，比往常提前了十分钟，基本上李锋可以控制自己的醒来，本来他可以再睡的，但是感觉到压着自己胳膊的光滑身体，想睡也不成了。

　　天刚蒙蒙亮，李锋有种做梦的感觉，幽暗的屋子并不能给他的视线构成阻碍，唐灵柔美的身体完全在他的视线掌握当中，而他昨天竟然拥有了这天使般的身体。他心中涌起了浓浓的自豪和感动，唐灵这样的小公主，竟然会喜欢上他，真的很意外。

　　虽然这个时代男女之间的事儿很平常，根本没人在意，但是对像GAD这样的名门望族，一些东西还是蛮重要的，可是昨天唐灵竟然给了自己，其实如果唐灵真的拒绝，昨天绝对不会发生什么，但她没有，望着熟睡的唐灵，李锋一动不动，生怕自己吵醒了疲惫的睡美人。

　　李锋不知道魔鬼金是怎么改造的，反正拥有了怪物一样的身体，连某方面的能力也有些怪异，唐灵可不是普通的女孩子，体质是很好，可毕竟很柔弱，也许是不服输的意志在作祟，竟然非要跟李锋对战，初尝禁果的两人可是不知天高地厚地折腾了很久，直到唐灵完全没了力气。看得出，小公主那水汪汪的眼神中充满了满足，这让李锋也颇为自豪，以后总算能在马卡面前抬起头了，可是处男生涯一去不复返了！

　　可能是被李锋看得久了，唐灵也慢慢翻了个身，大好的身材彻底地展现在某色狼的面前，大清早的，李锋立刻有了反应，这可让唐灵非常不舒服，小手非常随意地拍了过去。

　　冷汗……

　　唐灵大小姐还是被吵醒了，看着龇牙咧嘴的李锋，闪烁着无辜的大眼睛关心地问道："怎么了，昨天不是没事了吗？"

　　"没事，只是不小心撞了一下。"

　　唐灵红着脸转过头，昨天太疯狂了，现在想想都羞得抬不起头。望着唐灵柔美的身躯娇羞的表情，李锋温柔地搂着小公主，轻轻地抚摸着她的长发，不过这个时候他的嘴有点笨，如果是马卡，肯定会说很多情话，哄小姑娘开心，李锋可没做过这种培训，但是温柔体贴的动作还是让唐灵很舒服。

　　"啊，几点了，不会误了上课吧。"

　　"才五点多，只不过今天的晨练要取消了。"李锋笑着说。

　　"老实交代，是不是蓄谋已久了？"

　　两人都没有起床的意思，躺在床上互拥着说说话也是世界上最开心的事儿，这对于处在恋爱甜蜜期的男女再正常不过了。

　　"我坦白，请从宽处理吧。"

"哦,是吗?那以后你就归我管理了,要好好表现,不然本大人照样开除你的家籍。"

本来以为唐灵会发脾气或者哭闹中,而实际上,唐灵并没有那样,看得出她的眼神中还是有淡淡的惋惜,不过却没有对李锋怎么样,这让李锋很感动,唐灵真的不仅仅是外表出众,聪明,家世好,她的心也是这类女孩子中少有的。

感动得李锋说不出话,只能紧紧地抱着唐灵,唐灵也不说话了,从这拥抱的力度她感觉到了窒息的温暖,不过她宁可沉醉其中。

这时,时间过得是飞快的,一会儿就七点多了,什么训练早就被李锋扔到九霄云外,恋爱的力量实在太强大了,超人也挡不住,何况李锋。当恋恋不舍地离开唐门房间时,这才醒悟,他一晚上没回去。

幸好不会有什么查房,但是并不代表没人管。

"马卡,你蹲在那儿干吗?"

一大早的马卡竟然蹲在宿舍的花坛旁边,像色魔一样眼睛乱瞄,显然这里美女的精英身份并不能阻挡他对美的追求。

一听到李锋的声音,马卡同学立刻蹦了起来:"好小子,昨晚跑哪儿去了,天讯也不接,不是说好要让我参观一下你的五星级宿舍吗?夜不归宿啊,李锋同学胆子蛮大的嘛!"

马卡的眼睛如同红外线一样在李锋的身上扫描着,以他豺狼般的嗅觉,昨天肯定发生了什么事儿,别人不了解李锋,他可是太了解了,这家伙生活规律得像机器人,而昨晚竟然……

"啊,忘了,哈哈,没事,走,现在也成!"

马卡一把拉住了李锋:"李锋同学,你觉得在未来的八卦之王面前转移话题是明智的吗?有香水味儿,香奈儿幽静森林系列!"

李锋头痛了,忘了这家伙的狗鼻子,当然马卡自己是非常自豪的。

"是吗,我可不懂那些奢侈的东西,可能是在图书馆无意中弄到的,昨天熬了一夜,我们学校的图书馆真是好啊,哈哈,哈哈哈。"

马卡有点狐疑,不过也抓不到什么证据,反正李锋是透着古怪,可要是说李锋突然有了女朋友,他也不信,最近李锋身边只有唐灵。想要泡到唐大美人,恐怕需要明星级别的实力,他都不成,李锋的可能性也不大,虽然两人是朋友,朋友和女朋友差一个字,却是天壤之别。

到了李锋的房间,马卡开始了愤怒的毒气攻击,学校太无耻了,差别竟然这么大。不行,他一定要努力,明年也要搬进来,凭这样的地方,泡妞还不是无往不利!

"怎么样,还不错吧?"

"嗯,重力室可以放个超大号的浴池,床肯定要加上厚厚的垫子,几乎是完美的,听说你们这儿网速也很好,下载很快,嘿嘿。"

李锋一头汗,这是学校,不是娱乐场所。

第58章
震爆八卦

　　两人闲扯了一会儿就得去上课了，马卡还信誓旦旦地要给李锋介绍新闻系的美女，很多女孩子对李锋还是很感兴趣的，只不过她们感兴趣的是李锋特招生的身份，马卡要传授李锋几招散手，一世人，兄弟帮兄弟，在光辉的大一，军训之前，一定要帮助李锋同学变成真正的男同胞。

　　这一周的课程都是以基础和介绍为主，李锋继续冥想，只不过这次是唐灵的形象占了半数，其间两人还运用天讯偷偷地交流着，两个初尝禁果的年轻人实在是不愿意分开，中午肯定是共进午餐了。关系有了飞跃性的发展，相处的感觉自然不同，唐灵也毫不顾忌地挽着李锋的胳膊，这让李锋有点意外，毕竟没唐灵的允许，他并没有想公开这种关系，但是唐灵显然要比他大气得多。

　　既然选择了，就要负责，而唐灵也不怕别人说什么，再说，她也感觉到了一些威胁，不跟李锋接触也就罢了，一旦和他相处，就会发现他的魅力，既然最大的甜头都给了，自然要排除竞争对手。

　　当唐灵亲密地挽着李锋出现在校园，又是一场风暴。

　　这也有点太迅捷了，很多以唐灵为目标的男同胞甚至还没来得及发起攻击，唐灵这就沦陷了？

　　可是从唐灵甜蜜的表情来看，这肯定是毋庸置疑的。

　　如果是有恋爱经验的，在亚朗这种地方，尤其是他们本身就是风云人物，肯定会低调行事，或者发展地下情，但显然无论李锋还是唐灵都不在乎这个。唐灵是什么人，GAD的公主，从她懂事开始，就没什么事儿是她决定不了的，而李锋看起来好像很普通，但他才是真正的与众不同，只要唐灵没意见，李锋并不会在意其他人的眼光。

　　两人是旁若无人地出现在公众眼里，可把校园的八卦圈震得天翻地覆，李锋直攀本年度最受期待人物，不过有相当一部分是想看热闹的，李锋的背景没什么可隐瞒的，很快被调查出来，家庭很普通，人们都在猜测这段恋情能维持多久。

　　"你今天吃得很多啊？"

　　现在李锋可不是只顾着自己吃东西了，其实秀色可餐是非常有道理的。

　　唐灵有些羞赧，某种运动做的时间长了也会肚子饿的，唐大小姐娇艳动人的模样可是引起了周围人各式各样的猜测。

　　"对了，你玩宇战吗？应该知道刀锋战士这个人吧？"唐灵连忙转移话题，男人天生就喜欢逗女孩子，女孩子可没几个能扛得住的。

　　"玩的，刀锋战士啊，怎么了？"

李锋没有正面回答，面对唐灵，让他隐瞒实在是很困难的事儿。

"干吗，吃醋啊，不用担心，天知道刀锋战士是方是圆，其实对于机战研究，一个优秀的驾驶员非常重要，我们的试验遇到了一些阻碍，军方的驾驶员也无法操作。"唐灵小口地喝着果汁，看得李锋一呆，不禁想问上帝，为什么女人能对男人产生如此大的吸引力呢？

"这倒是，好的驾驶员能说清楚机动战士设计过程中的一些问题，如果有机会我可以试试。"

李锋主动请缨，对机动战士他可是向往很久了，现在军方的那些机动战士都不足以发挥出他的战斗力，哪怕再难操作一些的他也能完成。

唐灵吐了吐小舌头："这可不是我一个人能决定的，……不过看你昨天那么大力气，想来这方面很强，我可以……"

说着说着，唐灵才发现这其中巨大的歧义，尤其是看着李锋似笑非笑的样子，忍不住重重踩了他一脚。

"你坏死了！"

小女人说出这句话的风情，真的要亲自体验一下才明白，浑身如同触电一样。

李锋无辜地耸耸肩："我什么都没做，什么都没说，冤啊我！"

旁若无人的温馨午餐，李锋可能没想到吃饭也能吃得这么开心。正处于暑期，午休时间比较长，不过两人都属于精力旺盛型，还有一些问题昨天没有讨论完，今天可以继续。

只要是震撼性的消息，传得总是飞快，军校也不例外，有望成为新校花的唐灵被人捷足先登了，这个消息对于众多美女爱好者来说可真是一个重大打击，听到这个消息的马卡吓了一跳，不过他的同学用非常羡慕的眼光拍拍他的肩膀。

"马卡，你那同学还真不是吹的，牛啊，真如你所说，以前怀疑你，真是孤陋寡闻。"

"等……等等，你说唐灵的男朋友是李锋？"

"是啊，两人亲密地手挽手，共进午餐，很多人都看到了啊。"

靠，难怪会觉得熟悉，那香味正是唐灵用的香水。这臭小子，明知道他最爱八卦，竟然瞒着他，不行，得去找他算账。啊！他昨天一夜未归，难不成？

马卡仔细回想着早晨见面的样子，男孩变成男人是很难辨别的，但气质上还是略微有些差别，尤其是和李锋熟得过头的马卡，天啊！

马卡忍不住爆出一句粗口，赞美上帝，难道李锋同学昨天来了一次完美的初夜？和唐灵？

有这可能吗？

马卡忍不住了，冲了出去，凭着男人的第六感在半路截住了李锋，一看马卡满脸通红的样儿，李锋第一时间捂住他的嘴，对唐灵说："你先去图书馆等我吧，我要和这小子进行一点男人之间的谈话。"

唐灵笑着点点头，这两人的嬉闹也不是第一次，马卡的那点爱好她也清楚。

马卡把李锋拉到路边，两眼瞪得像金刚："说吧，做了？没做？做了？没做？到底做没做啊！"

汗……

"咳咳，你这家伙是男人吗？能不能不要这么八卦，虽然我们两人很熟……"

马卡白眼一翻："别讲大道理了，咱们一个内裤都穿过，有什么不好意思？好兄弟，我发誓绝不说出去，到底做了没有？"

第59章
吃醋

"汗，这可不是我一个人的事儿，打死也不说。"

"天啊，天啊，天啊，这样的好事儿怎么会落到你这个青萝卜身上。天道不公啊，以后晚上一定要多出去逛逛！"

"干吗？"

"等流星！哈哈，放心了，该说的不该说的我有数，你小子，恭喜你，唐灵是我见过最棒的女孩子，你小子有福了，不过也有难了！"

马卡狠狠地拍了拍李锋，果然得他的真传，青出于蓝而胜于蓝啊！

"有什么难？"

"汗，你也太天真了，像唐灵这样优秀的女孩子，怎么会少得了追求者。恋爱并不仅仅是两人的事儿，很多家伙并没有放弃，少不了会出一些死缠滥打的，但凡敢这样的，肯定都有两下子，虽然和唐灵接触不多，但她确实是现在少有的好女孩，明着的，没什么作用，但你要提防有人使阴招。"

李锋汗了一个："有这么夸张吗？"

"哥们，人心险恶啊，唐灵不仅仅是少有的美女，更是GAD的继承人，想成功还有什么比夺取她的芳心来得更快的吗？财色兼收，你不这么想，并不代表其他人不这么想。"

马卡说的是实话，他也是出身商人世家，虽然接触不多，可商场的事儿听多了，对人心也有了相当的了解，学生时期的女孩子是最容易上手的，他敢保证绝对有很多人都等着大学期间向唐灵下手，谁想到会突然杀出李锋这么个程咬金。对于障碍，这些人会做出什么样的举动，谁也不知道。他替李锋高兴的同时也有些担心，只是现在自己兄弟正在恋爱，不好说这样扫兴的事儿。

"放心吧，难道你不觉得我也不错吗？"李锋酷酷地挺挺胸肌，两人一起大笑。

只是马卡没注意，李锋的眼里闪过一丝寒光，对于胆敢冒犯他和唐灵的人，他是绝对不会手下留情的。小看他，是要付出代价的！

马卡并不想做灯泡，很快就放过李锋，不过这不是一顿KFC就能完事的，至少要必胜客！

正如马卡所说，唐灵谈恋爱的事儿，确实引起了不少人的注意，当然不少人也很不爽，只不过他们并不在意，在他们看来，这世界上没有拆不散的感情，何况李锋只是个穷小子，可能有点才能，但有才能又怎么样？对这些人来说，想要干掉他，就跟捏死一只蚂蚁那么容易，但唐灵毕竟不好惹，如果被她查出什么反而不好，这些人只能想其他的办法，不过在学校的时间还很长，可以慢慢对付这个叫李锋的小子。真是不知天高地厚，追

第59章 吃醋

女人也要看身份啊！

正在和唐灵讨论问题的李锋，突然冒出一句："今天继续吗？"

唐灵一呆，紧跟着李锋就发出惨叫，周围的学生不由侧目，李锋连忙道歉，唐大小姐却是一脸的得意，小声道："想得美！"

刀锋战士这么出名吗？

李锋随口问同班的一个同学，那个同学以一种非常怪异的眼神望着他，仿佛他是从火星来的。

所以李锋决定去网上查一下，很久没看了，他自然知道会带起一点人气，可连唐灵都注意到了，那他就必须看一下。

汗……

一打开宇战的官方网站和论坛，铺天盖地的全是关于刀锋战士的消息，比较显著的位置，几乎全是刀锋战士的交战录像，跟死亡骑士的一战，现在正处于最高的热炒期，到现在讨论热情还没有降低。

李锋也是人，看到有这么多支持者，也有些心潮澎湃。看得出有很多人真的是毫无私心地支持他，这就是传说中的粉丝吧，只是没想到自己竟然也有这样的人，李锋看了很多，不知不觉中，他觉得自己多了一种责任，以前那种随意消失实在有些对不起这些人。

看了很多很多，李锋也有很大感触，有支持者，有反对者，有质疑者，但总归他们都是关注者，这让李锋体验到了另外一种滋味，那就是认同，认同也带给了他力量。

有一个刀锋迷写了一篇近万字的评述，里面讲解得非常详细，甚至……有些李锋自己都没考虑过，全是下意识的反应，随手就发了一个回复指出了几个问题和自己的想法，李锋也没怎么在意就去找唐灵了。

去唐灵宿舍的时候，李锋自然很小心了，虽然唐灵是他的女朋友，但是这么快就发生关系或者留宿，总归对唐灵的名声不太好。唐灵不说，他自己可要注意保护自己的小公主。

好在特招生的楼人流比较少，戴着个帽子，李锋就悄悄溜了进去。

一开门，唐灵看到李锋的打扮忍不住笑了出来："你这是做什么，偷地雷吗？"

"不是偷地雷，是抢某个小美女，来，亲一下。"

说实话，唐灵怎么是李锋的对手。

关上门，一把拉住唐灵，抱进怀中就是一个热吻。不得不说，现在的待遇真的不同，唐灵也温柔地迎合着。不一会儿，唐灵就有些迷离了。

"要不，先来一场？"凑到唐灵的耳边，他小声说道。

"坏死了，整天就想这事儿，那里……还没好，再忍一天吧。"唐灵的头都快低到胸口了。

温存了好一会儿，李锋才放过唐美人，他真是凭借着超强的自制力才忍住的。

"啊，你也玩宇战？"

唐灵看着正在响着的游戏室摇摇头："以前不玩的，最近在琢磨您的变形动力系统，可是缺乏一些想象力，所以想看一下游戏中的幻想机型，虽然很多地方不符合设计原理，但希望能带来一些灵感。"

第60章
蜜里调油

"呵呵,我可是这方面的高手,那刀锋战士也不是我的对手。"

"哦,你这么厉害吗?这刀锋战士可是最近红得发紫的玩家,连政府都试图找他呢,可惜都一无所获,真是个奇怪的人。"

"哼,他有那么好吗!"

怎么也没想到,竟然有一天要吃自己的醋。

唐灵坐在李锋的腿上,忍不住拍了拍他的头:"看不出嘛,以前一直无视我的存在,还以为你的心胸多宽广,原来是个醋坛子。"

……

"天地良心,我什么时候无视你了?再说,我是不会吃他的醋的。"

"还说,人家的生日宴会,你竟然敢缺席,那是我第一次主动邀请一个男生,知道我有多生气吗?"唐灵的小拳头忍不住搔了几下,可惜打在李锋身上像是按摩。

"哦,原来那个时候你就开始喜欢我了。"李锋恍然大悟道。

"是啊,那……谁喜欢你了,坏死了,坏死了,就知道欺负我!"一不小心被套话了的唐灵愤愤不平地敲打着某坏人。

"奇怪,那个时候的我好像平淡无奇,你怎么会注意我呢?"

"干吗告诉你,这是我的秘密,不说!"

情人之间总是有无数的话题,两人窃窃私语的时候,时间就飞快地过去了。

这个时候宇战网站上的消息提示声不停地响着,让沉浸在爱河中的两人不得不注意。

"刀锋战士现身?"

李锋和唐灵面面相觑,李锋更是疑惑,他什么时候现身过?

这段时间并不是没有人在论坛假冒刀锋战士,但是根本没人信,很容易就被识破,这年头谁也不是白痴。

唐灵打开网页:"好像是他在某个论坛回复了,虽然是匿名,但口气和叙述的内容和刀锋战士非常像。"

"这家伙有这么红吗?随便发句话也能引起这么大的轰动。"

"他可不是一般的红,在视频人气榜上,只有他能和NUP的天使安吉儿一较高下,与其说他是个玩家,不如说他是大众明星。如果他肯代言的话,肯定会赚很多,尤其是代言与宇战相关的产业。不过这人很神秘,好像对这些并不在意。"

虽然知道是自己,李锋还是把唐灵的身体抱正:"哼,他和我交战,我一定会打他个落花流水,这小子以前可是百战百败!"

唐灵眼中闪烁着狡黠的光芒，轻轻抚摸着李锋的脸："你知道吗，你关注我的样子实在太可爱了。哼，以前总当我不存在，现在才知道我的好啊，知道我的厉害了吧！"

瀑布汗……

"你一直……"

"没错啊，不过说真的，好戏才刚刚开始你就投降，太没意思了。"唐灵噘着小嘴，此时活像个小妖精，李锋怎么也想不到小公主唐灵也有这么顽皮的一面。

"竟然敢骗我，看我怎么惩罚你，打屁股！"

唐灵立刻跳了起来："不行，不行，人家又不是小孩子。"

"这可由不得你了，欺负了我这么久，总要讨回点利息。"李锋笑眯眯地步步逼近，唐灵只能一退再退。

"人家不敢了，锋哥哥，饶人家一回不成吗？"唐灵发动了楚楚可怜的攻势。

可是哪有狼会放过羊的？

一声娇呼，唐灵这个小羊羔已经被捉住了，李锋小心翼翼地把她放到自己腿上，今天唐灵穿的是裙子，尤其方便，手已经抚了上去，挣扎的唐灵也软了下来，不过李锋的手却没动，他不敢啊，如果这样发展下去，他会忍不住的，唐灵还没好，他只能叹了口气把小美人扶了起来。

此时唐灵也是呼吸急促，自然明白李锋为什么停止，小手在李锋的胸口画着圈圈，银牙一咬："轻一点的话，应该还忍得住，啊……"

开始是有点痛，但是很快就麻木了，这一闹腾，又是很长时间的一场，直到唐灵没了力气，像水一样，李锋仍然留在那里，这种拥有的感觉真好。

唐灵咬着嘴唇，尽量忍住那一波波的快感，这样下去还得了，快成小荡妇了。一想到这个词，唐灵也有些害羞，实际上情侣之间在床上还要有什么束缚的话，那才叫有问题。

"你想知道刀锋战士是谁吗？"李锋决定告诉唐灵，如果有需要，他愿意帮助她。

"不想知道。"唐灵慵懒地趴在自己男人的身上，享受着激情后的充实和温暖，"试验的战士军方正在挑选，只是他们提到过这个人，我才看了一下。"

"虽然没驾驶过真正的机动战士，但我可以适应八倍的重力，基本上只要不是太离谱的机动战士我都可以试试。"

"八倍？"唐灵惊得差点坐起来，不过这只是一种想法，她也只是微微动了动，然后就更舒服地窝在李锋的身上，这可比床舒服多了，"听说只有王牌驾驶员和改造人才能承受这样的重力，你？"

"呵呵，我大概有这方面的天分吧，只有你知道。"

唐灵当然知道八倍重力意味着什么，以李锋的年纪竟然可以承受这个数字，那经过训练之后，天晓得他会达到什么样的境界！不过唐灵真正在意的不是这个，而是李锋愿意和她分享秘密，她温柔地亲吻着李锋的胸膛："试验是很危险的，我可不能让你冒险，嘻嘻，我就知道自己的眼光很厉害。"

唐灵突然的亲吻，可让李锋有些承受不住，刺激性太强，"小宝宝，要不再来一会儿吧。"

"你才是小宝宝，啊……"

李锋真的有种身在天堂的感觉，能有唐灵这样的女友恐怕是每个男人的梦想吧，外在条件不用说，更难得的是真性情，在某些时候更是诱人得像是魔女，完全本能的诱惑，欲罢不能啊……真的不是李锋同学定力不够。

第61章
一举两得

李锋并没有在唐灵那里留宿，毕竟碍于唐灵的身份，两人总不能大张旗鼓的，何况现在已经有人关注了，休息了一会儿两人才依依不舍地分开。看着唐灵如同下凡仙女般的面容，李锋差点迈不出步子，但是他知道自己不能沉溺其中，不然唐灵也会看不起他的，何况他自己也有很多事情。

回到自己的宿舍，李锋第一件事儿就是进行恢复性训练。果然有稍微的影响，虽然不是很明显，但是李锋能感觉得出，这两天有些太荒唐，不过也没什么，如果连人生大事都忽略掉，那活着还有什么意思。

也没有运动太久，主要是四倍重力的适应，和短时间的六倍重力运动，其次就是肉搏锤炼，幸好没人看到，李锋所施展的功夫，可不是什么花哨比武的招式，而是真正的杀人术，这是魔鬼金总结的几项，虽然不能说是尽善尽美，但是绝对不比世界上任何军队的杀招差，快、狠、准发挥得淋漓尽致，配合李锋的恐怖力量，如果直接攻击在人体上，可以想象会是什么样的状况。

一套功夫施展完毕，如山林之松，稳而不动，诡异的杀气瞬间收敛，睁开双眼的李锋也恢复了常态。

冲了个凉水澡，李锋开始琢磨下面的方向了，比较基础的数学理论差不多都掌握了，再往下就是比较高深的，其实他并不是研究人员，没必要继续深入，掌握这些对机动战士运行有关的一些计算已经够了，不过要运用到施展中，宇战中的模拟战肯定是不成的，一定要真实的机甲才成，游戏虽然仿真度高，可操作上还是简单很多，不然玩家怎么玩。

怎么才能弄到一台真正的机甲呢？

买……貌似钱不够啊，正规途径是不可能的，政府有严格控制，私人武装也只有像GAD这样的大集团才成。其实跟唐灵请求的话，肯定很容易，但李锋是男人，这点自尊心还是有的，就算唐灵送他，他也不能要的，唯一获得的途径就是黑市，不过价格相当昂贵啊，而且就算买来也没地方放，真是麻烦，可惜魔鬼金现在自顾不暇，不然这家伙说不定有办法。算了，人还是要靠自己，总会有办法的，进入了亚朗，已经有五成以上的机会。

刚才唐灵好像说有人自称刀锋战士，冒充者吗？他倒不是很在乎，只是如果冒充者打着他的名义骗人可不成。

宇战的论坛上正吵得翻天覆地，李锋回复的那个帖子也是最近比较热的，主要是那哥们的评价受很多人的推崇，也难怪李锋会有共鸣，网上自然不乏一条一条评论看的，等看到李锋的回复，不知是谁产生了怀疑，然后这条回复就被推了出来，很快引起玩家们的热炒。

李锋看得也是哭笑不得，这年头推理都这么厉害，仅凭这个就敢判断。不过还真被他

第61章 一举两得

们蒙对了。

打开官方用户网站，竟然有好多的系统信息，显然他们也很想跟李锋交流一下，看是否能在战斗前发个预告，也好让他的支持者准备一下，如果是以前李锋肯定直接无视，可是在感受到众多支持者的真诚后，李锋不得不重新考虑，其实发个预告对他也没什么影响，反正对方也一样无法查到他的踪迹。官方愿意为每个预告支付五万联邦盾？

汗……怎么赚钱这么容易了？

李锋晃晃脑袋，这是什么年头，父母一年不吃不喝才能赚到的钱，自己的预告就值这么多？

有钱的好处，李锋自然不能忽视，钱虽不是万能的，可是没钱的日子可不好过，没钱他就别想进高级健身会所。如果跟唐灵约会，总不能以后都让唐灵付账，那也太伤自尊了，而且以后要想买什么运动器械，甚至将来真要买机动战士的时候，再想赚钱就来不及了！

所以李锋就主动联系了官方。

刀锋战士不上线的时候，工作人员也不会疯狂地忙碌，监管部门的人只是盯着屏幕，以防出现什么故障，客服人员则不断地接收着各式各样的提问和投诉建议，突然一个女客服人员发出一声刺耳的尖叫后猛地站了起来。

哗啦，所有人的目光都向这里集中，主管的眼珠子都发绿了，活见鬼，他刚刚还在琢磨儿子的生日礼物，差点吓出心脏病。

不过很显然尖叫的女客服比他还要激动："主，主管，快，快，是……刀锋战士！"

哗……

周围的工作人员一拥而上，瞬间把这里围了一个水泄不通，而胖主管此时灵活得像跨栏运动员，直接从桌子上跳了过来。

等看到屏幕的回复之后，他立刻拍了一下桌子，脑袋瞬间冷静下来："快，立刻向他要联系方式。不，以他的个性肯定不喜欢这个，这样，让他登录宇战，我和他在里面聊。"

"是，主管！"

工作人员立刻各就各位，神秘的刀锋战士第一次主动联系，这可是特大号事件。

很快李锋就接到了回信，对方是聪明人，跟聪明人打交道很舒服，接通宇战，这次李锋选择了隐身状态。

"请问是刀锋战士吗？"一个系统人物走了过来。

"是的。"

"您好，我是宇战客服部的主任，代表公司全权跟您谈判。"

"很好，那我们就直奔主题，我可以预约战斗。"

155

第62章
协议

胖子极力压制心中的激动，神啊，赞美你，只要搞定这个case，他有百分之一千的升职几率，脑子有点涨："太好了，我代表广大宇战玩家感谢你，按照约定，只要提前三个小时跟客服部发信，并得到回复，而您准时进行了比赛，我们将支付五万联邦盾，此预定，每一个月重新协定一次，如何？"

"十万！"李锋冷冷地说。

他是漫天要价，总不能对方开什么就算什么。

十万？胖子心中也一紧，这个价格，可有点风险啊，可是机会难得，如果能提前三个小时以上预定，天啊，至少会有翻一倍的收视率，……奶奶的，撑死胆大的饿死胆小的，赌了！

李锋不在乎，胖子主管可是担心得要死，刀锋战士太神秘了，而且对方的声音又那么冰冷，生怕一个还价，对方就消失了，那他撞墙都没地方。

"好，十万，相关合同我们会在一天内发到您的邮箱中。"

"很好，再见！"

主管呆呆地望着消失的BS001，运气，运气，看他的脾气肯定是个说一不二的冷酷家伙，如果刚才一犹豫，那他的前途就没了。

下了线的李锋也有些茫然，一场比赛预告十万联邦盾，这都成?

当然他也知道，比赛绝对不会那么简单，对方肯定会在合同上规定细节，不过这也无所谓，他的每次战斗都是作为实战演练，自然不会松懈，反正自己也没什么可吃亏的。

自己马上就要成为富翁了，李锋也不由得有些乐滋滋的，以前恐怕想也不敢想，幸好经过魔鬼金的摧残，这种程度的刺激也不算什么，李同学的心理承受能力在现在的人类当中绝对是排得上号的强悍了。

WOE宇战游戏公司门口停了一排豪华的磁浮车，显然他们来得都很匆忙，如此紧张肯定是发生了什么大事。

胖子主管站在那里，身体有点抖，长长的会议桌前坐满了WOE的高管和董事会成员，此时众人的表情都很灿烂。

"加尔波先生，你为公司服务也有十年了吧。"执行总裁笑眯眯地说道。

"是，为公司奉献一生是我的光荣和目标！"胖子情真意切地说道。

一干会议人员都微笑点头，全是赞叹和羡慕的目光，一些高管知道，这哥们走了狗屎运，要发达了。

总裁点点头："这次的事件你处理得非常好，敏锐地分析了刀锋战士的心理并作出了最正确的判断，非常好，我们WOE为拥有你这样的员工而骄傲。我宣布加尔波先生从今天开始升为WOE营业部经理，年终奖翻倍，并直接管理刀锋战士这个项目。加尔波先生好好做啊，不要辜负了大家的希望。"

"我一定不会辜负总裁和广大同仁的信任！"

胖子连掏心窝的意思都有了，其他人也非常满意地点头，能做到这个位置的人，除了有能力也都有些运气。人是要有能力，但是运气也是绝对不能缺少的。

走出了会议室，胖子还有些如梦如幻的感觉，望着窗外空中的白云，这一刻他就是刀锋战士的一号粉丝，哪个家伙要是跟刀锋战士过不去，那就是和他过不去。对了，自己儿子也是刀锋迷啊，自己这老爹恐怕是第一个和刀锋战士交流过的，虽然是口头礼物，这小子恐怕也会高兴得不得了！

刀锋战士的每场比赛将由官方发出预告，玩家们可以提前作好观看准备，这是一大清早的新闻。

不仅仅是网站上的公告，而且是在各大电视台上直接播出。

大家正在吃早餐，晨间新闻的美女主播拿出新闻纸："宇宙战争游戏无疑是当今最受欢迎的游戏，深受各年龄层玩家的追捧，由于其在某方面也促使玩家加强了对身体的锻炼，也是很多家长不阻止的原因，而最近一段时间宇战中出现了一个人气颇高的玩家——刀锋战士，如果要说他具体有多红，简单地对比一下，他的对战视频是唯一可以在视频排行榜上和天使安吉儿的MV相抗衡的人，而昨天，这个神秘的玩家跟WOE签订了一份对战协议，让我们看一下记者对WOE营业部经理的采访。"

画面一转：

"加尔波先生，请问您认为刀锋战士对宇战游戏有那么大的重要性吗？"

胖子穿着一身笔挺的西服，"首先，在这里我要代表广大玩家感谢刀锋战士，我个人也是刀锋迷，我儿子也是，昨天是他生日，生日礼物就是我和刀锋战士说过话，我儿子竟然无比开心，这就是刀锋战士现在的人气。"

"哦，是吗，那这合同具体是指……"显然记者本身并不太了解宇战游戏。

"呵呵，我们WOE是绝对遵守法律保护用户个人隐私的，了解的人都知道，刀锋战士并不愿意暴露自己的身份，我们尊重他，他个人的信息仍处于保密状态，在这里我想说的是，广大喜欢刀锋战士的玩家，尽可登录官方网站，查询刀锋战士的对战日期，谢谢大家的支持。"

记者把镜头对准了自己，"刀锋战士真有这么高的人气吗？WOE可能做了一次非常冒险的计划，以上是记者赵兰带来的报道。"

这无疑是刀锋迷最开心的一天，以后不用提心吊胆地等了，而且确定刀锋战士不会突然消失，至于那个记者……这女生是谁啊，连刀锋战士都不认识还敢去采访！

第63章
下马威

对李锋来说，已经定下来的事儿没必要整天回味，钱只是工具，他并不会为了去赚这种钱而一天一场地比赛，生活仍旧是按部就班。

一周转眼就过去了，马上就要进行为期两个月的封闭式军训，是完全参照新兵入伍的模式。李锋已经从学长那里得知了，亚朗的军训是有名的残酷，不是严格，是残酷。有些学生因为无法通过严酷的军训自己退学了，这就是亚朗，顶级军事学院，他们需要的是意志坚定的学生！

不要谈什么公平，什么人权，军校就是军队，军人，就是钢，就是铁！

有些学生已经开始紧张了，而像李锋和萨尔塔这样的早就有些迫不及待了，因为他们知道里面不但有他们想学的，还有货真价实的机动战士，而两人的"切磋"也在军训期间进行，由教官主持。

一辆辆大型磁浮运输车载着新生驶向郊外的军事基地，在那里这些新生将享受两个月的特殊锻炼，如果是郊游，车上肯定是欢声笑语，才开学一周，大家自然有说不完的话题，可是跟其他学校的军训不同，亚朗的学生们一个个表情严肃，像是要上战场似的。

其实这就是他们的第一次上战场！

磁浮车高速行驶着，也不知道是往哪里开的，反正离学校越来越远，离城市也越来越远。半天过去了，一座银白色的钢铁城堡出现在众人的面前，磁浮车缓缓停了下来，军营的外面已经站着一些军官，他们对于每年的军训都相当重视。

望着远去的校车，新生们都感觉到一丝寒意，银色的金属堡垒，还有周围郁郁葱葱的山岭……跟以前的城市生活实在太不同了，绝对有相当一部分学生是第一次来到这种地方。

领头的是少尉，一脸严肃地望着一群唧唧喳喳活蹦乱跳的学生，用不了多久他们就会懂得什么是军人，什么是应该做的，什么是不该做的。

"我叫泰加，是你们这两个月的教官总长，从今天开始，你们就要忘记学生的身份，忘记外界，只要记住，自己是一名士兵。我对你们的要求有三点，所有人都听清楚了，第一是服从，第二是服从，第三还是服从！"

少尉突然野兽般的咆哮让新生们安静下来，呆呆地望着有些狰狞的少尉，不过也有一些学生冷笑着不怎么在意。

"我不管你们有什么身份，有什么来历，在这里都是最普通的新兵，现在，扔掉你们的背包，这里已经给你们准备了日用品，十分钟后抵达训练场，迟到者，罚跑五千米。"

说完少尉带着四个士官长转身离开，看似缓慢却很快进入军营，而军营的大门正在缓缓地合拢。在少尉一转身时，李锋已经启动了，同时启动的还有几个人，跟着少尉同时冲进军营，其他学生愣了一会儿，这才反应过来，他们已经是新兵了，也不管背包里装着什么东西，大家纷纷扔掉一窝蜂冲了进去。能考进亚朗的自然没有白痴，对方也不是在开玩笑。

钢铁大门轰隆隆地合拢，外面留下一堆包裹。

"每年如此，以为是来郊游啊！"

"少尉，今年这批有几个的素质不错啊。"

泰加点点头，何止不错，有两个都惊动了上面的人，他也接到了指令，除此之外，还有几个是不能动的学生，虽然军队是一视同仁，但这几个人背后的庞大势力已经大到了不是他这样一个小小军官能得罪的。虽然不满，可是没办法，命令就是命令，军人不能以自己的想法作为行动准则。

"今天就先让你们明白什么是军人，你们去办吧，随便分组。"

"是！"

四人一齐敬礼，脸上都露出魔鬼式的笑容，现在是操练的时候了。

训练场很好找，学生们很快集中，三五成群地站着。他们很茫然，也许他们在学习上都是人才，可是一个个哪里遇到过这样的环境，如果不是人多，恐怕都不知道该做什么了。

李锋既没有和马卡在一起，也没有和唐灵在一起，在军训前已经说好了，如果他在肯定可以给两人一些帮助，但这并不是好事。人，一定要经过磨砺才能成长，对马卡和唐灵也是如此。

不约而同地，李锋注意到了距离自己十米多一点远的萨尔塔，这家伙也在盯着他，显然两人对这样的环境都不在意，萨尔塔太习惯这样的生活了，相比起地狱般的训练，这里就是天堂。

四个士官长出现了，左边壮得像头熊的士官长向前一步，大吼道："立正！"

不屑地扫视着这些乱七八糟混乱不堪的学生，他们的任务就是改正这些家伙的坏毛病。

"男的左边，女的右边，不男不女、既男又女的站中间。看什么看，立刻，马上，你们这群猪猡！"四个士官长爆吼道。

不过学生们的反应仍旧很缓慢。

霹雳——轰！

电光鞭猛地砸在地上，电光四射，发出剧烈的响声，震得学生们一个个发傻……这是军训还是虐待啊？

"我抗议，你们这是非法的，而且还侮辱人格，我们是学生，我要投诉！"

一个士官长大踏步地走到这个男生的面前，脸对脸，铜铃般的眼睛死死地盯着那个学生。小家伙已经快吓瘫了。

"这是第一次，我给你们一次机会，在这里，只有服从，不服从者立刻滚蛋，明白了没有，嗯？"

　　士官长的声音非常低沉，跟吃人的野兽没什么两样，刚才还在讲人权的学生像兔子一样拼命点头，立刻站到左边。

　　有了榜样其他人就更快了，显然对方并不是在开玩笑，他们只有两个选择：一个是留下，一个是离开。拼了命才考进亚朗，谁也不会离开的，人妖是没的，很快男女就分开了。

　　"哼，在这里，我们会好好地告诉你们什么才是军人，现在，谁都不许动，男生三个小时，女生两个小时，动一下的，跑一千米，加半个小时！"

　　四个军士长分四个方向，静静地瞅着这些学生，冰冷得像死神，学生们不敢动了，这不是开玩笑，看着四周冰冷的钢铁墙壁，他们的军训已经开始了！

第64章
魔鬼式军训

　　十分钟……大家都很好地站直了，十五分钟……已经有人扛不住了，脸痒，脖子痒，想挠挠，可是不敢，忍字头上一把刀，看看教官们万年冰山似的眼光，忍吧！

　　半个小时，已经不痒了，麻木了，腿好酸，头有点晕，为什么天气这么热，全身已经湿透了，有的女生已经开始摇摇欲坠，唐灵的感觉很好，也有些累，但并没有感觉到太阳，如果有人用红外线眼睛就会发现，阳光并不能直接照射到她的身体上，有一层淡淡的光挡住了日光，并反射回去，不过唐灵自己也没察觉。

　　这种小儿科对李锋和萨尔塔来说实在不算什么，两人都眯着眼睛不知道在想什么。

　　扑通……

　　能考入军校必然要过体测关，学生的身体素质大体都是不错的，可是一些女孩子还是扛不住这样的热力，中暑了。

　　四个士官长面不改色："都站好了，不准动！"

　　按了一下手上的天讯，立刻有医疗队赶来把晕倒的学生抬走。那个像熊似的士官长再次发话了："哼，不要以为装晕就能蒙混过关，一旦被发现，直接开除！"

　　一句话让很多学生立刻打消了念头，在这些人面前耍花样显然是很不明智的，太阳丝毫不体会他们的心情，尽情挥洒着自己的光芒。

　　一个小时过去了，女生那边又出现了几个晕倒的，男生确实是强悍些，一个都没有，大家都在咬牙挺，在跟这些魔鬼较劲，谁也不愿意被人骂猪猡、懦夫、软蛋，一个个恨不得生吞了这些教官，还有的干脆直接在脑子里想象如何折磨报复。

　　能进亚朗的学生都有一个共同的特点，那就是意志坚定，虽然没有经过磨炼，但拥有坚强的意志是毋庸置疑的，所有人都在拼命地坚持。

　　两个小时过去了，女生们终于解放，获得了休息的权利，但男生还要继续站着，虽然只有一个小时，可是那感觉实在像一年一样漫长，什么时候才能熬过去啊。

　　男生也开始有人倒下，军士长一甩手非常鄙视地让人抬走，他们也一直在观察，这批学生中果然有几个非常了得，就算是他们自己站在酷日下也不是没有反应，有几个学生仿佛根本不在意似的，甚至还在享受，他们能体会到那种感觉，是享受，而并不是艰苦的忍耐，也就是说这种程度的训练对他们来说根本不算什么。

　　军训也是要计分的，这也是评分的标准之一，教官们心中已经有了决定。

　　三个小时过去了，当熊头宣布的时候，男生们软软地倒下，女生们则在一旁偷笑，指指点点，其实真正熬过去也就觉得没什么了。熊头是大家对教官们的称呼，最壮最喜欢咆哮的叫熊头，脸上有很重刀疤的叫刀疤，另外两个一个叫猴子，一个叫僵尸。

当其他男生累得不行的时候，有四个人根本不在意，黄朝阳、萨尔塔，以及那个看起来相当柔弱的李兰加洛斯，当然还有李锋！

女生们都像在看模特似的评论着，特招生就是特招生，果然不同凡响，这四人脸上都没有出现痛苦的忍耐，自始至终都很平静，像是在享受日光浴。

美女爱英雄，自古不变，女生火辣辣的目光在四人身上转来转去。

李兰加洛斯自己找了个地方坐下，萨尔塔也是，他不喜欢扎堆，黄朝阳却是和自己班的人凑到一起，有说有笑，亲和力很强。

四个士官长对了一个眼色，微微点头。熊头又开始吼了：

"现在，全部立正，男生三千米，女生一千米，跑完的可以吃饭，落到后面的没饭吃！"

汗……

一提到吃，所有人的肚子都咕咕叫了，就是一万米也得跑，何况晚了就没饭吃，这可不是开玩笑的，女孩子也不顾形象立刻冲了出去。

刚刚站了那么久马上就要进行长跑可是苦了众人，尤其是那些一结束就一直坐着的女生，此时腿都有些抽筋。

在别人痛苦的时候，有四个人又较劲了，萨尔塔一马当先，完全没受影响，后面是黄朝阳，然后是李锋和李兰加洛斯，两人都是不紧不慢，以前李锋对这个长相清秀飘逸的男人并不太在意，可是从刚才的表现看，他是看走眼了。

两人倒是有点相似，并不像萨尔塔和黄朝阳那样激进，李兰加洛斯也饶有兴趣地望着李锋，互相笑了笑，有一种淡淡的认同感，而前面的萨尔塔已经加速，但是无法甩掉身后的三个人，当然他也没有用全力，意气之争，显然太小儿科，跑最快，并不能说明什么。

不过四人的能力倒是把四个教官看得不住点头，看来这就是本届的四个特招生了，往年只有一个，两个都算多，还时常没有，而今年一来就是五个。嘿嘿，他们可是最喜欢操练这些特招生的！

那个领头的萨尔塔应该就是这些人中最厉害的一个，呵呵，这才是第一天啊！

可是变化还是出现了，四个特招生已经超了很多学生数圈，到了最后的三百米，黄朝阳突然加速，这一变化立刻带着萨尔塔也加速，萨尔塔就喜欢有斗志的对手，没点竞争还有什么意思？他正无聊着呢！

黄朝阳和萨尔塔突然冲刺，也让李锋和李兰加洛斯不得不提速，年少气盛，不争便罢，要争的话，谁怕谁！

"李锋同学，我们也加点劲儿吧。"

"请！"

嗖……

一些学生傻眼了，四人正以难以置信的高速朝着终点冲去，那个叫李锋的，还有有点娘娘腔的李兰加洛斯竟然像利箭一样冲了过去，很快追上了萨尔塔和黄朝阳，四人并驾齐驱互不相让一同朝终点冲刺。

可惜……距离太短，根本不够他们冲的。

四个军士长看着自己的天讯，猴子舔舔舌头："这四个小子在最后冲刺，竟然到了百米九秒一，嘿嘿，太有意思了，这体质在NUP中也算好的了，看来都是经过特殊训练的。"

四个军士长也没有太惊讶，没两下子就不算是亚朗特招生了，不过今年这几个与往年还是不太一样啊。

第65章
磨炼

李锋四人在冲过终点之后，显然都是非常感兴趣地望着其他人，像是发现了新奇的玩具，不过谁也没有开口。

"你，你，你，你，可以去吃饭了！"

四人也没有理会教官，朝着食堂的方向走去。

"哈哈，被无视了，这四个小子很狂妄啊。"

"老子最喜欢的就是狂妄的人，只要他们有本事。唉，如果全是这样的多省心，当保姆真无趣！"

"你，你，你们这些猪猡，快点，在爬吗？还有你，别站着，想树旗杆吗？"

"快，快，快，落到最后的人没饭吃！"

被这么一吆喝，学生们不得不加速，心中不停地咒骂，可是没办法，已经有人陆续去吃饭了，如果晚了，可就真的什么都吃不到了。

不过并没有想象的那么恶劣，也许是第一天，每个人都吃到饭了，只不过越晚的人吃得越差，可哪怕是最难吃的饭，此时吃起来也像满汉全席，饿啊！

第一天，大家就留下了深刻的印象，未来的日子不好过啊！

也许是良心发现，当天晚上竟然没有闹腾。很快分配好了宿舍，单人间……做梦啊，三十到五十人一间，集中化管理。

教官只是每人发了一本军训手册，所有需要了解的东西都在上面。

不看？可以，但是千万不要犯错。

进入亚朗的学生们，终于把那种喜悦感和兴奋感抛诸脑后，现在他们要学习的是如何生存下来。

没人聊天，实在是太累了，折腾完毕就已经快十点了，天晓得明天会有什么样的地狱训练，休息好才能战斗。

呼呼的一夜……

早晨五点，紧急集合的铃声就响了起来，一群公子小姐哪里受过这等折腾，但是如此爆响的铃声想不醒也不成啊，可是很多人还是想赖床，哪怕再躺五分钟。可惜，时间不等人啊。

"集合，集合，五分钟到操场集合，迟到一分钟罚跑一千米！"房顶上的扩音器吼道。不用问肯定是熊头，那粗不拉叽的嗓门。

但是一千米的惩罚还是让这些娇嫩的学生清醒过来，迅速穿好衣服冲了出去，恐怕也是打破了不少女生出门化妆的习惯。

第65章 磨炼

李锋四人已经早早地站在操场上，四人没有看对方，但是心里都在暗自较劲。第五个出来的竟然是唐灵，这倒是让众人有点意外，GAD的大小姐有如此表现确实让人意外，一直以来都认为她应该是个娇柔的公主，但现实否定了这个猜测。

李锋的目光一到唐灵的身上就变得温柔起来，两人也不用说话，眉目传情就能表达无数的意思，小美女自然有向李锋邀功的味道，仿佛在说，看吧，我很厉害的。

唐灵抵达不久，慕雪就到了，入学的榜首显然也不想比任何人差，她也很努力，明显这个女生已经料到会有这种事儿，晚上根本就没脱衣服，铃声一响，花了十几秒让自己清醒后就冲了出来，本来以为自己会是第一，可操场上已经有了五个人。

陆续有学生抵达，四个军士长也站在了队伍前面，冷漠地看着如同鸭子赶集似的学生，视线很快转移到站在最前面的几个人，而李锋他们也对这些军人很感兴趣，尤其萨尔塔的目光中全是挑衅，他可不介意教训一下眼前装逼的家伙。

"时间到！"

立刻就有士兵挡住后面匆匆忙忙的学生，这些可怜的孩子就只能绕操场开始跑圈生涯，这些是白跑的，后面的训练同样不能少，完不成的自然要给低分。

"今天的集合非常不好，看看你们一个个像什么，回去好好反省一下，你，你，你，还有你，你们四个就是队长，带着队伍跑个三千米然后再回来吃早饭！"

正是李锋、李兰加洛斯、萨尔塔、黄朝阳，而女生方面，则由唐灵、慕雪、尼摩尔娜、松岛露四人做队长，学生平均分配。

一大群人呼啦啦地开始跑圈了，教官们还是非常有尺度的，虽然有些严厉，还不至于让他们难过。

李锋等人是大队长，然后每五十个人选出一个中队长，每十个人一个小队长，自由选举，选不出来也得选，教官们可不管那一套，他们只看结果。

简单的晨练，对他们来说可真够受的，幸好多数新生为了军训都作了一定的准备，才开始第二天，还没到挂的时候。

第二天的训练，就是最枯燥无味的队列，队列本身的意义不大，但是却能培养一种集体默契和纪律，上午四个小时，下午四个小时，中间会有十分钟间隔的休息，教官们也是要给这些愣头青们一个下马威，同时真正的锤炼一下他们。

等到了周末，重新集合，学生的状态跟刚来时的乌合之众已经完全不同，那种鸡鸭乱窜式的站队方式已经被齐刷刷的方队代替，而且操场上静悄悄的，绝对没有窃窃私语声。

这才是军人的基本素质！

一直没有出现的泰加少尉也来验收第一周的成果，看到整齐的风貌也比较满意。熊头把一周档案交了上去，这些都有专门的战士来负责。

"萨尔塔。"

"到！"

萨尔塔向前一步，一个立正，刷地一个敬礼！

"李兰加洛斯。"

"到！"

"黄朝阳。"

"到！"

"李锋。"李锋的成绩很不错，但还不是四人中最好的，最出色的是萨尔塔，可是教官们对李锋的评语是，此人在度假。

泰加打量着四个人，经过一周的磨炼，四人依旧出色，但是跟以前不同，他们身上多了一股特别的气质，天才是骄傲的，放荡不羁的，可是那并不是军人，军人必须具备应有的气质，该严肃该遵守纪律的时候，就一定要遵守。

第66章
USE的骄傲

四人仍然是一样的桀骜不驯，但是对长官的命令还是非常遵从的，这说明四人还是有相当的自控力的。

"我宣布，李锋等四人获得第一周的A+，明后两天，全部放假，你们可以随意活动，做好下一周训练的准备。"

当泰加少尉说出这话的时候，学生们简直不敢相信自己的耳朵，完全没有看到其他四个士官长在偷笑，甜头就是陷阱啊。

"好，现在，稍息，立正，李锋和萨尔塔留下，稍息，其他人解散！"

当解散命令一宣布，所有人都开始吼了。这五天简直是要命啊，上帝开眼了，竟然给他们两天的休息，从来没发觉两天的假期是那么的美好。

"你们两个跟我来。"四个教官也用有趣的眼神望着两人，这两个学生竟然要决斗，而且还是学校批准的，这倒是很意外。

李锋和萨尔塔也意识到了什么，跟着教官朝基地内部走去，不同于学生用的外围设置，这里属于上京的警备军区，别看军人级别不高，但实权很大，而且都是从精英中挑选出来的，让他们教导一些学生实在有些大材小用，当然也只有亚朗才有这么大的面子。

"头儿，你觉得哪个能赢，我看好萨尔塔。"

"猴子，你太狡猾了，难怪学生都叫你猴子，哈哈。"

"哼，熊头，以后你别叫铁熊就叫熊头也不错。"

"你们两个别吵了，一会儿等着看吧，这两人都不太简单，那个李锋倒是默默无闻，可萨尔塔却不能忽视，洛基这个姓总该知道吧。"泰加说道。

"萨尔塔·洛基……洛基，难道是？"

"呵呵，姓洛基的，难怪啊，少尉，那人是他的父亲？"

"没错！"

"靠，冤家路窄啊，少尉，让铁熊练练他吧，这些简单的测试对洛基家的人根本没用。"

"就是，到了我们的地盘，总不能一点交代都没啊！"

"你们不要闹事，少校为你们四个求情，完成这次的训练任务就能归队了，再惹事，哼，就算少校饶了你们，我也要剥了你们的皮！"

"哈哈，就知道少校心地最善良了！"猴子笑眯眯地说，修长的双手不停地晃动着，他们四个执行任务的时候，一时手痒就多杀了几个，犯了错误就被贬了下来，又怕他们闹事，所以放到泰加手下。在老上司面前，四人自然不敢闹事。

"善良，你们这次要打通八关才能归队，可别怪我没提醒你们！"泰加没好气地说。

一说过八关四人的表情严肃起来了，TIN就是他们的家，就算死也要死在TIN里，虽然以他们的实力也就是到七关，但是拼了，而且这肯定是少校竭力为他们争取的，奶奶的，要是通不过死了也活该。

李锋和萨尔塔跟在后面，忽然两人警觉起来，前面的四人本来还很正常，可他们身上突然冒出浓重的杀气，完全像换了个人似的。普通的教官是决不可能有这样的实力的。

"军事重地，请出示身份证明……滴，滴，滴，验证完毕，允许进入。"

噌！大门缓缓打开。

"进来吧。"

这里面才是真正的军营，一些真正的军人正在训练。

现在军队分两种：一种是机动战士部队，另外一种是常规部队。在太空，常规部队已经取消，但在地面，常规部队还是存在的，而且数目不少，毕竟机动战士的造价昂贵，对驾驶员的要求也比较高，不可能完全都是机甲。

而在警备区，由于主要是应付一些紧急事件和恐怖活动，常规部队很少，主要是机动战士部队，像上京这样重要的大城市，标准配置是五百机动战士，也就是说正规机动战士驾驶员有六百左右，后备学员也有五百多。

机动战士自然是地面部队中的顶级兵种，但在那些高级的星际战舰军人看来；他们还是炮灰，所以机动战士和战舰军人之间还是有些隔阂的，双方互相鄙视，机动战士也认为对方只是驾着庞大战舰的懦夫，这当然都是军队内部的事儿，兵种之间的纷争从战争存在的那一天就开始了。

"哈哈，你们两个随意一点，到了这里大家都是兄弟。来，给大家介绍一下，这两个小伙子就是本届亚朗的特招生，他们可是机战系的，我们未来的战友！"

泰加拍了拍手，把训练的战士招了过来，战士们正赤裸着上身训练着，闻言停了下来，纷纷聚集。

"欢迎啊，真男人一定要做机动战士，你们两个有眼光！"

战士一听是机战系的立刻产生好感，而对外面那些指挥系的不太感冒，那些人将来肯定升职很快，如果能进入星际战舰，说不定出来就是少尉，这是他们没法比的，双方互不瓜葛，而机战系的特招生着实是很少听到，在派系上，自然会有亲切感。

"萨尔塔，洛基家族的男人，我们USE的骄傲，大家给点掌声！"

洛基家，男女都是机动战士的精英，泰加曾经跟萨尔塔的父亲交过手，虽然落败，但是心服口服。洛基这个姓在军队，尤其是机动战士圈子里可是大名鼎鼎，NUP的机动战士很是看不起USE，每次战斗USE总是靠数量取胜，但是对洛基家族则是例外，他们很强，非常强大。

回应的是热烈的掌声和欢呼，萨尔塔的血在沸腾，他一直渴望的就是这个，真正男人的认同，这才是战士，他身上流的是洛基家的血，那是战士的血，荣耀的军魂！

泰加挥挥手示意众人安静："弟兄们清出一块场地，他们两个之间要进行一场男人之间的战斗，你们说吧，肉搏，还是机动战士，都可以！"

第67章
决斗

当然这不是真正的机动战士，打坏一台机动战士可要花大笔大笔的维修费。军队内也有类似宇战的模拟训练，不过这可不是游戏，驾驶室可是一模一样的仿真品，在对身体体力的消耗上跟实战并无差异，只不过是通过虚拟屏幕反应出来。机动战士的个人训练可以通过真正的机甲，但对阵则多数通过模拟，当然也有一些军区的对战采用实战机体，而这时一般都会有GAD这样的大公司赞助。另外在试验一些新机种的时候，肯定也是用实体机，通过对战增强机甲的使用度，这样才能看出是否存在问题，这些是模拟不出来的，必须实战。

"随便。"李锋随意地耸耸肩。

"两样都来！"对手难求，萨尔塔可不想放过，解决了李锋之后，他还要向这些教官挑战，从刚才的杀气来看，这些人并不一般。

"好！兄弟们准备一下！"

一听有好瞧的，众战士也是非常兴奋，虽然对两个稚嫩的学生不太相信，但其中一个可是洛基家族的人，而且少尉也绝对不会浪费他们的时间。

其实泰加自己也犯嘀咕，因为少校让他注意的并不是萨尔塔，而是这个不知名的李锋。这小子看起来也不错，可是皮肤正常，不像是经过严酷训练的，反观萨尔塔，脱下衣服之后处处是伤疤，受伤处也有厚厚的茧子，这是严格训练的结果。

比起萨尔塔那爆炸性的肌肉和粗犷的身躯，李锋只能算是结实，看不出这样的身体能蕴含多少力量。

不过这只是切磋，两人可不能闹出什么事故，所以保护道具也是要准备的，要害不可攻击，这也是原则，谁也不想闹出什么事儿。

李锋和萨尔塔都没有意见，两人在众人的喝彩声中登台，虽然跟这些战士都是第一次见面，却一见如故，很自然地融入其中。

"李锋同学，一旦战斗我是不会手下留情的，虽然有护具，但是骨折什么的还是难免的，所以你最好作好心理准备。"

萨尔塔的眼光开始变得火热起来，李锋非常随意地摆摆手，示意对手可以攻击了。

"开始！"

泰加亲自当裁判，他也是要近距离观察一下这个李锋，毕竟少校交代下来的事情必须认真完成。

萨尔塔灵活地晃动着，并没有一上来就猛攻，既然确定了李锋是值得较量的对手，那就不能大意！

第67章 决斗

李锋就站在原地，并没有动弹，甚至没有防御的意思，双手只是很随意地放在胸前，眼睛甚至没有看萨尔塔，但这并不代表李锋不认真，相反他的精神和身体已经完成了一个统一，在现实中交手的经验并不多，何况对方既然是那么有名的家族，近身格斗肯定也相当强，需要认真一些！

萨尔塔无论是在气势上、行动上，还是战斗经验上，看起来都比这个叫李锋的强太多，这种情况下哪有这样站着的，又不是什么武林高手，小说中的那些东西哪能作数。

连续的晃动，对手都没反应，萨尔塔决定攻击了，试探？

NO！

刚才的试探仿佛是要给对手他很谨慎的感觉，但这并不是萨尔塔的风格，他的性格只有一个——猛攻！

攻到对手力竭败亡为止！

身体如同子弹一样瞬间冲向李锋，右手直接一个直拳直冲面门，用一往无前的气势压制对手，然后选择最迅捷的直拳直接攻击。他并不怕对手防御，有十足的信心可以一拳轰飞对手，而且这可不是第一次。

咔……

如同时间静止一般，战士们的欢呼全都诡异地卡住了，泰勒的眼睛中闪烁着奇异的光芒。少校毕竟是少校啊！

李锋像是没动一样站在那里，可是萨尔塔却动弹不了了，他咬着牙，豆大的汗珠一滴滴地落下，意识开始模糊，血从嘴角流出，他想让自己清醒，可是身体越来越不听使唤。

扑通！

萨尔塔，洛基家族的新骄傲，就这么败了……败得有点惨，有些莫名其妙。

直到昏迷那一刻萨尔塔都不敢相信这是真的，李锋有点歉意，他过于兴奋了，受了周边环境的感染，其实萨尔塔是不错，可是又如何跟他改造后的身体相比？

萨尔塔就这样昏倒了，战士们一个个目瞪口呆，还是泰加先反应过来，连忙叫人抬到医务室。"呵呵，李锋同学真人不露相啊，就凭这一手，今年的特招生你就当之无愧，兄弟们，给我们未来的机动战士来点掌声！"

李锋自己也喜欢这种氛围，笑着点点头："教官，萨尔塔同学可能会需要一点时间休息，如果没什么事儿，我先归队了，等他醒来再进行机战。"

"好，你先回去吧。"

"是！"

李锋打了个敬礼，立刻有战士带他离开。

泰加和四个军士长望着李锋的背影愣愣出神："猴子，你最擅长的就是灵活和速战，怎么样，这小子如何？"

此时的教官已经没了那种威严，取而代之的是发现猎物的目光，身上充满了战士的彪悍之气。

"好厉害，阴险的小子，如果正面交手还真不好说，力量速度相当惊人，瞬间挡住对手的攻击，一次肘击，外加连贯的上摆锁喉，是高手啊！"

泰加点点头："这萨尔塔已经很厉害了，就算放在我们战士里面也能排进前十，可是仍躲不过这个李锋一招，嘿嘿，此人以后有得瞧了！"

"此人个性尤为值得注意，时而老练，时而幼稚，战斗的时候表面像新手，可是一旦出手又异常老辣，像是杀过很多人似的，这么怪的人还是第一次见！"绰号僵尸的士官长面无表情地说道。显然众人都没想到学生中会出现这种人物，他们倒没有要贬低亚朗精英的意思，相反，这些年轻人一旦成长起来，地位和实力很多都会处在自己领域的上位，但是现在他们还是苗子，可是苗子里面突然蹿出一颗大树，就不得不让人注意了。

第68章
先下手为强

"这小子竟然不是伊文特人，真让人吃惊！"

USE和NUP达成共识之后，人类和伊文特人实际上是混居的，而且有很多诞生了新的后代，有些拥有特殊的体质也是很正常的，不过李锋经过体检的时候，已经确认是人类，普通人类出现这样的天才，恐怕要千万中挑一吧。

"头儿，这几个人根本不需要普通的军训，不如让他们跟兄弟们一起训练吧，我想他们也会很乐意的。"

"猴子，不要打什么小主意，他们现在还是学生，不过你的想法不错，我跟上面说一下，去看看萨尔塔吧，希望这小子别一蹶不振。"

"呵呵，洛基家的人都是属牛的，最喜欢钻牛角尖，不过想让他们服输恐怕不容易，何况机战才是他们的特长。"

"第二周你们安排了什么？"

"嘻嘻，野外生存，好好给他们上一堂课！"刀疤笑眯眯地说，只不过脸上的疤痕让他无论想怎么表现出温柔，都看上去很狰狞。

"让战士们不要玩得太过火，安全第一。"

"放心吧，头儿，我们有分寸。"

少尉瞪了一眼猴子："最不放心的就是你，再给少校添乱，老子先剥了你的皮！"

其他的战士已经恢复训练，有的锻炼力量，有的互相战斗，不过都在谈论刚才的比赛，稍微有点扫兴，看来洛基家族的人也有名不副实的，一上来就被一个嫩小子干掉，雷声大雨点小，看来后面的机战恐怕也没什么意思。

李锋回来之后，就发现唐灵和马卡正在等他，一见到李锋，唐灵连忙拉住他的手，上上下下地检查着，就像一个小妻子似的，看得马卡直摇头。

"唐灵同学，我有意见要提！"

李锋和唐灵有点不明所以，他这个时候要提什么意见？

"你能不能给这小子制造点难度，也好让我们广大男同胞心理平衡一下，这不是刺激我们吗！"

唐灵露出狡黠的笑容，轻轻挽着李锋的胳膊，说："那可不行，先下手为强，我可不想我的锋锋被人抢了去。"

"我的锋锋，哦，上帝，太肉麻了！"马卡夸张地张着大嘴，偷偷竖起大拇指，这小子已经深得他的泡妞真传，不出手则已，一出手果然惊天动地。

唐灵也是知道李锋没事，心情特别好。

"萨尔塔呢？怎么没出来？"

"他需要休息一会儿，我们还有一场机战没比。"

马卡和唐灵面面相觑，萨尔塔就这么败了，两人都有些不可思议地望着李锋，他们以为李锋是输了才出来的，竟然是赢了。

"咳咳，你的意思是你把萨尔塔打败了？"

"是啊，怎么了，他还是不错的，只不过还需要磨炼磨炼。"

马卡和唐灵有点吃不消了，两人无疑是跟李锋最熟的，可是有的时候，李锋又非常陌生，像是一点都不熟悉似的。萨尔塔在USE和NUP的年轻人里面，近身战斗和机战可是有名的强，听说NUP的北斗七星都对他很感兴趣，而李锋竟然有点不在意。

（肉搏技术好的人不一定会是机战好手，但机战好手几乎都是肉搏高手。）

"靠，真有你的，能打败萨尔塔，值得庆祝，你欠我的必胜客可以减一次！"马卡非常爽气大方地拍拍胸脯。

汗……

"呵呵，你们知道就可以了，相比他的肉搏，我更期待他在机战上的表现。洛基家族在这方面很强，早就有耳闻，希望能有所收获。"

望着李锋兴奋的目光，唐灵和马卡都有些诧异，那感觉既熟悉又陌生，对唐灵来说还多了一分心动和迷醉，这个时候的李锋有一种特别的霸气，虽然语气平淡，可是充满了自信。

而唐灵也回忆起一些片段，其实早就该注意了，但恋爱中的女人智商会降低，李锋曾经说过他可是能承受八倍重力的，而且她亲眼看到李锋一拳能把合金钢板砸凹陷，那力量绝对不是一般的强大。

"先不管他，难得魔鬼们发了善心，这两天我们可要好好玩玩，顺便观光一下，难得周围有这么好的自然风光。"

马卡已经作好了野炊的准备，美丽月夜，篝火烧烤，美女佳人，再找个草地……人生一大乐事啊。

李锋歉然地望着唐灵，小公主肯定没有接触过这种赤裸裸的人。其实唐灵早就见怪不怪了，要是以前她遇上马卡这样的人肯定厌恶至极，可能是爱屋及乌，唐灵倒觉得马卡真性情，虽然不太喜欢这人如此花，可是她却清楚，马卡对李锋的友情绝对是现在难寻的，那才是真正的不求回报。至于生活方式，每个人都有自己的活法，如果是真兄弟，该包容的就包容，该帮忙的就帮忙……当然她可不希望李锋也这么拈花惹草，所以必须看紧了。

这就是恋爱中的女人，好像忘了自己是谁，她可是唐灵啊，GAD的公主，天才少女，同时也是新生的校花，这么迷恋一个男人，确实让其他男同学备受打击，如果是黄朝阳和李兰加洛斯，可能还好一些，毕竟这两人帅财才都不缺，可偏偏是李锋，这就让人不太容易理解了。

第68章 先下手为强

"灵儿，马卡，野炊不要想了，今天放松一下也就罢了，明天和后天开始准备器械勘察地形，虽然训练计划上是简单的野外生存，但恐怕又是一次考验。"

啪啪啪！

"呵呵，看不出李锋同学还是有两下子的嘛。"

来的正是慕雪、黄朝阳、李兰加洛斯。

第69章
后生可畏

　　黄朝阳和李兰加洛斯看着唐灵如此亲热地挽着李锋，也不由有点嫉妒。说不嫉妒是假的，能让唐灵这样的美女做到如此程度，是男人都要佩服一下。

　　"李同学，好手段，不过不要大意啊，有很多人正盯着呢。"黄朝阳笑道。

　　李锋轻柔地摸了摸唐灵的头发："正等着讨佳人欢心的机会。"

　　针锋相对上，李锋还是从马卡那里学了点门道。

　　"恭喜。"李兰加洛斯则更加真心。虽然接触不多，但李锋很喜欢这个人，他身上有种大智若愚的气息，像平静的水面，但是谁要惹他可能就是触怒了大海。

　　"谢谢，三位这是？"

　　"呵呵，我们正准备去探查一下，从第一周的训练就看得出，这次的教官有些不同，恐怕下周我们不会好过。"慕雪说道。

　　"这四人是TIN的成员，犯了错误才被派到这里反省。"黄朝阳不紧不慢地说道。

　　"李锋同学，教官把你们叫进去该不会是决斗吧，萨尔塔呢？"

　　"没事，萨尔塔很快就出来了，我们就不打扰你们了。"

　　李锋可不是赢了一场就到处炫耀的人，跟自己的女友和兄弟说说也就罢了，其他人，没必要。

　　李锋这一说，慕雪也就不能深究了，不过她总是看着唐灵和李锋不顺眼，尤其是唐灵，竟然不接受她的挑战。这种无视让慕雪有点不爽，尤其是对唐灵和李锋的恋爱，她觉得唐灵太愚蠢了，怎么可以刚开学就恋爱，女人恋爱很容易分心，这样的唐灵没什么意思，可是在这个学校的女生中，也就唐灵能给她战斗的欲望……也许……

　　慕雪要做周芷那样的女强人，看着唐灵那么依恋一个男人，就觉得对方偏离了轨道。不过慕雪也是聪明人，当然不会在这样的场合说什么。

　　而在基地内部也发生了一点小意外，泰加等人还没等走出训练场，萨尔塔就冲了进来，以他的身体很快就从那样的攻击中恢复过来，此时的萨尔塔就像愤怒的野兽，两个战士想要阻拦竟然被他扔了出去。

　　"李锋，李锋，你出来！"

　　萨尔塔倒不是怕失败，可是刚才那算什么，简直是耻辱，一招就被对手撂倒，如果让父亲知道还不把他逐出家门，丢人丢到家了！

　　"萨尔塔，你在做什么，安静！"熊头的嗓门比萨尔塔更大，上前一把抱住了萨尔塔，但是萨尔塔一下子就挣脱了。

　　倒是泰加没有着急："萨尔塔同学；失败并不可怕，可怕的是失败之后还不知道败在哪里。格斗上，你不是李锋的对手。我知道你想说自己还没发挥出真正的实力，可你又怎么知道那就是李锋的最强实力呢？"

愤怒的萨尔塔硬生生地停下了动作，他不是白痴，洛基家的人不但有身体也有头脑，如果不是事情太刺激他，他也不会这样。实在太窝囊了，他的心情无比压抑，可是就像泰加说的，鲁莽并不是一个成熟战士该有的，父亲也不止一次批评过他了。

萨尔塔凶恶地走向沙袋，一个正在训练的战士连忙让开。刚才两个战士被他空手扔了出去，显然不是意外。只听他一声暴喝，砰砰砰！

他高速地出拳，紧跟着又拍出一记右摆重拳。

咣当……哗哗哗……

沙袋被打碎了！

而萨尔塔也冷静下来："教官，如果不妨碍的话，可否让我在这里恢复一下？我想明天再战。"

"当然可以。"

泰加点点头，他当然不会反对，倒不是想给萨尔塔什么特权，只有萨尔塔全面发挥，才能知道这李锋有什么门道，也好完成少校的交代。

想让这些战士尊敬，只有一个办法，那就是实力。

刚才还对萨尔塔如此快落败而感到无趣的人也不说话了，如此的重拳，可是出拳速度依然迅猛，萨尔塔的实力是毋庸置疑的，相对于攻击力，此人的身体肯定也相当结实，想要成为高手首先要耐打，看看他身上的疤痕就知道了，可是……就这样也挡不住李锋，只能说，那个叫李锋的学生是个怪物。

冷静下来的萨尔塔开始分析战斗了，他要调整身体状态，要在明天发挥出最强的驾驶能力，这不仅仅是他个人的战斗，由于泰加等军人的存在，他也代表了洛基家族的荣耀，如果再这么一招落败，他可以自尽以告慰列祖列宗了。

一边做着放松练习，萨尔塔开始思考刚才发生了什么，本来好好的攻击，却突然失去了对手的踪影，紧跟着身体就受到了连续重击。

超能力？

不像，自己的大脑并没有受到影响，听说NUP或者USE都有少数这样的人，这些人属于变异者，可以用脑电波也就是他们口中的精神力让对手麻痹，或者反应迟钝，但这些人主要是运用于研究和拷问上，正面战斗还没听说过有太大的用处，而且这招对意志坚定的人也没用处。

要承认李锋比他的实力高出一筹还是太困难，在同龄人中，从来没人能这样对待他！

而现在要证明自己，就必须在明天的机战中获胜！

相比萨尔塔的专心，李锋唐灵马卡则在准备生存工具了，根据军训手册，像这类野外生存，学生们是可以获取一定的工具的。

　　对李锋而言，这样的野外生存训练真的跟野炊没什么两样，但是对其他大多数人就不一样了，这次的野外训练真的很困难，可是很多学生还沉浸在休息的爽快当中，全然没意识到下周将更加恐怖。

第70章
机甲初体验

　　李锋对这次训练是很赞成的，尽管肯定是没法跟魔鬼金相比，但模式有些像。对于这些考进亚朗的骄子娇女们，是需要一点教训，早一点意识到，只会有好处。

　　TIN的成员嘛，应该是军方的特别部队，这四个人各有所长，看得李锋也心痒痒，是不是该找个机会跟他们切磋一下呢，也许这次的野外生存是个好机会。

　　李锋这么想，其实教官们也是这么想的，尤其是熊头，他可是以力量著称，刚才抱住萨尔塔虽然没用全力，但是也测试得出，这小子体内的力量可真不小，而李锋却能轻松击倒他，啧啧，如果不是少尉不让，他早就先找他打一场了。其他三人也是同样的想法。TIN成员多是胆大妄为者，他们也在期待野外生存，教官考验一下学生是被允许的，当然如何考验就是他们自己的事儿了。

　　昨天晚上无疑是来到这里最安心的一晚，宿舍里全是呼噜噜的鼾声，大家实在太累了，而且一旦松懈下来，肯定会睡个天翻地覆。

　　今天的早晨没有晨训，训练场显得有些安静，李锋一个人慢跑着，不过很快就看到了同伴，竟然是李兰加洛斯，对方也有些惊讶。

　　"很早啊。"

　　"彼此彼此。"

　　"昨天和萨尔塔交过手了？"两人一起跑了起来，李兰加洛斯随口问道。

　　"嗯，今天还有一场，希望洛基家族的机战技术名不虚传。"

　　李兰加洛斯笑了笑，李锋觉得这种笑容很让人安心，真是个让人舒服的人。

　　"洛基家族的机战技术高超是毋庸置疑的，看萨尔塔的样子应该也学了个七七八八，顶多火候有些差，我对他们家族的战法倒是有些研究，等会儿可以交流一下。"

　　李锋摇摇头："呵呵，多谢了，我想体验一下惊喜。"

　　"李锋同学，你真是与众不同，难怪唐灵小姐会喜欢你。"

　　李兰加洛斯英俊的脸上多了一丝羡慕。

　　说到这个可让李锋有点不好意思，其实到现在他也不知道唐灵喜欢他哪里，可能是近水楼台先得月吧。

　　吃过早饭，李锋就向内部走去，守卫的战士已经得到了命令，并未阻拦，泰加、教练还有萨尔塔已经在等他了。萨尔塔面色平静，仿佛已经忘了昨天的惨败。

　　"呵呵，李锋同学，你先熟悉一下军队虚拟网的操作吧，跟游戏还是很不同的。"

　　李锋也不谦让，萨尔塔出身军人世家，肯定早就接触过，而他只是玩过游戏，军队的这种近似真实的模拟还是第一次尝试。爬进驾驶舱，李锋有点激动，感觉果然不同！

"系统扫描……确认……驾驶员状态符合……开启连接……滴！"

跟真实机甲一模一样的操作，眼前出现了大屏幕，李锋深吸一口气，开始操纵起来，迈出了光明的第一步。

扑通！

泰加等人的脸上也挂了三条黑线，本来以为李锋要展示什么高难动作，没想到他竟然一屁股蹲在地上。

众人面面相觑，这比赛还用进行吗？

很明显李锋以前并没有接触过机动战士，他该不会真的只玩过宇战游戏吧，那东西军人只是偶尔无聊的时候玩玩，大多数人还很鄙视，毕竟难度降低了，有真实感有难度才有挑战。

李锋也发觉了这其中重大的差异，他刚才用的是另外一种力度，摆腿过于用力才会失去平衡。

屏幕上的坎诺三型像鸭子一样不停地摇摆，李锋正在体验其中的平衡以及力量掌握度，这可把观看的战士们笑了个人仰马翻，果然是标准的新人，连平衡都掌握不了，还打个什么劲儿。刚才萨尔塔的练习，他们可是看到了，服就一个字，洛基家的人果然个个技术过硬，连很少夸人的泰加都点头赞赏，萨尔塔的基本功非常扎实。

萨尔塔也很失望，怎么能这样？胜之不武，对方根本是个菜鸟啊，竟然输给这样的人，实在伤自尊，他准备放弃了，赢了也不能说明什么。

刚转头准备离开，却发现战士们一个个指着屏幕，目瞪口呆。

"天啊，这是什么！"

屏幕上坎诺三型正做着一连串简单而有力的动作，紧跟着动作越来越快，而且加入了不少军方的基本技术，比如托马斯回旋、纵横劈刺。萨尔塔的斗志来了，这小子，难道刚才是装的？

李锋可不管那么多，这驾驶舱跟真正的驾驶舱没什么两样，通过一段时间的熟悉，李锋的身体正在跟机动战士快速地契合，调整到最佳控制状态，这可不是用蛮力就成的，他也可以测度出宇战游戏的难度，确实是降低了不少，尤其是在体力的要求上，不过他们号称仿真还是有点道理，比如BS001如果超过了身体的承受能力就会立刻停机，而现实中，战士们还有透支一说，在宇战中一旦进入警戒线就会停止，宇战总体来说还是太简单，顶多有现实操作中的七成效果吧。

游戏玩得好的人，真正驾驶机动战士恐怕只有百分之一的概率成为高手，而王牌机动战士玩游戏，却个个都是高手。当然他们也要熟悉新的操作，宇战游戏是降低了对身体的要求，却没有降低玩家的想象力，尤其是那些使用幻想级别机器的高手，他们在游戏中很强，可是真要让他们驾驶机动战士恐怕一下子就拉稀了。这也是幻想玩家和现实玩家一旦吵架就容易被攻击的话题，毕竟很多宇战玩家并不具备那样的身体，他们只是想玩游戏。

第71章
困兽犹斗

　　李锋驾驶着坎诺三型，操作难度比宇战中的BS001还容易一些，其他的不同就是细节上的，李锋在没驾驶之前就琢磨过很多次，十几分钟后，李锋已经完全掌握了这台机器的各方面特点，强烈的震动给了他更大的真实感，这让他更向往驾驶一台真正的机动战士在蛮荒星球中作战，太刺激了！

　　活动了一会儿，李锋走出驾驶舱，发现战士们全在看他，弄得他莫名其妙，刚才也没做什么特别花哨的动作，应该不会引起注意啊？

　　"李锋同学，你以前没有接触过这类军用模拟器吗？"泰加不经意地问道。

　　"没有，只玩过游戏，还是这个带劲。"

　　汗！一旁的萨尔塔很想问一句，你从来没接触过就敢跟我这个出身军人世家的人挑战，还是机动战士世家！

　　现在不用问了，李锋最后一连串的动作就像一个老驾驶员，泰加除了用天才来形容实在找不出更好的解释。

　　天生的战士，人才，能让少校感兴趣的人，确实不同凡响，他自己都有些手痒，不过以大欺小太说不过去了，还是先看看两人的对战吧。

　　"你们都准备半个小时，然后开始！"

　　"是！"

　　两人一起敬了个礼，李锋要休息一下，虽然他并不太需要，不过要是不说出来就好像有点蔑视对手了。萨尔塔则开始认真准备了，活动好关节，热身，这样才不会给身体带来太大的负担。

　　望着两个认真准备的年轻人，泰加等人有些期待。这些人其实是相当自负的，能引起他们的注意，已经是对李锋和萨尔塔最大的赞美，可惜两个年轻人都不在意。

　　准备时间很快过去，两台不同颜色的坎诺三型已经作好战斗准备，双方都没有紧张，如果不清楚的还以为是两个战士在战斗。

　　泰加的眼神一凛："开始！"

　　系统开放，两台坎诺三型踏着轰隆隆的步伐冲向了对方，行家一出手就知有没有，两人的步伐相当沉稳，战士们面面相觑，他们都是从常规军团中挑选出来的精英，比较优秀的要适应这套系统也要一个月。萨尔塔出身机战世家，有这样的表现并不意外，但是那个李锋呢？

　　一个普通学生竟然用了半个小时就能有这样的表现，这家伙还是人吗？

　　与刚开始接触时李锋的菜鸟搞笑动作不同，坎诺三型比BS001驾驶起来还是容易一些

181

的，嗖！

对面的萨尔塔已经作出了高难度的加速跳跃，操作机动战士并不是像个人跳远一样那么容易，每个动作都要经过严格的训练，一个不好，就有可能无法保持平衡，但是这显然不是对萨尔塔的限制。

阿尔法合金刀闪着寒光，当头砍下，一上来萨尔塔就要拼命了，就算肉搏不是李锋的对手，机战也绝对不会输！

李锋再天才，再能适应，再会玩宇战，这跟真实的模拟战仍是有差别的，一个人表演可能会表现得不错，可是战斗则是完全不同的概念，在强大的压力下，一定要让他现出原形！

确实，萨尔塔判断得没错，李锋认为已经掌握了的坎诺三型在受到剧烈撞击后，操作上是产生了一些误差，这些是不会载入数据，也不是能口述的，每个机师都是经过长时间的练习才能掌握，有句老话，眼熟不如手熟，手熟不如常摆弄。

而萨尔塔又是什么人物，一旦进入机甲，他就不再是一个人，他的身上有洛基家族的魂，他一定要挽回荣誉！

只是一次接触就能感觉到李锋是"外强中干"了，阿尔法合金刀的攻击连绵不断，李锋只能尽量地抵挡，越是这样的攻击，越能感觉误差，很多动作都变了形，如果不是他确实够强悍，早就被爆机。

"靠，我就知道还是萨尔塔强，干，狠狠地打，就这样，李锋撑不住多久了！"熊头忍不住在吼了。

"铁熊搞什么飞机，你什么时候开始成了萨尔塔的支持者？"

熊头倒是毫不客气，摸摸自己的大光头："老子不喜欢天才，那萨尔塔可是实打实练出来的！"

"熊头，看一个人的时候不要光看外表，可能你们也能感觉到这个叫李锋的有点诡异，一会儿像是个普通人，一会儿又像是从地狱走出来的魔鬼，看表现他是真的没用过坎诺三型，但是用不了多久萨尔塔就困难了。"

四个士官长也不约而同地注视着大屏幕，当然里面机动战士的动作也确实不是什么人都能做出来的，起码到现在为止让很多战士都有些汗颜，里面有几个动作他们还在学习当中，而某个学生已经可以熟练运用了。

萨尔塔的攻击丝毫没有减弱，李锋也依然狼狈，但离失败却还有很大的差距，每次危在旦夕的时候，李锋总能用高消耗的跳跃来拉开距离，可是谁都知道，这样的动作是最消耗体力的，而且也是饮鸩止渴。

萨尔塔也无法再忍耐了，本来他只是想保持优势先消耗对手的体力然后一举干掉对手，可是进行了这么多的狂攻对方丝毫没有示弱的感觉，而他如果再这样持续下去就会陷入非常被动的局面，久攻不下是兵家大忌，穷则变，变则通啊！

　　萨尔塔的攻击忽然转型，变得凌厉和迅猛，下刀也变得凶猛，很多战士立刻看出，这是军方标准的二级攻击术。神啊，这么熟练的攻击术在场的也没几个人能做出来，以他的年纪，实在太惊人了。

第72章
男人的尊严

可是萨尔塔确实做了一个不该做的决定,李锋再沉稳毕竟是第一次接触军方的操作系统,越是没有章法,越是有搅局的感觉,让他无法把握节奏,但是二级攻击术一出,李锋就太熟悉了。他最不怕的就是固定式的攻击,也许二级攻击术对一般人很有用,可是很不好意思,他李锋有点特别,重复的攻击方式作用至少减半。

萨尔塔的军用二级攻击术刚使用了半套,就硬生生地被李锋卡住,很典型的高速变频,合金刀猛地压了下去,毫不客气地一个托马斯回旋撩杀熄灭了萨尔塔想要拼命扳回来的打算,这种高难度的原地旋转确实很难应付,尤其是在谨慎的时候,只怪李锋用的时机太好,对方是摆明了想靠近拼优势,而托马斯回旋专破这个。但萨尔塔也相当了得,一次接触就知道不能力敌,这李锋看着不壮,真怀疑他身体里面是什么在运作。萨尔塔迅速撤退,想要拉开距离,可是他又想错了,李锋这人从来不喜欢防御,无论对弱小的对手,还是强大的对手,萨尔塔给他机会就等于灭绝自己。

谁说托马斯回旋撩杀要做完整来着?在李锋的概念中,一切招式都是为了取得胜利而诞生的。

借着旋转力,右腿发力,坎诺三型竟然在空中做了一个夸张的飞踢!

一干战士全傻眼了,竟然有人能在实战中做出这样的动作,他的身体要承受多大的反冲力啊。坎诺三型虽然很适合人类,但是使用这样夸张的动作,对身体的负担很大的,弄出硬伤可不是闹着玩的。

可惜,李锋并不会因为这样一个动作就受伤,反而借着创造性的动作夺回优势,攻击总比防御更从容,而这一刻萨尔塔也处于狂攻后的劣势,尤其是自己的军攻二段被半腰卡住,这对他的攻击欲望也是个打击,心中的骇然是无以复加的。这招不是没被破过,可那往往是被他父亲那一级别的高手卡住,而一级的攻击术只有军队内部才能学习,就算是洛基家的人,在未进入军队前也不能涉及,但是他可以把基本功做好。

萨尔塔并不急功近利,既然攻击受挫,可以转为防御,以防守的经验消耗对方。攻击更容易出现破绽。

李锋开始的几次攻击是很有气势很彪悍,可是并不代表能击中目标,萨尔塔不是白痴,何时可为,何时不可为他心中很有数,对方这么消耗,他乐得看热闹。

但是他忘了他面前的人是谁,是李锋!

用不了多久USE和NUP就都会流传这样一个真理——永远不要在李锋面前防御。

你永远无法预料任由一个攻击天才全面发挥是多么的恐怖,两三个回合之后,李锋已经彻底熟悉了在碰撞中对坎诺三型应有的控制。

第72章 男人的尊严

只是一个瞬间，萨尔塔的坎诺三型看到了对方的坎诺三型，只是一个停滞，可萨尔塔的心却没来由地一紧……杀气！

这是顶级的王牌机动战士爆发的前兆！

空气有种凝滞的感觉，这纯粹是感觉，但就是那么真实，突然李锋的机动战士动了，闪电一样的阿尔法合金刀划出一道寒光，当头砍下，萨尔塔竟然没有防御，但是所有人都非常赞同，李锋一出手，大家都有一个共同反应，那就是萨尔塔完了。

但萨尔塔还是通过变频躲过了这一击，再强的攻击打不到对手还是白搭，变频确实是战场上保命的法宝，但凡高级机师，变频是必须精通的。

可是变频也分程度啊！

这种程度的如何能对付李锋！

李锋的坎诺三型如影随形地跟着萨尔塔，谁说只有防守时才能使用变频，攻击时也同样可以，看似快速的攻击忽然变得缓慢起来，而一个半拍节奏之后却突然又快了起来，而萨尔塔自己的变频只做到第二步！

真正的危机！

阿尔法合金刀已经切入了萨尔塔机动战士的左肩，大有继续砍入的架势，到了这个时候萨尔塔也逼出了杀气，洛基家族的荣誉绝不能就这么毁在自己的手上！

"萨尔塔，记住，你是洛基家的男人，这份荣耀是你的亲人用血换来的，一定要守住！"

"笨蛋，挺住，一点点伤算什么？现在受伤就是为了在战场上保命！"

"妈妈，我为什么不能喝可乐？"

"傻孩子，你要喝特别调制的饮料，这样有助于增强力量。"

"可是，为什么其他的同学不用？"

"因为你姓洛基！"

无论萨尔塔做得多么好，父亲也从来都没有称赞过他，在他的头顶上有光辉的哥哥。他努力，再努力，在外人眼中已经很强了，可是他还是打不过哥哥和父亲。他并没有真的想要战胜他们，他只是想要父亲的一句赞赏，可是每次得到的都是冰冷的眼神，想要父亲的称赞只有一个办法，那就是打败他。

进入亚朗是为了找寻更强的方法，而不是在这里落败。不是，绝对不是！

吼——

也不知道从哪儿爆发出来的力量，萨尔塔也使出了托马斯回旋，非常迅猛地回旋，只是一转，卡在左肩的合金刀就被甩掉了，突然的大力也让李锋措手不及，对方爆发出了野兽一样的力量，当然萨尔塔机甲的左肩也被切掉，一个没了武器，一个没了左臂。

但借着托马斯回旋，萨尔塔重新夺回了优势，攻击并没有断掉，第二击眼看就要轰到，萨尔塔处于精神极度兴奋的爆发状态，也就是俗称的玩命。

现在轮到李锋陷入困境，如此大力的托马斯回旋撩杀可不好对付，应付托马斯回旋的方法很多，可李锋偏偏处于最倒霉的一种，刚好吃了一次回旋的力道，而且紧跟着第二次回旋的叠加，再加上一个处于拼命状态的萨尔塔。

第73章
沉默的羔羊

萨尔塔这临危爆发的彪悍一击立刻引起了在场所有人的好感，能保卫上京，在场有一半都是上过战场的，他们能从机动战士的动作中感受到机师一往无前的杀气！

面对这种情况，一般人几乎已经绝望了，如此精妙而又势大力沉的攻击，实在是无法闪避了，除非对方的机甲要比萨尔塔的好很多，可惜不是，两人用的是同种机甲。

面对这种险境李锋没有进入完全的战斗状态，因为这时的他虽然面临危险，但却有十足的把握，同样的错误是绝对不能犯的，冷静是关键！

托马斯回旋撩杀着实凶猛，可是没有完美的招数，萨尔塔机动战士仅有的右臂猛地抡向李锋，而这时李锋的手高速运动着，调节出应付的最佳动作，毫无疑问，李锋的坎诺三型被轰了出去。

掌声和欢呼献给这两个年轻人，两人这一轮精彩的战斗已经赢得了所有人的尊重。李锋这年轻人可怕而强大，学习能力惊人，但相比之下萨尔塔的经验以及战场上的随机应变要更强一些。

所以他才能……汗！怎么，李锋的坎诺三型竟然站了起来？

李锋的坎诺三型并没有暴机，他是被一拳抡了出去，只不过李锋操作的借力，不可能完全抵消攻击。如果有人仔细看就会发现，刚才被轰出去的坎诺三型剧烈地旋转，一般情况下，如此的旋转早就让机师吐了，但李锋的身体像野兽一样彪悍，即便是旋转的时候，也在尽量维持着平衡，凭借着这股旋转来卸掉攻击力，机甲才没有受到太多的损伤。

"这个李锋太可怕了！"

"如果是你们，能在那个时候做到这一步吗？"

铁雄四个人都不说话，他们要比一般战士看得清楚，当时已经到了生死关头，退是来不及的，萨尔塔的合金刀绝对能切开他的脑袋，可是这个时候李锋竟然撞向萨尔塔以躲过合金刀，而在受到攻击的瞬间又变换了力道，看似简单的一进一退，说明其战斗素养和身体的素质已经强到了极点！

现在两人又站在了同一起跑线，李锋没了阿尔法合金刀，萨尔塔没了左臂，不过李锋还有镭射啊。

以李锋的枪法自然可以用镭射轻松干掉萨尔塔，但是这并不是生死战，而是一种锻炼，这样的好对手可是千里难寻，对方竟然能和自己打到这种程度，本身就值得称赞，李锋正好可以继续享受一下这难得的战斗乐趣！

当李锋的坎诺三型大踏步地冲向萨尔塔的时候，众人也松了口气，谁都知道李锋绝对不会是忘记了镭射，只不过对付失去左臂的机动战士再用镭射的话，虽然大家也不会说什么，但总觉得有些对不起这场比赛，毕竟不是关系到某种重要的胜负，局外人都是这么想的，他们是以旁观者的身份，但实际上又有几人能做到这一步，不在乎胜负？说得好听啊。

正因为这样泰加等人对李锋又有了一番新的认识，没想到如此的人才竟然还如此义气，这着实提升了他们对他的好感，铁雄等人也觉得自己有些小肚鸡肠。

不过他们实在太高看李锋了，李锋同学只不过是为了锻炼的目的才没用镭射的，如果萨尔塔没有刚才那优秀的表现，或者没有什么练习价值，他绝对不会介意一枪爆掉对方的脑袋。

面对李锋全面的攻击，萨尔塔根本没时间想这么多，虽然他有阿尔法合金刀，但是失去了左臂，操作的难度大大加强。可是他是洛基家的人，除非爆机，不然任何一丝希望都不会放弃！

轰！

李锋的坎诺三型已经发出重拳，合金刀仿佛是木棍一样，李锋根本不在乎，武器，尤其是可怕的武器，总会给人一种心理压力，比如说，你拿着锋利的刀，和同样长度的木棍跟同一个人作战，对方的动作和心理压力绝对不同，这是正常的，但对士兵来说，可以通过残酷的训练来抹杀掉这种感觉，但是非常难，只有特别部队才会达到这种效果，而李锋的程度显然比他们还要高，拳头是无法瞬间致命的，但是萨尔塔的合金刀却可以一下子要了李锋的命，但从李锋的动作和攻击意识来看，直接把对方的合金刀当成木棍了。

萨尔塔立刻作出回应，一个后撤，合金刀直取对方的头部，但李锋根本没有大范围闪避的意思，头一偏，合金刀擦着脑袋划过，而李锋的机动战士已经抓住了萨尔塔，轰然撞了出去。

李锋已经发觉对方的操作力已经下降了一成有余，这个时候不是靠着爆发玩命就能赢的，面对李锋，这种程度实在不行。

可是没有干掉萨尔塔的李锋却觉得这样太不过瘾了，早就忘了这是一场普通的切磋，既然要投入精力就要达到训练效果，绝不能随便浪费，然后李锋就在众目睽睽之下，一拳轰掉了自己的左臂，刺目的电火花让战士们觉得这家伙……实在是太疯了，看起来很疯狂的萨尔塔远没有这个叫李锋的变态，这家伙的脑子是怎么构造的！

萨尔塔也有些疯了，对方这是蔑视他吗？

这时萨尔塔的通讯器响了，是李锋的声音。

"拿出全力吧，我可不想浪费时间！"

被外人这么轻视，这可真是破天荒的第一次，机动战士踏着稳重的步伐冲向李锋，这家伙也太张狂了！

第74章
醉翁之意

李锋已经捡起自己的合金刀，少了一只胳膊在平衡上确实有不少问题，对方可能有这方面的经验，而他可要自己适应。

但是……每当遇到这种情况，他的内心就会产生一种异样的快感和刺激，也许真的被魔鬼金训练成了魔鬼！

在不利条件下，李锋会变得非常兴奋和疯狂，合金刀反握，大踏步地冲向萨尔塔，在跑动中，不断地变换着频率和平衡点，速度越来越快，机动战士的身体竟然像人类一样呈一定的倾斜角度，这绝对是相当难做到的。而萨尔塔已经疯狂了，他要用高速的冲撞与李锋同归于尽，除了他的父亲和哥哥，他从来没见到这么可怕、这么疯狂的人，这家伙简直就是沉默的羔羊，一旦露出本来面目，能活活气死人！

此时的李锋，眼睛中就只剩冷酷了，一眼就看出了对方的目的，想同归于尽？

哪有这么容易！

在决胜的时候，李锋就不会有任何手下留情，当……

两台机动战士交错而过。

李锋的坎诺三型一个长距离的跨越轰然落地，蹲在地上，尘土飞扬，而萨尔塔却轰隆隆地冲出去几步，上身和下身分离。

哧啦，哧啦……轰！

爆机！

而这时李锋缓缓地站了起来，噌！机甲变得模糊，他已经退出战斗界面了。

并没有立刻从模拟机上下来，李锋的眼睛微微合拢，但是从缝隙中能看到一种骇人的光芒，他在思考。过了一会儿，他的眼睛缓缓睁开，已经恢复正常，这次依然有几点收获，很不错。

李锋走了下来，身旁的战士竟然下意识地纷纷让开。这家伙简直就像是披着羊皮的狼。李锋摸摸脸，大家干吗那样看他，活像见了鬼似的。

"咳咳，李锋同学，你真的是让人吃惊！"泰加不知道该用什么话来表达他的震撼，如果不是有规定，他真想立刻跟这小子打一场。

"谢谢教官，我从萨尔塔同学那里学到了不少东西。"

众人面面相觑，不知道他是真的谦虚还是随便说说，看到最后的结果才知道萨尔塔整个战斗都被人掌握住了节奏，可是看李锋和善平静的表情又不像是在说谎，他好像对刚才的胜利并不是很在意。

能战胜洛基家的人，何况还是学生，换个人早就乐翻天了，可是这李锋脸上竟然连点得意和开心都看不到，好像真的只是一般的训练。

这比李锋自身的能力还让这些人注意，泰加已经完全记录，这些细节都必须向队长报告，看来队长是在考察他了，说不定此人能成为TIN的一员。

这个时候萨尔塔也从模拟机上走了下来，只不过他的表情有点不太正常，大步走向李锋，有点恼羞成怒的拼命迹象。

其他战士没有动，泰加也没有阻拦，显然萨尔塔并不是李锋的对手，李锋很随意地站着，虽然对方的表情严肃，可是他没有感受到杀气。

果然走到李锋面前的萨尔塔头一低："请做我的老师！"

没有人比亲身和李锋作战的萨尔塔更有感触了，观看都是片面的，萨尔塔并不笨，冷静下来之后立刻感受到两人之间的差距，这个叫李锋的人，深不可测，是可以跟他父亲抗衡的可怕人物。

年纪？那是什么东西！

"请做我的老师！"

依然是同样的话，但是萨尔塔的眼神更执著。

李锋当然知道自己的与众不同，但是，"我为什么要教你？"

两人的眼睛对视着，丝毫不让，一听这话，萨尔塔就知道有希望了，亚朗算什么，对他没有意义，他的目标就是获得更强的力量，证明自己，得到父亲的赞同，看到母亲的笑容，而李锋是他的希望，绝对的希望！

"我萨尔塔，以洛基家族的荣誉起誓，愿意向李锋学习战斗技能，以执行他的意志为回报！"

大家的表情都有些异样，自从NUP和USE大战以来，中世纪的骑士精神全面复苏，连军队都有这样的宣誓，一些私人武装中更是盛兴，萨尔塔这么说也就等于放弃了为国家效力的权力，如果李锋不允许他将不能参军，这是非常重的誓言，而且还是当着这么多人的面，除非他连洛基家族的荣誉都不要了，那结果只有一个，他会被洛基家族赶出去。

萨尔塔无比认真，这时大家希望李锋拒绝，可李锋却爽快一笑，很轻松地说："开个玩笑，欢迎切磋。"

李锋当时只是觉得自己实在是需要一个强一点的陪练，没人比萨尔塔更合适了，还是一个学校的，太方便！

他根本就没指望将来要萨尔塔做什么，也不太清楚这样的言论有多重的意义。

泰加等人脸色有点异样，可是碍于身份又不好说什么，这个萨尔塔实在太鲁莽了，但木已成舟，他们也没有办法，何况他们也管不着。

"李锋同学，萨尔塔同学，你们可以归队了，回去准备一下下周的训练项目。"

"是，教官！"两人同时敬了个礼。

第74章 醉翁之意

直到李锋和萨尔塔消失，泰加的表情仍没有放松下来，他说："猴子，你让人把战斗过程重新回放一遍，对了，录一份给我。"

"是，头儿！"

泰加、铁雄五人看着屏幕上的回放，时不时会要求放慢镜头，其他时候五人一言不发，直到结束，众人才大松一口气。

"现在你们有什么想法？"

"幸好这小子是我们的人，假以时日，他绝对是个机战煞星。嘿嘿，可惜是学生，不然就……"

第75章
干脆的男人

"闭嘴！"泰加打断了猴子后面的话。

有些事情是不能公开的，看似平静的USE和NUP实际上一直在非主要的第三方世界展开地区性的战斗，最近战斗有些升级，USE方面有些吃亏，上头要派一些精英保证其中的平衡。当然双方都是在试探对方的军事实力，以及机动战士的开发状况，虽然战斗规模比较小，但重要性却是不容忽视的。

当然这些对公众是不会开放的，毕竟表面上双方还是和平共处，而且一部分伊文特人是USE公民，有些人类也是NUP公民。这就是政治，一个永远没有感情，只有利益的人类关系产物。

"好了，你们几个千万不要在军训里面惹事，好好送走这批学生后迅速归队，我要亲自把这个送给少校。"

两人走出内营，萨尔塔对李锋的那种敌意已经完全不见了，一出门就看见几个人正在等他们。

唐灵、马卡、李兰加洛斯、黄朝阳，还有慕雪，以及一些学生，正有一搭无一搭地闲聊着，看到李锋和萨尔塔出现，众人立刻围了上来，嘴上问的是里面有什么好玩的，其实是想知道两人谁胜谁负，只不过赤裸裸地问出来会得罪那个输的人。

"呵呵，我们只是在里面随便切磋了一下，都是受益不少。"李锋笑着说。

"啊，是吗？里面怎样？听说军方的模拟机战跟真实的差不多，超爽！"

"是啊，给我们说说吧。"

黄朝阳嘴上没说，眼神可是火辣辣的，他非常想确定哪个是胜利者。

李锋不太喜欢八卦，聊天对他没有任何帮助，何况还是一群无聊的人："呵呵，大家可以和教官去说，说不定他会允许你们进去玩。累死了，我要去休息。萨尔塔同学，下午见吧。"

"好。"

萨尔塔认真地点点头，他想主动要求又怕李锋太急，没想到李锋竟然主动提出，怎么能不开心？他急于提高自己的实力，还有个自身的目的，时间对他也很重要。

只要李锋没受伤，唐灵就不在乎了，很自然地一挽李锋的胳膊，三人离开，众人实在有点汗，实在不明白唐大小姐为什么会这么主动，就算谈恋爱，像她这样的女生恐怕也很难伺候，哪怕是确定了关系，在众人面前也会很收敛，这李锋到底有什么魅力？

李锋有多大魅力，这个很难衡量，但是不得不说，对女孩子来说，她的第一个男人实在太重要，就算以前唐灵的心还有些空间，跟李锋在一起之后，那些空间已经完全被填满，在众人面前挽手实在算不了什么。

虽然李锋同学不是泡妞高手，但这招先下手为强绝对是王霸之道，像唐灵这样级别的美女，如果只是不断地献殷勤，就算累死都不会有太大的效果。

像黄朝阳这样准备细水长流慢慢来的，一点希望都没有。

望着李锋和唐灵的背影，其他人只有羡慕的份儿。

"呵呵，萨尔塔同学，怎么样？"

"我输了！"萨尔塔很干脆地留下三个字就走了，留下一群人还在那里傻傻地回味……

突然松懈下来的学生们几乎都很放松，午餐也吃得非常畅快，欢声笑语不断，由于这些天魔鬼式的训练，也让同学之间的关系加深了不少，女孩子们也放下架子跟男生嬉闹。在如此环境下，恐龙都是美女，母猪都能上树，何况是亚朗的才女兼美女，男生全部发春，都围在自己的目标周围打转。

这一届新生，除了唐灵就是慕雪了，很显然唐灵是名花有主，而且GAD公主的身份直接打消了大家的积极性，毕竟这种属于可远观而不可靠近的类型，吃得到的总比看得到的好，至于李锋这个男朋友……直接被无视了。

有了守门员就不能进球了吗？

至少黄朝阳等人都不怎么在意，只不过唐灵一直没给这类人机会，吃饭的时候都是和李锋在一起，而面对一个刚刚打败萨尔塔的高手，就算有想法的人也都会采取其他策略，正面交锋显然是愚蠢的。

"锋哥，你也给我制订一个训练表吧，要成为一名合格的军人，强壮的身体是必要的，我发现自己的身体素质还是有些差。"

唐灵已经从马卡那里得知李锋曾经给他制订训练计划的事儿，而她也看过，真的很不错，相当有针对性。

女友的要求自然是没问题的，李锋毫无形象地大口吃饭大口喝汤，在唐灵看来却显得非常有男人味儿，这大概就是情人眼里出潘安，怎么看都是好的。

"行啊，不过这段时间军训的任务量很大，暂时没必要加量，我好好想想，下午我要和萨尔塔进行个人训练，有兴趣的话就来看看吧。"

"有兴趣！"唐灵立刻开心地举起手，可能是声音过于响亮，引得周围的同学都在看，唐大小姐是怎么了？

唐灵的开心也让李锋有些感动，也不顾众人的眼光捏了捏美女柔柔温温的玉手。

一吃完饭，同学们全部散伙，憋了这么久，肯定是玩什么的都有，也有去郊游的，马卡也盯上新闻系的一个小美眉，此时正在展开狂攻，和美眉一起去欣赏自然风光了，李锋只有默默地为那个女同学祈祷了。

第76章
训练范围

本来热闹非凡的训练场顿时空了，虽然是军校，但是大家很少是想当列兵的，进入亚朗就是为了当军官，在现在的战争中又有几个军官是冲锋陷阵的？

萨尔塔已经到了，看到李锋后眼里立刻露出火热的目光，右手横在胸前一低头："师父！"

本来笑眯眯的唐灵当场愣在那里，这是怎么回事，唐灵可不是孤陋寡闻的小姑娘，这姿势是二十三世纪最流行的骑士手势，追随者的行礼方式。

唐灵很喜欢李锋，不需要原因，自己心上人有出色的表现比她自己取得成绩还开心，可是能让唐灵这样级别的女孩子惊讶的事儿已经不多了，偏偏李锋总是能不断地给她这样的惊喜。

李锋也没做作，萨尔塔和他一起训练切磋肯定能学到不少东西，没必要太谦虚。

"萨尔塔同学，训练之前，我们先测试一下基本指标，以便确定训练范围。"

"好！"

看得出萨尔塔很兴奋，直接忽略了一旁的唐灵。

"灵儿，你帮我们记录一下。"

唐灵非常感兴趣地点点头，身为机动战士设计的专家自然对这方面非常熟悉。

第一个机器是测试的综合指数，这也是最常见的，当然并不是很准确，只是综合衡量，一般人都在五十到一百之间，萨尔塔往上一站，噌！射线立刻笼罩，不停地扫描，屏幕上显示了一个数字———百六十。

萨尔塔对这个数值还是很满意的，毕竟这种综合素质已经远超过对一般战士的要求，唐灵自己也很好奇地往上一站，七十。

唐大小姐嘴一噘，心中很是不服，想要成为星际战舰的舰长，这种身体状况肯定是不行的，不过她还是个小姑娘，不用太着急。

李锋也往上一站，测试仪立刻扫描，很快出现了数字九十三。

萨尔塔和唐灵都是一脸的难以置信："这不可能，你跟我交手时所爆发出来的力量，绝对超过一百五十的综合素质，怎么可能才九十多！"

李锋笑了笑，忽然一吸气，眼睛猛地爆出寒光，呵！

屏幕上的数字哗啦啦地开始变化了，直线飙升超过了二百，二百三十多，李锋的表情依然很轻松。

"这，这不可能，怎么会有人可以变化身体的状况？"

唐灵像个小孩子似的晃着李锋的胳膊。

倒是萨尔塔有些理解："唐灵同学，这种人是有的，我父亲和哥哥也能做到，只不过他们也不见得有师父这样的程度！"

"汗……萨尔塔，你还是直接叫我名字，总叫师父都叫得老了，我正值青春年少呢！"

"是啊，萨尔塔，还是叫锋哥名字吧。"

其实唐大小姐心中是想让萨尔塔叫师母的，那感觉肯定很不错，想着想着脸就红了。

"是！"

这是高手才能做到的，平时收敛了身体的状态，一旦战斗就会瞬间提升，具体的情况他也不清楚，好像是军中的秘密，可李锋竟然如此自然地做到，实在太让人看不透了，唐灵现在则是痴迷地望着李锋，很随意的神态都是那样潇洒。她都觉得自己有点花痴了。花痴就花痴吧，那又如何！

"综合一百六十，不错，你一般是在几倍重力下训练？"

"两倍到两倍半。"

"有点弱，在基础训练上还是需要再加强一些，我看机动战士的技术先放后，把基础打扎实吧。"

萨尔塔很认真地点点头，他现在也意识到这一点，两人最大的差别就在这里，在关键时候对方的身体要比他强很多，在操纵机动战士的时候这可是致命的。

说到做到，两人就开始了重力室的训练，萨尔塔从两倍重力开始，而唐灵则在李锋的指点下做一些简单的动作，锻炼一下体力。当然唐灵可没必要和李锋他们一样，星际战舰的成员只要基本身体指数在九十以上就可以了，毕竟驾驶星际战舰主要是靠知识和判断，简单点说，操纵机动战士主要用身体，指挥星际战舰还是用脑。

两倍重力下的萨尔塔表现得非常活跃，而李锋根本没什么感觉，过了一会儿直接提到了三倍，萨尔塔脸色开始通红，但是在忍耐，当看到李锋仍像个没事的人，他彻底服了，输得一点都不冤枉，而李锋可能根本连一半的身手都没拿出来。萨尔塔知道他以前的想法是错误的，以为能承受两倍多的重力身体就差不多，过于追求技术，可是没有相应的身体有些动作根本做不出。

找到症结的萨尔塔就全神贯注地训练起来，而李锋给唐灵制订了两个简单的训练计划，主要是体能上的，唐灵现在还不适合进行负重练习。

制订完之后，李锋就要冲入重力室活动筋骨，却被唐灵拉住了，小公主噘着嘴非常不开心，弄得李锋莫名其妙，不知道哪里得罪她了。

唐灵不得不指点一下这个笨笨，指了指自己的脸蛋，李锋也笑了，一提到训练就会太专注，而忽略了她，当下抱起唐灵就是一个深吻。

唐灵快喘不过气了，心中既开心又怕别人看到。

重力室运转起来,李锋从五倍重力开始,他也知道不能做太长时间,引起太大注意就不好了。先活动一下,吃完晚饭,六点多再去观察周围的地势,看看有什么需要准备的。

　　等李锋出来的时候,却发现唐灵和萨尔塔正目瞪口呆地望着他,李锋擦了擦头上的汗,"怎么了,你们的训练已经结束了?"

　　"你知道自己待了多久吗?"

第77章
探路

"没多久啊,一个小时吧。"

萨尔塔和唐灵面面相觑,这人……一个小时还这么随意?

一直维持在五倍的重力中,一个小时,出来还这么神态自若,萨尔塔都怀疑李锋是不是披着人皮的机器了!

唐灵这才知道李锋跟她说的八倍重力不是在开玩笑,而是真的,忽然,一种剧烈的冲动从她的身体中产生,如果能给李锋打造一个只属于他的机动战士该多好啊。一想到李锋叱咤风云的样子,唐灵就觉得荣耀共有,她驾驶着星际战舰,而李锋则是她的保护者,两人一起遨游星海,多么幸福啊。

"咳咳,灵儿,灵儿?"

"唐灵同学,想什么事情这么开心?"连古板的萨尔塔也忍不住逗逗唐灵,恐怕也就李锋这样的人才配得上唐灵这样冰雪般的女生,在萨尔塔眼中两人就是绝配。

"咳咳,没什么,没什么……你们干吗那样看人家?还看,不许看!"

唐灵一跺脚,两人连忙转身。

"李锋,后面怎么安排?"萨尔塔已经打定主意以后的日子都听李锋的安排,他对实力的提升太迫切了。

"萨尔塔,不要着急,先应付完这次军训,回学校后再具体训练,急于求成反而容易留下暗伤。"

李锋并不是很感激魔鬼金,确实那种训练方式是唯一能短时间提升能力的方法,这根本不是现在的技术能达到的,可是李锋也付出了相当的代价,那是在赌命,如果不是他的精神够坚韧,早就死N次了,但是能有现在的成就确实是魔鬼金的功劳,功过相抵吧,所以能很平淡地看待魔鬼金和自己的实力。

"是!"

对于李锋的话,萨尔塔现在就当成圣旨了,萨尔塔还从来没这样服过一个人,他的父亲和哥哥很强,但是那是他的目标,可是在接触李锋之后,他仿佛发现了新大陆,李锋展现的实力并不是可以压倒他的父亲的,但是却能给萨尔塔一种信心,就是没有这个人做不到的事!

不论战斗抑或是……女人。

训练完解散,萨尔塔当真非常听话地回去了,并没有加练,而李锋和唐灵则一起离开,本来打算吃完饭再去,可是时间还早,两人随便换了身衣服就出发了,离开军营的感觉真不错,冰冷的建筑和美丽的自然风光当然不同,门口也有进进出出的学生,显然大家都不会放弃这样的好机会。

李锋打开天讯上留下的地图，下周的野外生存训练就在这周围，这附近的山路还是相当崎岖的，而且周围是军事区，除了公路之外，全是林地，还有一些是军事设施，以教练这些人的个性肯定不会让他们太好过。

具体是怎么训练，李锋也不清楚，他自己根本一点都不害怕，但是却不得不为唐灵和马卡多想一些。

唐灵毕竟是女生，喜欢浪漫的女孩子，并不是很在意本来的目的，只要能和李锋单独相处她就很开心了。两人按照地图指示选了一条路，这里指向下周训练的一个基地。

"嘿嘿，猴子，做好了没？"

"放心了，以李锋那小子的心思，肯定会去探查一下的，我已经发了处理过的地图给他，让其他人准备准备。"

"如果被头儿知道，我们就完了。"

"僵尸，你小子吃药了，什么时候胆子这么小，不跟这小子玩几把怎么也不行。不是我看他不顺眼，实在是心里非常别扭，你不想去可以不去，反正头儿去向少校汇报了，一时半会儿回不来。"

"呵呵，我看你们不是看他不顺眼，而是因为少校这么重视他才不服的吧！"刀疤笑眯眯地说，可惜怎么调整表情还是一样的恐怖。

"哼，彼此彼此，少校是TIN中唯一让我佩服的，这小子是不错，可是凭什么值得少校这么重视，天才？切，TIN的天才多了，十岁的超能者也不见得少校这么看重，我倒要测测这个李锋是不是真的值得！"

其他人也点点头，显然他们对少校这么重视一个年轻人还是相当"有意见"的，这四人本就是胆大妄为者，何况李锋的实力也到了这个级别，如果对方很弱，他们也不会出手，其实铁雄他们一点把握都没有，这才决定四人一起出动。

"猴子，开启吧，先让他们逛逛，等天黑了再动手。"

"嘿嘿，早就启动了。"

李锋和唐灵走在林间，周围的环境越来越美，也很幽静，同学逐渐不见了，只剩下他们。其实他们也没有走太远，不过两人在一起有说不完的悄悄话，也没有太过在意别人。何况周围风景又是这么美好，尤其是唐灵，更是深深地沉醉了，虽然她家别墅的绿化也非常好，可是怎么也无法跟天然的景色相提并论。小鸟的叫声是多么的动听啊！

揽着唐灵动人的身体，李锋也感觉到了做男人的好，又走了一会儿，山坳中出现了一个美丽的湖泊，唐灵立刻欢快地跑了过去。

"锋哥，快来啊，你看，多美啊！"

唐灵张开了双臂，深深地吸了一口气，有水的清新，有泥土的芳香，好美丽的湖！

第77章 探路

　　两人坐到湖边，唐灵脱下凉鞋，露出秀美的玉足，在水中涤荡着，看得李锋不由得出了神，真想把那美丽的玉足握在手中好好地把玩一下。
　　"看什么看？呆瓜。"
　　唐灵掩嘴一笑。
　　"灵儿，你太美了。"李锋傻乎乎地说道。
　　如果马卡在一定会大叹给他这个师父丢脸，泡妞怎么能说这么土的话呢？尤其是当着唐大美人的面。

第78章
袭击

可是唐灵却非常受用，赞美的话她听太多了，李锋简单甚至有点傻乎乎的话，却让她有点颤抖，心中有种酸酸麻麻的感觉。

"锋哥，我想洗个澡，刚才运动出了一身汗，还没来得及洗呢。"

唐灵四处张望着，当然她又怕有人。

美女要洗澡，而他自然要负责安全问题。

李锋默默地观察着周围，没有人的气息，但是却装作很犹豫的样子："这个也不是不行，只不过我有什么好处？"说着暧昧地望着唐灵的红唇。

"哼，人家最大的便宜都被你占了去，还想要什么！"

"嘿嘿，亲一下。"

拧不过李锋，唐灵还是献上香吻，两人选了一个位置比较好的地方，岸边都比较浅，水也很清澈。

"看什么看，转过身啊，不然人家怎么洗？"

汗！没办法，李锋只能转过头，真奇怪，明明什么都看过了，周围也没人，还这么害羞，女人真是奇怪的动物。

听着窸窸窣窣脱衣服的声音，李锋心中也是一片火热，真想转过身，好好欣赏一下，忍耐！

直到唐灵跳入水中李锋才转过身来，看到了唐灵在水中欢快地游动着，像美人鱼，不，美人鱼怎么能跟她比！

唐灵太开心了，冰凉的湖水滋润着肌肤，那感觉真好，李锋也是目不转睛地看着，要把这一幕刻在脑海中，实在太美了，他都想下去洗鸳鸯浴了。

"锋哥，你会游泳吗？下来啊！"

水中的唐灵忽然暧昧地挥挥手，做出挑逗的样子，唐灵的游泳技术可不是盖的，真的很强。没办法，人家家里就有超大的游泳池，而游泳能美白肌肤，唐灵自然很爱好这样益处多多的运动。

美女召唤，李锋还等什么？三下五除二把衣服脱下，穿着短裤就冲向唐灵，不过小美人立刻游走："来啊，来追我啊，能追上我，人家就给你奖励！"

"这可是你说的，等着！"

刚刚还表现得像新手一样的李锋突然像飞鱼一样冲向唐灵，吓了唐美眉一跳。怎么这么快，几乎还没反应已经被李锋抱住了，两人深深地吻在一起沉入水中，在水中接吻是什么感觉，现在唐灵知道了。

第78章 袭击

快要窒息的时候,却从李锋那里传来氧气,晕晕的,比平时的感觉要好很多倍,这种刺激的经历是以前想都不敢想的,可是现在却可以亲身体验,唐灵迷失了。

但这时,李锋却感觉到了杀气!

在两人的不远处,一只巨大的怪鱼正盯着他们,有点像放大了的食人鱼,锋利的牙齿,和虎鲨差不多的身躯,那凶猛的样子,显然不像是吃素的。

唐灵的感觉也很敏锐,立刻也发现了危险,李锋一拉,两人迅速向上游去,可是刚才嬉闹的时候已经离岸边有些距离了。

在水中,鱼的速度可是最快的。李锋只是把唐灵推了上去,自己并没有离开水面。

唐灵只觉得身上受到一股大力,整个人朝水面冲了上去,冲出水面大口地喘息着。不,不能这样,李锋呢?

也没有多想,唐灵立刻潜了回去,就算死也死在一起啊!

可是水中已经失去了李锋和那条巨型食人鱼的踪影,水中的可见度非常低,很快唐灵就憋不住气浮上了来,大口地喘着气。

此时的李锋已经跟那头食人鱼对上了。食人鱼望着美味,在水里根本没生物是它的对手,它快速冲向李锋。在水中的李锋,根本不觉得太胸闷,他的皮肤可以摄取一定量的氧气,足以维持他长时间的生存,面对食人鱼的冲刺并不紧张。

食人鱼张着大嘴朝着李锋的腰部咬去,那锋利的牙齿绝对不仅仅是好看,在岸上可能不值一提,但在水中,没有武器的情况下多数人是死路一条。

可惜不是李锋。

在大嘴要咬中自己的瞬间,李锋出手了,双手卡住了食人鱼的嘴,一连串的水泡从口中喷出,眼睛爆射出骇人的光芒,双臂猛地一挣!

哧啦……

无助的唐灵仍不肯离开,不停地呼唤着李锋的名字,可是没有回应。泪水哗啦啦地落下来,她为什么要游泳啊,如果不是她一时贪玩也不会这样!

鲜血浮出水面,唐灵更是吓呆了。

忽然一只冰凉的手抓住了她的玉足,她先是一惊,紧跟着一头钻入水中,她的感知告诉她,是李锋!

两人一起浮出水面,唐灵二话不说就是一阵捶打,把李锋都打蒙了。

"坏死了,坏死了,就知道吓人家!"

"灵儿,没事,没事,不要哭,一条小鱼而已。"

"还说,还说!"

她紧紧地抱着李锋,生怕一转眼他就消失了。

李锋倒不害怕,刚才正好检验了一下水中的训练成果。不知是谁养的鱼,只能说不好意思了。

两人回到岸上，唐灵给某人做了一个全身检查之后才松了一口气，镇定下来之后，才想起那条大鱼。她想起来了，以前周芷无意中说过，这好像是用来训练水下特种部队的一种变异食人鱼，战斗力要比鲨鱼可怕得多，就算是特种部队都要带着鱼枪或者匕首之类的武器。

李锋浑身上下什么伤都没有，他是怎么做到的？

血都不是李锋自己的，不过味道还是满不爽的，在岸边把身上洗干净，两人都觉得此地不宜久留，看来下周的野外生存训练还是相当危险的，按理说不该这样的，毕竟他们只是学生。

第79章
精神爆破

"锋哥，你觉不觉得有点古怪？"唐灵抱紧冷嗖嗖的身体，有点毛骨悚然地望着周围。

这么一提醒，李锋也觉得不对劲，好像周围的环境是有些诡异，这里也太优美了点，类似于某种幻境！

以现在的科技力量当然不可能制造出像魔鬼金模拟出来的那样的地方，但通过某些光学仪器再加上一些障眼法，做一个迷宫是绰绰有余的。

看来是有人针对他们啊！

"灵儿，一会儿紧跟着我，如果有危险就卧倒，一定不要慌张，有人想跟我们玩游戏啊！"李锋舔舔嘴唇，对于敢挑衅的人，他是不会心慈手软的。

唐灵点点头，身为GAD的大小姐多少也接受了些袭击方面的训练，李锋嘴里说得轻松只是为了不让唐灵紧张，但实际情况非常不妙，对手是谁都不知道，是冲着他，还是唐灵？

回去的路已经消失了，两人真的是陷入了进退两难的地步，可是原地待着肯定不是办法。

唐灵轻轻地拉了拉李锋："我好像能感觉出来出口，应该是那边！"

唐灵指了指西南方，没什么理由，就是很直观的感觉，但是唐灵的感觉一向很灵敏，李锋自然不会有异议。

两人谨慎地向前行进，忽然李锋的脚步停了下来，五只野狼从密林中钻了出来，目不转睛地盯着两人，口水哗啦啦地流着，眼睛里充满了暴虐的气息。不知什么时候天色已经昏暗下来。

瞬间，五头野狼同时朝两人扑了过去，四只对付李锋，一只扑向唐灵，动物的敏感告诉他们，李锋的威胁更大。

这些狼都是经过特殊训练的，动作异常凶猛，而且狼本就是群攻动物，所以它们的攻击也相当有配合性。此时李锋已经不再考虑它们怎么出现，如果没有唐灵，他有N种方法玩死这五头"小狗"，可是现在容不得他有半点马虎，他可不想唐灵受伤。

虽然不想……可是没有办法！

推开唐灵，李锋启动了，直接扑向野狼，不但没有防守，还一拳轰向了狼口，一声惨叫，李锋的右臂直接贯入狼口，野狼尖锐的牙齿竟然没有咬透李锋的肌肉。

一只狼受伤，其他的狼更加疯狂地咬住李锋，这些狼明显是受过训练的，全部直指李锋的要害，脖子、手腕、脚腕，甚至下体都咬。

李锋躲过关键部位，但还是被咬中了，也是故意的，咬住他总比去咬唐灵好，李锋的眼睛中没有恐惧，只有兴奋和残酷，当环境过度危险和压抑的时候，他体内的那种杀戮状态就会不可抑制地被唤醒。

魔鬼森林的变异魔兽都不是他的对手，几只狼算什么！

吼——

轰！轰！轰！

被穿透了喉咙的狼成了武器重重地摔向另外一只，这狼至少也有两百多斤，可在李锋看来像是没重量似的，不过这些狼也相当了得，任凭你怎么砸都不肯松口，砸了两下李锋也怒了，先是扯掉了右手的狼尸，然后一拳砸碎了压住他左手的狼头，坚硬的头骨就像鸡蛋一样碎裂，一拳一个，野狼的身体软软地垂下，只不过头部仍挂在李锋身上，而这时不知从哪儿又窜出一头，直冲唐灵。

唐灵吓得不能动弹了，呆呆地望着扑向她的张牙舞爪的巨狼，忽然一声刺耳的尖叫，连正在赶去救她的李锋都被震得翻了一个跟头，而冲向他的那只狼更惨，直接七窍流血半空中身体一软摔在地上。

好恐怖的精神力量！

李锋一个翻身来到唐灵的身旁，没事，只是吓晕了。刚才是怎么回事？好强的精神力量！

听魔鬼金说过，人类的终极进化就是大脑，但显然这需要一个漫长的过程，就算是它也只能改造李锋的身体，强化精神，可是很显然唐灵的精神能外散，这种超能力者也是有的，只不过作用不大，能像唐灵这样直接作出攻击的闻所未闻。

李锋小心翼翼地把唐灵抱在怀中，晕倒了也好，不管对方是什么目的，都让他非常的不爽，非常不爽！

按照唐灵指出的方向，李锋一路快速前行，在树林中穿梭，对方绝对不会只派几只动物来！

果然！

噌……噌……噌！

李锋一个侧身，身旁的树上钉了三把匕首，一个黑影瞬间蹿出，李锋的嘴角露出冷笑，想跑，哪有那么容易！

嗖！

前方的蒙面人心中骇然，这小子竟然能跟得上他的速度……咦？怎么不见了！

"你想去哪儿啊！"

李锋已经抱着唐灵站在了他的面前！

蒙面人惊讶归惊讶，手底下可不慢，抬手就是三记飞刀，李锋左手抱着唐灵，右手猛地一挥，三把飞刀就到了李锋的手上。

"物归原主！"

第79章 精神爆破

三把飞刀按原路飞了回去，没原来那么好看，但是速度更快，蒙面人闪避得够快了，但仍被一把飞刀射中胳膊。

迅速后退，一翻身落入密林，而李锋眼中的环境又发生了多重转换，李锋知道这是幻觉也不在意，不过蒙面人却趁着这个机会消失了。

刚刚准备喘口气，三道人影同时从左右和上方出现，迅速放下唐灵，李锋也没有闪避的意思，瞬间出手，连续的重击，三个蒙面人，晃了几下又跑了，看着地上的唐灵，李锋也没法追击，真是活见鬼，这几个人到底想干什么！

李锋重新抱起唐灵的时候，周围的环境好像恢复了正常，一条通向基地的小路重新出现。莫名其妙！

刚才三人的实力不错，李锋也挨了两下，对方有一个也挨了他一拳，如果不是为了保护唐灵，这三个人能活着跑掉一个就不错了。

第一时间把唐灵送到医务室，直到从医生口中确认没有大碍的时候才松了一口气。

第80章
潜移默化的影响

其他同学纷纷围了上来七嘴八舌地问着，李锋的脸色并不算好看，现在分析看来，这事儿有些蹊跷，对方的攻击非常犀利凶狠，但又不像是拼命，试探的成分很大，可是为什么要试探他们？

李锋只是随便应付了几声，他可没心情跟其他人聊天，面对有些"过分关心"的同学，萨尔塔和马卡站了出来，把众人隔开，马卡当然没什么战斗力，但是萨尔塔就不同了，他以前在高中的风格众人也是有所耳闻的，暴力彪悍型，尤其是眼睛一瞪，满脸的冷酷，不听话的可要小心一点。

过了一会儿，教官来了，僵尸面无表情地驱散了学生："都回去好好准备一下，不要乱跑！"

李锋瞄着教官，他的动作有点不自然啊。会不会是这四个家伙？

教官对李锋怀疑的目光视而不见："李锋、萨尔塔、唐灵，你们三人可以不必参加后面的军训，自行训练，可以使用军中器材，当然一些特殊器材需要审批，也可以参加士兵的日常训练。"

说着面无表情地审视着三人："还有什么问题吗？"

李锋若有所思，默默点点头："没有！"

现在萨尔塔是唯李锋马首是瞻，教官的这个决定太合他的心意了，那所谓的野外生存训练也就是给那些娇嫩的学生准备的，对他没什么意义，纯粹浪费时间，而像他这种性格，一旦发现李锋这样的新大陆，恨不得天天训练，迅速提高自己。

"老师，我呢？"马卡突然冒出一句，水汪汪的大眼睛望着教官，希望从教官口中说出个"你也一样"。

可惜，僵尸教官的目光在马卡身上沾了一下直接无视，转身就走，李锋则有些玩味地说了一句："教官，夜路不好走，要小心哦。"

教官的步伐稍微一顿，没说什么。

等教官离开，萨尔塔才开口："发生了什么事儿？教官好像受伤了。"

李锋也没有隐瞒，把刚才的事儿简要一说，"这可能是军训的一部分吧。"

对于军训本身，李锋没什么意见，哪怕再危险也是一样，可是让唐灵陷入危险却让他有些恼火。想到这里，李锋忽然发现，这个清秀美丽的女孩已经影响到他的内心变化，这是魔鬼金训练之后第一次出现这种事儿，潜移默化的影响。

想到唐灵美丽动人的神情，李锋没来由地一阵温暖，自己还应该更强一些，这样才能保护她，如果她想做舰长，那他将成为最强的机动战士，帮她打退一切敌人！

"锋锋，我惨了，没你照顾，我下周怎么办？从僵尸脸的口气看，下周貌似很危险的样子。"马卡忽然可怜兮兮地用极其温柔的口吻说道。

饶是萨尔塔天不怕地不怕，也听得汗毛耸立，狐疑地望着两人。

"死卡卡，你最好认真点，整个基地周围应该都处于军方控制之下，你们这次的野外生存训练大概能遇到一些意想不到的东西，就算没有生命危险，也绝不会好过，所以你最好准备一下，这个我可帮不了你！"

李锋断掉马卡的幻想，这小子自从考入亚朗之后，又开始松懈了，吃点苦头也好。

"你们是唐灵的同学吧？她醒了，进来吧。"一个护士走进来说道。她当然称不上特别漂亮，但一身粉红色护士装看着非常舒服。

都是自己人，李锋也不客气，温柔地握着唐灵的小手，细声地呵护着，弄得唐灵也有些不好意思，这人真是的，开始的时候对自己漫不经心，还以为是个害羞的类型，结果这么热情，也不顾旁边有人。

马卡无语问苍天，这还是那个泡不到妞，也不能被泡的李锋吗？服了，难道两人真的发生了亲密关系？哦，上帝，以后是不是考虑向李锋拜师学艺呢？

相比马卡的八卦，萨尔塔却神色如常。他对女人实在不太感兴趣，在他的脑海中，未来的机动战士就是他的老婆，成为一个伟大的战士，就是他的目标……女人？往后慢慢排吧。

"真的没事了？"

"没事了，真的，你也没事吧？究竟是谁攻击我们？这里是军区，不应该有恐怖分子啊！"

唐灵靠在李锋怀里，那乖乖秀美的模样看得众人一呆……

"没事，应该是军训的一部分吧，我们已经被特批不需参加后面的训练了，剩下的时间可以自行训练或者跟常规部队一起。不过，灵儿你真的没事儿吗？头不痛吗？"李锋把事情轻描淡写了。

"头痛？为什么？"

唐灵用某种特殊能力爆掉一头狼的事儿，看来她自己也记不住了，这方面他也不懂，也算是唐灵的秘密，需要找个时间慢慢谈。要是魔鬼金在就好了，这家伙到底需要什么能源，其实到现在为止对于它的存在，李锋仍有些如梦如幻的感觉，魔鬼金究竟藏在身体的哪里，连仪器都测不出来。

"没事就好，未来的舰长大人看来要好好训练一下胆子，呵呵。"

"哼，竟然敢取笑人家，找打啊！"

唐灵无意中的风情可让有些人受不了。

"你们实在是太肉麻了，当我们不存在啊，受不了了，我要闪了，呜呜，可怜的人生，可怜的纯洁少男，我要慢慢舔伤口去了。"

第81章
特权

马卡打了个招呼闪了,从李锋刚才说的,他立刻分析出下周的训练是实地环境结合幻境,天啊,要好好准备。

"他是纯洁少男吗?"萨尔塔突然问道。

李锋和唐灵相视一笑:"他要是纯洁少男的话,这世界上就没淫荡的人了。"

不管怎么说,不用进行后面无意义的军训,李锋他们还是蛮开心的,可是对于铁雄等人来说可没那么轻松了。

四人正站在巨大的屏幕面前,一些工作人员正在忙碌着,有些工作人员比他们的职位还高,不过却表现得很恭敬,因为四人军装上都多一个特殊的标志,上面印着三个字母TIN。

屏幕上出现的正是四人与李锋的交手,过程并不长,却看得四人面色凝重。四人都有不同程度的伤,不过这点伤势还难不倒他们,只是李锋这小子在这种情况下仍旧完好无损就让他们有些佩服了,工作人员虽然没说什么,但从眼神中也看得出,这个年轻人实在太优秀了。

"我们还损失了试验用的一只混合基因的食人鲨,以及六只狂狼。"屏幕上显示了图片,看得众人倒吸一口凉气。

食人鲨是混合了食人鱼基因的鲨鱼,就算再擅长水性的人在没有装备的情况下也不是它的对手,而图片上的食人鲨竟然是从头部被活生生撕裂,这得多大的力气和肉体韧性,难道是李锋这小子?

这也太可怕了吧!

六头狂狼也是,其中一只更奇怪,爆炸仿佛从内部开始的,脑浆已经炸成一团,外面却看不出太多的损伤。

四人当然知道这些行为是瞒不过少尉的,不过看现在的情况,不但不能隐瞒还要主动上报,这样优秀的年轻人应作为军方重点培养的目标,不!应该是TIN的重点培养目标,其他部队根本没资格拥有这样优秀的人才!

军方内部,太空部队、空军、海军、陆军、特种部队之间的派系斗争也是非常激烈的,都在互相挖人才,TIN无疑是比较特殊的存在,所以他们的军衔虽然低,却拥有极大的权力,这样特殊的存在也引起了一些将军的不满。

当然他们是不敢擅自做主的,这些事情是上头的事儿,但是优秀人才的推荐,一直是TIN的惯例,不管出身,不管曾经做过什么,只要有实力,愿意为TIN效力,都会纳入适当的部门。

第81章 特权

"安吉儿小姐，您的全球巡演计划已经安排好了，不过您真的要去USE的军校？"环球娱乐的CEO巴尼有点汗啊，娱乐一般不会涉及政治和军事，但是安吉儿绝对算是特例了。

"是的，除了常规的巡演，请为我挑选USE的几个军校，我觉得既然是和平巡演，去军校更加有意义。"

"对，安吉儿你说得太好了，我们要用音乐征服那些小子！"米尔琪火辣地吼道，从她口中说出来，和平的味道大减，倒像是示威。

安吉儿不置可否地笑了笑，她没别的意思，只想把和平的音乐传达出去。战争，带来的只有死亡，尤其是同室操戈。

巴尼摇头苦笑，真是太天真了，如果唱唱歌能平息战争，还要军队干吗，只不过安吉儿的影响力确实大，按理说她是NUP的顶级偶像，而军校又是半军队性质，一般都会拒绝类似的活动，可是这次大多数军校竟然主动邀约，让人不服不行。音乐无国界，魅力无国界啊！

"安全方面还是要着重考虑，最近恐吓信不断，在USE毕竟不是我们的范围，何况最近国际局势有些波动，USE方面考虑到安吉儿小姐的影响力，特批出动特种部队保护，这是从来没有的荣耀啊！"

"切，有我在就行了，不需要别人！"米尔琪白了巴尼一眼，好像鄙视对方忽略她的存在。

"咳咳，米尔琪小姐，主要行程自然是你负责，只不过一些场合还是专业的安保人员比较好。"

"巴尼先生，替我谢谢他们，不过我不需要军方的保护，此行USE是为了永久的和平共处，有了军人反而不好，我相信这个世界还是好人多。"

望着安吉儿甜美的笑容，巴尼也不知道说什么好，安吉儿实在太天真了，可是这社会可不是那么美好的，他也不愿相信真有人能对这么甜美的女孩下手，可是这世界上总有些变态，不得不防。安吉儿提出来的要求，巴尼无法拒绝，她那灵动的大眼睛总带着一种让人无法反抗的魅力。

保安问题只能另想办法了，没有保镖是绝对不行的，他还没糊涂到那个份上，也许可以换些别的身份的人，还需要跟USE的主办方好好讨论一下。

李锋、萨尔塔、唐灵三人可以自由选择后续的军训项目，这在学生中引起了极大的反响，毕竟谁都想搞点特权，这个从前默默无闻的李锋自从进入亚朗以来连黄朝阳这些人的风头都抢了，这绝对是谁也无法猜想的，而那个号称刺儿头疯子的萨尔塔竟然被他收拾得服服帖帖，实在让人猜不出李锋用了什么手段。这家伙不但对男人有一手，对女人也相当厉害，没有黄朝阳阳光有气质，也没李兰加洛斯那么英俊文雅，这人吃相也特别粗鲁，可是偏偏能让唐大小姐这样的美女百依百顺，这真是让人啧啧称奇的事儿。

第82章
天壤之别

现在连魔鬼教官们都被摆平了……

学生们自然要讲究公平，凭什么他们三人可以，他们就不行？对于这种斗志，教官们是绝对支持的，只要觉得自己有能力都可以尝试，只要能战胜基地内部任何一个战士就有资格自由安排计划。能考进亚朗，自然不乏自信者，当场就站出十几个要挑战的，这些人多半是机战系的，虽然还只是学生，身体可并不差，显然平时都有严格的自我训练。

他们被猴子教官带进，大约一刻钟之后，教官自己走了出来，宣布这十三位勇敢的同学受了点伤，需要进行一点医疗处理，但是并不会耽误此次的野外生存训练。

其他人希望的肥皂泡也迸裂了，就算有的人还有信心也不想冒险，跟训练有素的战士硬碰，风险太大，而且受伤也要继续进行军训，那就亏大了。

众人比较期待的黄朝阳和李兰加洛斯却表现得非常平稳，并没有想要挑战，也许是两人并不太擅长体术吧。

两个月的时间说长不长，说短不短，李锋三人过得可是异常充实，看得出萨尔塔是真的想从李锋那里学到更强的力量，对李锋安排的基础重力训练没有丝毫的怨言，虽然枯燥，但每天认真地完成，看得李锋也有些汗颜，他平时也很努力，不过相比萨尔塔仍是差了点，只是魔鬼金的魔鬼训练并不是每个人都能享受的，如果换给萨尔塔，估计他是求之不得，一点怨言也不会有的。

李锋曾试探着问过唐灵的情况，对于这个，唐灵倒没有隐瞒，她确实有精神方面的异能，不过只是对一些人或者事物有简单的对错强弱上的感觉判断，此外别说攻击，就算用意念举起一个杯子也是没可能的。对于上次的事情，李锋认为她是在危机情况下的潜力爆发，这种能力不稳定，回到学校之后需要好好研究一下。

也不知道教官们是良心发现，还是上头有了指示，对李锋他们开放了内部网，当然军队内部的机密是不能触动的，但是一些训练方式，军事理论战法的书籍可以随意阅读。

上京警备区自然不会收藏一些没用的东西，萨尔塔对这个不感兴趣，李锋确实非常投入，如果真要参加战斗，即使自己有再强的实力，头脑仍是排在首位的，而且人力有限，很多时候必须使用其他方法，李锋从来没有过于迷信个人力量，这点在魔鬼森林已经受到过教训，在那里有一群中等怪物，可是即使最强的怪物也不敢招惹它们，因为它们攻击的时候总是一拥而上不死不休，而且李锋想当一名将军……虽然只是梦想！

受了萨尔塔的激发，他自己也加强了重力训练，只不过有人的时候就四倍，没人的时候使用五倍，为了弥补重力不足，加强了负重，反正军队里最不缺的就是器材，如果直接使用八倍……天晓得会发生什么事儿。

第82章 天壤之别

除了身体训练，也加开了枪械训练，军训中是有这样的项目，不过目的只是让学生们了解枪械并学会使用而已，但对李锋他们自然不是如此。这样的机会可是相当难得，真枪实弹的练习可是非常好的，只不过教官们有点过于好了。

李锋打枪的时候并不是枪枪十环，反而是七八九十、十九八七地乱打，表现出了中等程度的学生状况，对此也让关注他的军方略微有所失望，看来这学生也不是真的无所不能，只能说在某些方面比较优秀罢了，当然综合成绩仍是比较罕见了。

不知为什么看了这样的情况，泰加反而有点轻松，有弱点的人才叫人啊，如果这家伙真的无所不能，真的要送到研究所拆开研究一下了，正常人是不可能的。

三人忙天忙地，其他学生也没闲着，亚朗A级军事学院的学生真的很不错，这些稚嫩的学生从艰难的野外训练很快学到了很多东西，并立刻有针对性地改正并很快适应这种环境，比如半夜紧急集合。刚开始人员不整，丢三落四，两次之后，就能在规定时间内集合，教官们嘴上不说，但心中还是有点佩服的，毕竟一群学生能做到这一步真的要靠坚定的意志和相当的自尊心，而这是成为一名合格军人所必需的。

度过了第一个月的适应期，而第二个月亚朗的学生们展示了自己的风格，在训练中开始争强好胜了，毕竟这些都是优秀的人才，而未来都有可能成为USE举足轻重的人物。

宁欺老，莫欺少，永远不能小觑了年轻人。

两个月的军训结束，学生们整整齐齐地列着方队，一个个抬头挺胸意气风发，颇有点军人的气质，跟刚来时的自由散漫真的是有天壤之别，这种改变不仅是表面的，内心也是一样，每个人都变得更坚强。

泰加和四位教官也第一次露出了笑容，泰加用一句"你们都很好"做了结束语，简单而发自内心，虽然只是两个月，也许以后再也没有机会碰面，但这无疑是学生们人生中重要的一刻。

在大家还多愁善感的时候，教官们已经离开了，并没有什么送别，一些女孩子还伤感流泪，但军人只流血不流泪。

猴子等人也不是钢铁，他们也从学生身上学到了一些东西，说实话以前在TIN都忽略了这些东西，这次的下放对他们也许是好事，他们思考问题的方式也发生了一些改变，而由于军训的圆满完成，他们也重新回到TIN，他们的身份也经过处理，后来一些学生寄出的信都被退了回来，因为收件人已经不存在了。

第83章
解放

　　时势造就英雄，还是英雄造就时势，没人说得清楚，以前的军训虽然严格，但绝对没像这次这样，野外训练项目根本是不存在的，而这一届经历了，还动用了军方的大范围模拟环境，这在以前是不会的，毕竟是学生。在很多人眼中，学生就是孩子，可是也许是他们太小看了学生，这一届的亚朗新生日后将叱咤多个层面，很多人成功之后都把原因归结于那次的军训，一次严格的训练彻底改变了他们的生活准则，改变了他们对待事物的态度，在重要的大学时光中明确了自己的目标和学习方式，想不成功都难啊。

　　亚朗走向辉煌的白金一代就此拉开序幕。

　　回到学校，各种各样的磁浮车停得到处都是，父母们拥进校园来接自己的孩子，毕竟第一次脱离父母，而且还是封闭式的两个月，又听说这样的军训是严格而危险的，经常有学生受伤，父母说不担心那是假的。

　　但是就连父母们也发现自己的孩子真的变了，仿佛经过两个月的训练，发生了翻天覆地的变化，不但没有表现出疲惫和萎靡不振，眼睛中反而都放着刺眼的光芒，这说明每个人的精神状态都相当的高涨。

　　就连学校也发觉这批学生有点不同，以往回来之后学生们大多是抱怨累，无聊，教官没人性，而这次抱怨者极少，但是难得军方给出的训练表却是三颗星的，要知道以前一般都是一星半或者两颗星。

　　老师们通过向一些学生干部了解也是暗自称奇，这么严酷的训练，而且受伤率是往年最高的，可是效果却是最好的，越是受伤的学生越没有抱怨，给老师和父母的感觉，这些学生真的长大了。

　　这次的军训效果是始料不及的。

　　军训结束放假两天，然后上课，同时会有一个总结表彰大会。

　　亚朗长篇大论的老师相对少一点，起码比高中的好很多，也知道家长都在外面等着，也不多啰唆，说了几个注意事项就直接解散。

　　终于解放的学生呼地一下冲了出去，兴高采烈地和自己的父母说着自己的优秀表现，尤其是在野外训练中是如何克服困难的。野外训练考验了个人能力和团队配合等多方面的能力。当然有失败，可失败也是经验，难得的经验，这绝对不是书本上能教的，那深刻的教训可以刻在骨头里，以亚朗学生的素质，这些经验肯定能运用到各方面。

　　李锋和马卡的父母是一起来的，由于李锋和马卡的铁哥们关系，双方父母也很熟悉了，本来李锋对马卡的影响就让马卡父母很感激，当得知李锋是亚朗本年度五个保送生之一，更是感谢得不得了，见了李锋的父母热情得都让人不好意思了，毕竟马卡的父母知道自己儿子是什么料，能有这么大的变化，并考进以前想都不敢想的亚朗，起码有一半功劳是李锋的，近朱者赤嘛。

四人客套完，马卡一家先走了，由于李锋的"彩票运"，家里也买了一辆磁浮车，当然是比较普通的一种。李家城对自己儿子的表现真的非常自豪，但仍是告诉李锋戒骄戒躁，一时的成绩代表不了什么。父亲的话不多，但都很重要，不过李妈妈却直接把老头子推到一边，嘘寒问暖，她才不管什么成绩不成绩，自己儿子安全健康才是最重要的。

李锋再强悍，在父母面前也只有乖乖听话的份儿。唐灵从来没见过这样的李锋，在两人相处以来，李锋展现的都是迷人的男人味儿，好像他无所不能，就是Superman，而这个时候李锋竟然难得露出小孩子的一面，不知怎么唐灵竟然有想要摸摸他的冲动。

"你们都待在这里，不准过来！"

"是，小姐！"

来接唐灵的阵容是相当豪华的，几乎每次都换车，这次来的是加长磁浮车，林肯的，前面印着GAD的标志，不得不说就是有派头，就是嚣张。

唐灵也没有必要隐藏，出身是无法选择的，现在的情况就是这样，按照常理来也不会有人说她显摆，就算有机动战士开路大家都不会奇怪，如果玩俭朴，反而太做作。

这点唐灵的父亲曾经说过一句很经典的话，如果你坐轨道线，那让做轨道线的人怎么办，有钱人不多花钱，经济怎么发展？

虽然有点自负的味道，但很有道理。

"伯父，伯母，您好，我是唐灵。"

两人的距离不近，但是在唐灵走到这边的时候，李锋的母亲早就注意到了，唐灵就属于钻石型的，无论放在哪里都是那样闪闪发光，让人不由自主地被吸引，这样美丽的女孩子忽然打招呼，也让李锋的父母有点意外。

李锋同学汗了，他也没想到唐灵竟然会过来……本来并不想这么早曝光的。

"咳咳，妈，这是我……同学，哦，女同学……女朋友。"

连续换了三个称呼，李锋才把真实身份说了出来，相比李锋，唐灵则表现得镇定很多，倒也不是唐灵太自信，几乎不会有讨厌她的人。

虽然不太赞成儿子这么早谈恋爱，不过如果是这样的女孩子，倒也不怪他了，李妈妈可是开心得不得了，立刻热情地拉着唐灵，但对李锋就没有好脸色了，这臭小子有女朋友竟然敢瞒着她，还要人家女孩子独自过来问候，真是欠揍啊。

第84章
军训总结

　　如果有这样的儿媳妇，倒也不错，自从唐灵来这边，很明显周围的父母都露出羡慕的神情。

　　不过考虑到唐灵也要回家，热情地交谈了一会儿，当然少不了家庭邀请，而唐灵毫不犹豫地答应了，而且就是明天，这么漂亮又善解人意的女孩子，让李妈妈大为开心。

　　而……根本没李锋插嘴的份儿。

　　"不错，这女孩子真的不错，长得漂亮，举止文雅，而且性格也很好，看来家庭情况不错。"

　　"咳咳，是啊，妈，这八字还没一撇，我们回去吧。"

　　挡住了父母的视线，显然唐灵也不想让自己的身份影响到自己的评分，如果她家里只是比较好的话，那也不会有问题，而GAD的大小姐，就会给李锋父母带来一些压力了。

　　"是啊，年轻人自己的事儿，我们就不要管了。"李家城点点头，不管女方怎么样，男人一定有要自己的想法。这女孩子虽然漂亮，可两人在一起最重要的是双方的意愿，他不会干涉这个。

　　"马卡，你这小子也真是的，还说好兄弟，也不帮李锋介绍个女朋友！"老马不得不教训一下正在介绍自己军训泡妞战果的马卡。

　　"是啊，儿子，你和李锋这么好，如果有认识的好女孩，应该帮他介绍一下，机战系的女孩子很少，新闻系不是很多吗？"

　　马卡兴高采烈的奥斯卡得奖状态瞬间变成了越狱被抓，唉，人生啊，介绍啊，他要是还需要介绍，那其他人可以跳楼了。

　　"怎么了？"马卡的母亲摸了摸儿子的头，难道是着凉了？

　　"唉，这个现在还是秘密，不过他的人生大事你不用操心了，真的曝光绝对是地震级别的新闻。"

　　马卡同学守口如瓶，虽然他真的很想和老爸老妈分享一下这巨大的八卦消息，不过……还是忍了，梦啊。

　　周一上午九点，二二一五届新生军训总结大会，也许是学校对这次军训特别满意，总结大会搞得也非常隆重，巴巴拉校长亲自主持。

　　周芷在一旁看着下面的学生，经过一番锤炼，精神面貌就是不同，玉不琢不成器，不过她的目光很快又转移到了李锋的身上。

　　这小子的表现自然瞒不过她，泰加已经详细上报，看来他属于近身肉搏型，射击只能说是普通，这样才对劲，不过就凭前一点的恐怖表现已足够了。

猴子四个人一起出手都不能把他怎么样，着实有点意思，不过猴子四人显然也不是真的要拼命，这李锋，她是要定了，TIN就需要这种人才，不过现在还需要观察一下，TIN的加入并不限制年龄，但权力很大，也不是可以随便吸纳新人的。

唐灵是个聪明的女孩子，当她看到周芷一直盯着李锋的时候就又不得不多想一点了，这个军方的周姐姐，拥有很多身份，能主管GAD和军方的机动战士交易，这本身就是核心人员，她这么盯着李锋干什么，难道是喜欢他？

任何恋爱中的女孩子都免不了有点糊涂，唐灵压根没想到周芷是想选拔人才，李锋并不是那种帅到让人一眼就着迷的类型，但是跟他接触越久，就越会无法自拔，而周芷单身，又是性感到能对唐灵构成威胁的美女，小女生总是有足够的警惕的。

"好，接下来有两件事儿要宣布，就由周芷老师来说吧，这年头老头子总是不受欢迎的。"巴巴拉笑着走了下来，台下一片掌声，其实巴巴拉校长的人气是相当高的，在军校中这么平易近人的校长并不多。

周芷迈着优雅的步伐走上讲台："首先，我们要表彰在这次军校中表现优异的同学。"

军校无疑是各大院校中最富有竞争力的，而这次军训则是第一次竞技的赛场，有资格上去领奖的无疑在第一次交手中胜出。

除了优异奖是多人数的，其他的都是单人奖，也是重头戏，慕雪最佳组织奖，美女在生存训练中表现出了极强的解决问题和团队协调的能力，加十个学分。

李兰加洛斯，最佳思维奖，在生存训练中表现突出，同时还做出了一篇最新军训总结，里面很多观点都得到好评，这篇论文也在各大军校传阅，加十个学分。

黄朝阳，勇敢金星奖，在军校期间帮助了不少同学，尤其在生存训练中奋不顾身帮助他人，加十五个学分。

萨尔塔，最佳勤奋奖。这个奖给别人还差不多，有很多学生在军训期间可是非常努力的，而且萨尔塔又那么强，后面都是在个人训练，根本没难度嘛，但学校颁奖总是有道理的，小道消息，听说萨尔塔每天都在内营中跟职业战士火拼锻炼，受伤都是家常便饭，这种残酷性肯定要强得多，而且最终的一次还是骨折，幸好医疗技术够发达。

那次骨折却怪不得军区的战士们，是李锋打的，本来李锋是想和萨尔塔对练的，但是跟操作机甲不同，一旦近身战……李锋总是控制不住自己的杀手。魔鬼金的训练中根本不存在手下留情这一说，在那里手下留情，小命立刻翘翘，所以才让萨尔塔和战士们对练，然后李锋作出一些指点，不光是萨尔塔，连军区的战士都受益匪浅，对李锋另眼相看。后来经过了一段时间的训练，萨尔塔就想跟李锋练练，还真的有所提高，提高的结果就是某人下手又重了，直接把萨尔塔打进医院。

萨尔塔同学加学分十五，这个奖是军区给的，得到训练方的认可，这还是第一次。

当然这些荣誉也自然而然地被算在洛基家族的光荣上。

第85章
意外惊喜

比较意外的是，唐灵没有评上任何奖项，在那段时间，唐灵都在利用军方的条件研究自己的机动战士变形系统，再就是锻炼，也确实没做出什么成绩，对于是否能得奖，她并不是很在意，不过慕雪可是非常兴奋，她在跟唐灵的第一次交手中大获全胜，在台上那容光焕发的模样自然能说明不少问题。

一山难容二虎，尤其是学校期间的女生。在这一届新生中，很明显就是唐灵和慕雪的战场，慕雪是个非常好胜的女生，一个强大的对手也能刺激她的进步。

可惜唐灵并没有把她当做对手，这种小荣誉对GAD的公主没有丝毫意义，她关心的是如何创造出最强机甲，最近有点灵感，但仍旧困难重重，有很多动力系统以及平衡系统的问题非常难解决，她的脑子里已经被机动战士和李锋填满了，其他东西全部被自动忽略。

本来想向唐灵示威的慕雪也觉得有点自讨没趣，如果对手根本没把自己当回事也挺受挫的。

而这时学生们也开始期待后面一个优异奖了，众人心中都有点紧张，因为小道消息已经满天飞了。

不过周芷并没有开始第二项，而是宣布了另外一个奖项，最强战士奖——李锋！

这个奖项已经空置N届了，好像追溯到上一次还是周芷获得的，当然周芷是唯一以女性身份获得这个奖项的亚朗新生。台下一片平静，紧跟着一片片议论声，最强战士奖，这个荣誉的评选并不是学校而是军训方，连萨尔塔都没资格，这李锋凭什么？

这倒不是说李锋表现不好，而实际上他的表现也就跟黄朝阳他们差不多，而后面就不见人影，这个时候却突然冒出一个最强战士奖。

学生们的怀疑是自然的，其实老师们也存在相当大的疑惑，真正了解内幕的也不过那么几个人，周芷和巴巴拉校长自然是其中之一。

"李锋同学在军训期间展示出了超凡的实力以及很大的潜力，并通过了五星军训测试，所以上京警备区再次评出最强战士奖，奖励学分二十！"

李锋也有些意外，没想到还有好处捞，那所谓的什么五星测试应该就是那次偷袭了，后面李锋都在闷头苦练，根本没工夫搭理他们，也没怎么在外面露面，除了睡觉。

李锋平静地领奖，还真的有点高人风范，这已经他不是第一次给人意外了，周芷非常热情地把奖杯交到李锋手上，然后亲切地握手……只不过两人握手的时间有点长，力度……恐怕只有两人自己才清楚了。

"李锋同学，以后也要好好努力啊，有什么问题都可以找老师交流。"周芷尽情地发挥着她最高人气老师的魅力。

第85章 意外惊喜

但李锋可不领情："周老师那么忙，我哪儿敢打扰，没事也有事了。"

"放心，再忙也会给李锋同学腾出时间的，而且老师最不怕的就是麻烦。"

李锋无语了，这么性感的女人，脸皮也厚似城墙，水火不侵，刀枪不入，知道在口舌上不是她的对手，李锋只能装没听见。

除了萨尔塔，其他获奖者也是饶有兴趣地望着李锋，台下的人是听不清两人说什么，只当是老师的鼓励，但黄朝阳他们可是隐约能听到一些，从两人说话的口气来看，好像非常熟似的，可是李锋怎么会认识周芷老师呢？这又是众人心中的一个疑问。

获奖者在众人的掌声中走了下去，慕雪一直关注着唐灵，自从李锋上台之后这小丫头的眼睛就没离开过他，也许可以换个角度打击一下她。

"第二件事情，想来大家也从学长那里听到一些，不错，已经确定，安吉儿小姐将在我们学校举行一场校园音乐会，作为本次环球和平巡演上京站的第二场，对于这次音乐会校方也表示欢迎，但在这里希望亚朗的学生们表现出军人的风范，遵守各方面的秩序，具体的班主任会详细说。"

周芷的话音一落，立刻响起浪潮般的欢呼，校方还是小看了安吉儿的影响力，这年头不知道NUP的议长是谁的人肯定有，但不知道安吉儿的就没了，这是具有通杀魅力的小女生。无数的音评人都说过，此女乃是神的恩赐，接触过她的人都说，这是少有的真正没有私心的人，安吉儿自己的个人收入有三成是直接捐献给红十字会的，而这次世界巡演也有一半是捐助给和平保护组织。

有人反对战争，有人不在意，有人支持战争，但是无论哪种观点，只要是有理智的人见到安吉儿都会觉得，此人真的是单纯地希望所有人和平共处。这个女孩很理想化，并为自己的理想而奋斗，有点傻，但是却让人心动、心疼，当一种想法发自内心，人们就算不能做到，也会理解，那是一种崇高的理念。

无比的个人魅力，加上颠覆性的音乐，奠定了安吉儿乐坛公主的地位，也难怪在视频榜上突然冒出一个战斗狂人刀锋战士会让安吉儿的歌迷那么狂躁，双方闹得不亦乐乎也属正常。

军训结束，很多学生的心还没收回来，不过这其中自然不包括李锋，上完课他连图书馆都没去，因为自从和宇战官方签订了合同之后还一战没打，合同上有特殊事件的规定，军训前李锋就提前申请了，而晚上的战斗已经通知官方了，毕竟签了合同，又是这么长时间没有露面，他自己也有些不好意思。

两个月的军训期，刀锋战士没有任何战斗，这可苦了刀锋派，最近视频榜已经完全被安吉儿霸占，口水战明显是安吉儿歌迷占了上风，经过苦苦的等待，就在众人快要丧失信心即将爆发的时候，玩家们接到官方通知，今天晚上七点整，刀锋再现！

第86章
狂妄的挑战者

　　憋得越久，爆发起来也就越爽，李锋倒不是存心吊胃口，不过效果却是一样的，这段时间的消失虽然使得他的名气没有增长，却在玩家们的心里造成了一定的效果沉淀。

　　通知是在早上就发出了，这次玩家和宇战视频爱好者都作好了充足准备，而这次的对手也是由官方安排，以前这样的比赛都是将军级别的大战，但现在刀锋战士在人气上已经压倒了那些将军，终于有将军级别的高手坐不住了，这人接受了官方的邀请，要给刀锋战士一点颜色瞧瞧，当然比赛获胜奖金是不能少的，而李锋不在乎对手是谁，只要够强，天皇老子来了都可以。

　　当玩家们接到这个对阵的消息时，彻底沸腾了。

　　尖锐海贼，少将，是将军里面少有的嚣张派，资深老玩家，宇战分很多部分，除了个人对战，也有很多群战区、探险区，在那里也可以获得积分，一般来说高级玩家杀低等玩家的分数不多，可是尖锐海贼不管，此人闲着没事就喜欢灭杀新人，但是他的幻想机型可是宇战中白金级别的战机。一方面他确实很厉害，另一方面此人花了大量的货币进行了改装，才获得了现在这样的机甲，每一部分都可以说是钱堆起来的，由于战机过强，就算新人围剿他也没用。

　　死神狂风，顶级幻想机型，华丽的人型机甲，拥有超强的机动力和火力，空陆双战，甚至配备了小型核弹，当然使用核弹不但要花费巨额的货币，同时还要扣除很多积分，其实这就是用来发泄的武器。在宇战记录中，使用核弹也不过两次。但狂风是可以配备的，这是一款现实中不可能出现的超强机动战士，美与力量的结合体，这样的机甲不是一下子买来的，是随着等级不断地更换、改装出来的，可以说耐心、财力、运气，一样也不能缺少才能组装起来的超酷机甲。

　　死神狂风本身的名气要比尖锐海贼还要大，这种白金机型在宇战中绝对可以排进前十，有的时候技术在这样的机动战士面前根本不值一提，这也是尖锐海贼嚣张的原因，他根本不怕别人的围剿，何况物以类聚，这家伙也是A级联盟"黄蜂针"的主要干部，他们都是些恶迹斑斑的无耻之众。

　　但人品跟实力没有关系，这些人很强，一般玩家是不敢招惹的，这次狂风敢出战也是在观看了视频之后的谨慎决定，对方是有些匪夷所思的强，但面对他的白金机型根本不会有发挥的余地，而且猎物养肥了就是要屠宰的，"黄蜂针"早就想找个靶子来打响一下自己的名气，既然招纳他入伙被拒，那他就是敌人，现在正好干掉他，来壮大联盟的名声！

　　新人被"黄蜂针"勒索过踩过的恐怕不在少数，有些大型联盟也跟"黄蜂针"发生过联盟战，"黄蜂针"本身也是损失惨重，在损失之后也低调了一段时间。他们不招惹一些大型联盟的成员，可是大多数玩家是没有联盟的。

臭名远扬这个词说的就是他们了，在人心上，肯定是一边倒地支持刀锋战士，但是这次的战斗跟以往不同，BS001面对白金级死神狂风，根本没有任何的胜算，何况这个尖锐海贼绝对是狡猾狠辣之辈，喜欢欺负弱者，心理都多少有点变态了。

有预告的效果就是好，从预告发出开始，宇战论坛就像着火一样，热得一塌糊涂，玩家在线率瞬间飙升十五个百分点。

战斗还没开始，宇战里面已经开始热身了，打得不亦乐乎。

偏偏尖锐海贼的个性就是嚣张，别人吵得越凶他越开心，还主动在论坛上留了帖子，要好好教训一下刀锋战士，让他明白怎么做新人。

这可是绝对的火上浇油，刀锋迷心急火燎地把尖锐海贼骂得翻天覆地，恨不得一口口咬死他，受过尖锐海贼欺负的更是怒火上升。宇战游戏是有人权保护的，不能因为别人人品坏就禁止人家玩，实力不如人，受了欺负也只能认命，难得这兔子竟然敢挑战刀锋战士，玩家们自然希望刀锋战士可以狠狠地为他们出一口气。

关注的人，可不仅仅是玩家，柔和得像小天使一样的安吉儿望着论坛上的粗言秽语以及火爆的情绪也不禁皱起了眉头，这些人怎么这样粗暴，动不动要杀这个全家，跟那个拼命的，这刀锋战士究竟是谁，她竭尽全力地倡导和平，而这人却制造事端。善良的安吉儿倒没有想责怪刀锋战士的意思，她的想法却是离谱地想找刀锋战士谈谈心，感化他，让他为和平而努力，走向正途。

一旁的米尔琪听了安吉儿的建议却是无语，她的这个小外甥女，实在天真得让人无话可说，"咳咳，安吉儿，这样的暴徒已经是不能拯救的对象了，我们不应该为了一个人放下更重要的事儿，再说谁也不知道这人是谁，不要看了，看得让人火起，反正没一个好东西。"

"小阿姨，要注意形象，心平气和。"安吉儿眨眨眼睛笑道。

米尔琪摆了个太极姿势，慢慢地深呼吸，这种论坛还是不能看，会教坏小孩子的。

安吉儿留恋地看了一眼网页，如果有机会她还是希望能把刀锋战士感化，让他和她一起为和平事业奋斗。

此时的李锋仍旧按部就班，不管外面怎么闹，怎么吵，他根本不去管，一切都用实战说话，但这次李锋也了解了一下死神狂风的资料，那一串串的恐怖的数据对比，也让他不得不提起十二分精神，机型的资料对比随处可见，官方做了非常细致的工作，把BS001和死神狂风最细节的数据也作了列表对比，而且给李锋也发了一份。

虽然找了这样强的对手，但官方也不希望李锋落败，将军少，但毕竟是有的，可这么强悍的列兵却只有一个。

列兵刀锋战士VS少将尖锐海贼，奇迹是否能延续？

第87章
类星际负重战场

战场已经准备好，尖锐海贼很"大方"地由官方随机选择比赛地点，当然明眼人都知道，这家伙使用无耻流的白金级幻想机型本来就是全天候作战的，无论什么地方他都是占尽便宜，当然跟尖锐海贼讲什么玩家品德公平原则就跟对牛弹琴一样。

但这年头，真的是没有最无耻只有更无耻，尖锐海贼很完美地诠释了这一概念，这家伙竟然在网络上公布了自己的写真……面对那玉照，众玩家实在无语了，露就全露好了，可是这哥们大概是怕在现实中被人PK，竟然还是侧面照，头发遮住了半个脸中的大半，并借此征集美女粉丝团，年纪二十岁以上的不要，长得丑的不要。

尖锐海贼的嚣张可是到了极点，这更加让这次的战斗到了白热化的程度，本来并不是所有女孩子都支持刀锋战士的，但这么一弄，哪个女孩子再支持尖锐海贼，就是自己有毛病了。尖锐海贼根本不在乎，他从这种蔑视天下的嚣张中得到了快感，当然官方就更不管了，只要不涉及政治，不触犯联盟法律的，均言论自由，而且越火热，对他们也越有利！

李锋正在关注死神狂风的机能，确实赞，如果现实中能有这样拉风的机动战士，那在战场上绝对能意气风发，完全发挥出他的能力。可惜幻想毕竟不是现实，有的时候李锋也很想弄台幻想机型玩玩，可不具有任何意义，这种事儿还是不要做的好，看过很多这方面的书，想要达成自己的目标，必能抵挡这类松懈的诱惑。

李锋很多时候是在给自己一种压力和动力。

也许在别人看来死神狂风是无懈可击的，但对李锋并不是这样。机器是死的，人是活的，对李锋来说，只要有百分之一的可能，那就足够了。就算一点可能也没有，也还可以玩命。如果跟他差不多水准的人驾驶死神狂风，对战他的BS001，那他真的连同归于尽的机会都没有，可是对方的驾驶员应该不会跟自己差不多，只要有一线破绽，对李锋就足够了。

定下来的李锋也放松下来，等待着战斗的开始，不过一封封带着红色怒火信号的邮件让李锋产生了好奇，随意打开一封，上面就是某少将大大的侧面半遮面玉照，以及那征召"后宫"的宣言，看得李锋实在哭笑不得，没想到这家伙骂人还蛮艺术的，也许别人会很生气，但李锋只是一笑了之。倒不是李锋如何大度，只不过没必要跟一个马上就要玩完的人废话，聪明人都不那么做。

这也是刀锋战士第一场的随机战场战例。

"经理，还有五分钟，服务器已经完全满了，如果再增加观看人数，就会影响效果。"技术人员的脸涨得通红，宇战风光也很久了，也只有宇战能达到这种全球的影响力，很多人不玩，也会想要看一下，也确实没有比这个更刺激更科幻的，当然这需要两个好对手。

第87章 类星际负重战场

加尔波的小胖脸倒没有过多地激动,升职成部门经理,他也顶着巨大的压力,尤其是刀锋战士刚一签约就不见,关心则乱,如果刀锋战士真的消失,那他可就完蛋了,现在总算可以喘口气。

"嗯,总数据是多少,NUP有多少比例,官方文字直播IPU值是多少?"胖子冷静地问道。

他也是第一次操作这样大的CASE,一定要冷静,像刀锋战士的飞刀一样冷!

"是,是,现在主脑分割的总内存已经到了上限,接纳在线人数四千六百三十一万,NUP比例高达百分之三十三点五,官方IPU已经高达七万三千八百五十一,而且仍以每秒三十一的速度上涨……经,经理,我们成功了!"

技术人员的声音是颤抖的,他们虽然想到会很火爆,但是怎么也没想到会有现在这样的情况,无论以后怎么样,现在绝对是个前无古人的记录。虽然全球人口巨大,可是同时对一个游戏产生如此关注,实在是难以想象。这还要感谢安吉儿,由于双方的粉丝大战,也把刀锋战士提升到了一个神秘公众人物的高度。

加尔波目光呆滞,四千六百三十一万的直播视频,其中竟然有百分之三十多是NUP联盟,虽然宇战是通用的,但USE和NUP的玩家流通比较少,而NUP也一直轻视USE的水准,当然这也是实情,但刀锋战士完全打破了这个观点,而恐怖的IPU更是创了一个纪录。

突然加尔波给了自己一巴掌,吓了众人一跳,胖子大吼道:"发什么愣,快点准备,有一点失误就给我卷铺盖滚蛋,另外让视频制作分析小组把吃奶的劲儿使出来,这次要是再拖拖拉拉,全部回家种地去!"

"是!"

工作人员齐刷刷地忙碌起来,虽然经理最近喜欢爆粗口,但大家都喜欢听这种粗话,因为每到这个时候,经理都是很开心的,……他们也高兴!

"倒计时开始,十,九……二,一,连接!"

"数据输入正常,Ready……Action!"

画面切换,而各地的宇战游戏厅的玩家们都聚集在了一起,看着大屏幕,毕竟这次的个人直播费用还是太高,虽然看屏幕的感觉没有直接进入战场直观,但强在人多和氛围。

"大家好,我是小蝶。"

"大家好,我是花样年华。"

"呵呵,我是烈火金刚,我们三人是本次大战的主持人,非常荣幸和大家一起见证这场期待已久的大战!"

"身为一名宇战爱好者,能主持这场比赛真的是非常荣幸。"

小蝶露出甜甜的笑容,他们三人当然不会是无名之辈,而是相当高级别的游戏鉴赏人,同时也是有名的节目主持人。三人都是娱乐游戏的电视节目主持人,人气都相当高,这次从电视下来主持视频,这绝对是罕见的,由此可见刀锋战士的魅力,而宇战公司也是下了血本。

"先爆料,小蝶可是刀锋迷。"一旁的花样年华笑道。

"呵呵,小蝶只是刀锋迷中普通的一员,我可不想被他的广大粉丝团围攻,花样同学你可是存心不良哦!"小蝶立刻笑道,等待的紧张气氛稍微缓和,但更加的兴奋,资深主持人的功底自然不同。

"哈哈,言归正传,两人都是大家熟悉的,少将尖锐海贼赛前放出'豪言'想必已经是众所周知的,大家先看一下,机型和战绩对比,呵呵,真是非常华丽的差距!"

"嗯,真的是相当华丽,想必大家也是一样,这次的赛场是自由选择,所以随机选出,现在由小蝶为大家选择,希望可以选出一个能发挥双方实力的地方。"

花样年华把一个选择器放在了小蝶的面前,女士优先啊!

"荣幸之至!"

纤纤手指轻轻地在按钮上一点,屏幕哗啦啦地翻滚,各式各样的战场在玩家的视线中划过,有很多玩家都在分析,究竟什么战场才能对刀锋战士有利一点,可是大家失望地发现,无论什么战场死神狂风都占据优势,刀锋战士唯一的优势就是他自己。

玩家怦怦跳的心也随着大屏幕翻滚着,终于速度越来越慢……定格!

——类星际负重战场。

当小蝶选完之后,自己也傻了,宇战大厅中的玩家更是个个目瞪口呆……这女人的手真的是……好菜啊,选什么不好,竟然选了类星际战场,这还让不让人过了!

而且当战场数据打出之后,大家更是无语。类星际战场算是宇战中少有的恶劣环境,实际就是模拟外太空的恶劣环境,其实也就是为人类日后的太空扩张作准备,环境恶劣的行星最常见的困难就是重力加速度、磁场、风暴、温度。

而小蝶选择的战场重力加速度为地球的五倍,磁场强度五十三倍,这就意味着磁场已经可以混乱机动战士相当一部分测试仪器,时不时出现的超级风暴可以轻易地把钢铁堡垒撕成碎片,就像撕裂纸片一样,而高温和低温也会给操纵机动战士带来影响。当然在类星际战场会适当地降低影响,比如温度的影响就不大。毕竟如果真要降临这样一个行星,对温度的控制肯定是要保证的,而现在的科技在这方面相当有研究,最大的问题还是重力加速度,这是无法规避的,可以通过一定的装置反重力,但驾驶员的驾驶难度系数要增加是毋庸置疑的。在这个战场上,五倍的重力加速度作用在驾驶员身上,至少也在一点七倍到二点五倍,当然这只是在普通情况下,如果要做高难度动作,加速度自然会提高。

驾驶BS001……这不是让刀锋战士送死吗!

尖锐海贼的死神狂风也要受影响,但这就是幻想机型的好处,他在这方面的保护要比几乎是裸机的BS001好很多,也就是说尖锐海贼的重力承受在一点四倍左右,何况幻想机型本来就好驾驶。至于一些锁定仪器的使用，BS001全废，这个机型本就承受不住这样大的干扰，死神狂风也受了相当影响，一些精密的锁定仪器肯定是不能用了，但最基本的还是可以保证，这已经足够了。

小蝶自己也有些不好意思，俏脸微红："看来我又给自己的偶像增加难度了，不过我想每个刀锋迷都相信，刀锋战士，无所不能！"

不得不说这小女生挽救局面的能力很强，确实，这么一说，刀锋迷对她的埋怨少了不少，毕竟刀锋战士的座右铭就是无所不能，当然这绝不是李锋自己说的。

战场一选好，战斗就开始了，众人的视线中出现了荒凉的行星表面，狂风肆虐，地面是厚厚的冰层，温度在零下一百多，暂时还没有出现飓风，最大的问题就是磁场干扰和重力。

轰……轰……

BS001和死神狂风同时降落在冰层表面，战斗一触即发，每个玩家能听到的只有自己的心跳，公共的宇战大厅与往常的吵闹完全不同，一片寂静，人们紧紧地盯着大屏幕。

尖锐海贼在驾驶室中检查环境数据，嘴角不由得泛起冷笑……嘿嘿，刀锋战士，天要亡你可就怪不得别人了。可对于平时很注意身体训练的刀锋战士，一点四倍的重力加速度是不能影响他的，以死神狂风的优秀机能，一些高难度的瞬时动作加速度也不过到达三四倍，这种一瞬间的攻击对身体不会有太大的负荷，但是使用BS001的白痴就另当别论了。

仪器打开，一些高精度的锁定仪器被磁场干扰了，但基本的探查锁定不受限制，不过BS001这种老爷机能干什么？

李锋也在检查机甲情况，BS001在抗干扰上是有点弱，除了影像捕捉系统还很清晰，一些自动锁定已经开始恍惚，李锋自然全部改成手动，这时候再开启自动锁定跟瞎子摸象没什么两样。相比机器，李锋更相信自己的眼睛判断以及心算能力。

当一个人对数学产生痴迷的时候，心算也是一项必备的技能，李锋在机战的心算不知不觉中已经到了一个相当恐怖的程度，不过在他自己看来不过是能精确判断攻击方位……然而这本来是机器做的。

当然除了判断，感觉也相当重要，有的时候感觉大于计算。

双方已经准备完毕，三位主持人同时喊出了开始！

战斗开始了。

双方并没有立刻攻击，在没有确定这种环境的平衡度的时候就盲目攻击是最愚蠢的，对冰层摩擦的测试，空气的阻碍，风速，重力的适应，这都是要在短时间内完成的。死神狂风的系统正在自动分析，然后自己调整，这就是白金级机甲的威力，不然也不敢妄称全天候作战。

刀锋战士……这个时候真的只能全靠自己了，BS001这老爷机在这种恶劣的环境下早就失去了自主判断的能力，就算判断出来恐怕也是误差极大，李锋一上来就全部关闭自动控制的系统，完全手控。

这感觉……真爽！

李锋兴奋了，很少一上来就兴奋，越是恶劣的环境越对他的胃口，他在这方面已经被魔鬼金训练得有些变态了。

尖锐海贼很兴奋啊，嘿嘿，只要再有三十秒，死神狂风就能重新配置出最佳的操作方案，环境对他的操作就不会有太大的影响，而刀锋战士，能站稳就不错了！

而实际上BS001先动了，刀锋战士这一动，可是让广大玩家先喜后惊，喜的是刀锋战士先出招，惊的是，他刚迈出一步就差点失去平衡，这样恶劣的环境操纵这种破机器实在太难了。

也许此时的刀锋战士已经满头大汗了。

可惜没人看到啊，此时的李锋正双眼发亮，半滴汗也没见，脸上挂着兴奋带点残忍的笑容。别忘了他从小的梦想就是成为一名强大的机动战士，而机动战士最大的战场并不是人类与人类之间的内斗，而是毫无疑问的太空战场！

用机动战士保护人类，开拓出大片大片的疆土！

现在的感觉真爽！

前三步是走的，晃晃悠悠，可是到了第四步BS001就开始奔跑了。动作加大了，平衡感却越来越好，丝毫没看到刀锋战士的动作跟以前有什么延迟，仿佛低温、狂风跟重力对他没有影响似的。

李锋的身体很善于熟悉，一旦把握了驾驶的感觉，很快就固定住那种感觉，毕竟他以前就是四肢发达之辈。

一看BS001的架势，尖锐海贼当时笑容就冷了下来，情况出乎预料，不过他也只剩八秒了，这家伙竟然能把那台破烂发挥到这种程度。也罢，这样才有意思嘛，尖锐海贼的少将等级可不是捡来的！

两人之间有足够的距离，李锋没有准备镭射。了解了死神狂风的机能之后，他也知道对方肯定会在出手之前完成操作重组。果然，死神狂风也朝着他冲了过来，步伐同样快速而稳健。

虽然效果差不多，但操作的差别可就大了，死神狂风是靠着机甲的自身改进，而BS001则是靠着驾驶员的自我调节，这可是天壤之别。

但这个时候人们已无暇关心这个。

刀锋战士有这样的能力没人觉得太意外。

理由？

他是刀锋战士啊！

李锋拔出了钛刀，而死神狂风……是激光剑！

这是白金级机型所配备的全天候肉搏兵器，无论钛刀还是阿尔法合金刀都属于合金，在一些地方会受到磁场的影响，而且物质总会受到各种阻力，可是纯能量的激光剑就不同了，而且杀伤力也明显比钛刀猛得多了。

在宇战平台上，激光剑的价值在十万联邦币左右，这还是有价无市，钛刀……不要钱白送都没人要了。

尖锐海贼狞笑着冲向李锋，刀锋战士不是很擅长格斗吗？他倒要看看，连接触都不行，怎么发挥！

无论钛刀还是BS001的机体都挡不住激光剑的！

他并没有飞起来，毕竟在这种狂风下入空，很可能成为对方的靶子，这家伙的枪法也同样出神入化。

尖锐海贼可是对刀锋战士经过周详的分析的，自然不会以短敌长。

尖锐海贼知道，李锋也不是白痴，好歹他也是宇战玩家，自然知道钛刀是不能跟激光剑碰的。但谁说一定要接触来着？

噌！

双方经过了第一轮近身交错，两台机动战士杀过，BS001并没有一剑两断，在接触瞬间李锋作了一个高难度的回避，躲过了激光剑，但钛刀也没法攻击到对方，这个对手确实很麻烦，不过正合李锋的胃口。

尖锐海贼也不敢过度嚣张，他必须小心对方的飞刀，不管是小李飞刀还是小李他妈的飞刀，终究很危险。

一个交错之后，死神狂风的右臂一横，一个巨大的炮口扛了出来，不是镭射枪，是散弹镭射炮！

"嘿嘿，刀锋战士，来，让哥哥好好疼爱疼爱你！"

噌！噌！噌……

瞬间十几道镭射就杀向刀锋战士，尖锐海贼进入安全距离，在这个距离，钛刀就是长了翅膀也别想发出致命攻击，只有镭射……嘿嘿，没了瞄准器，打鸭子也打不中啊！

玩家们除了说尖锐海贼太狡猾之外，也不能说什么，对方的战术是完全正确的，在这种烂环境作闪避对身体和控制的消耗是相当大的，重力影响啊！

第88章
疯狂压迫

　　刀锋战士依旧做着经典的电光石火步伐进行闪避，在尖锐海贼的连续镭射中穿梭，众人看得实在是捏把汗，看似没什么，可是这样的动作能持续多久啊，本来难度就高，还在如此重力下，时间稍微一长……而只需要射击的尖锐海贼可是轻松得很，他没必要做什么动作，没了瞄准锁定装置的BS001能不能瞄对方向还是个问题。

　　而李锋同学正在享受这种外星战的感觉，就是环境的恶劣还不够真实，温度的影响几乎没有显现出来，不然他的步伐不应该这么轻松。

　　如果有人知道某人还在感叹难度不够，不知道该做如何想法……

　　李锋的古董镭射拿了出来，但并没有机会攻击，对方的镭射炮火力非常凶悍，但……李锋很奇怪这些人为什么会喜欢相信机器的自动锁定呢，真正精准的攻击还是要靠人自己的，也许在群战时用处不大，但在个人战中，机动战士自己配置的攻击和锁定模式都是固定的，一旦掌握，只要动作做得出，就跟空壳一样。

　　找到感觉的李锋忽然大步朝尖锐海贼冲了过去，这可把尖锐海贼吓了一跳，镭射的频率立刻提高，但每次看似密集的攻击，总被人家间不容发地躲过，很惊险，可就是打不中。

　　谁家的电光石火步伐也没这么厉害啊，但是李锋觉得实在没什么，因为镭射的弹道是固定的，虽然每次数量不少，可是方向差不多，影响的主要因素就是炮口的方向！

　　随着李锋鬼魅似的逼近，尖锐海贼的压力也在变大，穿透性强，爆炸力比较小的镭射看来不太好用啊！

　　如果死神狂风就只有镭射炮的话，那也太小看白金级机甲了，尖锐海贼看过视频，尤其是那场和魔蝶的战斗，魔蝶在轰炸已经很强了，而刀锋战士仍能轻松闪避，这已经让尖锐海贼留了心，可这次的战场是类星际战场，没想到在仪器无用的情况下刀锋战士竟然还能作出这样精彩的闪避。

　　看来是有些小觑刀锋战士了，那就换一种武器试试吧！

　　右肩的镭射炮射击没有停止，左臂一拍，又是一个相对较细的银亮炮筒出现。

　　"嘿嘿，刀锋战士，尝尝这个！"

　　噌……

　　一个银色的导弹从细长的炮筒中杀出，识货的玩家立刻认出，这可是好东西，M6肩扛炮，尖锐海贼这个变态，别看导弹本身不大，覆盖范围绝对了得，这家伙以前应付围攻的时候，M6可是制造混乱的好家伙，这虽然连射速度慢，但胜在爆炸力，右边是镭射的火力压制，而有致命杀伤力的则是M6火箭弹！

　　"去死吧，老子要把你轰杀至渣！"

第88章 疯狂压迫

嗖，嗖，嗖！

三枚火箭弹冲向了李锋，而强大的后坐力也让尖锐海贼不得不停顿一下，这三枚火箭弹过去，别说电光石火步伐，就是凌波微步也白搭，还是科技好啊，无差别轰炸！

李锋不由得摇头，这哥们咋就这么天真呢，有够白痴的，左臂镭射炮，右臂M6，你一个个放肯定没问题，架两个就像白痴了，火箭弹的后坐力让镭射炮完全射空，看起来是气势汹汹，但是一看就知道完全射偏，真正起作用的只是M6火箭弹，这就是业余玩家，总以为轰隆隆猛射就算是火力压制了，起码有点谱好不好！

同时强控两种以上的高性能武器不是可以，可惜就连李锋自己都没把握，这位兄台实在是……仅仅好看耍帅是没用的。

镭射完全被忽略，虽然凶猛，但是完全被打乱，危险的只有三枚火箭弹，这跟尖锐海贼预料的一样，李锋再快也无法躲避范围爆炸，而BS001又不会飞，这里也不是负重力场，这种范围爆炸确实很好用。

但……还是那句老话，武器一定要打中目标才有用啊。

李锋的镭射动了，三枪！

不是攻击死神狂风，在对方明显戒备下，那种机型足以作出闪避，但火箭弹可不会闪避。

轰……

大地震动，眼前一片模糊，三枚火箭弹在飞行过程中被点爆。

人们根本来不及震撼，火箭弹很慢，不是不能点爆，可是要配合火力压制使用，不过碰上李锋这个讲究逻辑的怪胎，就只能怪尖锐海贼倒霉了。如果对方真的是强控，在发射火箭弹的时候保持镭射炮的压制，那李锋还真难办，危机指数瞬间就翻十几倍，可惜尖锐海贼的镭射炮只是摆设，轰隆隆地吓唬人。

对一般人绝对可以造成威慑，哪怕打不到看着耀眼的镭射心也慌了，而且会产生恐惧感，再说谁能判断得那么准确，但对无数次吃过镭射滋味的李锋来说，这东西跟烟火没什么两样，不过烟火比它好看。

加成火箭弹！

明显这不是普通的M6火箭弹，尖锐海贼真下功夫，这家伙表面张狂嚣张恐怕也带有些迷惑对手或者激怒对手的意思，但实际准备非常到位，加成M6火箭弹虽然速度会慢一些，杀伤范围和杀伤力就变大不少。

冰火漫天，地面晃动，这样剧烈的爆炸还有些影响风向，BS001和死神狂风在这时的反应是一致的，那就是迅速降低重心，越低越好，减少冲击波。

但这种爆炸最震撼的力量只有三秒多一点，在危险性震动过后，李锋立刻行动，空气中弥漫的波动已经不能影响他的行动，常人一般需要一两秒的时间去习惯或者恢复，但爆炸的过程中，李锋都保持着冷静，这是战士的基本要求。

第89章
心惊肉跳

当然这不是对玩家的基本要求,起码不是对尖锐海贼,他迟疑了一小会儿,真的只有一点时间。就算是少将级别,毕竟尖锐海贼也还是人,李锋刚才这一手着实吓了他一跳。

忽然死神狂风响起红色警报,有危险物体高速接近,如果有感应器李锋早就镭射攻击了,可是没办法,磁场干扰不好用,他能把握大体的方向,可必须接近才能发现对手。

咔……哐……

镭射炮和M6火箭炮同时扣回原处,激光剑拔出,尖锐海贼毫不犹豫向前方冲了过去,就算是鹰的眼睛,在漫天能量和冰雪碎片还有高能蒸汽的影响下就不信你真能准确地把握!

这种视线障碍并不会很久,双方都清楚。

李锋实在有点无语,这位尖锐海贼真是大事精明,小事糊涂,他把红色的激光剑亮出来这不是明确地告诉李锋位置吗?

两人的距离迅速拉近,钛刀重重地砍了过去,尖锐海贼咬紧牙关,这小兔崽子,真当自己是神啊,就这小破刀,还不是一剑两断!

噌……

死神狂风的速度瞬时提高了一倍有余,这是尖锐海贼的真实操作水准,这速度至少有三到四倍的加速度,激光剑的速度瞬间加速,李锋的钛刀就算想收手也来不及了。

噌……

刀锋迷的心都揪紧了,因为李锋的钛刀真的被斩断了,没了钛刀,刀锋战士就成了没牙齿的老虎,总不能磨死死神狂风吧?

尖锐海贼心中也是一喜,计划成功!

但异变出现了,BS001的手不见了,人们只觉眼睛一花,BS001的左手已经轰在了尖锐海贼的右手上,看似简单,但操作机动战士和人本身攻击是一样的,右拳出击之后,身体的力量和重心就会移动,左手再发攻击就会变难,操作机动战士更是如此,身体会承受一个超高的重力加速度,玩家们已经清楚地看到了一个骇人的数字。

七倍三的重力加速度!(包含了环境产生的影响)

轰!

尖锐海贼握着激光剑的手被击中,这才发觉不妙,不是他感觉晚,仪器上显示了,他也看到了,脑子也反应了,可是手跟不上啊!

左手立刻做作出同样的攻击,想反攻回去,但李锋的半截钛刀比他的速度更快,瞬间切在尖锐海贼的手腕处。

第89章 心惊肉跳

峰回路转！

激光剑落到了刀锋战士手中！

一直压抑得喘不过气的游戏大厅爆出一阵欢呼，他奶奶的，真是看得心惊肉跳，心脏不好的人，千万不能看啊！

但尖锐海贼不是白痴，他也经历过很多危险的情况，知道一个道理，那就是该吃亏的时候一定要吃亏，对方做出强控技术，抢回激光剑的可能几乎为零，这个时候唯一的选择是冒险升空，祈祷上帝千万别在这个时候出现飓风。

噢……

死神狂风火力全开，轰然升空，虽然空中风力要比地面大，但还在控制范围内，镭射炮和M6又同时打开。

握着激光剑的李锋实在有些惋惜，这位兄台的智商实在有点反复无常，刚才壮士断腕的决定非常正确，可是刚正确了一会儿又把两台互相干扰的武器架了出来，没那个金刚钻就不要揽这种高难度的瓷器活啊！

玩家们可以清楚地看到BS001在摇头，这是刀锋战士很明显地对对手感到失望的动作。

一个细微的小动作却能点燃人们的热情，宇战大厅的玩家们已经忍不住喊了："我靠，真是太帅了，高手风范啊！"然后疯狂地挥舞着握着拳头的双手。

一旁的玩家有点不爽了："哥们，你兴奋个啥，看懂了没？"

"……好像是……"

这个时候主持人花样年华立刻说出自己的观点："看来刀锋战士对对方这么轻易丢掉武器很失望啊。"

一旁的小蝶却出言否定了："我有不同看法，我觉得刀锋战士已经算准了对方躲不过自己的攻击，对对方的迅速脱离战场的决定是赞赏的，但摇头是在镭射炮和M6同时出现才开始的。"

"小蝶说得不错，同时操纵两种以上的重武器属于高级强控，虽然尖锐海贼是少将级别，但我不得不说，他还没有到那个实力！"烈火金刚补充道。

玩家们也纷纷点头，一般情况，玩家自己战斗的时候也是一个一个地用武器，一起拿出来只会互相干扰，而尖锐海贼凭借着机体的优势尝到了双兵器的甜头，自然不肯放弃，白金级机甲能降低一部分误差，对付一般玩家是够了，但是刀锋战士可不是一般玩家。

李锋有些摇头，如果上次的死亡骑士驾驶这台机甲跟他打的话，那就真的胜负难料，但这位……真是浪费。

玩家们看到了，尖锐海贼也看到了，如果不怒火中烧才真是见鬼，他本就不是心胸宽广的人。

不管刀锋战士为什么会蔑视他，但绝不允许一个列兵蔑视自己这个少将。

M6和镭射炮全开，轰隆隆地杀向地面。

李锋的镭射已准备好，镭射炮就不用管了，只要别让M6火箭弹落地就成了，你说这哥们非要加强威力，这样让火箭弹的速度减慢，发射速度也减慢，虽然只有一点点，可……

李锋的镭射一枪跟一枪点爆火箭弹，强烈的爆炸自然掀起阵阵狂风，有飓风形成的迹象，这种恶劣的环境最容易引起连锁反应，再这样下去，不用李锋出手，号称白金级的机动战士就会被星际飓风吹成白金废铁。

正因为这样，尖锐海贼更加愤怒，这该死的环境竟然成了他的限制，想象中的困难对BS001的行动根本没有影响。

第90章
爆他！

　　这样下去，他就真的成了笑柄，以后就不用出来混了！这哪儿成，他很清楚的自己的人品等级，那东西早就吃了，但对自己取得的"成绩"还是非常看中的，毕竟他可是"黄蜂针"的高级干部！

　　恶棍也有恶棍的荣耀啊！

　　那就同归于尽吧！

　　咔，咔，咔！

　　半空中的死神狂风停止了攻击，狠辣地盯着下面的BS001，竟然被逼到这一步，那大家都不要玩了！

　　胸口的机甲弹开，露出的是一个闪亮璀璨的蓝色物体——小型核弹！

　　"哈哈哈哈，刀锋小崽子，你有种连核弹都躲过去，老子叫你爷爷！"

　　说着死神狂风的手就朝着胸口摁去，刚才的发音尖锐是因为海贼用的是公共频道，所有人都能听到尖锐海贼的狂笑。

　　这家伙太……竟然真的用了，核弹，无赖招数啊！

　　这是大多数玩家的想法，也是正常人的想法，但受过训练的人就不同，核弹在没有引爆前，是没有危害的。

　　一记镭击准确地轰在死神狂风的右手上，但死神狂风的防御力实在好，竟然没有打穿，尖锐海贼狞笑着再次按了过去。

　　但忽然发现眼前多了一个红点。

　　当然不是钛刀，却比钛刀更厉害，是他自己的激光剑！

　　噌……哧啦哧啦

　　激光剑正中尖锐海贼的脑门，这哥们如果把精力击中在李锋身上，而不是那不会动的核弹，躲过去的可能性有五成，就算躲不过，也绝对不会致命。

　　可惜核弹的使用者也被核弹的巨大威力迷惑了，好像只要有了核弹就掌握了世界似的。

　　哧啦哧啦……轰……

　　爆机！

　　除了爆炸声还有尖锐海贼难以置信的惨叫声，这哥们的嗓门好大。

　　（系统公告：恭喜玩家刀锋战士获得胜利，并缴获战利品激光剑一把，小型核弹一枚。）

　　这是系统的总结，还没来得及下线的尖锐海贼听到这消息，当场晕了，而"黄蜂针"的成员听了更是吐血，那核弹不是尖锐海贼个人的，这是联盟财产，是为了专门对付刀锋战士拨给他的最后撒手锏，现在倒好……送这么大的人情！

李锋没有立刻下线，因为根据合同，他还要履行一个义务。

疯狂的玩家做什么动作的都有，不仅仅是为了一场超爽的胜利，还为了接下来的事情，因为大家可以问刀锋战士一个问题。

战斗结束了，但人们没有像往常一样去看视频重放，也没时间大肆庆祝，不是不想，只是马上有更重要的节目！

刀锋战士将回答大家一个问题！

无论是视频直播，还是文字直播的，都紧张地等待着选项的出现。

当然不可能什么都问，而且合同规定，如果问得不好，刀锋战士是可以拒绝回答的，一旦拒绝，这次机会就没了，至于刀锋战士是谁之类的话就不用问了，那是自找麻烦。

三个主持人迅速商量出了三个选项：

一、刀锋战士觉得类星际负重战场对他的操作有阻碍吗？

二、刀锋战士如何作出如此精准的射击？

三、刀锋战士多大了？

问哪个是由玩家们作出决定的，每个屏幕上都弹出三个选项，人气最高的问题就被主持人提问，虽然三个都想问，但是众人还是倾向于第一个，第三个问题有很多人关注，但不敢问啊，万一他不回答，岂不是浪费？很显然刀锋战士不太喜欢别人问他私事，而前两个，人们更感兴趣第一个。

第一个选项的数据柱直线飙升，只用了一分钟统计就结束了。

"刀锋战士，你好，我代表广大玩家问你一个问题，你觉得类星际战场所产生的两倍左右的重力对你的操作有影响吗？"

众人都在屏息以待，刀锋战士会怎么回答？

李锋没有让众人久等，相反在小蝶话音刚落，他就作出了回答："两倍重力，……没感觉啊。"

说完就下线了，他可没必要详细解释，当时想到什么就说什么了，他确实没感觉到。

一句话把所有人都说傻了，两倍重力，没感觉！

但每个人都觉得这才是刀锋战士应该说的话，也只有从他口中说出来才那么正常！

他的声音很随意很诚恳，既没有做作也不嚣张，很自然，看BS001的动作，两倍重力真的就像不存在。

李锋作战的时候身体自然会调整力度，四倍以上的重力他才会注意，两倍……实在不在他的考虑范围之内。

李锋下线之后也长松了一口气，说一点负担没有那是不可能的，毕竟有合同在身，而且还有那么多支持他的人，这么晚才上线也实在有点不好意思，现在任务完成他也可以做自己的事儿了，才过了一个小时，这个尖锐海贼实在不怎么样，装备是不错，只是想法太业余，还是有点怀念那个死亡骑士，萨尔塔也不错，可惜两个人虽然认识却不能约他在宇战上打。

战后要多喝点水，清爽啊，除了类星际作战的环境有趣之外，这一战几乎没什么值得他总结的，看来幻想级别的玩家过于重视机甲本身，这人虽然受过一定训练，可是本质并没有改变，三四倍的爆发负重……对高手来说什么都不是。

李锋的战斗结束，玩家们的热潮才刚开始，起码很多玩家今天晚上是不用睡了，好好分析热闹一下！

刀锋出鞘，就是宇战玩家的节日。

第91章
共享

喝了一大杯水，舒爽之后的李锋想洗个澡再看看书，可是门铃却响了。奇怪，会是谁，马卡此时不知在哪儿泡妞，而且他也不可能直接到门口。唐灵？

门开了，果然是唐灵微红的俏脸。

"干吗这样看人家，难道让我一直站在门口？"

李锋连忙把唐灵让进来，这还是唐灵第一次来他的卧室，所以也蛮意外的，李锋毕竟是男人，主动一点很正常，而唐灵主动来他的地盘确实有点意外。

"你的脸怎么这么红？"

唐灵脸红是两个原因，一方面是第一次主动到男生宿舍，而且一路上遇上好几个学长都在盯着她看，两人之间的关系自然是众所周知了，加上两人的知名度，学长们也不得不关注一下声望惊人的学妹学弟，尤其是那个叫李锋的，以前默默无闻，一来学校却次次给其他人下马威，开学典礼上周芷的另眼相待，以及军训优异而神秘的表现（没有对外公布具体的训练项目），外加一个GAD的女友，如果李锋说自己是王子，恐怕都有人信的。

而另外一个原因，则是："锋哥，你看了吗？刚才，刀锋战士的表演，好厉害啊，实在无法想象一个驾驶白金级幻想战机的少将会惨败于一个列兵手中，实在太酷，太帅了！"

唐灵像小孩子似的拍手说道。看得出小美女很兴奋。

李锋实在是哭笑不得，他当然不至于吃自己的醋，只不过这种游戏式的表演对唐灵这样的女孩子竟然也有诱惑力，真意外。

望着李锋的表情，唐灵还以为李锋嫉妒了，下意识握住李锋的手："不要生气，人家只是觉得战斗很热血，很出气，你不知道那个尖锐海贼有多可恶，很蔑视我们女性呢！"看李锋的表情没有好转，唐灵小手晃了晃："男子汉大丈夫，不能这么小气，再说那刀锋战士是男是女，是老是少还不知道啊。"

"哦，这么说，对方如果是年轻帅哥，你就很有意思咯？"

看唐灵着急也是很有趣的事儿，李锋忍不住逗道。

唐灵小嘴一噘："哼，小心眼，坏脾气，顶多，一会儿任你……"

说到后面声音都快没了，让GAD的小公主这样低声下气，李锋真的是破天荒了，看得李锋也有些心痛，他很了解唐灵了，虽然一出生便在这样的大集团里，难免有些公主脾气，但从没对他发过，而且两人确定关系之后，还时刻顾及着自己的自尊。

"呵呵，乖灵儿，这可是你说的哦，一会儿可别反悔。"李锋笑道，唐灵一看便知道上当了。

"坏死了，坏死了，就会变着法欺负人家，哼，人家不答应！"

唐灵羞得直跺脚，李锋看得可是开心得很，但……自己是刀锋战士的事儿到底告不告诉她，如

第91章 共享

果唐灵不提这事儿也就罢了，已经说了这么多次，自己再隐瞒好像就有点不好了，以后被她发现说不定还会惹灵儿生气，连自己能承受八倍重力的事儿都跟她说了，刀锋战士的秘密就算不了什么。

GAD的大小姐不在乎世俗眼光跟自己在一起，还献上了宝贵的第一次，自己实在有点小气，李锋在反省！

不管未来如何，至少现在的唐灵全心全意的付出，他也应该这样，保护她，爱护她。

"咳咳，灵儿不要生气，我让刀锋战士那小子过来给你倒水赔罪怎么样？"

"哼，就会花言巧语，跟你说了，只是喜欢刀锋战士的风格，对他本身真的不感兴趣！"唐灵噘着小嘴说道。

"是吗，一点点也不感兴趣？"李锋继续笑道。

"好啦，人家承认，就那么一点点了，正常人都会有的。"

"我又没吃醋，不要这么急着表白，呵呵。"就算刀锋战士不是自己，李锋也不会吃这种没意义的飞醋。

"周姐姐说的，男人，尤其是小男人，最小心眼……我不是说你小心眼。"唐灵连忙握着嘴，小心翼翼地瞄着李锋。

果然，是周芷这个妖女，看来需要给她一个警告，灵儿这么单纯，可别被她教坏了。

李锋倒了一杯水，很郑重地放在唐灵面前："请用。"

"干吗，我不渴啊。"

"我不是说了吗？要让刀锋战士那乱吃醋的小子给你倒水啊。"

李锋笑眯眯地望着呆住了的唐灵。

"锋哥，你是刀锋战士？"

唐灵高兴得差点跳起来，李锋连忙捂住她的嘴，阿弥陀佛，如果让其他人知道了，他的日子就没法过了，一名军人和明星走的道路可不一样，他对赚钱兴趣可不大。

"真的是你吗？"唐灵压抑着自己的喜悦，她喜悦的并不是李锋是刀锋战士，而是身为刀锋战士的李锋，愿意把这个秘密和她分享，有了那么大名气的李锋依然认真努力，一步步地去实现自己的目标，而没被这些名气和金钱所迷惑。

李锋摸了摸唐灵的秀发："傻丫头，一个刀锋战士有什么了不起。"

"你不知道你现在有多红呢，如果知道你是亚朗的学生，哼，不知道多少女孩子会来……笑什么笑，不许笑，你已经是我订下了的！"

李锋一愣，原来唐灵也会有吃醋的时候，真是好可爱。

"嗯，那要看你表现了。"

"什么，坏死了，坏死了！"

李锋接住唐灵的粉拳，把小美女抱在怀中，凑到唐灵的耳边："认识你，拥有你，就是我以前不敢想的梦，没你的允许我绝对不会移情别恋的。"

第92章
情人之间

唐灵小嘴一噘，不过手却紧了紧："知道就好，前面半句不错，后面可不成，男人最会花言巧语了，天晓得我会不会被你迷昏头，答应不该答应的事儿。"

"汗，这又是谁教你的，该不会又是周……老师吧？"

"是啊，周姐姐要我小心甜言蜜语和某些色狼！"

"啧啧，她怎么这么聪明，可惜晚了点，美羊羊已经成为灰太郎的美味。"

李锋从来没觉得自己是刀锋战士有什么了不起，拥有唐灵就是他最大的荣耀了，他也在尽力做一个能配得上唐灵的男人。

"锋哥，来，我们一起看看论坛！"

"什么论坛？"

"当然是你的论坛了！"

李锋愣了愣，那有什么好看的。

"以前自然懒得看，但是你的论坛，本小姐当然要管理一下！"说着一阵风似的冲进了李锋的虚拟室，开始捣鼓起来。

不过还没等李锋进去，唐灵又冲了出来："我决定了，以后我们还是不上论坛！"

小美人的态度一向坚定，反差这么快倒让李锋捉摸不透了。

"不许看，真的是，一群无聊的女人竟然弄了一个什么刀锋红粉团，还在官方置顶招人！"

李锋忍不住摇头大笑起来，让唐灵吃醋的感觉真好，颇觉得做男人真爽。

"好，不看，你来得正好，我刚要洗澡，现在只能一起洗了！"

"好啊……不要，人家洗过了，哎呀，不要抱，我自己可以走，啊……"

唐灵的反抗显然没有多大意义，而实际这种微弱的打情骂俏只能刺激某人的感官，而唐美眉显然只是下意识的，天生尤物，没办法。

一般冲个澡，五分钟就搞定，而这次自然不同，折腾了半个小时才出来，而这只是准备工作，因为唐灵竟然意外地答应了他一个请求，李锋曾经试探着要求过，但是自己也是有些那个……所以也没当回事，而唐灵主动暗示了一下。

这可让某男有些兽血沸腾，但李锋这次却没有真的行动，两人温存了许久，望着已经没力气的唐灵，李锋又怎么舍得再继续进行那邪恶的计划，正常男人自然都看过很多片子，守着马卡这收藏爱好者，李锋也看过一起，对某些动作自然也想尝试，何况还守着唐灵这样的宝贝，但此时，李锋却突然放下了，现在的唐灵显然只是为了让他高兴，本身并没有接受，以后再说吧，有时候该忍还是要忍的。

当李锋没有进行下一步的时候，唐灵竟然感动得有点想哭，自己选的男人真的很不一样,她不是什么都不明白的无知女,很少有男人能抵抗这种诱惑的,而他却可以,李锋粗犷的背后也有细腻温柔的一面!

唐灵像小猫一样蜷缩在李锋的怀中:"锋哥,给灵儿一点时间,她一定让你满意。"

"小丫头,别把我说得像色魔似的。"

"你不是吗?"唐灵伸了伸优美的脖子反问。

"……是。"

"那要不让李锋又或刀锋战士再来一次呢?"忽然,唐灵妩媚地扭动了一下纤柔的细腰。

"你……这是你自找的,我忍不住了!"这还得了,唐灵主动勾引他,李锋觉得自己快爆炸了,唐美人的魅力是无法抵挡的,而且他也不愿意去抵挡!

"哼,谁怕谁,女人都比男人厉害的!"

这还了得,李锋当然要为广大男同胞正名,军训了这么久,两人也是小别胜新婚啊,痴缠了一整晚也是很自然的。

刀锋战士?

当然是唐大小姐的独享,唐灵只知道李锋很厉害,他和萨尔塔的战斗,唐灵很少看,也不太清楚李锋究竟厉害到什么程度,但跟刀锋战士联系起来,那李锋真的是非常非常的厉害,哪个女孩子不希望自己的男朋友是英雄?

唐灵也有白马王子梦。

这个秘密,是属于她和李锋的!

唐灵本来是打算回去的,可是走不动了啊,而且一晚上都没消停,也许真的是忍得太久了,其实任何男人守着唐灵这样的佳人也都扛不住的。

大半夜还精神矍铄的可不止他们,准确地说是很多人!

被干掉的尖锐海贼可惨了,以前被他欺负过的玩家这时终于找到了发泄口,虽然落井下石是不对的,但也要分人啊,像某人这样的,落井不但要下石,说不定还要多搬几块!

"黄蜂针"毕竟不是什么无名小盟,主要干部输个比赛也没什么,但不能丢脸啊,尖锐海贼这个白痴丢自己的脸也就罢了,现在连带着整个联盟也跟着受连累,谁让他嚣张的时候,经常是我怎么怎么样,我们"黄蜂针"怎么怎么样,现在可好,牛皮吹破了,不但输了比赛,还让刀锋战士感到失望,这也就罢了,最后还送上激光剑和核弹这样的大礼。

输到这份儿上,就等于连内裤都没了,尖锐海贼可以不要脸,但"黄蜂针"不能不要啊,如果不给刀锋战士点教训,他们以后怎么混?

当然这也不是冲动就行的,还要从长计较,尖锐海贼也被盟主下了封口令,再叽叽歪歪就把他开除,如果没了"黄蜂针"的维护,以这哥们的人缘,绝对会被从少将杀到列兵。

出来混,总是要还的!

第93章
流行

　　如果说以前的唐灵还占据主动的话，在得知李锋是刀锋战士之后，小美女已经完全臣服了，这连唐灵自己都始料不及，没哪个女孩子能抵挡连续梦幻般的惊喜，真的像是电影，一连串不可思议的奇迹，对李锋就像是家常便饭，即便是到了现在仍是深不见底。

　　但唐灵对李锋又何尝不是梦幻一样。

　　两人恨不得天天黏在一起永不分开，可是不行啊，天会亮的，课是要上的，同时也不能过度刺激某些平常人。

　　比如可怜的马卡同学！

　　当看到唐灵痴迷地望着李锋的时候，马卡同学惋惜地直摇头，难道以前这小子没魅力是因为那些女孩子的等级不到，看不出他的好，又或是他就是传说中的顶级MM杀手？

　　"唐灵同学，本着对广大女同胞负责的态度，我向你爆料，李锋这小子从不睡懒觉，总是一大早把人吵醒！"

　　"是吗？我就喜欢早睡早起。"

　　望着小鸟依人的唐灵，马卡同学彻底放弃了拯救她的打算，有时间需要跟这小子好好讨论一下"美女是怎样泡上手的"，以及延伸篇"如何让美女死心塌地"。

　　三人不在同一地方上课，唐灵依依不舍的那眼神真的能把男人融化，实在是太小女人了，能把GAD的公主迷成这样，马卡真怀疑李锋这家伙偷偷学了迷魂术，他的女朋友没一个到这种程度的，当然他自己也是吊儿郎当的，但……马卡放心了，说心里话，他还真不怎么看好这些富家千金，尤其像GAD这样的豪门，而他又清楚李锋的个性，生怕自己兄弟受伤害，毕竟人都是自私的，他宁可希望李锋抛弃别人，也不要被抛弃，失恋那滋味可不好受。不过现在看来，貌似唐大小姐已经完全着迷了，而且看两人眉宇间闪烁的幸福光芒，肯定是那个了，别人不知道，他这老鸟再不知道可就很白痴了，何况李锋在这方面的掩饰实在很蹩脚。不过马卡没在这方面打趣。

　　真心希望两人能最终走在一起！

　　当然……自己也能沾点光，嘿嘿……

　　机战系的课堂，基础理论大课，离上课还有一刻钟的样子，不过教室可不像教室，比菜市场还热闹，老远就听到嗡嗡的声音。

　　"服了，这刀锋战士简直是个魔鬼战士，尖锐海贼这家伙也够白痴，惹谁不好，敢惹他！"

　　毫无疑问几乎所有学生都在讨论昨天的大战，其他系可能有不关心的，但是机战系几乎没有不玩宇战的，而这样经典的对决是绝对不能错过的。

　　"这年头不信邪的人多了，尖锐海贼不是第一个，也不会是最后一个，你没听说吗？

第93章 流行

'黄蜂针'找了一大堆理由,说什么恶劣环境限制了死神狂风的发挥,哈哈。"

"无耻到了这个份上也是本事,他们说的时候不脸红吗?"一个女生愤愤地说道。

"嘻嘻,那就不知道了,想来就算是'黄蜂针'也会不好意思的,刀锋战士实在太酷了,他究竟是谁啊?应该是个男的,而且根据那声音应该年纪不大。"

"是啊,好有磁性啊!"

几个女生立刻集中到刀锋战士身上,女人最喜欢八卦了,其实那声音经过了系统的传播,味道已经不那么准确了,但她们仍能分析出N种魅力,……李锋从不觉得自己的声音有多么华丽,被这些女孩子说得几乎可以媲美曾经的帕瓦罗蒂了。

"昨天熬夜了,没吃早饭,饿不饿?"

"饿……没感觉啊。"一个人模仿道。

后座的一个探出脑袋:"困……没感觉啊!"

周围的人一阵大笑,李锋那句"两倍重力……没感觉啊"当天晚上就成了流行语,开始大家只是讨论这句话的帅气和酷感,但说着说着不知谁先开始使用,很快形成"叉叉叉……没感觉啊"这样的套用语。

众人热火朝天的讨论实在让李锋很无语,没想到自己随便说了一句话,竟然形成这样的影响,李锋自己找了个角落,他现在也是名人,自然少不了目光跟随,随便坐了一个位置,周围竟然没人敢坐,不过很快萨尔塔就来了,他自然是坐李锋的旁边。

"头儿,昨天刀锋战士的录像看了没有?"

在军队生活了两个月,萨尔塔也学了不少军人习性,像那些士兵私底下都喜欢叫泰加少尉头儿,感觉比较亲切,萨尔塔学得自然快。

"怎么了?"

"此人相当可怕,他的战法天马行空,基本功扎实,年纪绝对不会太大,身体肯定壮实,爆发力惊人,我在宇战中跟他交过手,输了!"

"你跟他交过手?"

"我有个ID死亡骑士就是被他爆掉的,我敢说,他的最大爆发力,可能在七倍左右,甚至更强!"

萨尔塔的分析着实让李锋吓了一跳,以他的经验作出这样的判断也属正常,难怪打的时候觉得有点雷同感。

"游戏这东西不可靠,还是有很多变数,呵呵,如果有机会能在现实中跟他过过招才有趣。"

"嗯,头儿,我大约推算了一下,如果是我猜测的最佳状态,绝对是USE和NUP中最强一级的机动战士,王牌机师,看来我需要学习的地方真的很多!"

显然萨尔塔同学又被某人刺激了一下,动力十足,压力之下的萨尔塔更具斗志。

第94章
全方位准备

课堂陆续坐满，进来的，已经来的，讨论的话题都一样，有的在分析昨天的战法，机战系的人自然少不了用他们稚嫩的专业眼光来评价一番。

一会儿老师也进来了，课堂依旧没有安静下来，塔克尹瑟，三十九，原来也隶属军队，毕业于亚朗，可不是纯学术派的老师。

"大家讨论什么这么热烈？说来听听，让我也了解了解。"塔克尹瑟敲了敲桌子。

"老师，你昨天看没看刀锋战士和尖锐海贼的战斗？"

"呵呵，当然看了，虽然宇战跟实战有差别，但限于条件，对于里面实战派的战斗还是可以看看的，当然只能作为一部分参考，身为正式军人，必须要严格区分这其中的差别！"

"老师，大道理我们都懂的，您用专业的眼光给我们评价一下那场战斗吧，大家都为这个争论不休呢！"

见塔克尹瑟答应，课堂立刻安静下来，同学们都想知道专业的老师是怎么看待刀锋战士的。

塔克尹瑟清了清嗓子：""刀锋战士的所有视频我都看过了，也研究过，这么说吧，如果他所展现的实力在现实中能使用出七成，就配得上一个王牌机师的水准，无论放在USE还是NUP。但据我分析，他可能要比游戏中所展现出来的还要强，如果你们谁能找出他，我愿意把老师的位子让给他。"

塔克尹瑟的一番话可让学生们目瞪口呆，难道老师也是刀锋迷？可是看他的表情并不激动啊。

"我不是刀锋迷，但是一个人竟然可以把自己训练得这么强，那他肯定有一套相当成熟的训练方式，而且很可能是现在联盟没有的，我作点个人牺牲不算什么。"

这个时候塔克尹瑟真的体现出了一个老师的风格，不愧是老师，李锋也暗自点头，可惜啊，那套方式根本不适合普及，而且只有魔鬼金才能完全施展，其过程更是让人疯狂。

其实李锋还是把难度想低了，除了环境模拟，最消耗的还是对身体的改造，以及精神与身体的串联，不然小金也不会那么快当机，这其中是相当复杂的，何况小金可是王室用品，它的功能也不考虑普及性。

"关于刀锋战士的具体讨论，先说这么多，课后有兴趣的同学可以找我私下交流，现在我们还是言归正传，开始机战理论，想要成为高手，都要从基础做起，三分钟热度是不行的，持之以恒才是正途，我想刀锋战士也是一样，所以，现在大家把精神集中起来！"

塔克尹瑟很煽情地拍拍手，不过效果真不错，学生们果然都集中起来，毕竟谁不想成为传奇？他们已经进入亚朗，这已经为传奇迈出了第一步，谁都有机会！

第94章 全方位准备

李锋上课还是老样子，如果是有用的会听得比谁都认真，眼珠子冒绿光，如果没用，也不浪费时间，立刻做自己的事情，一旁的萨尔塔也是一模一样，在这点上，两人都是行动派。

但萨尔塔对李锋带的一堆书可有些敬谢不敏：《星际战舰攻击模式的复杂化》《津巴布自然虫洞与人为虫洞猜想》《法拉斯特的微毫数论推理》……

一看这些名字，萨尔塔的脑袋就有点炸，如果李锋再戴上一个厚厚的黑框眼镜恐怕跟书呆子没什么两样，但萨尔塔可太清楚李锋的可怕了，错，应该是太不清楚，交手几次几乎都是没什么太多的抵抗就挂了，最大的问题是，萨尔塔可以明显地感觉到对方没用全力，就算这样还时不时地让他受伤，看得出那还是竭力克制的结果。

想让萨尔塔这样的人佩服，就得拿出点真玩意！

不过两人的关系外人可看不出来，就像李兰加洛斯和黄朝阳走得很近一样，萨尔塔李锋自然被众人划归另外一派。

这也是特招中，机战派和星际战舰派的校内竞争吧，就像以前的空军和陆军之争一样，这样的竞争是永远无法消除的。

空闲的时间，李锋和唐灵就泡在图书馆中，这也是两人的共同爱好，在理论上李锋还是不及唐灵这个天才的，但创意上，确实更加天马行空，而李锋也没有真的要成为学者，在看到一定程度后，他的书已经开始转移到战术理论，以及对一些武器的了解上。

而现在的李锋确实能给唐灵很大的帮助，一个强大的战士，同时自身对各方面原理又有相当的了解，很能给出建设性的帮助。

两人真是甜蜜得像是浸在蜂蜜中，除了上课，只要一有时间肯定在一起。

唐灵的身体训练肯定不能跟李锋萨尔塔一样，她做的多是基础以及为未来太空的适应性训练，他们的宿舍环境特别好，设施又齐全到不用到公共场合。

完成基本训练，李锋随意地打开宇战，今天他没打算战斗，只是随便看看，有一封比较有趣的信引起了他的注意，颜色比较特别，那是宇战拍卖行的信。

他有什么好拍卖的吗？

忽然想起了那把激光剑还有核弹，这两样东西对他作用不大，战斗使用这样的利器没有挑战性，更达不到锻炼效果，能卖掉自然最好。

不过信箱中大量的"黄蜂针"的留言还是让李锋极为不爽，有些ID真的是什么都说，李锋以前不搭理他们是懒得计较，但现在发现任由这些人张狂下去事情也不太好！

除了往自己这里发，"黄蜂针"也在很多论坛上攻击他，难听的话也懒得重复，正好没事，也许给他们一点教训也好。

第95章
单枪匹马

　　如果要作攻击就不能莽撞行事，对方毕竟是A级大联盟，人员庞大不说，关系也错综复杂，这些时间一直都是单兵作战，也许是时候积累一些群战经验了，正好就拿"黄蜂针"开刀好了。

　　看来这激光剑暂时还不用卖，如果是群战钛刀显然应付不了，BS001除了机体笨重一点，整体还算不错。

　　调取了"黄蜂针"的资料，看着众多的评论，李锋也觉得没比这个更好的靶子了，这年头中立联盟很多，但这种直接把自己设定在负面，广招流氓恶棍的联盟真的不多，人家至少都还披着羊皮，这帮人倒是很赤裸裸，不过也赢得了一些人的支持，所以才能生存下来。

　　兰朵城分会——"黄蜂针"的第三分部，虽然不是"黄蜂针"最强的势力，不过却是最近叫得最响的，在尖锐海贼开战之前，他们就作了相当程度鼓吹谩骂，战后又是这些人发的骚扰信息最多。

　　那就拿他们开刀吧。

　　兰朵城，是类地球地貌，胜在铁矿丰富，很多A级联盟都在这里有驻地，都有自己的地盘和城堡，出产的矿藏可以作为升级机动战士，以及买卖用，也相当重要，"黄蜂针"自然不是最强的，但其他宇战联盟也不愿意无缘无故去惹这样的癞皮狗，何况这条癞皮狗的牙还很锋利。

　　"黄蜂针"的成员都很狂妄，但在这样的地方，还算守规矩，轻易不会得罪同级别的大联盟，当然如果是其他小联盟就另当别论了。

　　矿区很大，但城中一般会保持着数千的机动战士，当然一个分会的总数还是很庞大的，只不过并不是所有人都会参战，李锋可没打算要直面所有人，他的目的是炸毁兰朵城分部的能源塔，干掉这个，那"黄蜂针"的兰朵分会就会瘫痪一个月，这对他们绝对是个大损失。

　　但联盟只是个形式，除了一些核心，大多数玩家平时还是各忙各的，除非是预告好的大规模战役才会集结。

　　能源塔周围值班巡逻的有五十人左右，但警报一响，周围的"黄蜂针"成员就会赶来，从反应过来到形成有威胁的攻击，十分钟就差不多了，而这十分钟，李锋要摆脱五十人，放下核弹，然后脱离战场。

　　如果是一台高性能的机动战士，李锋的把握性就大了，像那种有飞翔能力的，到了李锋手中，可以轻松干掉几十台机动战士，可那种东西没有丝毫意义，至少军方明里是没有配备，用BS001则真的要好好研究一下。

　　正在李锋琢磨的时候，天讯响了，不用猜，肯定是他的宝贝灵儿，这次不是突然造访，是已经约好的，大概有了第一次之后，再到这里也不会有什么负担，何况这本就是男女混合楼层，如果只是男生楼，唐灵也不敢这样了，而且过了大厅都是直接电梯，也不虞碰上很多人。

一看到唐灵的俏脸，李锋就开始坏笑了，一脚把门踢上，直接把唐灵抱起。

"啊，色狼，这才什么时候，你又想使坏！"

"啊，啊，谁使坏了，我只是想和唐大小姐商量一次战术安排，为了讨好你，特地抱你到我的游戏室，看看，你自己想歪了不是？又或是你刚才一直在想这个问题，嘿嘿。"

唐灵一时语塞，刚才是想了那么一点，真的只有一点点。

但李锋确实没有动手动脚，而是把她放在座位上，屏幕显示的是"黄蜂针"兰朵城分会的资料以及兰朵城的地形资料。

"你想一个人去毁灭对方一个分会，……这才像我唐灵的男人！"

唐灵的个性还真奇怪，温温雅雅的，但在机动战士方面却非常激进，抱着李锋就献上香吻。

李锋拍了拍唐灵的小屁股："小女人一个，别动不动地就男人男人的。来，我们一起计划一下，就当作是执行一次炸毁敌人能源塔的任务。"

"嘻嘻，早就想做一个这样的计划了！"

唐灵从李锋的腿上蹦了下来，雪白的玉腿看得李锋一呆，小美人一离开，身上就有些空空的，一下又把唐灵扯了回来。

"在制订计划之前，先给敢死队员一点奖励吧，我的小公主！"

唐灵真是分不清这个坏家伙，一会儿正经，可是马上又不正经了，可是每次都由不得她反抗。

结果制订计划也要坐在李锋怀中，唐灵刚刚五十公斤，"特殊材料"的李锋根本没有负重感，他的手自然钻到唐灵的怀中，唐灵反抗无效之后，也就认命了。

既然决定要单枪匹马执行这样的任务，自然要先了解好对手，综合自身实力，唐灵迷人的眼睛中闪烁着兴奋的光芒，她学的就是指挥和判断，没想到这么快就能来一次实战，而且有相当的困难！

唐灵手在键盘上不停地敲着，时不时地发出语音指令，兰朵城以及"黄蜂针"分会的详细分布图就打了出来。

"锋哥，兰朵城周围是类平原的矿区地貌，蛮适合你的BS001，根据资料，以及'黄蜂针'的人缘，如果他们的堡垒遭到攻击，其他联盟援手的可能性为零，而且由于'黄蜂针'玩家的道德指数非常低，兰朵城的政府军也不会干涉攻城，只不过不宣战的攻击堡垒打下来也会变成无主物。"

"呵呵，我要那东西干吗，这只是一次攻击训练，正好把核弹还给他们，妈妈常说拿人家的贵重物品不好。"李锋邪恶地笑道。

第96章
疯狂刀锋

"嘻嘻，锋哥，你真是太坏了，不过是应该给这样的联盟一个教训，大约靠近堡垒一百米就会进入他们的探测当中，但一般情况是没人在意的，尤其是你只有一个人，所以实际境界是在三十米的时候，也就是说装成普通的BS001慢慢靠近，到了接近入口的时候，就要冲刺了，玩家们对BS001都很敏感！"

"三十米吗？对方关闭堡垒的时间是多少？"

噼啪……

"紧急关闭，五秒，而且以我的分析，'黄蜂针'在这方面的素质并不是很高，恐怕反应时间更长，不过我想五秒钟对大名鼎鼎的刀锋战士来说足够了吧？"

李锋点点头，不过不忘在唐灵娇嫩的屁股上捏了一把，弄得唐灵不由得娇嗔，她知道自己浑身上下对男人都有着无比的诱惑力，李锋很喜欢，她也很开心，只不过……这个时候需要集中精神，一捏差点软了。

"闯入是小事，从路口开始，到对方的能源塔，直线距离是三百米，不过中间有三道关卡，不是很严密的那种，激光剑可以破除，不过在破除的时候，干扰你的机动战士会从三增加到十左右，到达能源塔的时候，能源塔的护卫队应该已经等在那里了，五十人，你必须在这五十人的干扰下安装好核弹，这个过程是相当难的！"

唐灵盯着屏幕，具体资料他们是拿不到的，但根据惯例，护卫一般都是一个少尉带着士官级别的机动战士，毕竟高级玩家都有自己的事儿，而且几个人根本到不了这里，如果大规模攻城，他们不可能得不到信息，所以也没必要派高级玩家。

五十个人吗，有点麻烦啊，单单激光剑肯定是不行的，问题在时间，如果堡垒附近的成员全部回城的话，他也不是神，肯定会挂在里面，那可是一次愚蠢的行动，BS001配置的镭射太慢也不成。

"锋哥，我们需要再购置两件武器，一个是穿甲弹，你闯入之后，城门肯定封闭，所以完成任务之后要离开，必须要穿甲弹，这个可以直接到平台上购买，另外就是一件威力大一些的武器！"

李锋也慎重地点头："要进入的话，激光剑就够了，但是守卫的五十个机动战士，也有可能会更多，必须在短时间内解决掉，还要预留出核弹爆炸的时间，嗯，一把T8型霰弹镭射，再来一个M3穿甲炮，这样就算有关卡挡住也不用担心了。"

"可是，这两样都是重武器，你的BS001本身负荷就够重了，而且这不是一次短时间的比武，在这种围攻中对体力的消耗是非常大的。"唐灵有点担心地说。

一对一是一种消耗，像这种一对N的战斗，那消耗绝对是加倍的。

第96章 疯狂刀锋

"放心，就这程度我开上几天都不成问题。"李锋非常自信地笑了笑，摸了摸唐灵的俏脸，"你这么看着我干吗？我知道我长得很帅……"李锋笑道，但唐灵却揽住他的脖子献上一个甜美的吻。

看得出，小美人被自己男人的英武征服了。

……魔鬼金，下次见面可以叫你天使金了，这时的李锋感觉到做男人真的是太爽太好了！

李锋可不是随便乱要武器的，M3穿甲炮，除非是特别制造的墙壁，都可以打穿，当然缺点是爆炸力不足，杀伤范围小，T8霰弹镭射，可以高速连射的镭射枪，但准头不好，这两样武器很常见，属于军方标准型的可选择配置，但很少有人用，游戏中有比他们好得多的，但攻城的时候可以选择部分人配置使用。

但对李锋就足够了！

这只是大体的计划，从接近，到进去战斗，配置炸弹，到离开，还要详细地分析一下，以及会有什么意外发生。去炸掉对方并不是最主要的目的，从中学习到想要的经验才是李锋和唐灵想要的，所以就当是一次战例了。

要脱离战场才能下线，也就是说李锋在冲出堡垒之后，有两个选择，一个是冲入兰朵城，官方城禁止私斗，当然官方城也是可以打下来的，但现在还没人有这个实力，第二个就是离开堡垒之后拉开安全距离下线，这两种是最常见的，两人还在琢磨其他更好的可能。

越想越有趣，真的当成了两人的一场战斗演习，而"黄蜂针"还在大肆叫嚣，根本没理这一茬儿，其实他们真的没想到，李锋胆子这么大，一个人再怎么强也不会胆大到这个地步，何况BS001并不适合离开战场，有N种机型的速度都快过他，虽然跟驾驶员本身的能力有关，但机器都有上限，超过上限也会崩溃，这是绝对不能忽略的问题！

而李锋自然也要重点考虑，换机型是没必要的，那些容易操作的机型让李锋味同嚼蜡，一点意思都没。

择日不如撞日，两人花了一个多小时分析资料，制订计划，当然本身用不了那么长时间，两人完全当作课堂内容在讨论……不知道被人这么轻视的"黄蜂针"会不会感到悲哀。

但他们确实惹了不该惹的人，李锋对他们并没有太多的气愤，可是他们惹火了一个人，那就是唐灵，GAD的小公主很温柔，但只限于对李锋，不知道就罢了，现在知道李锋就是刀锋战士，还敢这样肆无忌惮地诽谤，唐灵自然要发怒，所以大力支持李锋的计划。

有了美女的加油，李锋自然更起劲！

第一次单兵突击，一定要打得漂亮！

八点半，绝对是宇战的高峰时段之一，很多玩家都在线了，有人切磋，有人训练，有人聊天，还有的在倒卖装备，或者研究更新，当然昨天的话题还没有结束，不时有人加进来讨论，但谁都不知道，刀锋战士再次出现了！

按照刀锋战士的习惯，打完一次比赛至少消失一周，玩家们只能等待。

忽然之间热闹的玩家们瞬间安静下来，打斗的双方也停止下来，因为一个系统公告。

"刀锋战士将在十分钟后开始摧毁'黄蜂针'分会！"

短暂的发愣，玩家们全部放下手中的活计，天啊，他一个人要单挑"黄蜂针"的分会，再小的分会也有近千的机动战士，……就算累也累死他了！

其他人发出这样的通告，别人一定认为疯了，或者纯粹是发泄怒气，但，这次不同。

因为他是刀锋战士！

玩家们都等待着进一步的消息，身为A级联盟的"黄蜂针"拥有几十个分会，大分会也有七八个，刀锋战士会攻击哪个呢？

收到消息的可不仅仅是玩家们，"黄蜂针"的成员也收到了。我靠，这还了得，反了刀锋战士了，赢了一场就不知道天高地厚，竟然敢向一个联盟挑战，他以为他是谁啊！

由于时间上的问题，看到了的"黄蜂针"玩家也没怎么在意，反正分部堡垒都有自己的安全措施，那么多人，一个刀锋战士算个鸟毛，而且他们都忙于自己练级，或者都有自己的事儿，在没有警报的情况下，谁也不愿意贸然回去，如果心急火燎地飞回去却发现是场闹剧，那脸就丢大了，一个联盟为了一个人闹得鸡飞狗跳，传出去，"黄蜂针"的成员都不要出去见人了。

按照计划发出通告后，李锋也出击了，增加点难度才有意思！

由于刀锋战士的走红，BS001的机型随处可见，但多是玩家们的玩票机器，反正超便宜，出来晃晃而已，反而成了李锋的掩饰。

但是当李锋离开兰朵城向城外"黄蜂针"兰朵分会的方向前进的时候，一些玩家就发现了！

神啊，真实版的刀锋战士，那传说中的人物就在自己的面前，他真的要消灭"黄蜂针"了！

最先发现的几个玩家，手舞足蹈地把消息通知给自己的朋友，让他们立刻来兰朵城，刀锋战士的目标是兰朵城的"黄蜂针"分会！

此时的李锋并不怕暴露身份，他已经全速冲向了"黄蜂针"的堡垒，当进入两百米的时候，对方已经发现了他。

"前面的机动战士，立刻停下来，你已经进入A级联盟'黄蜂针'的属地，三秒钟，如果再不停下来，将受到最严重的惩罚！"

三秒吗？

驾驶着BS001的李锋全当耳旁风，深吸一口气，眼睛变得深邃起来，BS001如同蛮荒野兽，不但没减速，反而提升了速度，高速地冲向堡垒。

"不好，是刀锋战士，是刀锋战士，红色警报，红色警报，妈的，你愣个屁啊，快去拉警报，傻逼啊！"

第96章 疯狂刀锋

负责监视的一个机动战士一脚把身旁发呆的踢飞，这白痴。刀锋战士这家伙竟然真敢来，绝对让你有来无回！

还有一百米，激光剑拔出，城堡上的镭射已经轰了下来，但由于游戏规则限制，非联盟与联盟的大战，炮火等级受到了限制，而谁也没想到刀锋战士真的来了，还来得这么快，更大的问题是，他们也没想到刀锋战士会选择这里。

但十几个门口的机动战士已经反应过来，集体朝刀锋战士冲了过去，而李锋后面也逐渐出现了一大批看热闹的玩家。神啊，刀锋战士真的单枪匹马杀过去了！

"黄蜂针"兰朵分会上空响彻着刺耳的警报声，而行会内部已经发出了集结令，尤其是兰朵分会的成员，所有在线成员立刻回城！

正在忙碌的"黄蜂针"成员二话不说立刻放下手中的事物朝堡垒方向前进，不是怕刀锋战士会闹出什么事儿，而是怕去晚了就分不到一杯羹了，踩上两脚也好啊，出去混的时候，就可以拍胸脯说，老子踩过刀锋战士！

但"黄蜂针"堡垒门外可不是这个样子，双方的距离只剩十米了，李锋已经进入高度战斗状态，噌……

一个高速低头俯冲，激光剑一剑刹掉对方的脑袋，没有丝毫阻碍，BS001做出了目瞪口呆的高难度的应付以寡敌众的招式，崩雷四射连环击，七连环！

只见闪电一样的红色在视野中闪过，硕大的BS001冲了进去，同时一脚踹飞了最后一个，那些机动战士依旧保持原来的姿势冲了出去，只不过统统爆机。

这种程度，根本挡不住刀锋战士，而且没有丝毫的配合，不是切磋，李锋自然是招招致命，这些菜鸟不值一提！

李锋毫无阻碍地冲进了堡垒内部，"黄蜂针"的人还没完全反应过来，只有三三两两的机动战士冲过来，但是迎接他们的只有爆机。

按照计划，李锋丝毫没有停留，他也知道万一陷入人海可就真的插翅难飞了，BS001如同一台疯狂压路机，但是不但疯狂，而且无比灵活，每一次大范围的移动，身体的负重绝对超过四倍，高的可以到七倍！

但李锋却异常的兴奋，危险啊，真危险，但是真的很刺激。自从离开魔鬼金的环境，很久没体验到生死攸关的感觉了，但现在的程度还不够啊！

追兵越来越多，关卡也放下了，奔跑中的BS001右肩弹出M3穿甲炮，看也不看就是三炮，准确地在线路上留下一个通道，如此大的后坐力，狂奔中的BS001却没有太大的变化。

是哪个浑蛋说M3是静止状态使用的重武器！

第97章
我，就是传奇！

在这种地方，镭射的作用比较小，建筑物比较多，根本抓不住李锋的动作，而近身肉搏，没人是发狠的李锋的对手！

打穿了三个关卡，干掉了三十几个阻挡的机动战士，能源塔就在眼前，而护卫能源塔的"黄蜂针"成员已经排成一队正在等他了，显然"黄蜂针"中也不全是白痴。

"前方的刀锋战士立刻束手就擒，不然……"

冲锋中的李锋立刻收回原来的评价，这个白痴！

左肩霰弹镭射炮，右肩穿甲炮，左手则是镭射枪，二话不说，火力全开！

当场就有五台机动战士被轰飞，说实话，这些人何时见过这样的气势，上来就被打蒙了，何况李锋的名头实在太大，他们的第一个反应竟然不是集体攻击，而是各顾各地躲避李锋的攻击。

这不是找死吗！

镭射枪弹无虚发，左肩霰弹镭射炮更有高达百分之九十的命中率，短短十秒不到，五十台机动战士已经被扫名，李锋的眼中没有一丝生气，已经处于一种非常作战状态，只有这样才能同时进行X3超控制，真正的超控制自然是要保证命中率！

穿甲弹已经轰开能源塔的大门，BS001没有任何阻碍地冲了进去，负重箱打开，核弹弹出，李锋往墙上一卡，五分钟倒计时，普通炸弹可拆，但是核弹可不行，这枚核弹绝对可以把整个要塞轰成碎片，他也必须在五分钟内杀出去！

而这时已经有相当部分的"黄蜂针"成员已经包围过来，不得不说，他们的指挥真的很差，只知道跟在李锋的屁股后面追。

李锋可没说进来的时候走正门，出去的时候还走正门，这次要免费给他们开个后门！

穿甲弹轰射，没有耽搁，穿过了能源塔的后方，一些"黄蜂针"玩家立刻看到了闪亮的核弹。

"系统公告：××玩家，您已经进入核弹的威胁范围，还有四分四十五秒。"

如果这个时候"黄蜂针"的玩家血性一点拼了命拦住李锋，他也会有相当的麻烦，但一听核弹，这些人立刻犹豫了，不知谁带了个头，已经开始撤退了，开玩笑，这个时候被爆机，整个机器就废了大半，组装一台好的机甲可不容易！

李锋知道自己在做什么，冷静地继续计划，穿甲弹爆射，这东西连续的后坐力可是相当大，对身体的负担也够大，换成基本型的话，可能机甲也无法负担，但BS001就这点好处，够厚重！

冲进来的"黄蜂针"玩家，跟想出去的乱成一团，刚进来的哪知道发生了什么，只知道一群人莫名其妙地狂跑，不过一会儿他们知道了，也加入了逃亡的队伍，内外冲撞乱成一团，"黄蜂针"成员本就是流氓习气严重，生死攸关哪里还管是不是自己人，镭射开路，不管三七二十一先冲出去再说，他们可没装备穿甲弹，再说谁会背着那种重玩意到处跑，开玩笑！

李锋有些失望地冲了出来，本来以为对方会拖住他一些时间，但……全部自顾自地逃亡去了，有几个聪明的没有跑向正门，反而跟在李锋后面，他们没有攻击，因为他们知道刀锋战士肯定能出去！

正如他们看到的，一个疯狂的BS001，把M3当镭射枪用的怪物，然后怪物冲出去了，他们也想出去。

按照计划，李锋冲出去之后应该立刻加速撤离，可是……还剩两分钟啊，向外走的刀锋战士忽然停下来，可把后面跟随的二十几台机动战士吓了一跳，竟然忘了身后有核弹，看着全副武装的BS001发起了呆。

晕，这时候发愣，李锋足以干掉他们十次了，杀这样的对手实在没意思，目的已经完成，不，总体来说，训练目的还没有达成！

李锋优哉游哉地回城了，开始还有一些"黄蜂针"的玩家仗着人多想要围攻，但被李锋玩了一手XN超控制，直接散弹轰杀八个之后，其他人全镇住了，而联盟内部也是警报声一片！

"黄蜂针"的玩家，还有其他玩家都目瞪口呆地望着刀锋战士几乎没有阻碍地冲了出去，你想啊，谁见了一个身上扛着两个重武器，一手镭射，一手激光剑的怪物也会发怵的，何况他还是刀锋战士！

最后面的"黄蜂针"玩家已经没打算回城了，小型核弹的预警是在威力范围内，而刀锋战士已经出来，他们当然也不急着回城，都在犹豫，是攻击呢，还是不攻击？

谁都不想当炮灰，李锋也没自大到真的要跟那么多人对抗，趁对方被震慑的时候闪人！

轰……

这个时候谁都知道了！

核弹，尖锐海贼的核弹！

吞下核弹的是兰朵分会还有冲最快的几百玩家，以及内部原有的数百"黄蜂针"玩家。

十分钟后，刀锋战士出现在兰朵城内，玩家自己的堡垒并不大，很多交易买卖以及各方面事物都是要在官方城里办，堡垒更多时候是身份的象征以及联盟成员的一个补给点，主要聚集地还是官方城，显然这里也有相当数量没来得及赶回去的"黄蜂针"玩家，并不是每个人都像李锋那样快的，当然也少不了其他A级联盟的玩家，所有的目光都集中在一个列兵身上。

系统消息已经到了，"黄蜂针"兰朵分会被毁灭！

整个战斗过程共用十三分二十一秒！

李锋所到之处立刻被让出一个宽敞的通道，根本没人敢阻挡他，BS001身上透着浓重的杀气，在官方城内，私斗是不允许的，群起攻击一个人更不允许，当然不怕被摧毁强攻也成，毕竟官方城的激光塔反应也需要时间，但问题是，他们面对的是刚刚摧毁了一座堡垒的怪物！

刀锋战士！

耳朵中能听到的只有BS001踏在地面的沉重声音，一个"黄蜂针"的机动战士挡住了刀锋战士的路，但不是他想要挡，而是被吓住了，根本不知道自己在做什么，而李锋就和他擦身而过。

一动不动，这个玩家也不知道自己当时在想什么，记不起来了。

刀锋战士过去了，下线！

时间的车轮再次转动，兰朵城火爆了，几乎同时，习惯性嚣张跋扈的"黄蜂针"战士低下了头，他们实在无话可说，有人立刻下线。

在这样重要的矿区城，不缺乏超大型联盟，他们也很威风，有一些"黄蜂针"也不敢惹，但谁也没有刀锋战士这样的霸气，这样的威慑力！

又是一段传奇但谁都知道，这才是刚刚开始！

第98章
一个人的神话

　　李锋下线了，浑身是汗，执行这样的任务跟对战果然不一样，除了体力之外，对精神状态的消耗更大，要细致分析多方面因素，作出正确决定，尤其使用X系多控，可能有一点紧张慎重，有点累。

　　但总体来说，难度还是比想象中的小。

　　"嘻嘻，锋哥，太棒了，完美表现！"唐灵连忙帮李锋擦汗，亲身计划，然后在一旁观看的感觉实在太好了，尤其是战斗过程中的紧张，真是为李锋捏把汗，可是战斗时候的李锋真不一样，冷酷，强大！

　　"我们是先作战斗总结呢，还是继续战斗？"李锋握住了唐灵的手，很奇怪，不知道其他男人是不是一样，在激烈运动之后，总会有某种渴望。

　　唐灵的小手忍不住在李锋的额头上重重地点了一下，这人真是坏透了，无时无刻不在想着做坏事！

　　拦腰把唐灵抱起，望着怀中仍有点兴奋的美女："哎呀，刚才真是辛苦啊，好歹顺利完成了公主殿下的艰巨任务，九死一生，难道公主殿下不该给骑士一点奖励吗？"

　　"哼，算你说得有理，本公主……啊，坏死了，我自己来……"

　　也许真的要感谢学校提供这样优良的环境，不然还真不知道怎么办，当然凉水澡是不行的，那只是李锋自己的习惯，唐灵可承受不了，这个时候自然是激情的泡泡浴。

　　唐灵今天真的要表现一下，竟然主动帮李锋擦背，那细嫩湿润的小手抚摸在刚刚运动过的肌肉上，李锋觉得非常舒服，倒不是唐灵的手法有多好，只是心意相通，小美人自己真的是很尽心尽力。

　　李锋闭着眼睛细细体会着，疲劳在一点点消除，而唐灵此时更紧张，……也不是第一次，但几乎每次都会被对方的热情和凶猛淹没，具体发生了什么都不太清楚，更不会注意某人的身体。

　　但这次不同，李锋的身材只是匀称，穿着衣服的时候根本看不出有什么肌肉，放松下来也是一样，很奇怪的是没有什么伤痕，肌肤也很有光泽，并不是军人常有的那种爆炸性肉体，可是当手指按上去的时候，唐灵那敏锐的感觉就发挥出来了，那是力量，每一寸不太起眼的肌肉里面都蕴含着恐怖的力量！

　　唐灵不是用眼睛看的，是触觉和她奇异的精神力，那澎湃的力量刺激着她的感觉，仿佛看到了一头草原上咆哮的雄狮，一头随时可以暴走的猎豹，她的手有点颤抖，全身开始乏力，自己被感染了！

　　李锋很清晰地感觉到紧贴在一起的唐灵身体开始无力，手指不停地颤抖着，小美人在深呼吸让自己平静下来，但越是压抑，就越激动。

每次都是自己先发那个什么，这次小公主竟然先有反应，本来在享受中的李锋不得不把已经没力气的唐灵抱到自己身前，唐美眉已经说不出话了，水汪汪的眼睛柔情地望着李锋，不过某色男却不着急了。

"小宝宝，来，让我服侍你！"

李锋笑着开始抚摸唐灵的身体，唐灵觉得自己迷失了，精神力越是敏感，那种刺激的冲击就越大。

给美人洗澡绝对是一种极致享受啊！

人比人气死人，这边已经把刚才的事儿抛诸脑后，另一边可就炸锅了一样热闹，无论李锋还是唐灵都不太在意，有了魔鬼金已经没有多少事儿能让李锋留心了，而身为GAD继承人的唐灵更是未来可以影响USE的大人物，别说一个游戏，就是毁灭一个现实中的要塞又怎样，她之所以关注也是因为李锋。

但别人可不成啊。

"黄蜂针"这次可是被人结结实实打了一巴掌，从来都是他们找别人的麻烦，而现在竟然有人主动挑衅，而且还是一个人！

耻辱啊，真的是耻辱！

如果是以往，吃了亏，哪怕是小亏，以"黄蜂针"睚眦必报的性格，早就会像疯子一样红着眼报仇去了，可这次"黄蜂针"的成员一个个都垂头丧气，而高层则不见了踪影，有小道消息，"黄蜂针"的高级成员已经全部集合到总部，商讨处理这件事情，这个事情处理不好，"黄蜂针"以后的日子就真的没法混了，而其他A级行会都在等着看热闹，而且一个处理不好，他们以前的敌人也会趁火打劫的。

兰朵城的玩家翻了十几倍，竟然有些拥挤，玩家们来这里当然只有一个目的，那就是亲眼看一下刀锋战士的杰作！

昨天的经典对战至少会置顶两三天，可是这是刀锋战士成名以来第一次第二天就跌下第一位，能打败他的，只有刀锋战士自己。

最新置顶——刀锋出鞘：十三分二十一秒，T五阶战斗堡垒灰飞烟灭，一个人的神话！

（T级堡垒属于战斗性，L级堡垒属于商业生活类，品阶越高，堡垒就越强，现在最强的可以高达八阶。）

自从宇战创立以来还没出现这种事儿，一个玩家毁灭一个堡垒的事儿，并不是谁扛着核弹就能去轰炸的。

很少出现一大群玩家盯着一堆废墟看的情况，仿佛这废墟是无数的宝藏似的，怎么看都不腻。

"我可是亲眼目睹了全过程，刀锋战士就是从我身边经过的，难怪当时浑身一颤，感觉到了一股强者气息，对，是强者味道！"

"得了吧，你不是有鼻炎吗？就你，我看八成是尿裤子了，哈哈！"

第99章
战后

"嘿嘿，真的，刀锋战士离开的时候那么多'黄蜂针'的人竟然不敢阻挡，你们不在城里，那场面才叫壮观，才叫解气，有个傻圈竟然吓呆了，结果刀锋战士根本就不鸟他，这大概就是传说中的王霸之气，虎躯一振，敌人闻风丧胆，酷！"

"酷你个毛，平心而论，不是那人胆小，换成是你可能还不如他，你见过同时操纵三种武器，还包括两种重武器进行连射的吗？几十个机动战士还没来得及出招就被轰杀，弹无虚发，超级恐怖！"

玩家们都在交流着，而且越传越玄乎，其实李锋自己干掉的并不是很多，但被玩家传着传着就成了，李锋做了千人斩，杀了个七进七出，然后悠哉游哉地放下核弹离开，并用王霸之气震倒了援兵。

当然大家都看得出里面有很大的夸张成分，但没人在意，王霸之气经常被说成王八之气，不过很多见过那场面的玩家真的体会到了，王霸之气有些扯淡夸张，但真的是一种彪悍的杀气，一往无前的气势，感受到那种气势的人就会感觉到一种沉重的压力，这还是旁观者，那个倒霉的站在路中央的"黄蜂针"成员直面BS001，那感觉肯定更凶悍，动弹不得不知道该做什么也是正常的。

无数的玩家要求官方回放刀锋战士摧毁兰朵分会的全过程，由于刀锋战士的这次行动，原来不怎么出名的以铁矿为主的兰朵城一下子名声大噪，几乎可以当作旅游胜地了。

官方是可以调出的，但这要经过当事人的允许，尤其是有很明显的商业目的，这可不是他们能随意决定的。

加尔波是聪明人，立刻在官方网站展开投票，名义上想要看看观看过程的人有多少，如果高的话就向刀锋战士提出请求，但真正目的就是提高点击率，至于人气，用屁股想也能猜得出。

没人不想看看真实情况，包括"黄蜂针"的成员自己，除了一些被李锋亲手干掉的，大多数人都不知道发生了什么，很多人还是不太敢相信，一个T五阶的战斗堡垒就这样轻易地被人攻破，放下核弹，然后施施然地离开，实在有些说不过去，而且人家在行动前还发出了警告。

多少注意一点，一个五阶的战斗堡垒就能集结数千机动战士，他们是集结了，结果都和堡垒陪葬了，这中间的时间差也错得太离谱，指挥也相当混乱，事后统计，摧毁在核弹中的"黄蜂针"玩家高达两千三百多，这损失……不是肉痛，是骨髓痛啊！

游戏室里的系统信息正在滴答滴答地响，李锋作了设定，系统消息还是要提醒的，毕竟和人家签订了合同，该做的事情还是要去做的，不过此时李锋和唐美人正在洗鸳鸯浴，没工夫搭理他们。

人气仍在飙升，官方也没有立刻给出消息，但大家的热情却不断高涨，这次的事情太突然，很多玩家都不知道，等接到消息的时候已经结束了，一向神出鬼没，而且低调的刀锋战士忽然有这样的大动作，着实是别人想不到的，也许这是给"黄蜂针"的喋喋不休的嚣张一个深刻的警告！

效果是明显的，在没有作出实际行动之前，"黄蜂针"全体闭嘴，以前他们说刀锋战士是纯粹的表演派，人家也懒得反驳，直接用行动告诉你，什么叫行动派！

十三分二十一秒，这么点时间竟然完成了那么多事儿，实在难以置信，越是无法想象，越是能引起无限的想象。

官方论坛，以及各大宇战网站都在讨论这其中的可能性，综合已经知道得零零散散的资料，人们开始分析这其中的过程，可是分析过来分析过去，好像这点时间实在不够用，连一半都不够，但刀锋战士却连战斗都完成了，用的依旧是BS001。

没有结果的话题是最能引起更高潮的争论的，刀锋派和倒锋派自然是争论不休，但这次不在于结果，这已经是事实，重点在于过程，倒锋派认为有人在帮刀锋战士的忙，这不可能是一个人完成的，其中肯定另有蹊跷，说不定有另外一个人驾驶者BS001先吸引了人们的视线，然后真的才进去，等等可能。

已经到的，刚到的，还没到的玩家都加入了讨论当中，前往兰朵城的交通异常拥挤，而"黄蜂针"像是销声匿迹了，就算有"黄蜂针"的玩家此时也都收起了联盟标志，不然根本不好意思出门。

有的成员不禁埋怨起尖锐海贼，真是够白痴的，如果不是他送的核弹，就算刀锋战士再强，想要摧毁一个堡垒也是相当困难的，除了核弹，其他类型的炸弹都是可拆卸的，而且一般堡垒都配备了这样的工具，就算拆卸时间不够，爆炸力也不会这么大，这次陪葬的人数可真够壮观的，打一场中等规模的联盟战的损失也就这么多啊。

这事情当然只是开始，"黄蜂针"肯定不会罢休，而刀锋战士显然也没把他们放在眼里……

第100章
劲爆视频

　　唐灵已经是连续第二天留宿李锋的房间了，以前唐灵根本无法想象两个人一起睡觉，可是现在没了依靠真觉得冷清，李锋的怀抱就是最温暖最安全的地方，对唐灵的睡相李锋也是超级喜欢，像个小兔子似的蜷缩着躲在他的怀里，让人忍不住想要怜爱。

　　对于官方提出的请求，李锋想都没想就答应了，至于对方开出什么样的报酬他倒不在意，另外还把拍卖激光剑的要求发送了出去，激光剑太锋利了，以他的技术普通玩家根本无法抵挡，为了制造难度以后还是少用这种武器的好，爽是爽，可惜没用处，实战中是不会有这样离谱的武器的，而且逆境才能锻炼啊。

　　李锋很不在意的决定，对其他人可是天大的福音，当然也包括加尔波，胖子最近天天受表扬，但并没有忘乎所以，反而更加明白自己的成功来自于谁，他是唯一能和刀锋战士联系的人，本来还担心刀锋战士拒绝，可是没想到对方这么爽快地答应了，从口气中，他感受到了一种信任，不知道为什么，心里暖暖的，李锋并没有在价格上要求什么，但胖子按照正常的价格比例提高了百分之八十，百分之五十是正常状态的底线，另外百分之三十则是他自己最大的权限了。

　　这其实并不是商人该做的，但胖子觉得应该这样，反正公司也在赚钱，不能亏待了刀锋战士，很多时候他也分不清自己是站在哪一边，当然这种高待遇公司也不会说什么，毕竟业绩再涨啊，就算问起来，也可以说是为了让刀锋战士更尽力地完成合约。

　　程序人员开始截取片段，这是不经处理的，数量大的镜头，官方是可以自己播出的，但涉及到一些特写，尤其是个人隐私则必须征求当事人的意见，如果经过协商人家仍是不同意，就要删除，或者掩饰掉，很明显的一个就是刀锋战士离开时被吓得动不了的"黄蜂针"玩家，这是特别的，必须征得当事人同意，其他的还有几个。

　　加尔波当然不会放弃这个镜头，虽然是在战斗的结尾，可却是画龙点睛的写照，宁可多付些钱也要拿下这个人，公司里自然有专门的公关人员，作为经理，他要的只是结果，无论用什么方法一定要完成！

　　工作人员立刻忙碌起来，截取视频，联系当事人，都进入高度紧张状态，办事效率决定胜负，一定要快！

　　被刀锋战士吓倒的"黄蜂针"玩家级别并不高，在经过了一番说服后，对方也答应了，当然少不得一笔费用，同时他也要退出"黄蜂针"。

　　整个过程都有条不紊而又高速地进行着，而在晚上十一点的时候，震撼性的视频终于露面！

　　几乎没有玩家睡，在官方给出肯定答复的时候，他们就已经在等了，别说十一点，就是明天上午十一点也不是问题！

刀锋战士单击闯关的真实情况，如何不让人期待，双人对战展现的是一种个人状态，但以一人之力完成这样不可思议的一个壮举，难度不可同日而语，考验的因素更多！

这样的视频自然要N遍才成，但是第一遍……当然并不是所有人都能第一时间看到，看的人太多，网络出现拥挤，在快要到十一点的时候，就有人开始不停地点了！

超级无敌酷的高难度X3强控制爆射，这是最直观最深刻的印象，配角自然是守卫能源塔的机动战士，那个生死关头还在废话的玩家是主要配角，然后就是火爆的攻击场面，尖锐海贼同学实在应该来看一下，什么叫作强控，并不是带的武器多就叫强控，属于难操作类的重兵器以及BS001老旧的镭射到了刀锋战士手中却发挥出最大的威力，节奏感、后坐力、瞄准方式完全不同的三个武器，到了刀锋战士手中却像电脑运算一样精准，五十个机动战士眨眼间灰飞烟灭。

震撼！

第二深刻场面，就是那位可怜的被吓得动弹不得的"黄蜂针"成员，不知为什么，看过视频的玩家就没有再嘲笑他的了，换成他们自己恐怕也好不到哪里。

这些只是刚刚开始，具体的内容已经在各大论坛开篇讨论，其他的全部放一边，没人搭理了，也就是说刀锋战士不但是个强大的战士，在战术上也相当有一套，"黄蜂针"完全是他的靶子啊！

而本来可以直接放在平台上拍卖的激光剑，也被交给拍卖行来处理，显然这把激光剑的意义就不同了，拍卖行专门做上了印记，证明是刀锋战士用过的，而且是兰朵一战的那把。

以刀锋战士的人气，这把激光剑绝对会卖到一个难以置信的价格，这年头有钱人太多了，尤其是那些爱好宇战的超级富豪！

……何况还有个组织更想收回这把激光剑，那就是"黄蜂针"啊！

这样重大的事情显然需要让玩家们作好准备，宇战第三大私人拍卖行——中心树下了血本，从官方那里接了这个case，当然也是他们向压在头顶上的两个拍卖行作出的挑战，赌的是刀锋战士的知名度，要知道他们可是下了保证，如果价格不够他们的保证价，是要自行补足的，而另外两大拍卖行觉得风险太大，毕竟只是一把激光剑，而且如果"黄蜂针"再作出一定的威胁，这价格的走向还真很难说，很明显现在谁拿了这把剑就等于跟"黄蜂针"过不去啊，"黄蜂针"虽然被搞得满惨，但主力未伤，谁也不会轻易得罪这样大的敌人，这就是隐患，实际情况如何只有到了拍卖当天才知道。

第101章
较劲

"小猪,来,起床了!"

唐灵睡得正舒服,突然自己的屁股被人拍了,睡意立刻不翼而飞:"啊,真是坏死了,人家要再睡一会儿!"

说着就从李锋手中扯回了被子,那雪白的胴体立刻被掩盖起来,看得李锋不由得咽了咽口水。

"睡吧,还有半个小时上课,扣除早餐时间,还有走路时间,以及某人的梳洗时间。"

李锋还没说完,唐灵已经不能睡了,天啊,晚上不离开没事,早晨一定要小心翼翼啊,总要认认真真梳洗一下,不然……

"都怪你,都怪你,不早点叫人家起来!"

李锋一副无辜可怜的窦娥像,神啊,真的不关他的事儿。

"来,让肇事者帮忙!"

结果……越帮越忙,被唐灵赶走了,真是色胆冲天……但心里却是喜滋滋的,以前她有些瞧不起那些谈论男女之事的女孩子,总觉得她们太不正经,而且那事儿有什么好说的,现在看来,自己也沦陷了。

李锋亲手做的早餐,烤面包,荷包蛋,简单,但却让唐灵幸福得不知所在,没想到李锋还有这么一手。

其实李锋也就这种程度了,之所以会,也是没办法,经常锻炼自然会肚子饿,做点早餐是必要的,饿肚子可不利于身体成长。

两人尽量自然地出去,尤其是唐灵,特地装成是早晨来的样子,幸好双子星宿舍楼的人比较少,而且都是各式各样的忙人。

"中午一起吃饭,不要忘了!"临走时,唐灵还不忘嘱咐李锋。

李锋当然不会错过这样的机会,只不过并不是两人餐,现在还多了马卡和萨尔塔,四人组。

机战系是别想安静了,昨天的兰朵战役就是今天的讨论议题,很多人都拿着天讯指指点点,显然是下载下来了,具体分析其中的动作。

李锋进来没多久,一个学生就神秘兮兮地冲了进来,还夹着一个大卷,猛地摊开:"Everybody,注意!"

手中的东西被展开,一下子整个教室的人都被吸引了,一张大海报,一架酷毙的BS001,一手激光剑,一手镭射枪,肩膀上还扛着霰弹炮和穿甲炮,火力全开,那架势真是帅得没法说,海报上面自然是招牌式的"刀锋出鞘,谁与争锋"。

257

"啊，……不要过来，你们想干啥，这可是我千辛万苦从我堂哥那里A的，不要抢！"

这哥们这一炫耀不要紧，立刻引来一群恶狼，羊羔同学自然撒腿就跑。

这是官方为宣传印刷的，配合新一轮的市场攻势，现在还有什么比刀锋战士更招牌的。

"超酷，X3强控，宇战中恐怕没几个人能做出来，而且还是用BS001做强控，太牛逼了，尖锐海贼真是个白痴，难怪刀锋战士会不屑，他简直是浪费那么好的武器！"

"没错，你看看数据，即使是使用了X3，运动战中的命中率也高达百分之九十七点三，太恐怖了，那霰弹镭射枪本就是属于难控制性，竟然被他稳定成这样，……难道他的身体对后坐力没反应吗？"

"诡异啊，说不定BS001的重量反而有利于平衡这一点，不过我没实际操作过，一会儿去实地研究研究。"

"是啊，我们USE的机甲一直在减轻重量，虽然便于操作，但在使用一些重武器的时候还是有些不利。"

"你们两个别做梦了，减轻重量是发展的必然，刀锋战士属于特例，USE和NUP肯定都有特种机动战士战队，那些人配备的都是特别定制的机动战士，但对于整体来说，减轻重量仍是必然的，NUP的重装机动战士都是做特殊用途的。"

学生们的讨论总是天马行空，转眼就越扯越远。说者无心，听者有意，有些东西还真与魔鬼金提到的有点类似，只不过他们也并不知道自己说的是对的。

可惜李锋只是个普通学生，他根本无法接触到那种信息，就连唐灵也接触不到，她有所耳闻，那是联邦的最高机密，她是无法参与的，她的设计都是运用在基本机型上的改进。

如果魔鬼金没当机，自己又有一大笔票子，再绑架一些技术人员，说不定就能造出一台旷世机动战士……想到这里李锋也忍不住摇摇头，刚刚睡醒就开始做梦。

"头儿，昨天看了没有？那刀锋战士竟然单枪匹马爆了一个堡垒，我以前也想过，可是却知道做不到，此人的X系强控制相当可怕，我看绝对不止X3的地步！"

萨尔塔跟其他人的兴奋不同，脸色比较沉重，李锋知道，这小子败给自己已经无怨无悔了，但是对输给刀锋战士还是有点怨气，只不过因为最近一直憋着劲儿，而刀锋战士又神出鬼没才没再次挑战。

还是蛮有趣的："萨尔塔，有时间你可以玩一下宇战，我觉得你也应该从BS001练起，这样才有效果。"

萨尔塔在这方面还是很老实："头儿，说实话，在NUP的指战大赛上获胜着实让我沾沾自喜了一段时间，我现在多少有点明白，为什么父亲仍对我这个成绩不屑一顾了，联盟高手如云啊，上次的大赛，NUP的北斗七星都没有参加，唉，如果用BS001，我这一辈子

第101章 较劲

都不一定是刀锋战士的对手。"

刀锋战士在BS001上的造诣已经到了极致，萨尔塔是有自知之明的，但是这样的人整个宇战也就一个，再说，他并不是想在游戏中一争高下，他是战士，要在战场上真刀真枪地战！

"呵呵，胜负可以先放在一边，当你能熟练驾驶BS001后，那时再用基本机型的感觉肯定不一样，有难度才有意思啊，当你觉得可以挑战刀锋战士的时候就向他发起挑战好了，不要担心失败。"李锋不紧不慢地说道，眼睛盯着萨尔塔。

萨尔塔沉默了一会儿，这些天他都忙于自身锻炼，但是机动战士并不是杀手，除了强壮的身体高超的记忆，最关键的仍是驾驶技术，为什么他以前就没想过用BS001来增加难度呢？身体可以负重练习，那BS001就相当于机动战士的负重练习。

最关键的是失败，萨尔塔怕失败，虽然他不愿意承认，但是他是洛基家族的人，失败，这不仅仅是个人的事儿，他可以败给李锋，但是不能一败再败，必须强大起来。完全相通哪有说说那么容易，但相通一半却是可以的，在宇战中谁也不认识他，输有什么可怕，关键是过程和经验！

想着想着萨尔塔就笑了，在这点上他跟李锋是一样的。

老师来上课了，对于教室的吵闹也在意料之中，那视频他也看了，只能说兰朵城的人实在是够业余，那刀锋战士是很强，但如果换成真正的战斗堡垒，他根本没有希望，不过老师自然不会跟人争这个东西，毕竟他也是理论派，那个人真的很厉害，不知道是不是哪个退役的王牌机师，看他每一次战斗都要休息那么久，很可能要恢复体力，当然这也是一种猜测。

"黄蜂针"很不爽，但不爽的还有一个人，那就是米尔琪大姐，性感的美腿……细细的高跟鞋，勾魂摄魄，但神情却异常的彪悍，眼睛里都快冒火了，美女手中拿着一大卷合同轰隆隆地砸在桌子上，周围的保镖全部视而不见，这位大小姐跟火药库差不多，一碰就着。

这该死的刀锋战士是不是存心跟他们过不去，刚刚搞了一个视频，结果还得寸进尺，第二天就来了一个更猛的！

以前再怎么强，都是单人对打，而这个视频可是单兵突击的经典，少了一些个人技术的展现，却更体现了一个战士的彪悍，尤其那酷毙天下的X3超爆攻击，看得人简直有种想要爆炸的快感，这就是单兵的极致，每个机动战士都追求的万人敌境界！

古有赵云救主七进七出，豪气冲天，在机甲时代，刀锋战士无疑是另一个代表，孤胆英雄是最容易让人崇拜的。

米尔琪不爽是因为不明白那群人为什么会把一个玩游戏的视频推到这么高，当然这种只是网络视频，安吉儿并不在意，唱片的销量才是最实在的，但米尔琪可不管那么多，她认为自己的宝贝外甥女就应该统治所有的排行榜，这个刀锋战士……胆子可真不小！

259

"小阿姨，不要生气了，如果有机会的话，我想和他交朋友。"

"跟那个战争狂人？安吉儿，你不是发烧了吧？"

"小阿姨，不是的，我是想和他好好聊聊，这个人很有号召力，如果他也能加入发展阵营的话，将对人类有很大的帮助。"安吉儿的大眼睛又开始闪烁了，脸上也开始泛着圣光。

晕啊，又是这招，米尔琪按住自己的脑袋，……姐姐也真是的，给她起个什么名字不好，偏偏用天使，不错，天使的容貌，天使的声音，……但心也跟天使一样，真是无语，有钱不赚，非要做公益事业，如果没有安吉儿，她是肯定不会做这些事情的，但安吉儿在，她也不反对，很多时候，米尔琪觉得战争就战争好了，反正也不关她的事儿，以前她的脾气更暴躁更肆无忌惮，但是自从成为小外甥女的经纪人，脾气确实好了很多，这个小天使真的可以让人安心，如果换个人说出这类无聊的想法，米尔琪肯定用脚把对方踹醒，但面对安吉儿除了点头，还能说什么？

至于可行性，真的要问上帝了。

"安吉儿小姐，米尔琪小姐，要排练了。"

"吵什么，难道多休息一会儿不成啊？吵吵吵，闹个大头鬼！"米尔琪把对刀锋战士的不满轰到了工作人员头上，工作人员也不生气，米尔琪小姐的脾气早就尽人皆知，这女人是典型的刀子嘴豆腐心。

"小阿姨，我已经休息好了，我们开始吧，安吉儿有点期待呢！"

米尔琪望望天花板，没办法，这丫头得知可以在军校演出的时候，兴致更高，如果真的有神，她肯定是下凡的天使。

自从军训以来，李锋都很顺利，主要是没人骚扰，最主要的自然是周苤那个魔女，这女人很危险，而且李锋也看不透她的来意，所以下意识地总是离她远远的，没她骚扰，李锋过得很滋润。

不过对方显然并没打算让李锋好好地过日子，通过唐灵，李锋也了解了一些周苤的情况，知道这女人的主要职业不是老师。而军方的人，李锋也不想在还没进入军队前，就招惹这些人，所以尽可能离得远远的，周苤的课也自动忽略，反正女人的课多是煽情和露大腿为主，何况当李锋说对那种课不感兴趣的时候，唐美眉很开心，对自己的男朋友不像其他男生那样好色比较满意。其实随便一个男人，凡是能得到唐灵的青睐恐怕都没心思想别的女人了。

但，你不去招惹别人，并不代表别人也不招惹你。

第102章
抢手的保镖工作

　　李锋和萨尔塔正在讨论关于机动战士的一些战法，有些技术虽然萨尔塔做不出来，但是毕竟是洛基家族的人，耳濡目染，还是满有用的，而且两个都是机动战士狂人，一讨论起来就没完没了，不过学校的仿真虚拟战斗室还不对新生开放，至少要半年，而且这不是可以随便进入的，基本上都要老师看着，宇战是绝对安全的，它虽是游戏，但是军方和军校的那种仿真战斗可是危险的，包括爆机的感觉都是真实的，不像宇战可以自动屏蔽，或者自动消除真实感，如果心理素质差，很可能会造成一些危险，所以都要在老师的指导下进行。

　　当然军方任由李锋和萨尔塔使用也是因为这两个属于非常人。

　　"李锋同学吗？请到教务处一趟，老师有事情找你。"一个二年生的学长找到李锋，看徽章是自律会的人。

　　李锋也是名人了，这人很奇怪，像黄朝阳、李兰加洛斯在学校的表现可是非常积极风光的，在课堂上也经常和老师辩论，那可不是胡乱出风头，确实是非常有深度的表达，女生那边唐灵和慕雪也很积极，但李锋和萨尔塔却正好相反，两人表现得都很平常，萨尔塔出身铁血世家有这样的表现很正常，可李锋不是啊，如果不是开学典礼和军训的离奇表现，真会把他当成普通人，而就算那两次表现也不是大家亲眼看到的，都只是其他人的转述和老师直接给的评语，当然大家肯定相信结果是真的，只是……感觉总是那么耀眼，另外一个不可忽略的，本来以为唐灵慕雪两大美女会是黄朝阳或者李兰加洛斯两人或者上面优秀学生的猎物，结果唐公主在开学没几天就沦陷了，最近是成双成对，其他人一点机会都没有，这也在李锋的传奇上添了一笔。

　　"找我？哪位老师？"

　　"我也不知道，这是教务处直接传达到自律会的，应该是好事吧。"

　　"谢谢学长，我马上就去。"

　　学长满意地走了，至少这李锋不像黄朝阳和李兰加洛斯那样盛气凌人吧，那两个虽然表面上很平易近人，但能感觉得出，他们还是非常孤傲的，处处都表现得高人一等，而跟李锋接触的时候，感觉非常融洽。

　　学校有事，李锋肯定是要去的，进入亚朗之后他的运气越来越好，这还真要感谢周魔女。汗，怎么又联系到她？

　　一进教务处，李锋就知道不对劲了，因为办公室里只有周芷一个人。

　　周芷饶有兴趣地看着李锋的表情，这小子果然在躲他。

　　"李锋同学，你好像一次都没上过我的课啊，这让老师太伤心了，难道我的课讲得不好吗？"

"当然不是，老师您的课每次都是人满为患，我挤不进啊。"李锋很无辜地摊着手，一副惋惜的模样。

"是吗，那没问题，我可以每次给你专门留一个座位，而且是第一排，最好的，如何？"

周芷笑得很灿烂，李锋可有点笑不出来，跟这魔女斗嘴自己是占不了上风的，干脆直接一点！

"呵呵，那就不用麻烦周老师了，毕竟搞特权是不好的，下一次我一定积极点。"

"李锋同学对我好像很有敌意啊，貌似我对你只有帮助吧，难道你不知道有了我的帮助进入军队就更容易吗？"

李锋的表情一变，色迷迷地从周芷的嘴唇移到胸部，然后是那么迷死人的腿："周老师，这个，我自然有自己的本事，不过将来能有老师的关照就更好了。"

周芷任由李锋的目光扫射，还故意换了一个姿势，隐隐约约，却又能达到最大的诱惑效果，她岂会怕李锋这嫩男，果然没多久李锋就败下阵来，现在有了唐灵，有些无赖流氓招式自然不能用得太过火，跟这魔女纠缠得越久肯定越吃亏。

"老师，找我有什么事儿就直说好了。"

周芷神秘一笑："这次可是天大的好事，安吉儿·卡莉知道吧？"

"知道啊，不是要到我们学校来的那个歌星吗？"

汗！周芷实在不知说什么，安吉儿怎么仅用一个歌星来形容，那女孩子……晕啊，他整天都在做什么，如果只是歌星，军方何必这么大动干戈，而且也不可能会允许她来军校演出的，但安吉儿却没办法。

"咳咳，是这样的，安吉儿小姐不喜欢军队和警察保护，但我们USE又必须负责她的安全，我推荐你去，如何？"

绝对不是周芷自己认为这是个千载难逢的美差，如果不是她的军方背景，自己都想认识一下这个小女生，换成男人更是前所未有的良机，有的人为了能见安吉儿一面都要付出相当的代价，这种保镖，啧啧，能让全校的男生疯狂。

但李锋却没有丝毫的变化："保镖吗？对不起，本人是学生，要上课，没时间保护她，再说我只是个学生，也没那本事，如果没有别的什么事儿，我先走了，一会儿还有课。"

周芷愣是一句话也没说得出，这家伙是不是男人啊，还是有问题？竟然连这样的机会都随随便便地扔了！

直到李锋关上门，周芷才意识到这是真的，这样的机会当然不会轻易给李锋，她本来打算用这个做诱饵好好调教一下这个刺儿头，可是对方竟然直接拒绝了，好像是自己求他似的！

第102章 抢手的保镖工作

周芷眼睛中一道蓝光闪过,嘴角泛起奇怪的笑容,摇了摇头,这样奇怪的人不知道多久没碰上了,就算TIN中的那些怪人,也比他正常,但,被她看中的猎物,想逃走是没有希望的,已经来了亚朗,就等于到了她的手心,有些事情岂是李锋说不干就不干的,你不是不想吗?那就偏偏让你来做!

不知什么时候面前桌子上的钢化玻璃已经出现了裂纹,周芷无奈地摇摇头,这个小子竟然引起了自己平静已久的战斗欲望,还是忍忍,这小子现在还太嫩,如果就这样征服,会阻止他的发展上限,那可就不好玩了,想着想着,周芷妖媚地舔了舔嘴唇……

第103章
舍己为人

午餐时间，唐灵和马卡目瞪口呆地望着李锋和萨尔塔，这两位永远像是十天没吃饭似的，胃口好得惊人，吃的也是他们的三倍，在美女面前一点也不在乎形象，而美女却看得津津有味，还时不时地为某个饭桶夹菜，马卡同学已经悟到了，这就是人生，这就是命啊。

马卡吃得也就比唐灵多一点，他要保持身材。而唐灵倒不是不在乎身材，只是她属于怎么吃都保持原样的那种，出生富豪的唐灵以前也不太喜欢粗鲁的吃相，但真的是人会随着环境改变，现在她却觉得这种吃相男人很有魄力，不像有些男生一到她面前就开始装腔作势，吃饭时嘴张得比她还小。

"对了，头儿，教务处找你干什么？"萨尔塔有一搭无一搭地问道。后面两人不在一起上课。

"没事，说是让我给一个歌星当什么保镖，没空理会。"

"谁啊？"唐灵好奇地问道，怎么会从军校中找保镖，太奇怪了？

"安吉儿。"李锋含糊不清地说道。吃饭要紧，人是铁饭是钢，最近增加了一种运动，发现也挺消耗体力……内力的。

啪啦……

唐灵和马卡的筷子掉在了桌上："安吉儿？哪个安吉儿？"

"安吉儿·卡莉？"

"好像是吧，就是那个要来我们学校的歌星。"

"没错，保镖可以找专业的，浪费时间啊！"萨尔塔是坚决支持的，虽然那个安吉儿魅力很大，但也不至于浪费学习锻炼时间，他们洛基家族也经常接到这种事儿，那些人物脾气大，还麻烦，反正出力不讨好，还不如在战场上火拼来得痛快。

唐灵和马卡依旧目瞪口呆地望着两人，他们两个是地球人吗？竟然把安吉儿直接忽略，李锋更加离谱，这样的机会也惊人地拒绝！

"呵呵，兄弟，哈哈，哥们，大哥……"马卡突然笑容满面地要拉李锋的手，吓得李锋往唐灵那边靠。

"干什么，保持一米的距离，有事儿说事儿，不要拉拉扯扯的！"

靠，这个淫荡的家伙，李锋太了解他了，每当马卡有这种表情的时候，肯定要出大事，而且肯定是让他很头痛的事儿。

马卡用最纯洁最诚恳的眼神望着李锋："咱们是不是兄弟？"

李锋看看天花板，谨慎地说道："这……要看情况。"

第103章 舍己为人

马卡顿时眼泪汪汪了，李锋停了三秒，立刻投降，这哥们真能流得下来，明知道是演戏，李锋也还是挡不住啊，一世人，难兄难弟。

"服了你，有什么事儿就说吧，有言在先，我做不到可不能强求！"

"放心，放心，锋哥，很简单，给我弄个安吉儿的签名，哦，我的天使，我的最爱……哦！"

李锋一脚让马卡闭嘴，这家伙一旦骚劲儿起来，城墙都挡不住，必须扼杀在摇篮中，那声锋哥让他汗毛都竖起来了。

"我也想要。"唐灵拉了拉李锋的手，一脸的渴望。

李锋有种撞墙的冲动，一个歌星而已，马卡也就罢了，唐灵怎么看都不像是痴迷的追星族，再说以唐灵的家世竟然也有办不到的事儿，这安吉儿有那么牛吗？

这还真被李锋猜中了，安吉儿只喜欢唱歌跟和平事业，并不喜欢搞狂热的崇拜，很少签名，有运气好的弄到了，打死也不卖，那些狂热者可不是用钱能搞定的，全看运气，而安吉儿在NUP根本没人能动，可不是简单的偶像。

唐灵不是没有想办法，但是她家是机动战士的生产商，战争机器的制造者，更没戏。

一边是兄弟，一边是自己的女人，李锋头痛了，自己刚才那么爽快地回绝了周芷，现在再回去找她，不被她整死才有鬼，一旦被那魔女抓住尾巴，日子就没法过了！

"咳咳，这个，我刚刚回绝，不敢保证，只能尽量想想办法，汗。你们早说。"没办法，为了这两人，就算吃点亏，也要试试。

"我们哪儿知道，竟然会有这种好事，如果是我，就算爬也要爬过去！"马卡紧紧地握着双手做憧憬状。

唐灵还是非常非常的开心，没想到李锋连安吉儿的魅力都能抵挡，高兴！不过签名也很想要，以前几乎天天都要听着安吉儿的歌才能睡着。

萨尔塔摇摇头，爱莫能助，如果想要什么王牌机师的签名，他说不定能弄到，但偶像跟他没关系。

"奇怪了，安吉儿想要保镖的话，肯定要什么样有什么样，怎么会找到这里？"马卡像是好奇宝宝一样。

"安吉儿不喜欢军方和政府的人，但USE又限制了NUP具有军方背景的进入一些相关地方，他们的行踪被严格限制，造成了极大的不便，才会有双方联合保护安吉儿的情况，但USE一方不能找军队、警察，想来还是熟悉学校的学生比较方便。不过怎么会找你呢？"

大家都很好奇，这事儿应该落在学长身上啊，却让一个新生去，真不知道老师是怎么打算的，又是哪个老师有这么大的权力。

"她一个小姑娘知道什么！"萨尔塔有些不以为然。

"萨尔塔,这你可就猜错了,我想安吉儿应该属于精神系扩张的伊文特人,军人的气质如何内敛也骗不过她的。"

萨尔塔耸耸肩继续吃饭,不关他的事儿,最怕的就是这种婆婆妈妈放不开手脚的工作。

"锋哥,如果太麻烦,就算了,不要强求。"

唐灵也觉得不应该为难,但都开口了,为了佳人,李锋怎么也要尝试一下,脸皮?靠,魔鬼金早就把他炼得可以跑磁浮车了,试试又死不了人。

"我努力一下试试,但是不要抱太大希望。"

李锋也不敢把话说满,看来这安吉儿来头很大,周芷是不是随便说说也不一定,这么重要的任务交给他总要有依据,那魔女也太相信他的实力了吧!

再说,她一个人能做得了主吗?

第104章
一号金

　　李锋还是小看周芷了，USE内部事务中，周芷参与不了的事儿还真不多，尤其像这类事儿，没有人能比TIN魔鬼队长更有发言权了。

　　TIN……水太深。

　　李锋并没有立刻去找周芷，冷静地分析一下，急是没用的，周芷这么突然地找到他绝对不是一时冲动，既然这个安吉儿这么重要，想来周芷选他也是有一定目的，他军训能得什么最强奖恐怕是军方安排，那他的一些表现周芷八成已经看到了，才会有这样的安排，先等三天，如果三天周芷没有找他，他就得主动去见那个魔女了。

　　回到宿舍李锋冲了个冷水澡，最近的事情都很顺利，但总觉得危机四伏，有一个非常重要的问题，那就是刀锋战士的身份问题，刀锋战士名气越响，越不利于曝光，如果他只是为了出名赚钱的话，那刀锋战士这个身份很适合他，可他不是，他要成为一名真正的机动战士，这样在宇战中的盛名，反而会带来一些负面作用，而且也不利于他在军队的发展，最大的问题是，李锋不想当实验品。

　　他的身份已经告诉唐灵了，对于唐灵他是绝对相信的，可是这样下去还是成问题，知道的人越多越不成，而且也有几次萨尔塔想和李锋在宇战上切磋一下，李锋都找理由先推后，但这并不是长久之计。

　　可是像这样的大型游戏都是主脑程序通管的，目的就是公平，以及防黑客等等，别说他了，就算政府想要调取信息也不那么容易，怎么才能不让别人发现呢？

　　无论怎么想都想不出特别圆滑的理由，周芷显然是对他产生了某种兴趣，现在还不会跟刀锋战士联系起来，万一时间一长，很成问题啊！

　　强烈的危机感在李锋的脑海中盘旋，这确实不是他能解决的。

　　啵……

　　接收……高度唤醒程序启动……倒计时十秒：九……八……七……三……二……一！滴滴滴复制百分之一，百分之二……百分之百。

　　简单程序虚拟处理分部复制完成，开始启动。

　　噌……

　　李锋只觉身上打了个冷战，眼前忽然出现了魔鬼金。靠，好久不见，竟然还有点想这个家伙。

　　"主人，您好，请问您有什么需要？"

　　魔鬼金机械的声音响起，不过李锋却觉得不太对劲，这个魔鬼金好像笨了很多，伸手一摸，只是个幻影。

"主人，我是分机一号，主体处于补充能量的沉睡阶段，请问您有什么需要？"

"你能做什么？"对于积存于他体内的魔鬼金，李锋是不会客气的。

"由于是虚拟分机，只能提供简单的资料查询，和一些不需要耗费能量的处理，因为能量严重短缺，请主人在急需的时候呼唤。"

魔鬼金的声音虽然生硬，但总觉得还有点智商，眼前这个貌似傻乎乎的，就知道咧嘴傻笑，简单计算？老子不会用电脑啊？

李锋无语了，上次忘了问，这魔鬼金到底需要什么能量，怎么恢复这么慢，正好问问这家伙。

"一号金，魔鬼金需要什么能量，哪里能搜集得到？"

"回主人，本体使用磁拉格尔宇宙能源第三系，少量存在于太空，在虫洞，黑洞，α太空爆裂，星系泯灭最丰富，恒星爆炸，新星诞生是其次选择，行星内部存在微弱，搜集困难。"

李锋傻了，果然符合魔鬼金，全是好地方，虫洞，黑洞，那是欢迎进入，拒绝出去的地儿，α太空爆裂……听都没听说过，星系泯灭……听过，但跟地球人没关系，恒星爆炸和新星诞生知道，科幻小说里常有，但……李锋彻底放弃了，魔鬼金可以好好睡了，希望下辈子有缘再见。

"主人，请问可以开始解决您的问题了吗？"

"什么问题，你成吗？"

"危机感五星，所以本体才复制出我，您所担心的宇战ID可以进行处理，触犯地球主电脑三等警戒，可以规避，您将多出一个空白ID，请问是否同意？"

蓦然李锋想通了一点问题，魔鬼金的分身口中的简单处理，换作他们这个时代……肯定是相当的不简单！

李锋毫不犹豫地点头，如果能完成，这可是解决了一个心腹大患。

一号金开始闪光，屋子闪烁了两下，就恢复正常了。

"主人，下次召唤请您在一天后，换算所在地球年，一年之后，能源不足，回收倒计时三秒……"

李锋揉了揉眼睛，真的不见了，等等，一年后？有没有搞错！！！

有了魔鬼金的经验，这次李锋已经没有太多惊讶，想来一些简单破解程序等不需要消耗太多能量的事儿，这一号金还是能做的，李锋迅速打开宇战，果然，他可以有两个选择，但是这个界面也不知道是怎么做出来的，只有李锋自己能选择，一个是刀锋战士的ID，另外一个则是空白ID，但系统却没有任何异样。

看来魔鬼金真的蛮凄惨的，解决这么一个"小问题"就要躺一年，如果再难点，说不准一号金都要下辈子才能见，那么魔鬼金呢？

虽然最近李锋算术能力飙涨，可……这个计算还是超出了地球人的能力。

嘴上不说，但心里还是相当感谢魔鬼金的，刀锋ID的问题解决掉，以后的事儿，他就可以靠自己了，现在的他没了后顾之忧，还有什么好怕的！

下了宇战，狠狠地挥了挥拳头，李锋颇有种天高任鸟飞的感觉！

第105章
我的"远房侄女"

打开论坛，略微扫了几眼，不外乎支持自己的，再就是"黄蜂针"成员的叫嚣，以及扬言要让自己好看之类的废话，他根本不在意，暂时还没有更进一步的计划，对于把"黄蜂针"当成练习的靶子，李锋同学还是有点愧疚的，让他们发泄一下也好，铆足精神好给他一点惊喜，下一次肯定还要"麻烦""黄蜂针"。

平时还是以个人训练为主，除了固定的挑战，有时间唐灵也会给他制定适当的单兵搏杀，这样也蛮好。

心急火燎的"黄蜂针"被李锋同学直接忽略了，这也正是"黄蜂针"头痛不已的地方，经过商讨，他们还是决定要想方设法干掉刀锋战士，不干掉他，"黄蜂针"就算不解散也要沦为二流组织，一般情况对手取得了这么大的胜绩总该出来嚣张一下，也好给他们留点线索，可，他们自己都被憋得吐血了，在热潮的都是刀锋战士的崇拜者，而本人，貌似根本没把他们当回事！

刀锋战士一贯神出鬼没，他要不出现谁也没办法，而"黄蜂针"则是摆在明处，跑也跑不了，"黄蜂针"也开始悬赏，骗钱的倒是不少，但没一个是有用处的信息。

李锋也遇到难题了，三天过去，周芷没有任何消息，而马卡天天在他耳边啰唆，显然是被那安吉儿迷得不轻。下了课，李锋难得犹豫再三，还是硬着头皮去上周芷的课了。

神说，出来混，总是要还的！

这话有点道理，虽然早料到周芷的课是人满为患，但广大男同胞有这么离谱，一群人这么兴高采烈，实在是……算了，自己不是也来了！

位置是抢不到的，他只想找个角落站着就成了，周芷是聪明人，看到他的到来，必然也明白他的来意，怕就怕周芷装糊涂，故意让他难堪，反正这年头不能既当婊子又立牌坊，脸皮厚吃遍天。

上周芷课的学长比较多，但李锋是新生中的知名人物，一些学长也都认出他，不时地窃窃私语，眼神中全是好奇。

李锋则是平静地望着窗外的蓝天、白云，好蓝的天，好白的云，真好看！

可能是受李锋的影响力，周围的学生看李锋这么专注地望着窗外，还以为窗外有外星人出现，一个个也开始张望，直到李锋打了个艺术性的哈欠，大家才无语地收回目光。

这难道就是传说中的捉摸不透？

"李锋同学？"一个颇有气质的学姐站在李锋的面前问道。

李锋点点头，他可不认为自己那么有魅力，有种不太妙的预感。

学姐露出灿烂的笑容，只不过笑容中也带着一点疑惑："周老师已经为你准备好了座

第105章 我的『远房侄女』

位，喏，就在那里。"

汗！这魔女竟然算准了他要来？

还没交战，李锋就觉得已经落入全面的下风，周围的同学已经开始注意他了，再看看第一排中间，正对讲台的位置，怎么都有点像刀山火海。

不过就算是，也得上啊。

这个学姐可能是班干部，走着走着也不禁好奇地问道："学弟和周老师很熟吗？"转而又觉得不好意思，这也算是八卦了。

李锋倒无所谓，连周魔女都不怕，他一个大男人怕什么："呵呵，论辈分，周芷是我的远亲侄女，咳咳，这是秘密，希望学姐不要到处说。"

防守可不是李锋的作风。

学姐震惊得捂着嘴……远亲侄女？

等快到座位的时候，李锋忽然转头笑道："刚才是开玩笑的，呵呵。"

学姐被李锋颠来倒去弄得有点脸红，这李锋看起来很老实，胆子怎么这么大，竟然连老师也敢拿来开玩笑。

既来之，则安之，李锋二郎腿一跷，闭目养神，等着周芷的到来，看来对方是早有准备，这狐狸精果然想得比他多一点。

李锋安然地坐着，其他学生可是羡慕得不得了，那位置是周老师留的，一般都是有老师听课或者比较重要的人物，而这次却是一个学生，还那样大模大样，要不是知道这小子就是新生中风头最劲的李锋，那些学长真想教育教育他如何尊敬学长。

离上课还有两分钟的时候，周芷到了，依旧是职业装，但颜色和款式也略有不同，今天没有穿丝袜掩饰她的美腿，一进门就看到了李锋，迷人的笑容绽放，眼睛微微一眨，显然是说，小子，你还嫩得很。

李锋面不改色，虽然输了一招，但谁笑到最后才是真正的胜利者，何必为一点得失而计较？李锋不但没生气，反而一副虚心向学的模样，虔诚地望着周芷，这表情倒让周芷有些意外，不过她是什么人，肯定不会被这种小把戏迷惑。

不可否认，周芷的课上得很好，有点内容，再加上美女又很会煽情，受欢迎也很正常，但有现在这个热度，还是因为美女的魅力啊。

一堂课下来，李锋都表现得很老实、很乖，其实是睁着眼睛睡觉，这种小技巧难不倒他，当初魔鬼金的训练还真能派上用场。

一下课自然有很多学生想围着周芷好好讨论一些疑点，周芷很直接地把责任推到了李锋身上，说是有重要问题和李锋同学讨论，转眼间李锋又置身于刀光电眼之中。

两人并肩而行，边走边聊。

"李锋同学肯来听我的课，实在让我这个做老师的感到无比荣幸。"

边说边向路上行礼的同学点头。

"哪里,是学生我受益良多啊,周老师不愧是亚朗第一人气老师!"

李锋只说第一人气,可没说是最好的,而周芷肯定也算不上最好的。

周芷全当没听出来:"哦,是吗?真难为某些同学睁着眼睛睡一个多小时。"

……

这妖女好厉害!

"哈,哈哈,我想那同学肯定是听得太专心了。"

第106章
做男人脸皮要厚

两人东拉西扯，周芷是绝口不提保镖的事儿，显然是逼李锋先开口，到了周芷的办公室，李锋带上门，摆出一副严肃认真诚恳的表情。

"周老师，我这几天想了很多，我不应该搞个人主义，作为光荣的亚朗A级军事学院的一名学生，我有责任有义务为学校尽自己的一份力量，只要学校有需要我的地方，我一定赴汤蹈火在所不辞，那天是我一时糊涂，老师，您可以分配任务了，落下的课程我会用业余的时间弥补，绝对不会给学校丢脸的！"

李锋抬头挺胸撅屁股，目不斜视，眼光平行地望着窗外，以军训的口气气宇轩昂地喊出。

听得周芷哭笑不得，这人的脸皮比自己想的还厚，竟然耍无赖，弄得好像是学校要求他似的。

"李锋同学，看你说得这么大义凛然，学校是不是要公开表扬发奖章才对得起你的牺牲精神啊？"

"不用，老师，一切为人民服务，为学校争光，我无怨无悔！"

李锋的目光异常坚定正直，如果不了解的人，肯定要为这学生的奉献精神所感动。

"呵呵，李锋同学，你的想法老师已经了解了，来，坐坐，我为学校能有你这样高觉悟的学生而感到骄傲，这是一个复杂的问题，做老师的也要为学生考虑，你说得没错，这事儿是很耽误学习，学校也在考虑当中，当然鉴于李锋同学的主动，老师也会考虑的，我们慢慢谈一下吧。"

周芷不紧不慢地指了指一旁的沙发，李锋也知道，耍赖也只能到此为止，毕竟主动权掌握在人家那里。

"想来李锋同学也玩宇战吧，不知道听没听说过刀锋战士？"

李锋心中一紧，脑子急转，不知为什么周芷会这么联想，不是没可能，但这也太快了，哪里出了破绽？

对了，他突然想到了在军训中曾经跟萨尔塔用虚拟机打过一场，如果有心对比一下，肯定会看到一些雷同点，但周芷肯定也没证据，她只是猜测。

"呵呵，当然知道，注册了个号，但没怎么玩，平时也就是闲看看，刀锋战士大名是如雷贯耳的，但游戏毕竟是游戏，身为亚朗的一员，我个人觉得不应该沉迷于这个，应该加强个人锻炼……"

"呵呵，李锋同学很适合做老师啊。"周芷意味深长地打断了李锋的高谈阔论，她当然不会相信。

"哪里，学生还有很多地方需要周老师指点。"

李锋绝口不提宇战的事儿,他当然知道以周芷的性格绝对不会相信,而这将是他交换保镖一事儿的重要筹码。

把握住谈判的关键,李锋也定下心来,恐怕周芷怎么也想不到竟然有人可以屏蔽主脑的巡查而设立另外一个账号。

这是科技的差别,也怪不得周芷。

周芷换了一个姿势,抛开其他不说,周芷这样的女人对李锋的身体有强烈的诱惑力,只不过有了唐灵之后,这种吸引力已经完全在李锋的控制之中,不过就连李锋也想象不出能让周芷这样的女人死心塌地的男人会是什么样……大概根本就不存在吧。

"李锋同学,老师对宇战也非常爱好,虽然是游戏,但里面有些东西还是值得学习的,而且生活总要娱乐,是不是找个时间我们互相交流一下?"

"咳咳,老师,这个,其实我对宇战不怎么感兴趣的,也不太玩,还是算了吧。"李锋一脸为难地说道。

周芷哪儿肯放过,不管李锋的表情是真是假,她都要亲自确认一下,这小子看起来很年轻,经历也没问题,可是身上总有一股老奸巨猾的味道,让她不能放心。

"呵呵,是这样的,安吉儿小姐对宇战也很有兴趣,保镖免不了要和她有些这方面的交流,政治是很复杂的,一个不好就会被舆论抓住小辫子,我们也不得不谨慎,如果李锋同学想承担这个责任,我们也必须作一些调查和培训,确认宇战也是其中的一项。"

这话中有话,李锋可不想浪费了一大堆精力结果却扑了空,脸上露出为难的表情:"原来这不是老师能决定的事儿,没想到还有那么多麻烦的问题,既然这样,我还是算了吧。"

李锋越是这样,周芷越不能罢手!

"呵呵,李锋同学放心,这事儿是由我负责的,其实手续虽然麻烦,但都是程序而已,我只要确认一下你对宇战的了解,至于你的个人能力,老师绝对是相信的,毕竟安吉儿是有名的和平大使,她对宇战突然产生兴趣,我们也不得不慎重。"

周芷面不改色,说得跟真的似的。

"这个……"

"李锋同学,亚朗的学生面对困难的时候要勇往直前,犹豫退缩可不是应该有的状态哦!"

"既然老师都说到这份儿上,我要再退缩就不配做亚朗的学生了,好,我答应!"

李锋霍地站了起来,再次变得大义凛然,正气冲天,弄得周芷一愣一愣,……怎么答应得这么痛快,但话都说出口了,周芷再怎么怀疑也得继续下去。

"呵呵,那就这么说定了,一会儿老师会去找你的!"

"是,老师,那我先离开了。"

周芷点点头，但李锋走到门口又突然回头："老师，你怎么知道我会回来呢？"

　　周芷笑了眨眨眼："你不感兴趣的事儿，并不代表你身边的人也不感兴趣。"

　　周芷早就有安排，就算李锋自己不说，她也会把消息泄露给唐灵和马卡，唐灵的习惯她自然知道，而马卡的资料就放在她的抽屉里。

第107章
拍卖开始

　　并不是每个人都有李锋这样的定力，正因为这样，周芷就更不能放过他了，她怀疑李锋是刀锋战士，这是看了录像之后的一种直觉，女人的感觉，但周芷心中已经肯定了八成，可李锋后来答应得那么痛快，却让她有些疑惑。

　　李锋走后没多久，那个学姐走进周芷的办公室，把一叠论文放下，实在无法压抑心中的好奇和八卦，小心翼翼地问道："老师，你是李锋同学的远房侄女吗？"

　　周芷也愣住了，这小子真是什么都敢说啊！

　　周芷自然什么都没发现，当她看到李锋的ID的时候也有些失望，在心底深处她还是希望李锋就是刀锋战士，但很可惜，至于答应李锋的事儿，周芷当然可以办到，她也不是随便说说的，李锋能在TIN四个高手的围攻下保护唐灵，这本身就说明了实力，没有比他更适合的了，而且这只是以防万一，在外围自然有警察保护，发生意外的可能性并不大，她的目的也算完成。

　　但不知为什么，周芷心里总觉得哪里不对劲，可是无论怎么想都想不清楚，无奈之下也只能放弃，毕竟她可不是闲人。

　　李锋被内定为安吉儿保镖的事儿自然不会外露，李锋只想安安静静地完成任务，要到两份签名完事儿。他甚至给八卦卡下了威胁，如果这事儿泄露出去，李锋就把他的那份签名拍卖掉。

　　衡量八卦和安吉儿签名的诱惑，马卡同学毫不犹豫地选择了后者，所以学校内仍是风平浪静。

　　有了新的ID，李锋也不怕找机会和萨尔塔切磋一下，这小子对训练的热情可是雷打不动，听说训练中又教训了几个学长，萨尔塔可不像李锋那样低调，他从不拒绝挑战者，一个人苦练并不是全部，对战中能积累经验，亚朗的学生中不乏好手，可是跟身经百战的萨尔塔还是没法比的，萨尔塔在李锋那里挨了揍就从其他人那里讨回来，不然输来输去，萨尔塔也没了锐气。

　　唐灵很少看两人的恶战，看了一次就让她胆战心惊，不太适合女孩子，倒是马卡偶尔来看看，但这小子只肯做一些基础训练，坚决不肯加强，李锋也没法强求，其实马卡现在锻炼也来不及，而且他也不是以机动战士为目标，只要身体健康就好。

　　不过训练完之后，萨尔塔倒是问过李锋寒假的打算，这个李锋还真没计划过，以前有假期就按部就班地训练并没有特别计划，而现在显然并不能这样，离开幻境之后李锋也很久没经历那种生死场面，不知怎么的，身体竟然有种嗜血的渴望，如果不是时常可以锤炼一下耐打的萨尔塔，还真不知道做出什么事儿。

第107章 拍卖开始

萨尔塔寒假要去泰谷,那里并不是什么旅游胜地,也不是什么政治经济上的国际大都会,但在USE和NUP却非常出名,因为那里的黑市格斗是最狠的,不但有黑市格斗,还有机动战士的血拼,赌博盛兴,可以说那里的秩序跟外面完全不同。

泰谷所处的国家本身就政局不稳,时不时地发生战争,那里处于军管,这种状况已经持续很久,由于没有闹出大事,USE也不好插手,久而久之反而形成了一种特殊的秩序。

到了后来,泰谷的地下赛事已经远近闻名,不像外界的格斗有那么多限制,在那里要的就是血腥,人性的残忍一面展现得淋漓尽致。

但残忍也是人的本性,这并不是能抹杀的。

萨尔塔就是要去那里磨炼一下,很多佣兵,或者一些职业格斗者都去过,当然要冒很大的风险,尤其是亲自参加比赛,每个人都要先签生死状。

萨尔塔已经决定要去试试,李锋也颇为心动,只是暂时还没法决定,如果那里有机动战士格斗的话,倒真的很吸引人,只不过这事儿要说服唐灵,小公主恐怕不会让李锋去冒险。

周末对广大宇战的玩家来说又是节日,重头戏自然是刀锋战士的比赛,而且这次还牵扯到了"黄蜂针"以及激光剑的拍卖,所有人都等着看热闹。

这样的事儿唐灵自然不能错过,战斗的成功还有她的一份功劳,而且她现在对宇战也很感兴趣。

激光剑的拍卖在前,李锋自己并没有去,无论拍多少都无所谓,他只是在挑选对手。

中心树可是下了血本,官方的宣传,以及他们自己出钱的大范围宣传,营造了轰轰烈烈的气氛,拍卖会是限制等级的,联盟的话必须是B级以上才有资格进入,个人则须出示宇战资产证明,来的人都是有身份的,这样的大型拍卖会每个月会举行,拍卖一些高级装备,激光剑绝对不是最高级的武器,但在今天,压轴大戏就是激光剑。

商人做生意,"黄蜂针"的代表自然也来了,他们也是场中的焦点,不知道黄蜂针准备了多少资金,有几个联盟已经放出话来要拿到这把激光剑,这几个都是A级联盟,本身也不怕"黄蜂针",而且以前都有点过节,有刀锋战士牵制,他们更不介意痛打一下落水狗。

中心树绝对下了血本,他们就是借着刀锋战士的名气打个翻身仗,要么以后萎靡不振,要么成为宇战最大私人拍卖行的强有力竞争者。

第一步非常的顺利,本来担心"黄蜂针"会施加压力让一些富豪不来,但情况恰恰相反,越是这样人们越争先恐后,首先在解决刀锋战士之前,黄蜂针自顾不暇,其次,有实力的人,谁怕谁啊,有资格参加这次拍卖会一方面可以证实财力,另一方面又可体现魄力,"黄蜂针"可成了非常有价值的配角。

"黄蜂针"也很冤枉,他们再嚣张也不敢得罪那么多人,从来没说什么不许其他人参加,他们又不是白痴,这些想法都是其他人加的,别提有多窝囊多窝火了!

这激光剑势在必得!

第108章
一件珍品引发的血拼

除了大商家，宇战的官方记者，以及宇战中各大论坛的媒体都派人到了，这种事情怎么能错过，说不准刀锋战士也会出现。

当倒数第二件白金级机动战士以一百一十万联邦币的高价成交，喧闹的拍卖大厅一下子安静下来。

开始动真格的了！

前面那些拍卖品是不错，但对于那些财大气粗的财团，对联盟来说实在没有过多的吸引力，很多人都在沉默地等待着，但这个时候，他们都坐直了身体。

刀锋战士的第一件私人拍卖品。

原来主持的拍卖师被换了下去，一个中年人走了上来，正是中心树的会长卡纳罗斯，他在现实中也是顶级拍卖师，现在宇战中心树的业务也是拍卖行的重要业务之一，到二十三世纪，虚拟产业的价值并不比现实差多少。

"诸位，想必大家已经等待很久了，现在公布我们的最后一件拍卖品！"

咣……咣……咣……

周围一暗，同时探照灯打开，聚拢在一把激光剑上。

"关于这件拍卖品，想来也不需要我介绍了，红宝石β型激光剑，附带证书，以及经过官方许可的刀锋战士标志，另外特别赠送全套的刀锋战士对战视频全录，包括兰朵城战役，独一份的官方特许珍藏，珍藏中没有任何删减，同时剔除评论！"

当说到最后一句，几乎所有人的眼睛都有些发绿光："无删减！"

所有发布出来的视频都或多或少地经过了一些处理，或者缺少了一些特写，而这份珍藏就意味着获得这把激光剑的玩家将可以独家欣赏最完整的战斗过程，以及一些别人没过的镜头。

独占，无疑是人类的本性之一，这源于人类最大的原罪——虚荣。

不过谁又在意呢？

如果说激光剑还不足以引起他们血拼的话，那最后这个意外的惊喜，可就由不得这些人不动容了，有些代理人已经开始询问雇主的意思了。

卡纳罗斯的微笑中透着一股自信，如果没有完全的把握他怎么会冒着破产的危险承接这个case，有多大的风险就有多大的利润，商人本就是在走独木桥。

卡纳罗斯很能把握人们的心理，在众人声音最高的时候，他就保持安静，知道这些人正在重新调整心理价位，在几个主要人物平静下来的时候，他知道竞争要开始了。

"现在我宣布，三十五号标的物，起拍价一百万，每次举牌五十万！"

当喊出这句话的时候，饶是身经百战的卡纳罗斯也有些忐忑不安，为了这次的拍卖他上上下下打点的费用可不是一点半点，而一把激光剑的市场标价也不过十万左右，最多二十万肯定可以买到，现在赌的就是刀锋战士的号召力，以及那独家珍藏的杀伤力！

三秒中的沉默。

"两百万！"

"二十七号买家，出价两百万，两百万，有没有更高的价格？"卡纳罗斯有点紧张，反应却有点过于冷静了，难道他的判断失误了吗？

第一次加价竟然只有一百万，这次如果不足一百万，就是一次失败的作品，真正贵的不是激光剑，而是那珍藏视频。

一片沉静，一些大人物都没有表示的意思，卡纳罗斯手有些抖了："两百万一次，两百万……两次！"

如果这样结束的话，他的就完了，一切都完了，但他已经被逼到这一步了，脑袋有点晕，难道真的错了吗？？？

连"黄蜂针"都没有动静，活见鬼了，那个开价两百万的玩家也没想到会有这样的情况，胖胖的脸上已经不可抑制地露出了笑容。

可惜，他的喜悦没有维持多久。

如果仔细观察会发现一些人缓缓地坐直了身体："五百万！"

哗……

有经验的人知道，真正的竞争开始了，那些人不是不出手，是因为太慎重才在等别人出手，可是大家的想法都一样，才形成了短暂的平静，再怎么也不可能让人两百万捡了便宜啊！

一旦开战，数量级直接就把一些不够资格的人打压了。

"六百万！"

"六百五十万！"

"七百万！"

当看到这种情况，卡纳罗斯的心总算放下了，单独拍卖激光剑顶多拍个两百万左右，但那份视频，他给官方就五百万，而且拍卖所得还要分给刀锋战士，成本高得离谱，如果拍不出个好价钱，他真的只有等着破产了。

"一千万！"

有人显然对这种菜市场式的递增方式感到不满了，唰地所有人的目光都盯在了买家的身上。

A级联盟"天下同盟"的会长，也是跟"黄蜂针"有过节的，同时也是疯狂的宇战迷，愿意拿出副会长的位置给刀锋战士，此人也是现实派玩家。

"一千五百万！"

一直沉默的"黄蜂针"也忍不住了，他们对刀锋战士的视频并不感兴趣，可是激光剑却不能不收回来，另外这也是个展示自身力量的舞台，一整个宇战玩家都在关注的舞台，胜出者肯定会得到相当巨大的荣誉和号召力，这也是潜在的市场价值。

"两千万！"

本来以为这个价格至少能让买家迟疑一会儿，结果话音刚落，就有人出两千万了，不知不觉中数量级已经提高到五百万。

这次的买家是个女性，隐藏了容貌，但显然属于富豪级的生活玩家，千万不要小看这些人，他们真是比一些A级联盟的财力还雄厚。

当价格到了这个位置已经创造了宇战前所未有的高度，虽然现在经济高度发展，但两千万绝对不是个小数目。

"有没有人出更高的价格……两千万一次……"

"两千五百万！"

"两千五百万，三号买家出两千五百万，还有更高的价格吗？"卡纳罗斯知道自己成了，今天之后，中心树的名字将无人不知无人不晓，以后的拍卖代理肯定源源不断，他已经看到了自己的光明未来，在刀锋战士身上投资是完全正确的！

宇战的工作人员也在观看拍卖实况，当价格飙升到这个位置的时候也感到无比兴奋，都在赞叹着惊人的价格，只有加尔波表情比较平静，当初卡纳罗斯搏命似的押在刀锋战士身上的时候，他是比卡纳罗斯信心更高的人，有这样的情况，全在预料之中。

刀锋战士的市场价值是无可估量的！

信者，将得永生！

第109章
莱恩兄弟

　　五千五百万的天价，让所有人震撼不已，人们除了感叹还是感叹，所有聚光灯都集中到了最终的买家，不过场上出现的只是代理人，幕后买主是谁直到最后也没曝光，这更给整个事件增添了神秘感。

　　至于"黄蜂针"……当价格飚过两千万，他们就被人遗忘了，相比财力，他们还上不了台面啊。

　　这不是说他们出不起这个钱，问题是，真正的富豪根本不在乎这点，但对于这个"黄蜂针"来说，这可是他们的活动经费，如果过度透支，日后的活动怎么办？

　　在普通玩家眼中他们很厉害，但在某些人眼中，他们不值一提。

　　那个买走激光剑的人显然是冲着视频去的，而且对所谓的媒体曝光也不感兴趣，应该属于刀锋迷，但本身并不是大型联盟。

　　不管怎么说，刀锋战士创了一个天价，其实那所谓珍藏跟网上流传的能差多少，天晓得，只不过人总有一种独占心理，对方觉得值那就值了。

　　拍卖会只是一个开头，真正的大餐自然是刀锋战士的战斗，现在玩家们只是期待谁是刀锋战士的对手，尖锐海贼落败之后，也预示着仅靠装备是不可能战胜刀锋战士的，那些顶级的高手是该出动了！

　　本来以为"黄蜂针"内部会有动作，但却不是他们，显然"黄蜂针"也很谨慎，尖锐海贼失败已经成为历史，能把握刀锋战士踪迹的时候也只有官方的比武，挑战是必然的，只不过人选一定要慎重再慎重，不出场则已，一旦上场就一定要刀锋战士的命，心急火燎地派人上去只能更丢人。

　　玩家们都很好奇刀锋战士这次的对手是谁，官方这次的宣传策略跟以前不同，没有大张旗鼓，反而设成神秘的问号，这更加勾引起人们的好奇心。

　　其实官方也头痛，有些将军级别的高手根本不是他们能请得动的，钱当然也不是问题，能用钱解决的问题就不是问题了，刀锋战士越来越强，他的对手也必须足够强大才成，官方也知道自己的积分排名只能反映一个侧面，并不能完全显示实力的强弱，刀锋战士自己就是一个最典型的例子。

　　经过了头痛的筛选，他们对这次的对手相当有信心！

　　拍卖会的事情已经被人放在一边，所有的大屏幕上出现了对战选手的资料，刀锋战士自然不用说了，虽然那些介绍已经看过成千上万遍，但每次看到仍是很兴奋，这大概就是氛围的问题。

　　而对战箭头的另外一面，神秘人现身了，噌……一分为二，暗影变成明亮的头像。

——莱恩兄弟!

玩家们面面相觑,难道已经到了二对一的地步?

莱恩兄弟也是宇战内有名的人物,两人都是大校,向来以合击术出名,对付一个人是一起上,对付一群人也是一起上,在配合攻击的领域里两人无疑是知名人物。

但在正规比赛中,一对一是最基本的公平原则啊,机甲可以不同,武器可以不问,但二打一可就太不公平了,不用说他们,多一个人只要在一旁瞄准发冷枪,就足够一个高手头痛的,何况是以合击术出名的莱恩兄弟!

莱恩兄弟没有加入联盟,在圈子里混得却很出名,很少有人去惹他们,他们是真正的实力派高手,颇有独行侠的味道,如果单独拿出一个来,只能算现实派玩家中的一流,算不上顶级,但是两人一起上,虽然官方没有这样的排名,但他们绝对是有资格进前十的双人组。

配合作战可不是一加一等于二的事儿,配合得好,能发挥出数倍的力量,如果配合不好,是达不到最佳效果的。但不管怎么说,两个人总比一个人强。

恐怕谁也没想到莱恩兄弟会接受这样的邀请,想来刀锋战士真的是给了他们强大的吸引力!

谜底揭开,玩家们也展开狂热的议论,有人说不公平,有人说这样才带劲。

莱恩兄弟自然不怕曝光,他们接受了官方的采访,之所以接受官方邀请跟刀锋战士对战,确实是被刀锋战士的风采吸引,但凡一个机动战士都不会拒绝一个强者的邀战,当然如果他们兄弟一对一肯定是没有机会的。但,对于合击术,两人着实有笑傲宇战的资本,刀锋战士自然可以找人一起,他们并不想占便宜,只不过想来刀锋战士也不需要多一个人,莱恩兄弟说的很诚恳,这也是两人的一贯风格,在圈内是有相当号召力的。

说话的是莱恩兄,驾驶的机甲是加强版的NUP基本机型魔兽TN。而莱恩弟话很少,接受采访的时候也只是沉默地站在哥哥的旁边,坐骑是加强版的NUP骑士TM,另外,两人是军校的学生,USE五大军事学院之一的米根A级军事学院的学生,机战系,自然也是学校里的风云人物,顶着这样的光环,想来两人也是货真价实的。

其实亚朗这几年有些没落,在五大军事学院中属于后面的,而米根则是风头正劲,当然这样根基雄厚的军事学院不能用一时的短长来评判。

而在米根A级军事学院,机战系几乎所有的学生都在期待着,很多人都喜欢刀锋战士,但在这时他们自然是要支持自己的参赛选手。

二打一虽然有些不公平,但对手是刀锋战士,人们好像也没有太大的感觉,而且这两人一定要在一起才能发挥最大的攻击力,他们对付比自己多的人的时候也是两个。

关键就是看刀锋战士自己了,他是否能接受二打一。

本册完

《机动风暴》第二册6月20日上市!敬请期待!